O Livro da Loucura e das Curas

REGINA O'MELVENY

O Livro da Loucura e das Curas

O mundo estava errado. Havia vazio por todos os lugares. Meu pai se fora, meu marido morrera e meu coração silenciara.

Tradução
Rosana Watson

Editora Novo Conceito

Esta edição foi publicada sob acordo com Little, Brown and Company, New York, New York, USA.

1ª Impressão — 2013

Edição: Edgar Costa Silva
Produção Editorial: Alline Salles, Tamires Cianci
Preparação de Texto: Helô Beraldo (coletivo pomar)
Revisão de Texto: Lilian Aquino, Lívia Fernandes, Cristina Lasaitis
Diagramação: Futura
Impressão e Acabamento Geográfica 280313

Este livro segue as regras da Nova Ortografia da Língua Portuguesa.

Dados Internacionais de Catalogação na Publicação (CIP)
(Câmara Brasileira do Livro, SP, Brasil)

O'Melveny, Regina
O livro da loucura e das curas / Regina O'Melveny;
tradução Rosana Watson. -- Ribeirão Preto, SP :
Novo Conceito Editora, 2013.
Título original: The book of madness and cures.
ISBN 978-85-8163-042-7
1. Ficção norte-americana I. Título.
13-03162 CDD-813

Índices para catálogo sistemático:

1. Ficção : Literatura norte-americana 813

Editora Novo Conceito

Rua Dr. Hugo Fortes, 1.885 — Parque Industrial Lagoinha
14095-260 — Ribeirão Preto — SP
www.editoranovoconceito.com.br

Para Bill e Adrienne

SUMÁRIO

Nullaque iam tellus,
hullus mihi permanet aër,
Incola ceu nusquam,
sic sum peregrinus ubique.

Não há terra alguma agora nem ar
Que sejam permanentes para mim.
Minh'alma não habita em nenhum lugar,
Sou peregrino aonde quer que eu vá.

— Petrarca

Le aque sta via ani e mesi, e po' le
torna ai so paesi

As águas se vão por anos e meses
e, por fim, retornam ao lar.

— Provérbio veneziano do século 16

Aquilo que nos fere é aquilo que nos cura.

— Atribuído ao oráculo de Apolo

Suedia
Lapp en lant
Fin marc
Die oftzee
Farre in sule
Scetlant in sule
Hebrides, Ebo
Corsica
Mare
Me
diterra
Scrikf
Wardhuys
Bergen
Bornholm
Polonia
Hun garia
Bulga ria
Grecia
Sicilia
Gotlant
Malta
Zaphalonia
Hirta
Cambra

VIAGEM DE
GABRIELLA
Water of Leyth
Edinburg
River Derwent
Cokermouth
OCEANUS
GERMANICUS
Leiden
Rhin f
Schwarzwald
Neckar f
Durlingen
Tubingen
Uberlingen
Val di Fassa
Lake Costentz
Bregnicz
DOLOMITI
Brenta f
Padua
Margera
Luciafuccina
Venetia
PYRENEI
Montpellier
Xeu Durgel
Tremp
Santa Engracia
Encantat
MARE MEDITERRANEA
Tanger
Algezer
To Taradante and Imizmiza

O Livro da Loucura e das Curas

PRÓLOGO

— Não sei onde meu corpo começa e onde ele termina — disse a jovem da cidade de Imizmiza, no Marrocos. Sua mãe havia me chamado, sendo eu a única médica mulher em um raio de centenas de quilômetros de distância, para ver sua filha de 12 anos, que sofria gravemente de confusão corporal. A garota estava sentada em frente à mesa de cedro perto de uma janela estreita, na casa vermelha feita de barro. Ela me contou, através de um véu escuro que tremulava com suas palavras, que sentia o mesmo medo de aprisionamento que o cavalo amarrado sentia no pasto. A respiração do animal pulsava no ar frio ao mesmo tempo em que ele puxava a corda, enquanto o cavalariço se aproximava, com a almofaça em mãos para pentear o cavalo. Ela me disse:

— O homem que penteia a crina do cavalo com cinco escovas diferentes em uma sequência rigorosa, o homem com a cabeça parecida com um nó no final de uma corda é menor que o meu polegar. — E, subitamente, ela riu, surpreendendo-me.

Antes que eu pudesse decifrar aquilo, sua mãe se aproximou, censurando-a:

— Vamos, Lalla, ponha sua saia de cavalgar. Você vai sair com o cavalo hoje.

A garota olhou fixamente para a mesa comprida onde seu braço esquerdo repousava no sentido dos veios da madeira, com o braço direito apoiado nele. Ela sussurrou:

— Estou pesada demais hoje, não consigo me mexer.

E apesar de ter se esforçado, não conseguiu se mover.

Quando pousei levemente minha mão na mesa, como se tocando os fios de cabelo macios de um bebê, ela suspirou e fechou os olhos. Quando retirei minha mão, ela percebeu imediatamente. Tentei erguer seus braços da mesa, mas ela estava rígida. Depois, levada por alguma urgência interior, ela se afastou e perambulou como se estivesse em transe e, por fim, sua mãe pôde levá-la até seu adorado cavalo ou para a cama para tirar o cochilo da tarde.

Onde quer que Lalla parasse, tornava-se parte daquilo em que tocava. Quando cavalgava em seu cavalo resfolegante de olhos azuis, ela suava como ele. Espuma se acumulava no canto de seus lábios e em seu pescoço. Quando dormia, podia ficar assim por dias, pois a cama e seu corpo imóvel tornavam-se um só. As refeições eram mais difíceis. Recusava-se a comer qualquer comida que tivesse tocado, confessando horror por comer sua própria carne. Embora sua mãe a alimentasse como a um bebê, com uma colherinha de madeira, ela estava cada vez mais magra.

Após um longo tempo, sugeri uma cura lenta. Precisaria da assistência da mãe e da tia, embora a tia, uma mulher encorpada e colérica, insistisse obstinadamente que Lalla não precisava ser curada, muito menos (ela me olhava com fúria, inspecionando meu rosto e meu vestido) por uma estrangeira. A garota apenas possuía um corpo clarividente, desafiava a tia.

— Não devemos tirar o talento da menina.

— A garota não tem controle sobre a própria vida! Não devemos nos envolver demais para que possamos verdadeiramente ajudá-la — eu disse.

A mãe de Lalla, uma pequena montanha escura em forma de mulher, também de véu, perguntou:

— Ela poderá se casar e ter filhos?

— Não sei — confessei.

A cura, então, estaria nas palavras. Aconselhei sua mãe a dar nome à mão dela, ao fuso sobre a mesa e à mesa propriamente dita. Quando a visitava, costumava perguntar, "Onde está seu braço, sua mão, seu quadril?". Às vezes, ela respondia e apontava para a parte do corpo correspondente. Outras vezes, Lalla me fitava com certo pânico, como se não entendesse minha pergunta ou temesse castigos terríveis por isso. Eu tocava a mão dela e sua mãe ou sua tia repetiam a palavra "mão", para acalmá-la. Gradualmente, ela respondia com mais movimentos, até que sua capacidade de separar a si própria daquilo que a rodeava era acompanhada por um tipo de alegria melancólica. A separação significava que ela mudara e que o desconhecido avançava abruptamente ao seu encontro.

Desde então, comecei a acreditar que o mundo é povoado por uma multidão de mulheres que se sentam à janela, inseparáveis daquilo que as cerca. Eu mesma passei muitas horas em uma janela no passeio à beira-mar em Veneza, o Zattere, esperando que meu pai voltasse, esperando que minha vida se parecesse como uma daquelas grandiosas embarcações que chegavam ao porto, com suas enormes velas impulsionadas pelos ventos da providência. Não sabia, na época, que durante aqueles momentos efêmeros sob a influência da lua ao relento, já estava conspirando meu futuro na busca pelo passado. Tornei-me tão transparente quanto o vidro através do qual espiava, perigosamente invisível até para mim mesma. Foi então que percebi que deveria colocar minha vida em movimento, caso contrário, eu desapareceria.

CAPÍTULO 1

A Obra de Deus ou as Tramoias do Diabo

Veneza, 1590

A contar pelas marcas estranhas e caracteres em vários tipos de escrita e línguas sobre o papel que a envolvia, pude perceber o quanto a carta atual de meu pai viajara, uma mensagem perdida pelas muitas cidades por onde passou. Havia quase um ano desde que tive notícias dele pela última vez. Ele estava fora desde agosto de 1580. Olmina, que já fora minha ama-seca e agora é minha criada, depositara a carta delicadamente sobre minha mesa naquela tarde sufocante de julho. Ela poderia muito bem ter lançado uma víbora, daquelas que dão o bote de surpresa.

— Se minha mãe ler isto, você sabe que tomará como algum tipo de ofensa, não importa qual seja o conteúdo — avisei, batendo com nervosismo a carta fechada na palma da mão enquanto nos mantínhamos de pé no meu quarto fechado; as ondas do verão quebravam fazendo grande estardalhaço sobre as pedras debaixo da minha janela, o cheiro forte e úmido da maresia feria o ar. Pobre *Mamma*. Ela sempre achava que o mundo estava contra ela. A felicidade nunca era confiável. E, pensei vagamente, o sofrimento também não. Será que um deles não chegava para abrandar o outro? Algumas vezes, nossa Veneza cintilava como uma cidade extraordinária no mar do verão, e depois, durante a *acqua alta*, o pico das marés durante o inverno, afundava em uma fachada sombria. E então as enchentes davam origem à primavera. Um dia a cidade poderia ficar totalmente submersa, uma sereia melancólica cujos olhos de luz de lampião se apagaram. Outros ainda poderiam ver beleza ali, no lugar onde andávamos que se tornara água.

— Não se preocupe, *Signorina* Gabriella. — Olmina pressionou o dedo indicador ao lado de seu nariz largo de camponesa, um sinal de que sabia como guardar um segredo. Seus olhos azul-claros brilhavam na luz fraca, embora eu já tivesse visto aqueles mesmos olhos vivos tornarem-se opacos e acinzentados quando interrogados pela minha sarcástica mãe.

— Não acho que ela tenha sentido a mínima falta dele nesses dez anos.

— Ah, *Signorina*. Ela parece estar ansiosa pelo papel de viúva...

— Com certeza, minha cara Olmina. Mas até nisso ela não se sai bem. Ela teria de abrir mão de seu estilo de vida suntuoso e de suas roupas extravagantes e de gosto duvidoso. — Embora eu frequentemente percebesse uma futilidade amargurada sob suas ocupações frívolas. Havia mais coisas sobre ela, talvez, que eu não soubesse. Via constantemente um temor sem causa que reverberava por seu rosto. Se ela fosse viúva, poderia demonstrar isso mais abertamente, mesmo que a origem ainda fosse obscura.

— Bem, se a senhora não se importa — Olmina segurou as laterais das suas saias de linho, seus cabelos grisalhos destacando-se sob o lenço desbotado amarrado à cabeça —, tenho uma pilha de louça para lavar e o luxo de uma soneca esperando por mim depois disso. — Ela deu um largo sorriso e desceu pesadamente as escadas com sua figura baixa e formidável, ainda forte na meia-idade.

Enquanto encarava a carta ainda fechada, pensava em como minha vida encolhera desde a partida de meu pai dez anos atrás. Não sonhava mais com muitas coisas, com viagens para países distantes, apesar da rara, embora sempre decrescente, liberdade que poderia reivindicar como médica mulher. Como dizemos em Veneza, o mundo nos procura para implorar favores e eu me consolava com isso. Ainda podia ver os olhos castanho-acinzentados gentis, embora remotos, de meu pai, com suas túnicas negras e carmim, e enquanto segurava sua carta, uma voz distante, que havia muito silenciara dentro de mim, falou: *Deixe-me acompanhá-lo, Papà. Não me deixe aqui.*

Suas cartas anteriores chegaram da Escócia no ano passado, nas quais ele expressava intenções vagas de se deslocar ainda mais para o norte para coletar o pó de chifre do peixe unicórnio, que curaria a letargia. Ou talvez para o sul, para o clima tórrido da Mauritânia ou da Barbária, onde poderia encontrar a rara pedra bezoar, que absorve a tristeza para o seu interior, propiciando sabedoria aos insensatos. Com a chegada de todas as suas cartas com o passar dos anos, eu me maravilhava com essas curas, com as riquezas que seu baú de medicamentos deveria conter agora, e desejava profundamente vê-las com meus próprios olhos. Suas palavras, no entanto, escondiam algo que eu não conseguia identificar, embora rastejassem como suspiros sob minha respiração. Palavras como *letargia*, *bezoar*, *tristeza*.

Quebrei o selo vermelho da carta que, obviamente, já havia sido aberta diversas vezes; a insígnia dos Mondini obliterada e depois recuperada. Consegui decifrar o nome da cidade de Tubingen manchado logo abaixo, embora não fosse com a grafia de meu pai. Seria essa a cidade de origem ou a carta fora reencaminhada ou devolvida para lá por engano? Quantos estranhos teriam lido essa carta? Procurando por heresias? Certamente ficaram desapontados. Enquanto virava as folhas sobre minha escrivaninha, uma única folha de papel amarelada se abriu. As gentilezas costumeiras de meu pai estavam ausentes e sua letra irregular parecia bem trabalhada:

Gabriella,

Você provavelmente deve ter me condenado ou dado por certa minha morte. Não posso justificar o que aconteceu mais do que poderia explicar a fricção que acontece sob as rotações harmoniosas das esferas. Seria simples demais dizer "a obra de Deus ou as tramoias do Diabo". Não voltarei mais e será melhor para você. Agora prefiro inteiramente minha própria companhia à companhia de outros.

Os dias confundem o meu querer e, contudo, tornei-me um viajante eterno. Não se culpe, como você está habituada a fazer. E, principalmente, não mande ninguém atrás de mim.

Dezembro

Seu pai, E.B. Mondini

Deixei escapar um longo suspiro.

E, então, um calor tomou conta do meu corpo. Ainda que meu quarto azul, iluminado pela janela verde com venezianas, fosse um refúgio mais fresco que qualquer outro quarto da nossa vila no canal, sentia como se estivesse queimando sob as águas.

Após certo tempo, ao dobrar a carta, capturei um ligeiro perfume de óleo de pétalas de rosa, o preferido de minha mãe. Ela já lera as palavras de meu pai ou esse óleo essencial viajara da Mauritânia até aqui?

Levantei-me, retirei do meu corpete a correntinha que guardava a chave aquecida pelo meu corpo e fui até o pé da cama. O baú (no passado destinado a guardar meu dote) agora ocultava as cartas de meu pai e podia ser aberto com esta chave. Eu a girei e a tranca se abriu. As cartas estavam organizadas em ordem de chegada e não pela data em que foram escritas, pois ultimamente não sabia mais quando ele as escrevera. As datas exatas não apareciam mais nas últimas e poucas cartas. Elas chegaram quase juntas, mas pareciam vir de cidades tão distantes umas das outras quanto Almodovar e Edimburgo. Será que ele simplesmente se esquecera de colocar a data? Algumas vezes, dia e mês estavam lá, mas não o ano. Outras vezes, ele apenas escrevia "Inverno". E como as cartas eram confiadas a diferentes mensageiros, dos mensageiros dos príncipes de Thurn e Taxis até mercadores viajantes, peregrinos e médicos que se submetiam a jornadas acadêmicas, as datas de chegada eram inúteis para determinar seu paradeiro naquele momento. Suas palavras descreviam passagens pela Europa que por fim, e até hoje, desapareceram em silêncio. Meu pai havia se tornado uma voz perdida no tempo.

O ruído de passadas rápidas do lado de fora da porta entreaberta do meu quarto me alertou para a chegada de minha mãe. Fechei o baú com violência, tranquei-o rapidamente e enfiei a chave de volta na blusa.

Minha impetuosa mãe entrou com certa perturbação, sua camisola violeta com pespontos vermelhos esvoaçava sobre seus ombros, os sapatos de longas pontas, na altura dos calcanhares, era talhado elegantemente com vários cortes pequenos revelando o azul por baixo do couro violeta. Ela entrou e parou bem perto de mim, deitando os olhos verdes ansiosamente sobre os meus.

— E então? O que ele disse? — Seus cabelos loiros (com brancos contrastantes na raiz) caíam sobre seu rosto.

Dei um passo para trás.

— Sobre o que você está falando?

— O mensageiro deixou uma carta com Olmina. — Ela agitou as mãos brancas. — Eu a segui e fiquei atrás da porta escutando uma conversa muito encantadora.

Pelo amor da Santa Virgem...

— Sou uma mulher de trinta anos, uma médica que merece alguma privacidade e respeito. — Falei calmamente, mas cerrei os dois punhos ao meu lado. Embora habituada à petulância de minha mãe, senti o pânico mergulhado em suas palavras. Ela não queria ser deixada de lado. Às vezes, eu esquecia que meu pai havia deixado nós duas.

— O que ele *disse*? Ele vai voltar para casa, meu marido devasso? — Sua voz ficou ainda mais estridente.

— Não — respondi. — Na verdade, parece que ele não voltará mais.

Ela ergueu uma das mãos como se fosse me bater, ou teria sido para se proteger? E, então, deixou-a cair para o lado. Por um instante, sua tristeza deu um nó na minha garganta. Minha mãe, que sempre se agigantava, encolheu-se como uma criança perturbada.

Fixamos os olhos uma na outra.

Olmina apareceu no patamar das escadas atrás dela, as mãos pingando água (por ter corrido até meu quarto no minuto em que ouvira nossa exaltação). Ela balançou a cabeça.

— Venha, *Signora* Alessandra — murmurou a criada para acalmar minha mãe. Ela tocou em seu cotovelo, porém minha mãe deu um passo para trás, gritando:

— Suas mãos estão molhadas! — E, empurrando-a, desceu as escadas toda alvoroçada.

— Moramos sobre a água — argumentei, enquanto ela descia — e ela teme uma gota.

— Ah, mas sabemos que não é a água! — Olmina deu de ombros. — Ela não suporta o toque da maré, qualquer insinuação de mudança, você sabe. Quando se vê muitas coisas cedo demais, qualquer mudança é uma ameaça.

Assenti com a cabeça, lembrando-me do repentino definhamento e morte de seu pai com a peste de 1575. Embora eu fosse uma jovem de 15 anos na época, não me fora permitido dizer adeus para meu avô. Meu pai e minha mãe não queriam que eu o visse tão desfigurado (não havia problema em ver um paciente, mas não um familiar), e de forma estranha ele permaneceu bem em minha mente e depois partiu. Minha mãe, no entanto, presenciou seu fim e, de certo modo, nunca se recuperou. Jamais falamos nele. Olmina acrescentou:

— Desculpe, *Signorina*. Não achei que sua mãe havia me visto quando o mensageiro chegou. — Ela enxugou as mãos vigorosamente, agora na saia de cima, de um marrom manchado, que estava dobrada ao redor de sua cintura.

— Não foi culpa sua — disse. — Olmina, você se lembra do *Signore* Venerio, o Grato? Casado com a mesma mulher por 51 anos, ele queria amenizar a desconfiança da esposa, suponho, com sua gentileza, embora nunca fosse o suficiente. Então, um dia, ele saiu para seu vagaroso passeio ao longo do canal e, quando voltou, parou na parte de baixo da escada e gritou, "*Finito. Finito*. Já chega, entendeu?". E, então, ele a deixou. As pessoas dizem que ele voltou a ser feliz.

Ela sorriu e respondeu:

— Sim, sua amarga e despropositada esposa agora tinha motivos para ser amarga. Ouvi dizer que ele foi viver sozinho em uma das ilhas mais distantes. Hummm, ele era um rapaz tão formoso, tinha belas panturrilhas e coxas...

Em seguida, Olmina se aproximou de mim para me abraçar.

— Não dê ouvidos aos acessos de ira de sua mãe. Ela grasna tanto quanto um corvo, como Lorenzo gosta de dizer. — Lorenzo é o marido de Olmina, um homem que normalmente guarda tais comentários para si. Ri um pouco de sua tolice. Gostaria que as coisas fossem simples assim.

Quando Olmina conduziu o cavalheiro da Guilda de Médicos[1] para nosso pátio naquela tarde, eu acabara de despertar com os sinos da tarde ressoando por toda Veneza. Um campanário tocou, e então outro começou sutilmente fora do tom, e outros se seguiram até que um ruído ressonante estremeceu o ar e afastou o torpor de minha cabeça. Meu livro de poesias de Veronica Franco estava aberto no banco na seguinte passagem:

A virtude não reside na força corporal,
mas no vigor da alma e da mente,
através do qual tudo se pode conhecer.

Sentei-me no banco do pátio onde cochilei e afastei os galhos baixos da romãzeira. Ele estava ali, *Dottore* Orazio di Zirondi. Seu estômago enorme anunciava sua saúde. Notei o manto preto, as correntes de ouro e prata, sua mão suada carregada de anéis. Ajeitei rapidamente meus cabelos de volta à rede, embora ainda parecesse desarrumada. Com o canto dos olhos, pude ver minha mãe sentada à sombra da parede, abanando-se sobre as folhas da arruda.

[1] Associação de auxílio mútuo constituída na Idade Média entre as corporações de operários, artesãos, médicos, entre outras profissões (N. T.).

— Ah, aí está, *Signorina* Mondini. — Ele se curvou levemente na minha direção, seu rosto redondo assemelhava-se a um pão maltrabalhado.

— Venha sentar-se aqui, caro *Dottore*. Olmina nos trará uma limonada — disse minha mãe. — Você pode se juntar a nós, Gabriella.

— Obrigado, *Signora*. É muita gentileza, mas tenho um assunto a tratar com sua filha, um comunicado oficial da Guilda de Médicos. Sinto dizer que terei de partir em seguida.

Minha mãe fechou seu leque ruidosamente. Eu me levantei e encarei o médico.

— O que os bons médicos desejam me dizer?

— Cara *Signorina*...

— O senhor pode me chamar de *Dottoressa* Mondini.

— Não pode esperar isso de mim, minha cara. Esse é o título de seu pai.

— Ah. — Estava começando a suspeitar por que eles mandaram *Dottore* Zirondi em vez do meu amigo, *Dottore* Camazarin. — Sinto o mau cheiro de algum plano...

— Gabriella! Nunca lhe ensinei essa falta de polidez — minha mãe me censurou, dando um passo à frente para tocar o braço dele. — Por favor, perdoe-a, *Dottore* Zirondi.

O homem suspirou e estreitou os olhos. Seu olhar fixo deixou transparecer incerteza entre nós duas, tentando discernir que antiga rivalidade ele interrompera. E prosseguiu:

— Tendo em vista que faz uma década desde a partida de seu pai dessa pacata cidade, e principalmente porque ninguém soube uma palavra sequer dele nos últimos dois anos... a Guilda... o Conselho da Guilda de Médicos não vai mais apoiar sua afiliação sem o aconselhamento de seu pai. Já permitimos que isso fosse longe demais. Mulheres médicas, como a senhorita bem sabe, não são permitidas. Sinto muito. A Guilda sente muito. São ordens do Conselho. — Ele fez uma reverência decisiva para minha mãe e pediu licença.

— Espere! — gritei. — O que acontecerá com as mulheres, com as minhas pacientes?

Ele me lançou um olhar frio.

— As mulheres serão tratadas, *Signorina*. Será que se esqueceu dos excelentes médicos que temos em Veneza?

Embora a Guilda tenha restringido minha prática após a partida de meu pai e, depois, tenha proibido minha participação nas reuniões, não achava que me baniriam do Conselho. Pensei na jovem cortesã com cinco meses de gravidez e sangramentos (quem iria atendê-la sem desprezá-la por causa de sua profissão?) e na velha esposa que sofria cronicamente de catarro e tinha um marido bêbado que se recusava a pagar por suas ervas. Tentei manter o nível de minha voz inalterado e a minha compostura.

— Mas eles são homens e a maioria das mulheres prefere uma mulher para tratá-la. Com toda a certeza o senhor preferiria que sua esposa fosse cuidada por uma mulher no lugar de algum curioso, independente do quanto ele fosse profissional.

Zirondi suspirou.

— Minha esposa tem excelente saúde e eu mesmo cuido dela.

— E as mulheres que não têm marido médico e que certas vezes... — fiz uma pausa —... são excessivamente examinadas, se é que o senhor me entende?

Ele me lançou um olhar de desdém.

— A senhorita está insultando meus colegas. Não lhe darei mais ouvidos. Um bom dia para as senhoras — ele disse e rapidamente deixou o pátio.

Passado um momento, minha mãe se voltou e me fuzilou com os olhos.

— Viu? — ela disse calmamente, abrindo seu leque com força. — Isso tudo é resultado da sua insolência.

Não conseguia retribuir-lhe o olhar, pois certamente diria algo de que me arrependeria depois e que alimentaria nossa longa discussão sobre minha decisão de trabalhar como médica. Como minha mãe adorava o tempero de uma briga! Eu não tinha o menor desejo de alimentar sua raiva. Em vez disso, caminhei altivamente até a cozinha e encontrei Olmina à mesa, cortando uma cebola. Ela deixou a faca sobre a mesa assim que olhou para mim.

— Vamos caminhar? — eu disse.

Ela rapidamente jogou um xale sobre os ombros e segurou-se em meu braço. Passamos por minha mãe, ainda se abanando no pátio, e deixamos a casa andando sobre as pedras escorregadias de limo à beira-mar até que a noite nos forçou a voltar para dentro. Quando retornei ao meu quarto, reli a carta de meu pai várias vezes. *Não*, queria dizer a ele, *não será melhor para mim se você não voltar*. Perderei minha profissão. E não será melhor para você. Podia detectar em suas palavras que havia algo de errado. *Os dias confundem o meu querer e, contudo, tornei-me um viajante eterno... E, principalmente, não mande ninguém atrás de mim.* Não parecia que era meu pai quem estava falando.

Não mandarei ninguém atrás de você, meu pai, decidi naquela noite. *Eu mesma irei.*

CAPÍTULO 2

Salgado e Doce, Lágrimas e Leite

Aos 20 anos, quando vi meu pai pela última vez, ele caminhava inquietamente perto da janela aberta de sua sala de estudos.

— Estou planejando uma viagem para o norte — ele anunciara abruptamente, suas costas largas viradas para mim enquanto ele puxava um livro encadernado em marroquim vermelho da prateleira de sua volumosa biblioteca. — Partirei por algum tempo. — Seus cabelos negros salpicados de fios grisalhos estavam molhados na altura do pescoço devido ao calor do meio-dia. — Não poderei levá-la comigo.

Ele se virou e me observou disfarçadamente com olhos duros e indiscerníveis, através de óculos redondos emoldurados por aros pretos, segurando *O Livro das Doenças* como se fosse um pequeno escudo e o depositando sobre sua mesa inclinada. Como eu hesitava em responder, apertando minhas mãos por dentro das dobras azul-claras das minhas saias, ele se aproximou da janela, seus sapatos pontudos sibilavam sobre o piso macio do terraço. Meu pai tirou o colete e o colocou descuidadamente sobre o peitoril da janela, debruçando-se, com sua camisa de linho e sua calça vermelho-sangue que terminava na altura dos joelhos, como se quisesse apanhar a brisa fresca da laguna, mas não havia nenhuma.

Não conseguia encontrar minha voz, embora balançasse a cabeça e olhasse fixamente para a roda de leitura, que tinha pelo menos dois metros de altura, do lado oposto ao dele na janela. A máquina, em formato circular e sentido horizontal, parecia uma daquelas roletas vistas nas feiras, com pequenas prateleiras, como púlpitos, que servem para apoiar livros abertos e que podem ser giradas, o que costuma arrancar risos das crianças. Essa roda de leitura aguardava ser terminada por Agostino Ramelli, amigo de meu pai e arquiteto de máquinas literárias raras.

— Gabriella. Esse seu silêncio... é atrevimento ou assentimento? — inquiriu meu pai, segurando as mãos resolutamente atrás das costas. Ele frequentemente fica nessa posição, ao modo dos homens que caminham pela cidade refletindo sobre as pedras silenciosas ou sobre o rumor das águas que passam debaixo delas.

Dei de ombros. O ar encolheu à nossa volta e, embora eu sofresse com o calor, minha disposição natural se tornou mais fria. Fui até a roda de leitura, tocando ansiosamente um de seus raios, deixando-a desalinhada. O eixo de madeira rangeu e três púlpitos balançaram de um lado para o outro. Seriam oito púlpitos no total quando a roda estivesse terminada.

Por um instante, meu pai olhou zangado para mim. Depois, suspirou de maneira delicada, e voltou o olhar para o mar preguiçoso. A roda, agora parada, parecia um grande mecanismo de relógio relegado ao esquecimento. Era como se o grande eixo do Sol, ao qual todos os outros ciclos estão ligados, tivesse desaparecido no céu. A roda deixava antever os volumes de meu pai sobre doenças. Seu trabalho, no entanto, tivera uma parada imprevista na indisposição universal do mês de agosto.

— E a roda de Ramelli, *Papà*? — indaguei com a voz embargada. — O senhor não quer vê-la terminada? Não vai terminar *O Livro das Doenças*?

Ele murmurou algo. Não estava bem ultimamente e seu humor era amargo. Durante meses, eu devotara tempo, diariamente, para copiar seus rabiscos quase ininteligíveis, anotações rapidamente rabiscadas sobre doenças e curas, ocasionalmente dando-me liberdade de inserir as minhas próprias expressões quando não conseguia entender o que estava escrito. Ele gentilmente me repreendia quando isso acontecia, embora relutasse em gastar tempo para esclarecer sua intenção. Portanto, prossegui com minhas próprias interpretações e simplesmente não as mostrava para ele, compilando uma enciclopédia paralela, companheira muda do volume de meu pai, que guardava em meu baú.

Do outro lado do amplo canal, a ilha cinza-esverdeada de Giudecca tremeluzia enfadonhamente com o calor. Nuvens carregadas avançavam para cima e para os lados, emprestando sua cor plúmbea ao mar e seu implausível peso morto ao ar. Falei novamente:

— O senhor sabe que sou sua melhor enfermeira e escrivã. Deixe-me acompanhá-lo, *Papà*. Não hesito diante de um ferimento, por que temeria uma viagem? — Pousei minha mão gentilmente em seu ombro largo. Ele ainda transmitia algo da força de sua juventude. Naquele momento, um dos grandes navios mercantes deslizou à nossa vista, com as velas frouxas na tarde desprovida de vento.

— Não preciso de uma assistente agora. Vou simplesmente coletar mais anotações.

Retirei minha mão, deixando uma marca úmida e sutil em sua camisa.

— Mas certamente irão procurá-lo como médico. Quem vai suturar os cortes para o senhor? O senhor sabe que dou pontos como ninguém. — Era verdade, apesar de minhas mãos serem bastante grandes e ásperas para uma mulher da minha classe social. O que não mencionei foi o fato de suas mãos não serem mais tão firmes como costumavam ser. — E os fios do meu cabelo são ótimas linhas de sutura.

Meu pai me disse amorosamente, certa vez, que os fios dos meus cabelos ruivos eram mais resistentes do que os fios de linho.

Porém, ele sacudiu a cabeça e apoiou as duas mãos sobre o peitoril de mármore, como que lutando para se manter firme em sua decisão. Observamos os pescadores de tainha de pé nas gôndolas pretas sobre a água, ouvimos o som de suas flechas rasgando o ar. Como eu adorava ficar ao lado dele naquela silenciosa observação do mundo! Ele era meu pequeno telescópio, minha lente de aumento, gentil instrutor e médico austero. Testemunhávamos a mistura entre crueldade e tratamento na doença, a perda que se redimia em cura e também a perda que jamais cessava. Meu pai não tinha outros filhos, portanto sempre compartilhara os dons que seriam destinados a um filho homem com sua filha mulher.

Ao longe, os pescadores pareciam quase imóveis, plantados em uma superfície sólida e cinzenta, o balanço de seus barcos era praticamente imperceptível. Os pássaros cormorões pretos que os rodeavam se destacavam com a segurança da tinta de impressão surgindo da prensa, como se estivessem soletrando as letras de uma palavra. A ilusão do I (engolindo peixes), S (descansando), T (asas abertas para pegar a luz do Sol). Seria *instante*, *instinto*, *istmo*? A ilusão se desfazia quando os pássaros mergulhavam na água atrás de um peixe golpeado. De quando em quando os pescadores os espantavam com paus, remos ou o que estivesse à mão. A agitação dos remos contra as toleteiras e os gritos dos pássaros me perturbavam. Minha garganta se fechou repentinamente, como se fosse chorar como uma garotinha.

— Filha — meu pai disse, enfim —, não vai haver discussão sobre esse assunto. — Ele não se virou da janela e era improvável que estivesse se dirigindo ao ar. — Você precisa cuidar da sua mãe. Seus ganhos serão os dela também, embora eu esteja deixando ouro mais do que suficiente para manter as duas durante anos. Minhas malas estão feitas. Preciso de sua ajuda agora para reabastecer meu baú de medicamentos.

— Estou ocupada hoje à tarde — respondi bruscamente, considerando o fardo irritante, minha mãe, sendo depositado sobre mim. Será que finalmente ela passaria a gostar de mim se eu fosse responsável por seu sustento? Duvido. Entrelacei meus dedos sobre minha barriga. — Tenho de limpar os bisturis. Nós concordamos em ajudar o Doutor Torrigiano com a flebotomia enquanto a lua ainda estivesse no segundo quarto; ou o senhor se esqueceu?

— Você terá de ir no meu lugar — murmurou meu pai. — Devo cuidar dos detalhes finais da minha partida.

O que causou essa decisão tão apressada? Ou a mudança foi se formando lentamente em oposição ao seu descontentamento?

Inda à beira-mar estamos agora
Como aqueles que pensam na jornada
Partem de alma, mas o corpo demora

Murmurei esses versos do *Purgatório*, de Dante Alighieri, mais para mim mesma do que para meu pai. Ainda queria que ele me respondesse ao seu velho modo amigável; mas quando ele apenas permaneceu parado à janela, em silêncio, não repeti.

Na manhã seguinte, meu pai escapuliu enquanto eu dormia, sem se despedir. Embora tenha levantado cedo, provavelmente estava exausto com a discussão que tivera com minha mãe na noite anterior.

— Não me diga o que fazer! — Ouvi sua voz tarde da noite, aos berros.

— Por que eu tentaria? Você jamais me ouve — ela disse mal-humorada. — Só o que importa a você é aquele volume empoeirado de doenças. No entanto, você não consegue curar seu próprio temperamento rude!

— Você não entende nada, mulher! — O chão tremia sobre mim enquanto meu pai andava de um lado para outro em seu quarto.

— Você entende menos ainda! Tentei manter esta família unida em consideração à sua profissão e a nós. Mas você é um fantasma para mim, sempre trancado em sua sala de estudos ou fora, em visitas. E agora vai deixar tudo?

— Se não fosse por minha filha e meus colegas, teria partido há muito tempo.

— Ela é minha filha também.

— Ela pode ser sua carne, mas não é sua filha.

Não consegui ouvir minha mãe arfar, mas pude sentir pela longa inspiração e pelo silêncio que sugou todo o ar da casa por um intervalo de tempo imensurável.

Agora, comecei os preparativos para minha própria viagem. E minha mãe suspeitava que algo estava para acontecer. Embora fosse a hora de nos recolhermos, ela andava pelo corredor e, depois de algumas idas e vindas, abriu bruscamente a porta do meu quarto, sem bater. Ela rapidamente assimilou a cena da minha bolsa de couro e peças de roupa espalhadas sobre a cama, meu baú de medicamentos aberto, papéis espalhados sobre a mesa, e entendeu.

— Ah — ela disse, seu rosto corando à luz das velas. — Você vai me abandonar, exatamente como seu pai. — Quando a ignorei, ela acrescentou: — Vá em frente, desperdice sua fortuna, Gabriella. Mas não espere dote quando voltar.

Parei de fazer minha mala, atingida pela insinuação (minha falta de perspectivas para casar).

— *Mamma* — disse, por fim. — Meu dote está aqui — estendi minhas mãos — e aqui. — Bati de leve em minha testa.

Ela andou até minha janela e espiou pela veneziana as luzes débeis da cidade.

— Ah, é mesmo! Isso lhe servirá muito bem quando você encontrar um pretendente. Mal posso esperar para ouvir o que ele dirá. — Ela se virou para me encarar, frustrada. — Ou melhor, o que não dirá, quando desaparecer tão rápido quanto uma chama se apaga. — Ela pressionou as duas mãos sobre o coração. — Quero que você seja feliz, Gabriella. Tenha filhos. Por que não se casar com um bom médico? Por que quer ser um deles? — Lágrimas brotaram em seus olhos, pois tivemos essa conversa muitas vezes antes, e eu sempre deixava o quarto. Mas desta vez eu simplesmente a olhei espantada, indignada e emudecida pela dor. Estávamos em lados opostos de um canal profundo, sem uma ponte entre nós. O mar continuava seu curso no escuro. Ela baixou os olhos e recomeçou a andar de um lado para o outro, ocupando toda a extensão do quarto, os saltos estalando no mármore e depois ficando mudos sobre o largo tapete vindo do Chipre.

Ouvimos alguém tossir e ambas nos viramos para a porta aberta. A criada de minha mãe, jovem e extremamente magra, rondava ansiosamente com uma vela derretendo, envolvida por uma enorme sombra no corredor atrás dela.

— Sua cama está pronta, minha senhora — arriscou-se Milena. Ela remexia as mãos, inquieta, e massageou o pescoço esquelético com a mão livre, os dedos longos eram estranhamente delicados. Eu suspirei e disse:

— Não vou abandoná-la, *Mamma*. Vou encontrar seu marido e fazer com que nossa família fique completa novamente — falei com sinceridade, como se pudesse reivindicar a harmonia distante da infância. Como se não a tivesse imaginado, à maneira que as crianças constroem paz a partir da necessidade. Empurrei minhas saias extras e minhas blusas para dentro da bolsa de couro com meus punhos para ganhar espaço para mais roupas, para deter o rancor de minha mãe. Ela tocou meu ombro.

— Gabriella, não vá. Eu... eu preciso de você aqui.

Jamais ouvira minha mãe dizer aquelas palavras. Sem olhar para ela, respondi:

— *Mamma*... Minha mente e meu coração já decidiram.

Minha mãe, dessa vez, ficou em silêncio. E, então, ela me deixou.

Ela também me deixara no dia em que me tornei mulher. Estava com 13 anos e, ao me despir para ir dormir com a ajuda de Olmina, sob o raro olhar atento de minha mãe — uma rara ocasião. Ela estivera me instruindo sobre que vestido usar em um casamento próximo quando Olmina gritou alegremente enquanto puxava a camisola sobre minha cabeça. A mancha vermelho-escura em minha roupa anunciava a mudança. Eu nem ao menos havia sentido, embora naquele instante sentisse certa excitação e confusão. Ela deitou a camisola com ternura sobre a cama. Abracei-a, estremecendo. Lágrimas brotaram dos olhos de Olmina, mas minha mãe ficou parada no mesmo lugar, sem expressão.

— Você não é mais uma menina! — lamentou, como se isso fosse uma calamidade imprevista. Ela deveria ter observado minha aflição com suas palavras, mas disse: — É apenas o início dos desejos que você nunca dominará, minha filha. O fim dos passatempos simples. — Ela deveria estar falando de sua própria mudança, pois será que se esquecera de que eu ajudava meu pai com seu trabalho e ocupava-me de poucos passatempos simples? Que eu observava a doença e a morte? Mas ela não queria ouvir essas coisas; mordeu os lábios e saiu correndo do quarto. Meu corpo traíra seus sonhos sobre mim e isso não teria mais volta. Água salgada infiltrara-se no poço. Eu não pertencia mais a ela, se é que algum dia pertencera.

Olmina, e não minha mãe, ensinou-me como usar a esponja do mar, como prendê-la sob minhas roupas íntimas com uma fita de seda (uma vez em volta da cintura, entre as pernas, e depois presa à cinta) para segurar o fluxo. Minha mãe jamais tocou no assunto novamente.

•

No dia seguinte bem cedo continuei a fazer minha mala, pegando as cartas de meu pai e uma pequena garrafa cheia de cinzas que estava no baú para colocar na minha bolsa.

Novembro passado eu retornara após cuidar de uma amiga doente e encontrei as cartas de meu amado Maurizio (morto há doze anos de malária) jogadas na lareira, ardendo em brasas com a fita que as amarrava, como uma veia quente contraída. Pensei nas veias azuis sob suas têmporas, que eu adorava beijar. Suas bochechas. O caracol perfeito de sua orelha.

— Se você não se livrar do passado, nunca mais terá uma vida no presente! — exclamou minha mãe, de pé perto das cartas carbonizadas. — Fiz isso por você. O amor precisa de uma terra queimada para receber as novas sementes. Ou você jamais encontrará um marido.

Segurei a pá da lareira com tanta força que ela deu um passo para trás de medo e caiu sobre a mesa da cozinha, gritando por sua criada. Eu poderia tê-la acertado. Contudo, me virei para retirar as cinzas da lareira com a pá. Mais tarde, quando estava a sós, despejei-as gentilmente em um cone de pergaminho para colocá-las em uma garrafa, que guardei em meu baú de medicamentos. Tantas cartas para uma pilha tão pequena de cinzas! As palavras de meu amado não pesavam mais que algumas respirações. As cartas de meu pai não teriam tal destino. Planejei entregar quase todas nas mãos de um querido amigo, Dr. Cardano, para ficarem a salvo na primeira parte da minha jornada.

Logo, ouvi uma voz exuberante no andar de baixo. Era minha prima Lavínia que desejava se despedir, pois eu lhe enviara uma mensagem através de Lorenzo.

— Suba até meu quarto — eu a chamei. Minha mãe, que não perdia uma conversa, seguiu-a pelas escadas.

Lavínia havia cortado uma figura amassada das ruas de Veneza, pois adorava desenhos e, ainda garota, divertia-se comigo copiando diversos ossos e esqueletos que meu pai mantinha em sua sala de estudos.

— O que é isso, *Dottore* Mondini? — ela gritava para meu pai enquanto ele escrevia em sua mesa. E embora fingisse irritação, geralmente respondia às suas perguntas com um sorriso. Perguntas que eu frequentemente tinha muito receio de fazer, preferindo consultar o atlas de anatomia de Vesalius. Com frequência, ele baixava sua pena e nos observava por alguns instantes, como se aquilo lhe desse grande alegria. Lavínia estudava as formas para a arte da física. Assim, tínhamos a companhia uma da outra nas longas tardes em nossas diferentes formas de venerar ossos.

— Gabriella, você vai mesmo embora? — perguntou Lavínia. Lembro-me de visitas anteriores em que Lavínia tinha rolos de papel debaixo do braço, pedaços de carvão nos bolsos, poeira nas mãos, braços, rosto e roupas. Hoje, ela simplesmente ficava sem fôlego (embora eu inveje sua beleza perfeita), pois seu corpo avantajado geralmente a deixa mais lenta. Meu corpo, não muito cheio ou magro, parecia comum comparado ao dela. Ela se voltou rapidamente para cumprimentar minha mãe, que lhe disse:

— Minha querida, ficaria imensamente grata se você conseguisse trazer de volta o juízo de minha filha.

— Ah, a senhora deve saber, *Signora* Mondini — Lavínia provocou —, como recuperar o juízo de Gabriella, pois a senhora sempre me disse que me faltava juízo.

Minha mãe não estava com disposição para sorrir de volta. Preferiu olhar para baixo, cismando, como se debaixo do chão, na lama da ilha, pudesse haver um deus que respondesse às suas preces, unindo mãe e filha. Porém, sem encontrar respostas, agarrou suas saias com força e deixou o quarto.

— E então? — Lavínia me beijou nas duas bochechas, cheia de expectativa.

— Sim, é verdade. — Sentamos juntas em minha cama. — Resolvi procurar meu pai, trazê-lo de volta e ajudá-lo a terminar sua enciclopédia, *O Livro das Doenças*.

— Mas não será perigoso?

— Ficar aqui pode ser mais perigoso — afirmei, depositando minha mão pálida sobre a dela, com suas unhas sempre enegrecidas e agora também manchadas por pigmentos. Ela vinha pintando com têmpera de ovo.

— Estou sendo lentamente sufocada pela Guilda, pela *Mamma*...

Ela assentiu.

— Ouvi minha mãe dizer que os membros da Guilda, que estavam na loja de meu pai, condenavam o uso que você faz de certas ervas. Esses rumores fervem quando há um bando de médicos aguardando os remédios serem aviados pelo desajeitado aprendiz de meu pai.

— Por que você não me contou?

— Queria protegê-la. E achei os comentários fúteis. Depois de todo esse tempo, por que cortariam sua filiação?

— O motivo que alegam é que me falta um mentor.

— Isso não faz sentido. Deve haver uma escassez de novos pacientes, então inventaram um motivo que satisfaça a mediocridade deles.

Eu ri e emendei:

— Bem, agora posso buscar meu caminho no vasto mundo. Visitarei as cidades renomadas por suas universidades de Medicina, obterei cartas de recomendação e, então, como a Guilda me recusará?

— Sim, Gabriella. Vá praticar suas habilidades. — Ela colocou no rosto uma expressão corajosa. — Como eu praticarei as minhas. Mas e quanto às outras línguas, como você vai se comunicar?

— Isso não será problema. Muitos falam nossa melodiosa língua. E meu inglês e francês são razoáveis, tive a oportunidade de praticar ao longo dos anos com médicos estrangeiros em nossa mesa.

— Para onde você vai?

— Venha, vou lhe mostrar. — Levei-a até minha mesa. — Aqui, e aqui... — Movimentei meus dedos tentando mostrar as possíveis rotas que planejei em meu mapa Mercator[2]. A chama da vela estava absolutamente imóvel no torpor da noite. Ela se inclinou para me observar.

— Você vê? Depois de Pádua, os grandes centros de Medicina na Europa acenam: Leiden, Edimburgo, Montpellier. E Tubingen, de onde veio a última carta de meu pai.

— Mas por que não ficar com Dr. Cardano e escrever para essas universidades pedindo notícias de seu pai? Não acha que vai correr muitos riscos se atirando ao desconhecido?

Eu mal a ouvia, repetindo nomes de cidades em voz baixa. Minha respiração se acelerou, meu coração e minha mente lançaram-se muito adiante de mim. Olhei de relance em direção à porta aberta e percorri o quarto a passos largos para fechá-la.

— Lavínia, eu *quero* o desconhecido. — Toquei o mapa, seu papel era macio como pele na noite quente e úmida. Ela me encarou com perplexidade e então corou, sentindo prazer na compreensão.

— Quase desejo ir com você.

— Então venha!

— Não, jamais deixaria Veneza. Não anseio essa viagem como você.

Ela me abraçou impulsivamente e saiu do quarto apressada. Seus cabelos negros desprenderam-se da rede enquanto esta caía no piso da escada, seu vestido de trabalho de um linho áspero farfalhava rigidamente.

— Lavínia! — gritei, pegando a rede cor de areia. Corri até a janela, porém mal pude entrever sua silhueta, pois ela havia virado a esquina perto do Campo Sant'Agnese. Segurei a rede com carinho por um momento e a coloquei no meio de minhas coisas na bolsa de couro.

---

[2] Gerardo Mercator foi um matemático, geógrafo e cartógrafo flamengo. Dedicou-se à construção de globos e mapas (N. T.).

Na manhã seguinte, ouvi Olmina perambulando com seus tamancos de madeira sobre as pedras do Zattere, com irritação. Sua voz melodiosa chamava embaixo da minha janela no estreito cais.

— Quanto tempo mais devemos esperar, *Signorina*?

E então:

— *Dottoressa* Gabriella, as gôndolas estão prontas!

Sua impaciência foi gerada a partir de sua relutância. Quando pedi a ela e Lorenzo para me acompanharem na viagem, ela implorou:

— Deixe-nos ficar, Gabriella. Essa viagem não me traz bons presságios. Sinto cheiro de um cadáver no futuro. — Ela estava sempre jogando tarô e prevendo tragédias, por isso não lhe dei atenção. Ela continuou: — Devemos ter paciência e esperar a volta de seu pai. Mais cedo ou mais tarde a cidade o puxará de volta para seu abraço, não acha? — Ela não queria deixar sua cidade, que surgira do sedimento de um pântano salgado, a cidade que oscilava sobre a maré como uma maravilha encalhada.

Olmina fora determinante em minha vida desde o meu nascimento. Alguns meses antes da minha chegada, seu bebê havia morrido no parto com a cabeça envolvida na membrana fetal (um sinal de clarividência, talento que jamais se realizou) e, portanto, ela me deu seu seio como se eu fosse seu bebê; eu suguei o salgado e o doce, lágrimas e leite. Com o passar dos anos, ela me protegera de minha mãe, que se recusava a me amamentar, pois, sendo uma jovem de apenas 15 anos, suponho que estava apavorada com o que havia acontecido com seu corpo. Ela não abraçou a maternidade com facilidade. Sua própria mãe, curandeira leiga presa deslealmente sob acusações de bruxaria, não estava presente para cuidar dela. Até hoje, *Mamma* costuma me dizer:

— Ah, Gabriella, eu chorei quando você nasceu! Sua cabeça surgiu tão disforme, pensei que tinha dado à luz uma criança trocada[3]!

---

[3] Criança trocada ou *changeling*: no folclore europeu e na crença popular, criança trocada é a prole de uma fada, *troll* ou outra criatura lendária que foi deixada secretamente em troca de uma criança humana (N. T.).

Houve um tempo em que *Mamma* se divertiu comigo como se eu fosse uma boneca. Ela me arrumava com vestidos desconfortáveis, torcia meus cabelos umedecidos em cachos em volta dos seus dedos e me colocava em uma almofada diante de uma das janelas para que eu pudesse ver os navios no canal; polvilhava meu rosto com pó branco e me dizia para não me mover quando suas amigas vinham conversar e se enfeitar. Lembro-me, porém, de um dia, logo após meu terceiro aniversário, quando não a obedeci. Havia chuviscado semanas seguidas. Olmina me deu minha tigela com massa de pão de castanhas para fazer bolinhos. Agachei-me em um tapete no chão da cozinha (apesar de boa parte da massa eu apenas ter espremido nas mãos, fascinada, beliscando-a e tirando pedacinhos). Minha mãe se inclinou sobre mim com firmeza, segurando meus braços como se pudesse me prender ao chão, e disse:

— Fique aqui, entendeu? Não saia desse tapete ou monstros sairão do porão! — Mas, se houvesse monstros no porão, não queria ficar em casa.

Enquanto Olmina rolava a massa na espessa mesa, de costas para mim, e minha mãe puxava uma cadeira e cochilava diante do fogão, eu fugi, determinada a explorar o cais diante da nossa casa. Vesti apressadamente minha capa de criança e meu gorro de lã e, empurrando a porta que Lorenzo havia deixado entreaberta ao sair naquela manhã, despenquei em direção ao dia. A chuva havia dado uma trégua, os navios oscilavam como casas flutuantes, e eu me deleitava de alegria com minha liberdade, correndo ao longo das pedras até a beira da água. Os mercadores me olhavam espantados, duas freiras me perguntaram onde minha mãe estava, marinheiros cantavam em voz alta e acenavam, e uma senhora com sua serva me repreendeu duramente quando dei de encontro com elas. Encontrei um gato com três patas debaixo de um banco. Experimentei um pedaço de pão que caíra sobre as pedras e o cuspi de volta. Agarrei as lindas saias adamascadas de uma mulher de roxo, que riu e me perguntou meu nome. O vento doía em minhas orelhas. De repente, a nuvem escura de minha mãe desceu.

— Nunca mais faça isso comigo! — ela esbravejou enquanto me puxava pelas pedras, meus pés voavam para fora do Zattere em pequenos intervalos. Ela me trancou no seu armário.

— Vou confiná-la aqui de agora em diante, você ouviu?

Chorei e solucei silenciosamente por algum tempo e acabei adormecendo. Mais tarde, na penumbra incerta daquele lugar, acordei debaixo de uma saia de armação feita de ossos, como se estivesse dentro das costelas de uma enorme criatura do mar. Em minha imaginação fértil, minha mãe era um leviatã. Eu me balançava de um lado para outro debaixo das costelas da fera. Ela não poderia me fazer mal ali, pois estava me escondendo dentro dela. Assim eu imaginava quando Olmina veio tilintando seu chaveiro com chaves de ossos para me levar para jantar.

Olmina sabia todos os segredos da nossa família, por isso minha mãe refreava seus impulsos de mandá-la embora, com receio de que ela alimentasse diretamente os ouvidos vorazes de Veneza, que se deleitavam com a infelicidade alheia. Foi Olmina quem, mais tarde, quando eu frequentava a universidade, insistiu para que eu escondesse minhas anotações médicas, o que prontamente fiz, atrás dos textos menos importantes de meu pai, que raramente eram consultados. Minha mãe quase nunca entrava na sala de estudos de meu pai e tinha de pedir a chave, pois meu pai conhecia muito bem seus hábitos ciumentos de roubar papéis e bagunçar as páginas.

— A Farmacopeia é sua amante — ela costumava dizer quando estava descontente. Ele levava as chaves com ele quando saía, dizendo temer que seus rivais poderiam tentar roubar suas anotações ou seus livros, embora talvez ele estivesse, na verdade, combatendo a rival de dentro de casa.

Durante muitos meses sofri duplamente com a ausência de meu pai. A falta de sua figura e a carência de seus escritos. Tornei-me tão obcecada com a sala de estudos trancada que considerei maneiras de arrombá-la e entrar com a ajuda clandestina de um reparador de trancas (embora soubesse que não seria segredo por muito tempo), ou quebrar o vidro de uma janela com uma pedra e contar com a ajuda de um vidraceiro como desculpa para entrar por uma escada (embora essa alternativa fosse muito suspeita e ridícula, uma médica bem-vestida e arrumada balançando em cima de uma escada). É claro que esses planos eram apenas uma distração. Uma parte essencial fora apagada de mim. Mas em uma de suas primeiras cartas para mim, de Pádua, no outono de 1580, ele havia mudado de ideia.

... no eixo da roda de leitura, que levamos para o seu quarto antes da minha partida, você encontrará um pino redondo central, o qual, a despeito do seu companheiro que se encontra do outro lado, pode facilmente ser retirado. No pequeno espaço oco ali, você encontrará uma chave extra da sala de estudos. Guarde essa chave, pois ela já era originalmente sua, querida Gabriella. Sob nenhuma circunstância a empreste a alguém. Tranque-se do lado de dentro quando estiver lá para que ninguém possa supor que ela tenha sido aberta. Entre com cautela, somente quando não houver ninguém em casa. Confio que você continuará com seus estudos e suas anotações sobre doenças, que se juntarão às minhas quando eu voltar. Quem sabe um dia você superará minhas pesquisas e investigações na vasta natureza das enfermidades que nos assediam. Esse é o seu dever para com os mais velhos, completar o que eles não puderam... talvez até encontrar a cura que não conseguiram ou escolheram não buscar.

Estava feliz por ter acesso à sala de estudos, mas, depois de algum tempo, minha alegria capturou um sabor amargo. Com o passar dos anos, a sala de estudos de meu pai se transformou em um estranho mausoléu em nossa casa com a sua ausência. Eu entrava ali às vezes para ler, tirar o pó das prateleiras e mesas que vinha nem sei de onde (as janelas e portas estavam sempre fechadas), a menos que fosse a breve poeira do mundo que trazia comigo. Costumava falar com o fantasma dele, algo estranho de se dizer, eu sei, quando um homem está vivo. Mas as coisas eram assim agora. *Papà, onde você está agora? Em quais curas está trabalhando? Tenho uma paciente sofrendo de melancolia e todas as condutas habituais falharam para animá-la. O que devo fazer?*

Jamais escrevia em sua mesa, pois não queria desarrumar suas coisas. Se deixasse tudo exatamente como estava quando ele foi embora, talvez aquela organização imutável apressasse sua volta. Mas é claro que nada era imutável. A tinta ficou concentrada demais e secou dentro do tinteiro. Insetos minúsculos consumiram as penas. Teias de aranha cobriram os livros.

Por outro lado, mantinha as janelas do meu quarto abertas quase o tempo todo. Naquele dia da partida, contemplava no pequeno canal lateral um leão alado de pedra mosqueada, com uma das patas levantada, impassível como um santo. Ele habitou aquela visão por toda a minha vida. Às vezes, gatos dormiam debaixo de seu peito de pedra coberto de musgo, aumentando sua expressão distante, enquanto o opaco espelho d'água abaixo o corrompia. No mercado de Rialto, vendiam leões do tamanho da palma da mão esculpidos em jaspe, que supostamente curavam a febre e combatiam venenos, e alguns, esculpidos em granada, curavam todos os males e eram amuletos contra os perigos da viagem. Embora eu não acreditasse nessas coisas, havia comprado um.

O corredor estreito que ficava abaixo do meu quarto, no terceiro andar, ainda estava banhado em sombras apesar da hora avançada da manhã. Podia avistar uma pequena faixa de mar, o San Vio sendo derramado no *Canale della Giudecca*, que, por sua vez, unia-se ao *Canal Grande di San Marco*, depois às águas da laguna e, finalmente, ao Mar Adriático. Quando inspirava o cheiro do mar debaixo da minha janela, podia perceber também o odor metálico do gelo, a fonte. Rios e montanhas.

Uma batida abafada em minha porta.

Abri e vi Lorenzo, o marido magro e forte de Olmina, trazendo-me de volta aos assuntos do momento.

— *Dottoressa*, por favor, Olmina está arrancando minha barba! Temos de chegar a Pádua antes do anoitecer. Todas as malas de couro e provisões estão prontas; tudo está ajeitado, exceto seu baú de medicamentos.

Lorenzo também juntou-se à nossa família quando eu nasci, seus olhos e sua pele da cor de goma-laca, como se fosse feito de madeira. Ele nasceu em Pinoa e seu dialeto montanhês lhe deu modos e maneira de falar hesitantes, como uma daquelas criaturas exóticas que os mercadores trazem de suas viagens: os númidas e seus dromedários ou os pequenos macacos berberes apáticos. Lorenzo constantemente reclamava dos humores do Adriático.

— Dê-me terra firme, tirolesa, no lugar dessa cidade governada pela Lua e pelo lodo, onde nossas vidas são tão lamacentas quanto o mar!

Olmina sempre defendia Veneza (essa era a rixa e o vício de seu casamento):

— Se não fosse por essa cidade, *La Serenìsima*, estaríamos amargando em algum chalé congelado, com os pés embrulhados em palha velha, fitando suas belas montanhas. Aquilo é terra firme para você? Já se esqueceu dos dedos dos seus pés?

Três dos dedos do pé de Lorenzo ficaram negros devido à gangrena por causa do frio e tiveram de ser amputados quando ele era criança. Ele sempre enchia o pé direito de sua meia marrom com pequenas bolas de lã para compensar a falta dos dedos, depois de arrancar os ouriços da lã bruta.

— *La Serenìsima*! — Lorenzo repetia mal-humorado e cuspia no mar. Ele estava inflamado e possuído por um resfriado por causa do excesso de umidade.

Fechei e tranquei com firmeza as venezianas verde-escuras da minha janela pela última vez.

— Obrigada, Lorenzo — agradeci. — Estou indo, vou apenas dizer minhas preces. — Mesmo tendo dado essa desculpa, pensei no velho provérbio "Onde estão três médicos, estão dois ateus".

Lorenzo abriu um largo sorriso, como se tivesse ouvido meus pensamentos.

Agarrei as alças de golfinhos gêmeos do meu baú de carvalho e, recusando a ajuda de Lorenzo (sempre carregava meu baú sozinha, acautelando-me da influência dos outros sobre os medicamentos), desci a escada estreita.

— *Mamma*? — chamei.

A resposta foi o silêncio. Lorenzo deu um passo para trás enquanto eu chamava minha mãe novamente, desta vez acrescentando um adeus.

Dos recantos frios da casa, sua voz foi projetada pelo corredor.

— Agora estarei livre para aproveitar a vida! — Sua petulância não me enganou.

Novamente disse:

— Adeus! — E queria dizer, "Fique bem, *Mamma*. Alegre-se", mas minha garganta se fechou e minha boca tinha um gosto salgado desagradável. O velho sal da tristeza estava ali.

Não houve resposta. O silêncio caiu como chumbo pesado em meu estômago, que se encolheu, contrapondo-se ao choro. Apesar de ter suportado os desvios de mente e coração de minha mãe durante anos, ainda desejava as bênçãos dela.

Já do lado de fora, o brilho ofuscante do Sol multiplicado pela água atingiu--me em cheio.

— Finalmente! — Olmina me fitou com ar zangado na proa da gôndola.

Coloquei o pé na popa, seguida por Lorenzo, e fui jogada para frente sem cerimônias, enquanto deixava o baú cair com um baque no centro. Escolhi o assento virado para trás, para partir observando a casa que estava deixando. As paredes de um ocre desbotado estavam descoloridas pelo mar, cinza e verde nas fundações, como se a construção em si fosse um corpo em decadência. Tijolos da cor de sangue seco estavam expostos perto da água, onde o reboco havia caído. As portas, castigadas pelo clima e recortadas pela decomposição, permaneciam fechadas. Como não havia notado o declínio do nosso lar até agora?

É fato que outras casas também estavam em declínio ou eram sustentadas por andaimes para restauração. Conforme deslizávamos pelas águas tranquilas com o mergulho, o impulso, a subida e o gotejar estáveis do remo, eu assistia ao Zattere se afastando e depois San Marco aparecendo além das torres das igrejas, dos campanários, dos telhados oblíquos, dos bairros miseráveis cobertos de musgo, gloriosos, resplandecentes, devotos, cheios de vida, tristes, mudos, exuberantes, corpulentos, fabulosos e depois reduzidos, unificados pela distância, pelo achatamento, pelo branco azulado fino como a gaze que poderia ser usada para fazer um curativo.

A gôndola balançava; ergui a bolsa de couro com as cartas de meu pai e a coloquei no meu colo. Embora soubesse que estavam todas ali, resolvi checar novamente. Sim, elas estavam todas lá dentro, cuidadosamente amarradas em maços.

Observei minha casa se perder ao longe pela última vez. Todas as janelas distantes estavam fechadas para se protegerem do calor, exceto uma. Nenhuma mão ali abriu as cortinas. Nenhum rosto visível nos observava partir.

CAPÍTULO 3
A Casa do Dr. Cardano

Os campos na estrada para Pádua cintilavam com painços maduros e um exército de cigarras perfurava o ar. Como a garotinha curiosa que fui, certa vez trouxera para meu pai a mão cheia de cascas de cigarras cindidas com perfeição e perguntei o que acontecera com os corpos rachados no auge do verão. Elas se transformaram em pequenos espíritos chamuscados? Os espíritos, então, aqueceriam o ar no céu? Meu pai sorrira com aquelas perguntas. *Gabriella*, ele brincou, *elas cantam até rachar!*

Aproximamo-nos de Marghera, na gôndola, depois de pouco mais de uma hora, no momento exato em que os sinos do meio-dia começaram a repicar. Meu tio Ubaldo nos aguardava no pequeno cais de madeira, levando-nos até os animais: cinco mulas e seu cavalo, Orfeu, um belo manga-larga preto. Orfeu brilhava ao Sol do meio-dia, empurrando as mulas, que eram tão altas quanto ele.

— Gabriella! — Meu tio segurou meu braço e, através da manga do meu vestido, senti as calosidades em sua mão, provenientes do trabalho com ferro e ferramentas. — Tia Cecilia está muito desapontada por você não parar em nossa casa. Qual é a pressa depois de todos esses anos?

— É a impaciência finalmente libertada, querido tio. Não quero demorar no início de nossa viagem e estou ansiosa para cruzar as montanhas.

Inclinei-me para frente para um rápido beijo de adeus, primeiro em uma bochecha, e depois na outra, enquanto Lorenzo terminava de equipar as mulas com nossos suprimentos. Como era estranho dizer adeus à imagem tão próxima do homem a quem estava buscando!

Depois de cavalgar de lado sobre a sela por uma curta distância, comecei a ficar desconfortável e, apesar dos protestos de Olmina, desdobrei minhas saias de linho e cavalguei meu cavalo com uma perna de cada lado (como meu tio me ensinara muitos verões antes). Que alívio! No futuro prometi usar calças curtas por baixo das saias, como as cortesãs venezianas. Eu colocara na mala apenas um par dessas calças femininas para relaxar quando as saias se tornassem opressivas demais, e agora tinha outro propósito para elas. O luxo do tecido adamascado serviria como traje para cavalgar.

Atrás de mim, as paredes de Veneza (seus *palazzi*, *scuole*, igrejas e conventos, seu infinito requinte e suas prisões assustadoras) manchadas pelo mar lamacento. Ela era, em verdade, um estranho teatro. Por mais que os viajantes exaltassem sua beleza e suas riquezas, a deliciosa aparência ilusória da qual se travestia, eu a conhecia robusta, pesada e dura. Pedras, tijolos, estacas cravadas no barro. Ela permanecia diante do mar vaporoso e mutável que constantemente a demandava, e o melhor que podia fazer era suportá-lo, divertir-se com ele por um tempo. Veneza, um denso acúmulo de vidas, anunciava a solidez dessas vidas em uma vila enorme ou em travessas estreitas. Em leões de pedra, parapeitos e império. Mas a água estava sempre lá. Muito foi feito da cidade e de seu espelho. Às vezes, achava que ela era um vidro defeituoso e sem brilho (o que é o vidro, afinal, além de areia?), tentando refletir a água sem muito sucesso. Como nossas construções e nós, em nossos pobres corpos turbulentos, podemos refletir a luz?

Conforme avançamos em nossa viagem, a cidade tornava-se cada vez mais indistinta. Os homens da Guilda de Médicos e seu ciúme perderam suas fronteiras. O nó apertado das proibições à minha prática não me ameaçava mais.

Comecei a me sentir livre, capaz de trabalhar minhas habilidades com quem precisasse da minha ajuda ao longo da nossa jornada.

Decidira ir atrás de anotações sobre doenças completamente desconhecidas para os médicos mais estimados da Guilda. Meu pai ficaria satisfeito com isso. Em uma carta enviada de Leiden, na primavera de 1581, ele escreveu:

Fico frustrado com minhas anotações, às vezes, e talvez tenha falhado em reconhecer a grande ajuda de sua parte quanto a isso. Como foi que você desvendou meus pensamentos, minha menina? Acredito que talvez sua posição incomum como mulher nessa profissão lhe permitiu certa abordagem sinuosa, que, apesar de parecer infantil a princípio, provou ser mais eficaz do que minha inteligência aguçada algumas vezes. Lembro-me de quando você escovou o cabelo da garota cheia de pelos, tirando-a do armário em vez de avaliar a quantidade de pelos de seu corpo e a perturbação que isso causava à sua vida. Fomos capazes de sugerir alternativas para ela, embora seus pais não quisessem nos ouvir. Juntos, fazemos uma boa dupla. Infelizmente, porém, o mundo não é favorável às mulheres nessa profissão. Ainda assim, mantenho-a como fonte de inspiração, apesar de você estar longe, como é preciso estar.

Quantas centenas de quilômetros teremos de viajar? Cada milha equivale a mil passos, *mille*, segundo os antigos romanos. Olmina chorava baixinho enquanto cavalgávamos, mas Lorenzo estava feliz.

— Pare com esse barulho, mulher, vamos conhecer o mundo!

— Não há mundo algum fora de Veneza — discordou Olmina.

— Levaremos nosso mundo conosco, querida Olmina — assegurei-lhe.

— Parece que *já estamos* levando — reclamou Lorenzo baixinho, irritado com a necessidade de três mulas para nossas malas e provisões.

— *Lontan da casa sua, vicino a qualche disgrazia* — Olmina avisou. "Longe de casa, perto da desgraça".

— *O, Dio mio*, não podemos viver conduzidos pelo medo! — replicou Lorenzo, dando um tapa no traseiro de sua mula para fugir de nós.

Ambas caímos na risada com a visão da sua cabeleira grisalha, espessa e desalinhada, seus braços e pernas curtos e magros sacolejando pela estrada seca.

Mais tarde, não estávamos mais sorrindo quando a poeira tomou conta de nós como farinha suja. *Você vai se arrepender dessa viagem, Gabriella, pois ela apenas lhe trará provações!*, minha mãe preveniu. Apenas começáramos e minhas mãos sem luvas suavam com o calor enquanto eu limpava o pó de meu rosto com um lencinho rendado, retirando o véu do meu amplo chapéu de palha.

Estávamos em silêncio quando passamos pela pequena vila de Luciafuccina. Não havia ninguém à vista. Certamente as pessoas estavam fazendo a refeição do meio-dia nos campos ou no frescor de suas casas, bem protegidas do calor e dos mosquitos que se agrupavam no ar, grudando em nós como chapéus flutuantes.

Lorenzo estava de pé, mais adiante, golpeando a nuvem que formava um halo escuro sobre sua cabeça, enquanto jogava água em sua mula voluntariosa à beira de uma sequência de álamos. Seus galhos brincavam conosco com pedaços prateados de luz, um tesouro que jamais chegava à terra.

Mais duas horas até Pádua.

Conforme prosseguíamos, as planícies davam lugar a inclinações preguiçosas, onde vilas com pombais decrépitos se amontoavam debaixo da sombra dos troncos de enormes carvalhos e castanheiras, com vista para pomares que sustentavam parreiras. Hortas muradas com plantações de tomates, chicória, melões e ervas davam um formato quadriculado ao solo, com uma simetria equilibrada, como se um gigante com um tremendo ancinho tivesse sulcado o solo curvo em quadrados, com linhas correndo primeiro para um lado e depois na perpendicular, de modo que os canteiros pareceriam trançados aos olhos de um falcão voando por ali.

Fui embalada por aquele aspecto agradável; quando percebi que poderia cair no sono em cima de Orfeu, inspirei o aroma refrescante da areia úmida do

Rio Brenta. A grande passagem para a cidade de Pádua, a Porta del Portello, construída com pedras claras, ladeada por fileiras de gôndolas e barcos que batiam contra os degraus de pedra. Os barqueiros carregavam toda espécie de coisas para o mercado, de barris de vinho, cestas de frutas e hortaliças a toras de madeira para pessoas de cargos elevados. Alguns barcos vazios batiam contra as pedras espessas do baluarte da cidade produzindo um som oco. Os barqueiros ruidosos eram uma exibição, encorajados a comentar sobre cada um que passava, zombando de estudantes, cantando para as mulheres e até mesmo vaiando a nobreza!

É claro que mantive meu olhar adiante enquanto passava por eles, embora estivesse tentada a sorrir para as canções bobas que cantavam para meu cavalo:

Oh, bela montaria negra
que carrega puro deleite.
Permutaria fardos, contente,
para galopar com ela pela noite!

Lorenzo, que vinha no final da nossa fila de animais, ergueu o punho. Ao meu lado, Olmina se sentou ereta e impassível como uma árvore, enquanto sua mula seguia penosamente de forma regular.

A casa de meu amigo Dr. Cardano, um palacete vermelho escuro de dois andares, era separada das outras por jardins murados e abrigada por uma árvore de copa plana que descansava com firmeza um galho a um canto do telhado de telhas vermelhas, como um trabalhador que descansa um cotovelo na parede enquanto observa o mundo. O casarão parecia ter sido recém-reformado, como um velho almofadinha transformado em um jovem dândi, mas as janelas e o telhado ainda vergavam.

Dr. Cardano levou algum tempo para vir à porta. Quando a abriu, notei seu olhar confuso e os esparsos cabelos brancos despenteados ao redor de seu rosto. Ele sorriu e esfregou o topo de sua cabeça bruscamente, como quem quer incitar o raciocínio. As veias azuis de suas têmporas apareciam sob a pele translúcida.

— Querida Gabriella! Estava esperando por você.

— Estou feliz em vê-lo, Dr. Cardano!

Segurei seu braço fino e passamos para o interior fresco da casa, onde os ladrilhos vermelhos sob nossos pés ainda mantinham o frescor da noite. Olmina me seguiu. Lorenzo deu a volta atrás da casa, onde poderia soltar os animais para alimentá-los. Eu estava feliz por estar novamente naquela casa, que já fora um segundo lar para mim. Lembro-me de quando meu pai me trouxe pela primeira vez aqui, aos 8 anos. Ele se gabava para o Dr. Cardano:

— Minha filha tem bom olho para localizar ervas selvagens e você verá como é habilidosa para aplicar um cataplasma[4]. O mais importante, porém, é que ela é excelente observadora.

— Hum, teremos de ser cuidadosos com o que dizemos e fazemos perto dela — brincou Dr. Cardano, inclinando-se para pegar minha mão e me observando com curiosidade, enquanto eu o encarava com coragem (um truque para encobrir meu medo). — Que criança corajosa!

Daquele dia em diante, fiquei cada vez mais parecida com a criança corajosa que ele imaginava que eu fosse.

Entramos em um quarto escuro, onde Olmina abria as venezianas verdes que rangiam.

— Como você está, querida menina? — Dr. Cardano se voltou para mim. — Você se tornou uma mulher encantadora.

— Ah, doutor, vejo que não está perdendo seu tempo! — brinquei.

Ele mostrou indiferença.

---

[4] Papa medicamentosa que se aplica, entre dois panos, em uma parte do corpo dolorida ou inflamada (N. T.).

— Sou velho e não tenho tempo.

— O senhor está doente? — Fiquei alarmada.

— Não, não. Velhice é a doença. — Ele abriu um largo sorriso. — Mas ainda estou cheio de vida.

O esgotamento da estrada caiu abruptamente sobre mim quando reconheci o quarto que meu pai habitualmente ocupava quando nos hospedávamos ali. O aposento parecia tão intocado e familiar quanto um armário esquecido de alguém que morreu.

Por um instante não pude suportar aquilo, apesar de o quarto ser espaçoso, com uma cama dossel grande, outra pequena encostada à parede e uma agradável saleta perto da janela. De lá podia ver os pomares prateados de azeitonas e suas longas sombras lançadas ao leste de Veneza. Orfeu e as mulas pastavam contentes sob as árvores. Uma senhora usando um lenço preto e vestido agachava-se perto do muro distante do jardim, descansando os braços nos joelhos, com as saias espalhadas ao seu redor.

— Ah, lá está Gesuína, que se recusa a usar o penico! — Divertiu-se Dr. Cardano.

A velha senhora se enxugou com um amontoado de folhas e ficou de pé, sacudindo as saias e olhando para a oliveira, como se contemplando a safra daquele ano. Então, ela percebeu que a estávamos olhando e nos encarou. Era aquele olhar feroz e inflexível que se vê nas viúvas, a reprimenda constante contra todos e ninguém em particular, exceto, talvez, Deus.

Não falamos sobre meu pai naquela noite, eu estava cansada demais depois do jantar. Quando me retirei para o meu quarto, Olmina já estava deitada, roncando gentilmente em sua cama encostada na parede.

Sentei-me na beirada da minha cama e abri a tampa do baú de medicamentos. Observei Esculápio, o deus da Medicina, que cura através dos sonhos, e sua filha Higeia, deusa da mente sã, ambos pintados ali em cores esplêndidas por Annibale Brancaccio. O deus de barbas, envolto em uma túnica simples, encarava-me à esquerda de um maravilhoso bastão (com folhas brotando da ponta) com a cobra curativa contorcendo-se ao centro. Do outro lado, a adorável Higeia, de olhos azuis esverdeados, de perfil e em pé, olhando para fora com um ar questionador, como se oferecesse uma pequena tigela de alguma substância misteriosa à cobra.

Fechei os olhos e rapidamente adormeci.

Na manhã seguinte, procurei Dr. Cardano para que pudéssemos falar de meu pai, mas ele deu uma desculpa, dizendo que precisava cuidar de assuntos profissionais, entre eles devolver alguns livros a um amigo acamado que sofria de edema. Fiquei imaginando por que ele estaria evitando a conversa.

Passei parte do dia no pomar, andando pelas fileiras de árvores, sentada às compridas mesas de madeira com livros de anatomia que escolhi de sua incrível biblioteca, sentindo-me culpada (mas não muito) por tê-los trazido para fora sem permissão. Debrucei-me sobre o maravilhoso Vesalius, *De Humani Corporis Fabrica* (*A Formação do Corpo Humano*), pois o Dr. Cardano possuía uma edição muito superior e mais completa que a nossa. Nós tínhamos a *Epítome do Estudante* em latim, que trazia ilustrações maiores impressas na parte inferior para estudo (porém poucos exemplos).

Esse livro tinha a capacidade de me acalmar, principalmente o *Livro Um*, as coisas que sustentam e dão apoio ao corpo todo e o que liga e une tudo (os ossos e os ligamentos que os interconectam), pois não deixava de me encantar sobre o que está dentro de nós, inclusive a maneira como as partes são nomeadas. Por exemplo, Vesalius examina a origem de certos termos: *verticulum, vertebra, spondulos*. Para nós, a palavra do latim, *vertebra*, significa o que espôndilo significava para os gregos: qualquer osso das costas, que também é chamado de (*verticulum*) por muitos, provavelmente por causa do formato de pivô ou círculo concêntrico *verticula* semelhante aos fusos que as mulheres usam para fiar. Ao ler isso, pensei no eixo feito de círculos concêntricos da minha vértebra, que sustenta a medula espinhal, os nervos "fiados" pelo "fuso" do cérebro. O pensamento é semelhante ao fio esticado por uma mulher segurando o fuso enrolado com lã crua; o fio é esticado e colocado no prumo do carretel e da carga. O peso da gravidade, o corpo sempre atraindo.

Meus pensamentos se desenrolavam, davam um solavanco e voltavam a se enrolar em outro formato. Nunca visitara o Dr. Cardano sem meu pai, cuja ausência pesava sobre mim como o tedioso calor do dia. Alguns podem pensar que o vazio é algo oco, mas não, é um fardo invisível, penetrante, atmosférico e quase esquecido, até que alguém seja golpeado inesperadamente por sua força. Ali, diante de mim, meu pai estivera sob as macieiras floridas em outra estação. Pétalas brancas desprendiam-se ao nosso redor.

— Pode-se quase sonhar com um mundo diferente aqui neste jardim — ele disse com tristeza. — Um lugar sem calamidades ou outras incontáveis aflições que constantemente ocasionamos a nós mesmos. — Andamos pelo antigo pomar onde alguns troncos ocos e nodosos ainda estavam cheios de nozes que os esquilos estocaram no outono. A inesperada reserva nos animou. Olhei para elas novamente. Sim, lá estavam as nozes nos velhos troncos ocos. Nada era desperdiçado, nem mesmo o vazio.

Antes do jantar, Dr. Cardano e eu nos sentamos à mesa na sala de visitas. As janelas estavam fechadas e trancadas para evitar a entrada dos mosquitos. Olmina estava costurando em um canto; mal havíamos começado nossa viagem e eu já havia rasgado uma bainha. Fitei a pequena chama na lareira (embora os dias fossem quentes, as noites eram frias e podia-se sentir a presença das montanhas distantes). Brinquei com as franjas verdes da toalha de mesa.

Por fim, Dr. Cardano hesitantemente expressou seu pesar sobre o desaparecimento de meu pai e disse como era incomum que suas cartas não chegassem mais. Admitiu não ter notícias recentes para me dar, pois não recebera nenhuma carta nos últimos dois anos. Ainda assim, revelou algo sobre o humor de meu pai quando partiu de Pádua para Tubingen, naquele mês de agosto, dez anos atrás.

— Ele estava animado e ansioso pela viagem, embora tivesse expressado remorso por tê-la deixado para trás. Ele queria protegê-la das adversidades da estrada, minha querida. Perdoe-me pelo que vou lhe dizer — Dr. Cardano se arriscou, com certa melancolia —, mas eu também acredito que ele queria viver outra vida e você o lembraria de seus deveres.

— Que outra vida? — Endireitei-me na almofada de veludo vermelha da cadeira.

— A que ele imaginou, mas nunca criou; a que não sucumbe ao medo. Quem sabe o que é essa vida?

— E que vida vale a pena ser vivida quando nos afastamos daqueles que nos proporcionam amor e consolo? — protestei. Tomei um gole da grapa laranja-sangue que o médico me serviu e tossi, a garganta queimando por causa da bebida. Do canto onde estava trabalhando, Olmina olhou de relance com severidade, franziu as sobrancelhas para mim e inclinou a cabeça, retomando sua costura.

Dr. Cardano aguardava enquanto escutávamos os estalos ritmados da agulha de Olmina no tecido, seguidos do arrastar da linha deslizando. Então, ele respondeu:

— A vida do falso asceta. Se é que seu pai alguma vez fora perseguido por algum pecado, deve ter sido esse. Pois ele não tinha o desejo de se voltar para Deus. Ele simplesmente não queria mais nada do mundo — expressou o médico, fixando o olhar nos seus sapatos pontudos de couro castanho-amarelado, que encontravam sua calça fina como o cabo de um arado.

— Meu pai odiava a religião por causa de suas induções ao erro e indulgências — falei em voz baixa, temerosa dos ouvidos dos inquisidores mesmo estando na casa do amigo de meu pai. Estava ecoando os sentimentos dos luteranos hereges. Nunca se sabe quem poderia estar ouvindo atrás da porta.

— É por isso que chamo sua inclinação de pecado; talvez ele quisesse fugir para o nada, sem caráter sagrado — refletiu Dr. Cardano. — Como os homens selvagens na Morávia, que se transformam em animais e vivem de larvas de insetos, frutas silvestres, raízes e qualquer carne que consigam pegar!

— Dr. Cardano, isso é lenda. O senhor está brincando comigo? Meu pai transformado em um animal solitário? Não, acredito que algo tenha acontecido a ele, algo que tenha confundido seus sentidos, alguma doença ou contratempo.

O corte rápido da tesoura de Olmina pontuava o ar. Dr. Cardano tirou a rolha da garrafa com um som estridente e se serviu de outro copo de grapa.

— Será que poderia ver algumas cartas de seu pai, se você não se importa?

— Certamente. Na verdade, gostaria de confiar todas ao senhor. — Levantei-me e retirei o maço de minha bolsa de couro.

— Havia rumores sobre ele estar sofrendo de uma doença desconhecida, segundo um colega que vive no exterior.

Meu coração gelou com a alusão à doença.

— Que colega, onde?

— Dr. Fuchs me escreveu de Tubingen para me contar que seu pai agiu de forma bastante estranha enquanto se hospedou com ele. Estava muito retraído e misterioso e com frequência falava sozinho enquanto estava no quarto com a porta trancada.

— Ah. — Ri com certo constrangimento. — Ele sempre fazia isso em casa, organizando as ideias em voz alta. Isso aborrecia minha mãe ao ponto de ela colocar algodão nos ouvidos. "Que homem decente conversa com o ar?", ela costumava dizer. Isso nunca me incomodou, pois foi assim que o conheci. Talvez eu achasse que todos os pais fizessem isso. Ele não falava sozinho quando estava com o senhor?

— Humm... bem, tendo em vista que meu quarto fica do outro lado da casa, acho que nunca o ouvi. Mas ele nunca foi antissocial.

— Talvez ele e Dr. Fuchs tenham tido algum desentendimento. — Não queria pensar que meu pai se tornara uma pessoa áspera, ou pior, destituída de razão.

Dr. Cardano abriu a carta de cima, uma das últimas que eu recebera, e começou a lê-la em voz alta, como se ler em silêncio fosse violação de privacidade.

Querida Gabriella,

O declínio do corpo é sem dúvida algo pesaroso, como você mencionou em sua última carta, principalmente nas pessoas idosas e pobres, pois é também o declínio da vontade. Isso me apavora mais do que todo o resto, pois me descobri capaz de suportar a dor, mas e se me encontrasse em situação difícil, sem recursos para melhorar minha condição? E se minha família e meus meios fossem levados por alguma calamidade? Já vi muitos viajantes idosos pálidos de fome, arqueados sobre um fosso, com a mão estendida como um pedaço de madeira pedindo esmolas. Os olhos dessa pessoa não são mais os olhos de uma avó ou avô, mas sim órbitas desoladas de dor permanente ou pura raiva. Temo por eles porque está além de mim ajudá-los, a não ser com um mísero pedaço de pão. O mendigo pode ser um deus disfarçado, como os gregos antigamente acreditavam. Se assim for, os deuses estão em todo lugar entre nós, desolados e descarnados...

Ele continuou, mas eu não ouvia mais suas palavras. Já as havia lido o bastante em casa, em meu quarto, tentando evocar sua companhia. O fogo foi consumido e a sala ficou escura. Do lado de fora, a luz do Sol sangrava nos telhados vermelhos, deixando-os acinzentados.

"... Tubingen, 12 de dezembro de 1580". Dr. Cardano parou de ler. Olmina terminou minha bainha.

— Gabriella? — chamou o médico.

— Sim?

— Por que fazer essa viagem por cidades estrangeiras para encontrar seu pai após todos esses anos?

— Se conseguisse convencê-lo a voltar, as coisas melhorariam muito para nós. Minha mãe está excessivamente aflita. Minha vida em Veneza é uma prisão. Não posso mais exercer a Medicina lá e a última carta de meu pai foi uma ferroada, incitando-me a mudar as coisas.

— Sou um velho tolo, mas peço que me ouça, é realmente a melhor alternativa segui-lo?

— Ah, o senhor ficou perturbado com a preocupação na carta de meu pai! "Para que serve o sofrimento?", ele costumava perguntar em momentos de inquietação. "É para que as pessoas se apoiem mutuamente", disse certa vez, quando eu tinha dez anos. Saber que não estamos sozinhos pode nos trazer a calma e a afeição que consegue unir estranhos.

— O que você quer dizer?

— Encontro consolo em cada estranho que ajudo com a arte da cura.

— Ah, Gabriella, isso é perigoso.

— Por quê?

— Porque, como você bem sabe, há quem não se pode ajudar.

— Mas devemos tentar.

— Os médicos não são irmãs de caridade, mas sim cientistas, e o que você quer, mesmo que seja comunhão com o outro, é irrelevante.

— Não é comunhão, Dr. Cardano, mas identificação.

— De quê?

— Da dor, do sofrimento. Quanto mais pudermos abertamente suportar, mais poderemos curar.

— Discordo totalmente. Devemos manter a devida distância, minha cara.

Olmina suspirou alto em desaprovação.

— O que foi, Olmina?

— Bem, não sou médica e nunca estudei. — Ela lançou um olhar para o Dr. Cardano que beirou a audácia. Fiquei feliz pelo fogo estar apagando, talvez ele não tivesse percebido. Alguns anos atrás, Dr. Cardano me repreendeu por permitir, e até encorajar, minhas criadas a falarem livremente. Meu pai nunca pareceu se importar com isso, apesar de não ter interferido na reprimenda do amigo. Olmina continuou: — Algumas vezes o amigo faz tempestade em copo d'água.

— Então, o que você pensa, minha esperta criada? — Dr. Cardano indagou.

— Não sou criada, para começo de conversa. — Prendi minha respiração com aquela afirmação, mas Dr. Cardano apenas estreitou os olhos. Olmina continuou: — Esperta em que sentido, não sei ao certo. Mas se o senhor me perguntar qual é a razão do sofrimento, diria que não tem razão alguma. Não há médico nesse mundo, ou sermão de padre, que me convencerá do contrário. Não sabemos o motivo. E é por isso, Gabriella, que acho que seu pai continuava a repetir essa pergunta. — Ela me olhou com tristeza. — Essa questão o consumia. A resposta que você deu quando criança foi a melhor. Devemos dar apoio uns aos outros. — Ela abraçou sua barriga para dar mais ênfase e voltou a contemplar o fogo.

Dr. Cardano ergueu os ombros e levantou uma sobrancelha em sutil desaprovação, apesar de já estar familiarizado com a sabedoria simples de Olmina depois de todos esses anos.

— O senhor pode não gostar dos meus métodos, Dr. Cardano, mas devo perseverar em minha vocação da mesma forma que sou perseverante na procura por meu pai.

— Você sempre foi obstinada, Gabriella. Por que eu deveria achar que vai mudar agora? — Sorriu afetuosamente e voltou aos seus pensamentos, enrugando a fronte.

Lorenzo bisbilhotou a sala logo depois. Notando nossas expressões solenes, disse:

— Não quero interromper o ânimo dos senhores, mas o jantar está na mesa e eu vou comer!

CAPÍTULO 4
A Corda

Depois de uma semana como hóspede na casa do Dr. Cardano, abordei o assunto de minha partida durante o jantar. Quando se espera por muito tempo, pensava, subitamente não é possível esperar mais. Até as pequenas demoras provam-se intoleráveis. Professor Strozzi, colega de meu pai, veio jantar conosco. Virei-me para Dr. Cardano, sentado no final da longa mesa de carvalho:

— O senhor ouviu notícias sobre o derretimento de neve nas passagens altas?

— Humm... — Dr. Cardano ponderou um pouco.

— Os bois já estão puxando toras de madeira nas estradas até Bressanone? — Persisti, pois é assim que se costuma colocar as avalanches à prova, e a nevascas traiçoeiras foram pesadas este ano.

Dr. Cardano passou os olhos por mim austeramente, detendo no meio do caminho uma colher cheia de sopa.

— Obviamente, você não está pensando em partir agora?

Baixei meus olhos para o prato de sopa, para as ervilhas e feijões misturados grosseiramente.

— Devo cruzar as montanhas em poucos dias, para chegarmos a Tubingen. Foi uma das primeiras paradas de meu pai, creio, antes do clima ficar mais severo.

O professor Strozzi me encarava do outro lado da mesa, as linhas dos dois lados de sua boca em uma expressão carrancuda eram sinal permanente de desaprovação e, portanto, era difícil dizer o que ele realmente pensava. Recordei que da última vez em que o vira (eu tinha apenas cinco ou seis anos de idade), eu o apelidara de "Estátua", pois ele lembrava um dos formidáveis bustos aristocratas que se alinhavam nos corredores da Universidade de Pádua.

Para minha surpresa, ele disse:

— Mas a Lua está crescendo e teremos que amarrá-la à árvore de marmelo como fazíamos com seu pai!

O Dr. Cardano lançou-lhe um olhar de tal repreensão que poderia ter sido um tapa.

— Amarrado a *quê*? — Estava certa de tê-lo entendido mal.

— Nada, minha querida, nada — murmurou Dr. Cardano, rapidamente se voltando para a cozinha e exclamando: — Ah, aí está o próximo prato! Pão, vinho e companhia fazem até a sorte instável sorrir! — Uma das jovens criadas carregava uma cesta com pães frescos que enchia o ar com o aroma de alecrim, enquanto outra jovem trazia um ovo erbolata salpicado de salsa e flores.

— Ah, que prato celestial! — gritou de modo estridente o professor Strozzi, cujo entusiasmo pela astronomia era apenas superado por sua gulodice. — Uma constelação digna da mesa de Cassiopeia, embora a rainha fosse um pouco convencida demais! — ele disse, olhando para mim do outro lado da mesa. — A última vez em que a vi, Gabriella, você era só uma garotinha de doze anos, imitando cada gesto de seu pai!

Ignorei seu gracejo.

— Gostaria de saber por que ele estava amarrado à árvore. Era algum tipo de brincadeira?

— Ah, não, não! — o professor resmungou, desconfortável, movimentando-se em sua cadeira.

Dr. Cardano interveio:

— Deixe isso para lá, querida. O frango ao limão chegou.

— Eu só quero...

— Ouça o que Dr. Cardano está dizendo — repreendeu o professor Strozzi. Um pedacinho de ovo ficou pendurado em seu queixo enquanto ele se inclinava para frente.

— Eu só quero uma resposta simples. Por que meu pai estava amarrado à árvore?

— Era a única forma de dominá-lo — professor Strozzi expressou secamente. — Ele estava amarrado com uma corda, sabe.

O Dr. Cardano bateu com as duas mãos sobre a mesa.

— O frango está esfriando e o peixe cozido está aqui. Não vamos falar mais uma palavra até que tenhamos apreciado nossa comida!

— Uma *corda*? — Senti que minha voz subia incrivelmente.

O professor assentiu com a cabeça e começou a ensopar um pedaço de pão com o molho de alho do peixe, mastigando vagarosamente e com evidente satisfação. Dr. Cardano, agoniado, segurava a borda da mesa como se ela fosse sair voando.

Sentindo-me desconfortável, relembrei os acessos de cólera de meu pai, especialmente o mau humor que irrompia sem motivo nos meses que antecederam sua partida. Também havia os rumores, sussurrados por minha mãe, que eu ignorara durante anos, sabendo que ela inventava histórias para seu próprio divertimento. Apesar disso, comecei a questionar se havia alguma veracidade naqueles rumores, como uma linha brilhante na monótona seda. Quando era garota, eu a ouvi falando em voz baixa a uma amiga perto da janela aberta da sala de visitas. Eu brincava no pátio logo abaixo, fora de vista, arrumando no mar de cascalhos uma frota de pequenos navios de madeira que Lorenzo fizera para mim.

— Bem, não era de se espantar que sua sanidade mental tenha se desviado. Você conhece minha sogra, que mora no Chipre? Ela me contou, em uma carta, que pendurou colheres de prata em uma árvore retorcida no quintal de sua casa para se proteger do mal. Proteger-se da Lua. Seu marido ralhava com ela porque, com frequência, as colheres não estavam mais na casa pela manhã.

— Mas como isso poderia acontecer? — perguntou a amiga.

— Ah, acho que os jovens, incluindo Bartolo antes de se casar comigo, é claro, escalavam o muro, pulavam para a antiga aroeira e colocavam no bolso o que conseguiam alcançar. Mais tarde, ele quebrou quase todas as janelas da casa, atirando as colheres furtadas no reflexo da Lua.

— E por que ele fez isso?

— Não sei, ele estava nervoso!

— Com o quê?

— "Luas demais", ele me disse. Luas demais o observando. Ele estava se afogando. "Consegue imaginar?", ele me disse, recordando-se do ocorrido. E, depois desse incidente, ele raramente aparecia. Pegou um navio para Veneza e logo começou seus estudos em Pádua. Meu pai arranjou o casamento depois que ele se tornou médico. Um jovem com um futuro tão promissor... Eu o achava lindo, mesmo com sua extravagância. Sua excentricidade e sua estranheza eram atraentes.

Sempre considerara a loucura da família um boato. Porém, estava incomodada com outra possibilidade insinuada por minha mãe. Quando a extravagância se torna loucura? E essa corda? Será que esses homens fantasiaram essa história para prejudicar meu pai por ciúmes? Dr. Cardano não, com certeza. Nem mesmo o professor Strozzi, que vivia apenas para as estrelas, planetas e jantares. Era outra coisa.

Naquele instante, decidi aguardar um momento mais propício e, como o astrônomo, comi como um tipo de vingança, como se a comida pudesse saciar minha apreensão: torta de frango, peixe cozido no vinho seguido de salada picante de cebola com erva-doce. Dr. Cardano não mencionou mais minha viagem ou meu pai. Eu falaria com ele a sós, mais tarde.

Depois que terminamos de comer, levantei-me da mesa onde os cavalheiros relaxavam, saciados.

— Acho que vou caminhar na famosa horta das curas — anunciei.

— O Sol a deixará exausta — Dr. Cardano avisou. — E certamente trará problemas de digestão e mau humor.

— Já estou ligeiramente mal-humorada.

Dr. Cardano se levantou.

— Minha jovem, seu pai não aprovaria. Você deveria estar repousando, como seus sensatos criados. — Ele estava parado à porta de acesso que dava para o pátio interno, onde as paredes de terracota e o pavimento de tijolos irradiavam calor. Podíamos ouvir o chiado do ronco de Olmina na cozinha e o arfar assustador de Lorenzo lá fora, onde ele dormia estirado em um banco debaixo da frondosa árvore de marmelo.

— Meu pai não está aqui. — Lembrei-lhe com franqueza. — Além do mais, tenho um grande desejo de ver a horta novamente para observar as plantas medicinais em pleno florescimento. E não vamos nos esquecer de que cebola e alho podem causar pesadelos aos que estão cochilando.

Dr. Cardano deu um tapinha leve no meu pulso com sua mão frágil, num breve gesto de reconciliação e depois levou a palma da mão à boca para conter um pequeno arroto.

— Você precisa ver as plantas exóticas que chegaram do Novo Mundo. As batatas, o curioso girassol e os tomates. — Ele parou por alguns minutos como se estivesse perdido em pensamentos. — Se você morasse aqui, Gabriella, a horta das curas estaria sempre à sua disposição.

Dr. Cardano deu a entender sobre seu desejo de se casar comigo (um romance entre um noivo no inverno e uma noiva na primavera, embora eu rapidamente estivesse me aproximando do meu verão) em quase todas as cartas que me enviou.

— Ah, e se o senhor não tivesse tomado tanto vinho, saberia ser melhor não sugerir tal tolice novamente — recusei gentilmente.

— Não a acompanharei, então — ele disse com pesar, seu rosto comprido fazendo-me lembrar de um enorme linguado. — Gianetta poderá acompanhá-la.

— Espere — baixei a voz. — O que significa meu pai ser amarrado a uma árvore de marmelo?

Dr. Cardano afastou o olhar.

— Seu pai escondeu o estranho humor dele de você muito bem, Gabriella, embora isso não fosse tão problemático no início. Conforme ele foi ficando mais velho, piorou, e talvez isso seja parte do motivo pelo qual ele a deixou.

Eu o puxei para o corredor, longe dos olhos curiosos dos outros.

— Então é por isso que o senhor está tentando me dissuadir de minha busca, enfatizando as fofocas de minha mãe sobre os Mondini no Chipre? Uma mente perturbada não significa loucura. Talvez seja algum sofrimento intrincado. Ou talvez meu pai sofra de um coração indisciplinado. Não sabemos ao certo. — Esta última frase me assustou.

— Ah, Gabriella! Sei pouquíssimo sobre a família de seu pai e sua história, pois ele não gostava de falar sobre isso. E sim, ouvi de sua mãe uma vez que parte da família dele tinha tendência à loucura, embora ela jamais tenha divulgado detalhes do problema. Mas uma coisa eu sei — ele continuou —, seu pai sofria de intemperança da Lua. Isso... — ele agitou as mãos como se buscasse as palavras certas — ... isso *afrouxava* sua mente à medida que a Lua ficava cheia. Ele constantemente planejava suas visitas para cá durante esse período. Será que você nunca notou que suas ausências tinham início com o crescimento da Lua? Era quando o amarrávamos à árvore, para evitar que ele fosse violento consigo mesmo. Ou com outros.

Eu arfei.

— Não acredito no senhor!

O médico empalideceu e retirou-se pelo corredor de mármore em direção aos aposentos de dormir.

Fui contumaz e não o segui. Em vez disso, caminhei a passos largos sobre os pedregulhos quentes da rua em direção à horta, envolvida pela luminosidade espessa e úmida. Não esperei pela jovem serva Gianetta (ignorando o costume de que uma mulher não deveria jamais andar sozinha pelas ruas), mas enfiei meu chapéu de palha na cabeça e apressadamente o amarrei debaixo do queixo.

Em uma esquina vazia do *Hortus Botanicus*, debaixo de uma castanheira, encontrei um canto fresco e um banco de pedra. Ardendo com o calor, fechei meus olhos e inclinei-me sobre o tronco. O geômetra Daniele Barbaro projetara essa horta com tal perfeição, círculos dentro de quadrados dentro de círculos, a terra toda e suas quatro direções cercadas para consertar a agitação e o caos do mundo. Senti o aroma de poejo, manjerona, alecrim, ulmeira, alfavaca-do-campo e erva-cidreira; todas excelentes ervas para acalmar o espírito.

Gianetta apareceu logo depois, seus cabelos eram da cor do linheiro, puxados para trás em duas longas tranças até o meio de suas costas. Ela me cumprimentou com uma rápida cortesia, e com a voz muito baixa pediu permissão para se juntar a mim no banco, ao que assenti. Éramos as duas únicas almas na horta. Apesar de duvidar que ela me revelasse algo, perguntei:

— Como estava meu pai da última vez em que o viu, minha querida?

— Ah! — Ela voltou os olhos assustados como os de um animal na minha direção. — Não sei dizer, *Signorina*. Eu era muito nova e...

— Não fique assustada. Ficará entre você e mim.

Ela encarou o bordado que trouxera consigo, sedas coloridas em uma sacola de linho para um dos herbários do Dr. Cardano. O bordado semicompleto mostrava uma mulher colhendo ervas, fora de proporção: árvores enormes de alecrim, ramos de anis, maços de manjericão.

— Acho que ele era um homem muito triste. Eu o vi andando em seu quarto certa noite quando levei o chá e ele disse que sentia falta de sua cidade. Não disse nada porque não é meu direito, a *Signorina* me entende, embora eu tenha ficado imaginando o porquê de ele ter partido, então. Foi quando ele mencionou a senhorita.

— Âh?

— Ele disse, "Eu tive uma filha que...", mas não quis dizer mais nada e parecia transtornado. Então, fez um gesto para que eu o deixasse.

— Ele não disse mais nada? Será que disse mais alguma coisa para o Dr. Cardano? — Minha voz permanecia calma, mas meu estômago dava voltas.

— Não sou do tipo que escuta atrás das portas. Mas algumas vezes os ouvia falar sobre coisas que não entendia. Mercúrio, frascos e fogo, eu não sei.

— Não se preocupe, Gianetta. Não a culpo. Se conseguir se lembrar de algo mais, pode me contar, está bem?

— Sim, *Signorina*. Sabe, nunca tive pai, por isso acho que a senhorita tem muita sorte. — E, depois disso, como se tivesse ficado envergonhada por dizer tanto, Gianetta ficou em silêncio e voltou-se diligentemente para sua costura.

Sorte, pensei cuidadosamente, virando a palavra ao contrário em minha mente como se tivesse farpas. Os cliques rítmicos de sua agulha contra o dedal e o puxão firme enquanto furava o tecido juntavam-se ao jorro de água da fonte e o monótono zumbido dos insetos para embalar meu sono.

Estou na beira de uma ilha. A precipitação das ondas sibila seus avisos, sssh, sssh, sssh. Veneza flutua diante de mim como um peixe morto, suas espinhas tornam-se torres de sinos caídas, catedrais, telhados inclinados da Ospedale degli Incurabili; todas aquelas protuberâncias em ângulos estranhos a partir de sua forma inchada. Caminho com dificuldade por entre as plantas altas ao longo da praia. A barra ensopada do meu vestido deixa um rastro com pequenas ondulações enquanto procuro por alguma coisa nas águas verdes opacas.

Então, um baú — um baú de medicamentos — aparece boiando nas águas que se movem como lábios falando.

Ele rola na minha direção. Enquanto a caixa vermelha afunda, noto a insígnia da família Mondini sobre a tampa, um grifo duplo com uma cobra em cada garra.

O baú se abre e esparrama frascos soltos sobre a água. Centenas de pequenas garrafas rolam e cintilam, afastando-se como gotinhas de mercúrio. Tento juntá-las na minha saia, mas a corrente as dispersa, fazendo-as tilintar umas contra as outras na correnteza. Mal consigo me mexer com o peso das saias encharcadas e da areia molhada sobre meus pés calçados. As ondas sibilam, sssh, sssh, sssh. Os frascos ressoam pelo charco. Outras coisas escapam enquanto o baú emborca — caixas de chumbo, tigelas de vidro fechadas com pergaminho, penas do quetzal azul do Novo Mundo, pedaços de cobra, ossos leves como varinhas mágicas girando desafortunadamente pelas águas. E ainda tesouras, bisturis e serrotes, lancetas, pinças, fórceps e instrumentos com sangue, almofariz e pilão, que, inexplicavelmente, flutuavam. Vidros para coleta de sangue, frascos para urina, curetas auriculares, narizes e orelhas artificiais de madeira parecendo corpos submersos.

Tudo espalhado ali, nos meandros estagnados do charco. Quero juntar tudo. Mas estou presa na lama.

Consigo alcançar a alça do baú e endireitá-lo. Mas, agora, ele está maior e torna-se um longo caixão. Sssh, sssh, sssh...

Acordei com um sobressalto, suando e à deriva. Gianetta ainda estava sentada ao meu lado, costurando (parecia que ela estava costurando por uma eternidade). Ela deu mais um ponto e deixou a agulha no tecido, colocou o braço de leve ao meu redor e enxugou minha testa com seu lenço.

Ficamos sentadas mais um pouco, caladas, antes de voltarmos para a casa.

Naquela noite, na sala de estudos do Dr. Cardano (ele fora gentil o suficiente para me deixar a sós em sua mesa todas as noites), comecei a trabalhar em minhas anotações para *O Livro das Doenças*. Fiz uma refeição leve, queijo de cabra sobre um pão grelhado, azeitonas pretas secas e vinho. Gosto de comer lentamente enquanto formulo meus pensamentos. Uma casca de pão mastigável sempre ancorava minhas palavras, enquanto o vinho ocasionava certas frases hábeis (que nem sempre se sustentam até a luz do dia).

Àquelas horas de luz de velas, rodeada pela escuridão diligente, meus objetivos ficavam mais próximos. Os gritos abafados das corujas e o trilar pesaroso dos curiangos eram minha companhia. Mesmo quando não estava escrevendo palavras nas páginas com a pena e a tinta índigo de que gostava, estava mais em paz do que durante o dia.

Percebia que esse era o isolamento que meu pai experimentava e amava, e que eu também amava. Com frequência, na minha casa em Veneza, líamos ou escrevíamos em nossos aposentos, embora eu visitasse sua sala de estudos de vez em quando para fazer uma pergunta sobre as propriedades curativas de algo como o *aurum potabile*, suspensão de ouro em álcool que aparentemente poderia ser tomada como cura para tudo. Ele costumava parar tudo o que estava fazendo para me responder, atenciosamente e de maneira simples, como se estivesse compartilhando um pedaço de pão.

— O que se entende por ouro? A substância em sua pureza ou cercada por outros minerais? O ouro dos sonhos? E cada temperamento pode reagir de maneira diferente, assim como os elementos respondem à luz, alguns a absorvem, outros a refletem.

Deixava sua sala de estudos feliz, mesmo se as perguntas não tivessem sido respondidas e houvesse mais perguntas no ar. Ficava satisfeita simplesmente com o subir e descer da luz de seu quarto refletida sobre as águas do canal que podia ver da minha janela. E quando ela se extinguia, também era reconfortante, pois era o modo como os ritmos de trabalho compunham os dias. Gostava de ser a última acordada na casa, mantendo minha pequena vigília.

A luz de seu quarto ainda subia e descia para mim, vinda das várias cidades que visitou. Eu havia relido suas cartas para tentar conjecturar sua rota pelo método como ele pensava. Em uma carta de um lugar não mencionado, ainda com a data de 5 de fevereiro de 1588, ele escreveu:

Como aprecio as noites escuras quando minha vela é a única acesa, talvez, na cidade inteira. Acho que quando não há ninguém mais ao meu redor, tenho mais acesso à minha alma. Não é apenas uma questão de não ser interrompido. Não, é como o teatro escurecido logo após a peça, a rua depois do festival, o vazio que guarda as impressões. Há algo de sagrado nas horas tardias da noite que suspendem a vida de uma pessoa. Estar só, em silêncio, administrar ou render-se à agitação do coração. Encontrar em palavras o sino melancólico que chama para casa. E se por acaso eu fosse até a janela e visse outra janela iluminada na rua, ao longe, porque alguém está estudando, velando um corpo ou até mesmo presenciando um nascimento à meia-noite, ficamos instantaneamente ligados pela intimidade da nossa solidão.

E (queria acrescentar agora, a intimidade das coisas!), porque aqui, na sala de estudos do Dr. Cardano, estava cercada pela agradável tranquilidade dos livros, caixinhas e potes farmacêuticos de louça esmaltada aos quais consegui resistir e não abrir (por não querer me intrometer nas curas do doutor sem permissão), um globo celestial, uma esfera armilar de bronze, tesouras, uma faca fininha para preparar a pena e uma chave de prata, solitária, pendurada em um prego, sem a companheira fechadura ou o baú em lugar algum à vista.

Que agradável ter um lugar calmo assim à disposição! Estava livre das interrupções que tinha em casa com minha mãe, os criados e o barulho estridente dos navios no Canale della Giudecca, carregando e descarregando, batendo, chiando, rangendo com a algazarra e os gritos dos marinheiros.

Entretanto, até na quietude às vezes ainda estamos com nosso clamor interno. Talvez isso fosse o que minha mãe mais temesse, pois sempre estava rodeada de amigas tagarelas e nunca buscava um momento consigo mesma. Ela não suportava que eu ficasse horas sozinha, como se aquele isolamento fosse uma desfeita para com ela. Ou talvez ela se preocupasse que a filha trouxesse os sinais das obsessões do pai.

Certa vez, aos 10 anos de idade, estava sentada à janela com um *Livro de Horas*[5] no colo, embora não o estivesse lendo. Adorava contemplar a luz projetando-se sobre a água e as sombras escalando ou descendo as paredes das ruelas. Se pudesse discernir as formas nesse movimento, pensava com minha mente de criança, outros mundos se abririam para mim. Via coisas que as outras pessoas não viam, não que eu me sentisse incomum por isso. Meus amigos e eu acreditávamos que a maioria dos homens e mulheres perdiam metade do mundo (exceto meu pai, que havia dominado um misterioso campo de visão e possuía a capacidade de detectar sempre que eu entrava lentamente em sua sala de estudos, mesmo se ele estivesse de costas para mim e concentrado em seus estudos).

Naquela tarde, as convidadas de minha mãe haviam chegado e eu preferira ficar no andar de cima, embora ela tenha me chamado várias vezes para descer, ignorando minha vontade. Por fim, ela entrou apressada em meu quarto sem bater e com uma voz baixa e contida, para que os convidados não pudessem ouvi-la, disse:

— Não sei o que fazer com você. Você quer que eu a doe para o convento, como outros já fizeram com suas filhas, como dízimo?

---

[5] Livro litúrgico com as preces das horas canônicas e outras matérias de culto (N. T.).

— Sim, faça isso — disse, desafiante. Ela corou. — Eu ficaria feliz em partir! — Sabia muito bem que meu pai jamais permitiria tal coisa, portanto, era uma rebeldia vazia.

Por fim, eu cedi e desci, e encontrei duas jovens e uma viúva que perguntaram sobre meu *Livro de Horas*, meus professores e minha poesia. Não mostrara a poesia para ninguém (minha mãe a descobrira enquanto bisbilhotava minha mesa. Ladra!).

Eu mal falei e, quando suas amigas se foram, minha mãe me surpreendeu, gritando:

— Eu realmente não conheço você, Gabriella!

E jamais conhecerá, Mamma. Minha mãe queria uma filha que a espelhasse. Alguém com quem compartilhar as fofocas, as roupas e as últimas novidades em beleza (um emblema de feltro preto colado no ombro era a última moda na época). Ela queria alguém que fosse sua confidente. Mas eu era uma sombra que ela não conseguia agarrar, embora ela pudesse chamar esse "agarrar" de amor. Da mesma maneira, eu também não a conhecia. Quando ela me punia, havia sempre alguma coisa por trás que eu não sabia nomear, como se ela estivesse me empurrando em um abismo e me agarrando ao mesmo tempo. Eu não queria despencar com ela.

Sentada no escritório do Dr. Cardano, sacudi a cabeça. Ali estava ela em meus pensamentos de novo. Eu a deixara e ela ainda encontrava um modo de me assombrar. Hoje escrevi com seu fantasma vivo, ali, na sala de estudos. Como poderia ficar em paz com ela? Registrei minhas notas incompletas sobre uma doença familiar para mim, em uma folha solta de papel.

Melancolia
Quando se sente o peso de uma tristeza opressiva

A melancolia se infiltra na vida de alguém como a areia metálica de uma ampulheta. O abatimento toma conta. Sofre-se de inércia e a tez se torna pálida. Minha amiga Messalina ficou tão desconsolada que ninguém conseguia curá-la, nem mesmo meu pai. O uso de plantas umedecidas como o agrião, o levístico e a salsa não continham seu humor seco e frio. Dizem que a bílis negra da melancolia corrói até as pedras com seu terrível ácido.

Em uma tarde chuvosa de doer os ossos, encontrei Messalina sentada ao lado do batente da janela de seu quarto, próximo ao Campo San Polo, com um quadrado de renda abandonado em seu colo. Ela olhava fixamente para um inseto minúsculo que rastejava no peitoril. Quando a abordei e tomei sua mão débil e sem energia, ela não respondeu, mas continuou observando o inseto até ele se esquivar para dentro da esquadria da janela. Anos se passaram dessa maneira, numa paralisia cruel para Messalina. As mulheres de sua família insistiam para que ela se levantasse da cama para resistir à senilidade de seu mal. Eles a vestiam e a levavam à janela, movimentando-a como a uma enorme marionete, tão vazios de vontade eram seus membros. Antes de partir, meu pai a aconselhou a manter as janelas abertas para que ela respirasse o ar saudável do mar e expirasse sua tristeza.

Algumas vezes ela se recuperava brevemente e andava por todos os quartos, fazendo listas de pequenos consertos que precisavam de atenção, para a decepção de sua mãe. "Um pino de dobradiça novo para o baú do dote porque ele está torto; rebocar o canto da cozinha do sótão, está desalinhado; um pote novo de cochonilha para a penteadeira. Veja, o pó de cima está mais escuro que o pó de baixo..."

E assim por diante. Em um janeiro escuro, porém, Messalina não voltaria mais para nós. Todas as tardes, durante um mês, eu a visitava, falava com ela, tocava seu braço ou mão, mas ela não reagia. Certa vez, em um momento de fraqueza, confidenciei à minha amiga um anseio inesperado por conhecer outras partes do mundo. Confesso que seu silêncio me encorajou e comecei a fazer meus planos na presença de sua atitude imóvel. Outras vezes, esperava que meus planos a arrastassem para sua própria imaginação ou que meu descontentamento a distraísse do seu. Mas ficou claro que eu não a estava ajudando a se recuperar. Ela estava sempre sentada à janela, com o queixo descansando sobre um punho majestoso e os olhos sem expressão fitando o nada.

Por fim, resolvi tentar a cura das Termas de Montecatini, mas não podia transportá-la até lá. Contratei dois homens para ir até as termas e trazer cinco barris de água sulfurosa. A tia, a mãe e eu começamos a reunir chaleiras e panelas enormes de cobre que os criados enchiam com a água malcheirosa e penduravam em ganchos de ferro na lareira. Uma a uma, assim que os conteúdos ferviam, eram carregadas pelos criados escada acima, onde as janelas agora ficavam fechadas. Quando todas as panelas estavam arrumadas ao seu redor, sinalizei aos criados para retirar as tampas. O quarto se encheu com os vapores do trabalho árduo até que ela quase sumisse em sua cadeira perto da janela. Enquanto eu caminhava com dificuldade entre o vapor que cheirava a gesso úmido e minerais vulcânicos, seu rosto pegajoso aparecia acima de sua camisa solta e girava em minha direção como a rotação lenta de um globo com a ajuda das mãos. Ela era um continente irreconhecível, um Mar dos Sargaços[6]. Gotas vítreas de suor pontuavam suas têmporas e seu lábio superior. Quando seus olhos encontraram os meus, suas pupilas se dilataram como se ela as tivera enxaguado com tintura de beladona. Seus olhos castanhos atormentados estavam aumentados com uma efervescência que transbordava de pequenas feridas de todo lugar, brotando de forma invisível das veias de nossas vidas, das vigas das paredes, das madeiras escuras do teto, dos espaços no quadrado perfeito de renda branca que sua mãe desesperadamente continuava a colocar em seu colo, das fissuras das gôndolas feitas pelos degraus nos canais, do próprio mar.

---

[6] Região alongada no meio do Atlântico Norte que possui águas quentes, que atingem mais de 28ºC, frequentemente considerada sem vida, embora seja o hábitat de várias algas do gênero *Sargassum* (N. T.).

Sem proferir uma palavra, Messalina falou com os olhos: "Vá embora daqui, Gabriella, e salve a si própria! Encontre seu pai!". Foi então que notei uma navalha escondida sob a manga de sua camisa e um pequeno caderno aberto debaixo da renda, cheio de estranhas formas geométricas. Cuidadosamente, tirei-lhe a navalha e ela não resistiu.

Sua mãe continuou a cura sudorífica por sugestão minha, pois oferecia-lhe alívio por alguns dias. Contudo, no fim de fevereiro, apesar de aparentar melhora, ela saltou para o mar congelante e se afogou. Hoje todas as venezianas da casa estão sempre fechadas, seja inverno ou verão, para impedir que o fantasma de Messalina entre ou para impedi-lo de sair. Nunca vou saber.

No refúgio da sala de estudos do Dr. Cardano, descansei minha pena, fechei e amarrei a capa que protegia o manuscrito no momento em que a cera da vela começou a crepitar, seu unguento quente me encorajando a dormir. Minha mãe se fora.

CAPÍTULO 5

Devemos Ser Gentis com os Animais

Quando dei adeus ao Dr. Cardano, ele me surpreendeu, chorando sobre meu colarinho enquanto me segurava.

— Uma estadia tão curta depois de tanto tempo longe, minha querida. Estarei aqui, mesmo se nunca encontrar seu pai.

— O senhor é muito gentil — murmurei embaraçada. Por um momento, parte de mim hesitou, como um pássaro pulando para dentro de sua gaiola aberta, apavorado com a liberdade.

Refreei um impulso estranho de acariciar sua cabeça polida quando esta tocou minha bochecha, tendo em vista que um simples carinho poderia ser lido como um convite ao prazer. Uma mulher sempre deve ser prudente, embora eu não tenha desejado nenhum homem desde a morte de meu amado Maurizio. Estava casada com o trabalho, que agora era meu marido e protetor. Um marido que não morreria nem me deixaria desolada.

— Então, adeus, Gabriella, boa sorte na estrada. — Dr. Cardano se recompôs e inclinou-se sobre o braço fino, porém forte, de Gianetta. — Lembre-se das qualidades salutares da erva-cidreira para reanimá-la!

— Agradeço-lhe pela gentileza, senhor. — Sem aviso, meus olhos encheram--se de lágrimas, pois suspeitava que poderia não vê-lo novamente. A dificuldade da velhice não tardaria para ele e uma viagem incerta estava diante de mim.

Depois de três dias subindo, nossa pequena companhia atravessou Passo Rolle e desceu por entre as cadeias montanhosas em direção a Val di Fassa, onde nossos animais se fartaram com pasto abundante e flores. Fiquei zonza com o ar na altitude das montanhas e com as profusões de verde, como se as carnudas saxífragas, campânulas e milefólios fossem intoxicantes. Lorenzo e Olmina estavam à frente e cantavam durante todo o caminho, subindo e depois descendo em zigue-zague.

Às vezes, eu os acompanhava com minha voz sombria nas canções para emendar redes, calafetar barcos ou deter as marés altas (que eu ouvia aleatoriamente no Zattere), canções tediosas sobre sereias, canções de ninar, canções chamando os amantes ou desprezando os que são das classes altas. Toda essa música salgada no alto das Montanhas Dolomitas fazia parecer que estávamos balançando no mar em vez de nas ancas de mulas e cavalos! Que bando de tolos deveríamos estar parecendo, uma *Commedia dell'Arte*. Olmina, uma criada sensível; Lorenzo, um criado com uma incrível prontidão; e como definiria a mim mesma? A teimosa Isabella ou o tímido Pedrolino, observador ativo das loucuras humanas? Ou como *La Dottoressa*, pedante, imponente, improvisando a cada momento, lançando cuspes de latim. Havia algo de meu pai ali, e também algo meu (embora eu não quisesse admitir).

Finalmente, avistamos uma vila abaixo, um aglomerado de casas no estilo enxaimel, térreas e sobrados, com telhados íngremes cobertos de musgo e paredes tortas. Nas sacadas, havia tapetes esfarrapados e desbotados pendurados, pois um dia de sol era um dia bom para bater os tapetes. Uma jovem de braços pesados estava em uma das sacadas com um batedor de madeira plano, os quadris oscilavam para a direita enquanto o braço golpeava à esquerda, e Lorenzo soltou um grito:

— Ah, que cidade linda! Sinto-me em casa!

— Parece um galinheiro — Olmina brincou, de bom humor.

— Mas que galinheiro, hein? — Ele acenou com o braço para incluir o vale exuberante de verde rodeado por montanhas, o rio adornado pela luz, a floresta que desprendia um aroma doce da resina das plantas conforme amenizava o calor do dia.

— Sinta o cheiro desses bosques, do prado. — Ele inspirou de maneira tão intensa e ruidosa que nos fez rir.

Olmina seguia ao lado dele e suas mulas se empurravam.

Por um momento, trotei vagarosamente atrás deles. Eles pareciam jovens amantes, os joelhos mal se tocavam. Lorenzo estendeu o braço para pegar a mão dela sobre a cela. Se eu não estivesse ali, talvez eles tivessem se beijado, e isso tanto me surpreendeu como me alegrou. Mas rapidamente ele retirou sua mão e as mulas se separaram.

O Sol desapareceu atrás das montanhas como uma moeda em um truque de ilusionismo, bem à nossa frente, e todos cantamos juntos uma canção de ninar que Olmina sussurrava para mim desde que eu era pequena.

Fai lá ninna bebé
Che ora viene Papà
E ti porta din-don
fai la ninna bebé.

Meu pai vagava em algum lugar mais além, a milhares de quilômetros ou apenas a dez. Talvez, nesse exato momento, ele estivesse voltando para casa. Poderia estar lentamente avançando em seu enorme cavalo, aquele monstro negro que ele chama de Stelvio. Agora que Stelvio estava mais velho, seus modos devem ter amenizado, a acidez de seu olhar deve ter amansado, isso se ele estiver vivo. Meu pai sempre alertava, *deixe que ele a veja. Não chegue de repente*. Mas eu tinha medo do olhar daquele cavalo, da mesma maneira que temia as reprimendas abruptas de meu pai.

Ele poderia estar se aproximando de mim agora com seus dois criados, se é que eles ainda o acompanhavam. Apesar de não haver motivo algum para questionar a lealdade deles. Sempre presumimos que eles enviariam uma carta se algo acontecesse, mas como não sabiam escrever (a menos que pedissem a ajuda de um escrevente), não seriam capazes de mandar qualquer notícia. Além do mais, as mensagens são facilmente perdidas...

Há tantas maneiras de desaparecer nesse mundo, pensei: por terra, por mar, sequestrado por ladrões, atacado por andarilhos, obrigado a entrar em batalhas ou acorrentado às galés, derrotado em jogos de azar. E, claro, a possibilidade que afastei o máximo que pude de minha mente: doenças de todos os tipos. Pois, para que serve um médico que não consegue curar a si mesmo?

Enquanto prosseguíamos no caminho para Bregnicz, a uma semana ou mais a cavalo de Val di Fassa, mercadores venezianos, que seguiam para Piamonte, nos alertaram: "Vocês não podem ir pelo Lago Costentz, suas águas engoliram a estrada!". Em minha determinação (o que Olmina chama de obstinação), recusei-me a ouvi-los. Os venezianos estão acostumados à *acqua alta*, à maré alta. Na verdade, meu pai, Dr. Cardano e eu passáramos por essa estrada facilmente dez anos atrás para visitar um velho amigo. Fomos prevenidos sobre estradas submersas naquela época também e avançamos com dificuldade, porém sem contratempos (exceto pelas roupas enlameadas) conforme as águas rasas recuavam.

Além disso, eu também lutava contra o desejo de retornar às minhas antigas pacientes, às mulheres pacientes, à mulher que somente consegui notificar sobre minha ausência por uma mensagem. Quem sabe que caminhos o novo médico adotará? Estaria ele desfazendo minhas curas?

Meu pai sempre notara a vantagem de uma mulher médica na sala.

— Elas falam com você mais prontamente, Gabriella, e lhe dão vantagem na busca pela cura.

— Sou capaz de ouvir também, *Papà*. Essa arte, que não é ensinada na universidade, é minha maior professora.

— Não é seu pai, então? — Sorriu enquanto se sentava à mesa de sua sala de estudos.

— Ah, um deve vir antes do outro! Como posso aprender com você sem ouvir?

— Embora de vez em quando todos pulemos rápido demais, você não acha?

— Eu sei, eu sei — disse, sentindo uma pontada de constrangimento. — No início eu era ávida demais para dar a minha opinião. Não é fácil quando tenho de me provar dez vezes mais para ser levada a sério por ser jovem e mulher. Cada erro contando por dois. Ainda que todos os dias tenha de lembrar a mim mesma de me curvar à causa desconhecida.

— Nós reverenciamos o mesmo altar, minha querida. Doença e morte, as grandes professoras.

— E a própria paciente! — Não pude resistir em acrescentar.

Agora, enquanto cavalgávamos, algumas vezes ficava irritada com meu cavalo (apesar de que o calor também atormentava minha paciência). Entráramos nos dias muito quentes do mês de agosto, o mês das febres. A estrela Sirius e o Sol no céu geravam mais calor (ou assim os antigos acreditavam). Meu animal agitado recusava-se a seguir ao menor ruído de folhas secas ou mesmo se houvesse um filete de água passando pela estrada. Lorenzo reclamava comigo por meu mau humor com Orfeu, mas Olmina me defendia.

— Não seja duro com a *Signorina*, os cavalos não são os únicos que pegam ouriço no casco!

— Mas devemos ser gentis com os animais — ele murmurou.

— Vou tentar — prometi, e realmente fui sincera, mas não muito tempo depois Orfeu parou e bateu com os cascos no chão, assustado pela visão enganosa de um graveto curvo no meio da estrada.

— Cabeça de vento! — lancei as palavras baixinho. As mulas com as provisões aproveitaram o atraso para vagar e colher com entusiasmo gramíneas e gencianas azuis entre as pedras.

Lorenzo apeou e chutou o graveto indesejável para o lado. E, ironicamente, acrescentou:

— Não se esqueça de que os problemas vêm a galope!

O galope já teria nos levado ao Lago Costentz, pensei.

Os altos campos tinham cheiro de cevada ceifada e debulhada, maçãs velhas e vinho do Reno. As ovelhas se mantinham imóveis nas estradas que cortavam as montanhas enquanto subíamos, virando suas caras pardas implacáveis em nossa direção, balindo alto e colocando as línguas para fora. Lorenzo sentou-se na sela, inclinando-se para frente e mandando-as sair com um som rápido e baixo, para que movessem suas ancas lanudas. O rebanho miraculosamente se dividiu. Algumas vezes, enquanto avançávamos, percebia que as três mulas que levavam as provisões aceleravam o passo abruptamente, deflagrando uma crise de pânico. Lorenzo dava meia-volta com um longo "Ooooh, oooh", e as fazia reduzir o passo. O fato de elas o obedecerem não me surpreendia nem um pouco. Depois disso, ele às vezes girava sobre sua cela para nos espiar.

— Está olhando o quê, Lorenzo? — eu perguntava.

— Ah, nada, *Signorina*! Só estou de olho nelas.

Notei, porém, que ele não estava de olho nas mulas tanto quanto sondava por detrás delas. Será que lobos nos atacariam em plena luz do dia? Ou haveria algum maluco andando a esmo pelo bosque? Há muitas pessoas de miolo mole, como diria Lorenzo, que são como gatinhos perdidos na selva, isso quando não são jogados dentro do lago em um saco de pedras. Olmina, por outro lado, costumava dizer, "*La paura e spesso maggiore del pericolo*", e se realmente o medo fosse pior do que o perigo, deveria guardar meus temores para mim.

Ainda assim, a agitação das mulas com frequência percorria as rédeas frouxas, conectando-nos com os espasmos nervosos.

Uma semana depois de deixarmos Val di Fassa, finalmente nos aproximamos das águas do Lago Costentz. Os animais recuaram, todos os seis, com olhar de terror em suas caras compridas. Olmina falou com voz apreensiva:

— Ah, *Signorina* Gabriella, veja a vila do outro lado do rio, os pobres chalés alagados.

Avaliei o rio inundado (nenhum de nós sabia nadar) e um temor abrupto surgiu, mas disfarcei.

— Essas cidadezinhas me fazem lembrar uma coleção de ossos, como nossos corpos — devaneei. — Você se lembra da Capela dos Ossos, onde ossos faziam às vezes de padieiras, empilhamentos ocupavam o lugar de colunas e caveiras e esqueletos eram usados como enfeites?

— Ah, mas *Signorina*, onde vão morar agora os habitantes dessa vila inundada? E por qual caminho seguiremos? — Olmina gritou, retirando seus cabelos grisalhos do rosto e arrumando-os de volta dentro do lenço vermelho desbotado.

— Talvez possamos passar pela parte mais alta — sugeri, com mais convicção do que realmente sentia, passando os olhos pelos flancos das montanhas.

— Podemos apear e andar com os animais — declarou Lorenzo, fazendo um gesto largo com seu braço magro. — A água parece rasa.

— Não estou gostando nem um pouco disso — murmurou Olmina.

— Pelo menos não está subindo. Dá para ver as marcas da altura anterior da água ali, um metro acima do nível atual — acrescentei, apontando para algumas pedras cobertas de lama.

No entanto, nenhum de nós se movia enquanto ficávamos olhando a pálida faixa de areia da estrada que escorregava para debaixo de um enorme braço do lago. Os canaviais estavam cobertos de água; em alguns lugares, estavam submersos até a metade, apontando os dedos verdes e magros para o céu. Patos e galeirões nadavam sobre a trilha submersa. O dia ainda estava quente, mas um vento forte vinha da outra margem, desenhando pequenos sulcos na superfície do lago enquanto se aproximava de nós.

— Bem, vamos logo com isso, então. — Suspirou Lorenzo.

Ele apeou e cortou um pedaço comprido de salgueiro para medir a profundidade da água enquanto abria caminho. Olmina e eu apeamos e enfiamos a bainha de nossas saias para dentro do cós para que as extremidades dobradas ficassem na altura da panturrilha. Começamos a atravessar com a água na altura dos tornozelos, algumas vezes na altura dos joelhos, pela beira do lago, seguindo a trilha sinuosa da estrada tomada pela água. Meus pés deslizavam para frente e para trás no couro enlameado dos meus sapatos encharcados. Lorenzo, que afundava moderadamente, passou a afundar de maneira mais pronunciada, Olmina balançava de um lado para outro, gingando os quadris em ritmo lento. Puxávamos os relutantes animais atrás de nós. Enquanto abríamos caminho por lençóis de água que refletiam montanhas e céus intermitentes, eu disse, "Estamos pisando no céu!", procurando me divertir um pouco. Olmina revirou os olhos para mim e Lorenzo não disse nada, enquanto examinava o chão diante dele.

O lago frio subiu pelas minhas saias. Tornei-me um pavio para tudo o que fosse amorfo ou pesado, coisas que se escondiam no fundo do Lago Costentz. Embora eu me orgulhasse de possuir certa impetuosidade, por fim parei, tremendo, incapaz de me mover. Orfeu empurrou seus lábios eriçados e molhados contra minha orelha e eu segurei sua cabeça de bigorna na minha por um momento. Depois disso, consegui vir à tona novamente.

Enquanto nos arrastávamos ao redor de um pequeno promontório, outra vila apareceu perto de nós. Os bancos pretos de ferro forjado no calçadão da cidade desceram cegamente ladeira abaixo até mergulharem na água. Folhas de amieiro foram levadas na superfície da correnteza, ao redor dos telhados das casas que agora pareciam estranhos xistos e jangadas de madeira. A água gaguejava nas bocas escuras de janelas cobertas até a metade. Parte do vilarejo ainda estava visível acima das águas, e alguns homens corpulentos, fumando solenemente longos cachimbos de barro à beira de uma rua de paralelepípedos que sumia para dentro do lago, assistiam à nossa aproximação como se estivessem testemunhando aparições.

Pássaros grandes cortavam o lago. Orfeu relinchou atrás de mim. Seu casco ficou preso e, repentinamente, ele fez um grande esforço para frente e eu gritei, vendo-o descer enquanto um estribo enganchava no meu pé esquerdo; eu virei para trás, atordoada com a água fria. Orfeu me arrastou para um desnível escorregadio, respirando com dificuldade. O cavalo fez força debaixo d'água e nós dois descemos. Orfeu me deu um golpe seco no peito e no ombro. O branco de seus olhos se apavoraram enquanto ele afundava, as pernas ainda movendo-se penosamente.

Meu vestido se enrolou em volta de mim. A água forçou minha boca e entrou em meus pulmões. Eu me debatia desesperadamente. A escuridão selou meus olhos.

Acordei engasgando.

Um homem com tórax de barril inclinava-se sobre mim. Ele cheirava a salsichas e tabaco. Tremi de frio e então vomitei, e vomitei novamente, fechando os olhos, envergonhada.

— Esta senhora não deveria estar perambulando, apenas com criados, nesta rota perigosa, mesmo que fosse uma peregrina, o que obviamente ela não é! — A voz áspera retumbou sobre mim. — Onde está seu bordão, sua concha de vieira ou seu emblema santo[7]? Ela simplesmente não deveria estar na estrada, que nem estrada é agora que o lago a tomou!

— *Signorina* Gabriella. — Alguém enxugou minha boca cuidadosamente com um pano. — *Signorina*... — Era Lorenzo.

Olmina colocou suas mãos sobre minha cabeça:

— *Madre di Dio*, volte para nós, criança! — Seus dedos eram como galhos finos arranhando minha pele.

Dois homens me carregaram para dentro de uma casa fumacenta de madeira que fedia a mofo, através de várias escadas estreitas que subiam até um sótão simples. Meus ossos tremiam enquanto Olmina trocava minhas roupas molhadas por secas, eu estava deitada na cama. De vez em quando, eu inspirava. Meu peito queimava. Pensei que o que realmente precisava era de uma boa infusão de tussilagem com mel, mas antes de conseguir pedir para Olmina que a preparasse, meu coração deu um salto e eu me sentei, gritando:

[7] O bordão, a concha de vieira e o emblema santo são alguns dos símbolos usados pelos peregrinos (N. T.).

— O baú de medicamentos!

Olmina me recolocou de volta à cama.

— Orfeu afundou e o baú estava com ele. Mas você está aqui conosco e é isso o que importa.

O baú de medicamentos, as cinzas das cartas de Maurizio (medicação para minhas saudades, pó de suas palavras que eu podia tocar), as ervas e os metais que coletei durante anos... Se eu pudesse ter segurado o vidro de hissopo desidratado que meu pai e eu juntamos perto das colinas de Verona, ele ainda estaria comigo. Aquelas flores azuis minúsculas faziam as escoriações desaparecerem, segundo Plínio, o cientista romano. As escoriações no meu peito e no ombro... Onde eu estava?

— Que lugar é esse? — murmurei.

— A senhora está na casa do Dr. Wassler, um dos homens que a tirou do lago — Olmina explicou.

Examinei o quarto, desorientada. Uma mulher alta e magricela estava a um canto, comprimindo as mãos.

— Quem é aquela?

— A Sra. Wassler, que está preparando um emplastro de folhas de ísatis para suas escoriações. Orfeu lhe deu um belo coice com seu casco, pobre animal.

Orfeu! Ele se foi.

A mulher espremia folhas umedecidas sobre uma bacia com suas mãos ossudas. Seus olhos azuis estavam atentamente focados na tarefa, mas sua boca fina estremecia. Um lenço de lã cobria seus cabelos. Dr. Wassler estava atrás dela, franzindo as sobrancelhas, embora eu não pudesse vê-lo muito bem, pois a única luz no quarto vinha de uma pequena lareira. Não havia velas? Quando o fogo ardeu mais alto por um momento, sua cabeça cheia de sardas brilhou, ladeada por fios de cabelo cor de palha, sacudindo a cabeça enquanto falava ativamente com sua esposa. O vento chacoalhava as venezianas e silvava chaminé abaixo.

Quando Lorenzo veio se postar ao meu lado, falei em um sussurro para que o Dr. Wassler não pudesse me escutar:

— Você ainda tem os mapas e as minhas anotações de *O Livro das Doenças*?

— Sim, sim, *Signorina* — ele segredou. — Tenho-o em segurança na minha mochila, não se preocupe.

Ele tocou meu ombro de leve e eu uivei.

— Ah, me desculpe! — Lorenzo gritou.

— O que esse tolo está fazendo? — bradou Dr. Wassler em um italiano ruim. — Saia daqui, camponês, e deixe eu cuidar da mulher.

— Não! Eu quero que ele fique! — disse.

O médico comprimiu os lábios.

Apalpei meu tórax e meu ombro esquerdo doloridos com a mão direita, procurando por algum inchaço fluido ou sólido, mas uma dor aguda se lançou por debaixo da minha respiração. Lacrimejei, incapaz de cuidar de mim mesma.

— Veja só o problema que causei. Você está bem, Olmina? — Gemi e agarrei a mão dela, que descansava perto da minha.

— Estou ensopada. — Ela suspirou. — Adoraria um banho quente agora, em uma bela banheira de porcelana. E isso só será possível quando voltarmos para casa... — Olmina afirmou. Quando viu minha expressão, acrescentou: — ... com seu pai, que possamos encontrá-lo em breve, com a graça de Deus.

Lorenzo resmungou aquiescendo e baixou os olhos em direção ao chão.

O Dr. Wassler se aproximou e falou friamente como se não estivéssemos presentes, como se estivesse demonstrando as habilidades de fazer um curativo para uma plateia invisível em um teatro de anatomia.

— Não há nada quebrado aqui. A pior parte deve ser a escoriação ou talvez um ligamento rompido aqui no ombro — falou para o telhado enquanto pressionava meu ombro e eu cerrei os dentes para não gritar.

Os olhos negros do médico encontraram os meus. Estava feliz por seus cuidados, mas não por seus modos depreciativos. Sua esposa se aproximou para aplicar o emplastro de folhas em meu ombro, amarrando-o com ataduras de tecido rasgado.

— E então, jovem — o médico me abordou. — Qual é o motivo de sua viagem em nossa região?

Fechei meus olhos e deixei que Olmina explicasse, pois confiava que ela diria apenas o necessário.

Fiquei dolorida por muitos dias, incapacitada de dormir. A esposa do médico me deu camomila, flores delicadas que com frequência me acalmavam, embora façam pouco efeito agora. Algumas vezes eu cochilava enquanto fragmentos de conversas indistintas iam e vinham.

— Temos de convencê-la.

— Você tem razão, Olmina, mas duvido que até mesmo agora, com seu cavalo debaixo da terra, ela voltará. Nossa pequena doutora é teimosa.

— Nossa pequena doutora é uma tola!

Eu dormi.

Certa noite, depois que todos já tinham caído no sono, Dr. Wassler apareceu sob a luz fraca do meu quarto vestido em seu pijama e tateou seus dedos grossos e amarelos por meus braços até meu peito.

— O que o senhor está fazendo? — protestei em voz alta.

— Ssshh, fique quieta! Estou observando suas reações.

— No meio da noite? Vá embora!

Ele se sentou ao pé da cama e me encarou.

— Fique quieta, não vou machucá-la.

— Olmina, Lorenzo! — gritei, apoiando-me em meu cotovelo direito.

— Eles estão dormindo no porão com os presuntos defumados. Não vão ouvi-la. Você não conseguirá chamá-los a menos que faça uso da magia negra. E nesse caso tenho um amigo que sabe como lidar com o seu tipo. Ele trabalha para o bispo!

As escadas rangeram e a Sra. Wassler surgiu da abertura no chão. Enrolada em um xale de lã marrom, seus cabelos pretos e grisalhos soltos estavam despenteados e quase graciosos. Mas ela tinha uma expressão feroz no rosto que me chocou.

— Vá para a cama! — ela falou pelas costas de seu marido.

O rosto dele ficou sombrio e ele me lançou um olhar de puro ódio.

— Você não me dá ordens — ele disse e se voltou para encará-la. — Mas já terminei de examinar minha paciente.

Ela deu um passo para o lado e esperou enquanto ele descia as escadas.

— Obrigada — murmurei com gratidão.

— Peço desculpas pela má conduta do meu marido — ela disse. E, então, desceu as escadas, seu rosto agora havia afrouxado de tristeza.

Depois que ela saiu, eu me levantei, com dores pelo corpo todo e desajeitadamente empurrei a mesinha sobre a escada, virando-a ao contrário para cobrir a abertura no chão e colocando uma cadeira por cima. Pelo menos eu o escutaria se ele tentasse entrar novamente. Remexi o fogo para trazer mais luz e puxei da mochila o mapa da Germânia, abrindo-o sobre a cama para definir a próxima parte da jornada.

De manhã, confidenciei a Olmina que partiríamos imediatamente. Ela não questionou e começou a arrumar nossas coisas. Lorenzo comprou alimentos frescos (presunto, queijos, pão, maçãs e vinho) e uma mula, Fedele, de um aldeão. Esse animal se movia como um barril carregado de tijolos. No entanto, após a lição pela perda de meu cavalo, decidi agradecer por minha mula.

Enquanto nos preparávamos, no início da tarde, virei-me para o Dr. Wassler, que mantinha a expressão carrancuda perto das paredes de taipa e dos caibros escuros de sua casa. Os pinhos e cedros próximos ciciavam com o vento tempestuoso que varria seus galhos.

— Obrigada, doutor, por cuidar de minha saúde. — Estava feliz por partir, mas atormentada pela dor. — E quero expressar minha gratidão à sua gentil esposa.

Ele meneou a cabeça, os braços estavam cruzados sobre o colete e a camisa abotoada firmemente até o pescoço.

— A senhorita não deve ir em direção ao norte, sabe. Há pessoas que vão denunciá-la em nosso país. Uma mulher médica é quase uma bruxa!

Fiquei horrorizada com suas palavras, mas não disse nada. Havia esse tipo de denúncias em Veneza; eram raras e direcionadas às parteiras pobres, como minha avó. Quem sabe como lidariam com esse tipo de coisa nesse lugar?

Dr. Wassler, então, disse em tom mais alto:

— Volte para Veneza! Seu pai, como qualquer homem de bem, iria querê-la em casa. Filha minha não ficaria por aí vagando pelos campos.

— Você não tem filha — disse sua esposa à porta, destituída de qualquer expressão.

Desejei-lhe felicidades e ela levantou a mão antes de se voltar para entrar na casa.

CAPÍTULO 6

Diante do Mar da Floresta Negra

Deixamos a vila quase totalmente inundada atrás de nós, contornando cuidadosamente a margem recuada do Lago Costentz enquanto as horas eram drenadas como o líquido de uma ferida. Uma estranha variedade de coisas apareceu na margem do lago que decrescia, uma linha continuamente redesenhada como os mapas do Velho e do Novo Mundo, onde as formas do mar e da terra nunca permaneciam as mesmas de um ano para o outro.

Os objetos desapropriados me perturbavam: um rufo de mulher, o colarinho usado para adornar as roupas amarrotado como as medusas que se banham à beira da laguna veneziana. Gavetas de madeira cobertas de lama, com os conteúdos remexidos e perdidos, ou surpreendentemente preservados em suas pequenas arcas. Um pente fino de osso de baleia incrustado de lodo, como um fóssil em um armário de curiosidades, um objeto sem importância aguardando, endurecido como uma pedra, ser descoberto e disposto em uma prateleira para ser admirado daqui a centenas ou, quem sabe, milhares de anos. Quando criança, acreditava que espíritos habitavam cada árvore, cada pedra. Dizia a meu pai:

— Tudo tem vida!

Olmina riu de mim. Estávamos à mesa, prestes a comer seu minestrone. A sopa me deixava feliz. Tinha a fragrância da horta, de suas mãos e do fogão.

Meu pai me questionou:

— Até a porta? — disse e gesticulou para a entrada semiaberta.

— Tudo — respondi, apontando para o armário escancarado, as venezianas das janelas, as portinhas pintadas do armário de livros, o baú de medicamentos.

— Não fale besteiras! — minha mãe ralhou.

— Como você sabe que estão vivos? — perguntou meu pai.

— Eles falam, dizem "venha", "vá" ou "fique".

— Não a encoraje nessas bobagens! Quer ter uma filha possessa?

— Ele diz: "Sou uma boca. Ponha os ouvidos em mim e escute".

— Já chega! Tome sua sopa.

— Não, pode falar, Gabi. As coisas falam conosco.

Minha mãe olhou furiosa para ele e deixou a mesa, saindo em direção ao pátio. Meu pai suspirou e foi atrás dela.

Fiquei à mesa e Olmina se sentou para me fazer companhia.

— Algumas vezes não podemos dizer o que ouvimos. Os outros não entendem — disse, sorriu para mim e deu tapinhas em minha mão. — Tome sua sopa.

— O baú de medicamentos diz: "tudo tem vida e tudo tem um segredo".

Ela ergueu as sobrancelhas para mim:

— Levante essa colher antes que a sopa esfrie.

Obedeci. Sem querer, escutei minha mãe do jardim, dizendo:

— Essa menina precisa ser instruída de acordo com o mundo e não com as fantasias que você cria para ela.

— Mas querida, é apenas um jogo.

— Um jogo muito sério, não acha? Tendo em vista que você está metade aqui e metade lá.

Fiquei imaginando o que ela quis dizer com aquilo. Deve ter havido um gesto também, talvez a palma da mão aberta para dizer o mundo, e dedos na têmpora querendo dizer a mente.

Por fim, meu pai a acalmou:

— Lembra-se de quando nos conhecemos e andávamos de braços dados no Zattere? Acompanhados de sua mãe, que me ensinou a utilizar tantas ervas? Ela encorajava suas histórias sobre os navios que chegavam para ancorar, as origens de suas cargas, o mundo distante além de Veneza. Ela gostava das minhas histórias também!

— Ah, minha pobre mãe, e olhe aonde isso a levou! Mas sim, você apareceu para mim em um daqueles navios do Chipre. Como você estava lindo, seus cabelos eram negros como tinta, quase azuis, seus olhos semicerrados como se estivesse sonhando.

— E você, minha querida, era uma espécie estonteante de pomba, envaidecida, ali na sacada.

— Olha só o que você fez, desviou minha atenção da Gabriella!

Tomei o resto de minha sopa virando a tigela em meus lábios, o que não poderia fazer se meus pais estivessem à mesa.

— Eu? Vamos terminar de jantar, então.

— Patife! — Mas havia afeto em sua voz.

Também acreditava, em meu coração de criança, que o mundo queria cada um de nós de alguma forma. Agora sentia o quanto nossa breve passagem por essa terra era insignificante.

Cavalgamos até tarde da noite antes de nos depararmos com outra cidade murada, cercada por uma espessa floresta. Minha cabeça e meus ombros doíam, paralisando meu cérebro para qualquer outra coisa que não fosse me manter em posição ereta em cima de Fedele. No céu próximo a Cassiopeia, estrelas cadentes cortavam o céu como lanças quebradas, uma após a outra, perfurando o ar com restos de luz refletidos na superfície do lago.

— Lembra-se do *Canto della Stella*, que certa vez o cantamos para as estrelas, *Signorina*, na procissão de Natal perto do Lago di Garda? — perguntou Olmina, maravilhada. — A senhorita era só uma menininha quando me perguntou sobre os fogos congelados das estrelas que queimavam sobre o lago. O céu de cima era igual ao céu de baixo? Seu pai riu de sua curiosidade e disse: "Tudo o que está em cima é refletido aqui em baixo. Até mesmo a escuridão". — Ela fez uma pausa e acrescentou: — Uma coisa estranha para se dizer, se quer saber.

Assenti com a cabeça, mas não disse nada. Meu pai respeitava a escuridão, até mesmo a buscava em ocasiões em que costumava se sentar para refletir em um quarto com pouca luz ou durante o verão no pátio iluminado somente por estrelas. *A escuridão não é ruim. Somente os homens a consideram assim. Exatamente como a dedaleira não é uma planta nociva, mas se torna venenosa quando mal utilizada em doses exageradas.* Meu pai se sentava no escuro para pensar, pois todas as criações têm início na sombra.

Estávamos sozinhos na estrada.

Seguíamos pelo caminho sinuoso de colinas baixas cobertas por pomares acinzentados, campos fantasmagóricos de grãos e uvas. O vasto lago cintilava como metal opaco à nossa esquerda, a Lua de foice estava a postos havia muito tempo e logo chegamos a Uberlingen.

Infelizmente, o portão a sudeste estava fechado para nós; ninguém o abriria apesar dos nossos chamados. Demos a volta e avistamos o pequeno povoado que se espalhava pelo canal que rodeia a cidade. A luz fraca que tremeluzia aqui e ali nas casas espalhadas em cima da montanha inesperadamente me confortou. Eram casas pequenas, faróis secretos diante do mar de bosques negros onde a estrada nos levava. Não poderíamos seguir adiante naquela noite e teríamos que contar com uma das casas para nos acolher.

Quando nos aproximamos da casa próxima ao moinho, pude ver uma placa de madeira pendurada acima da porta com uma cama e uma colmeia de abelhas pintadas de modo grosseiro. Lorenzo bateu palmas e uma viúva toda vestida de preto, curvada como um anzol, veio até a porta segurando uma vela.

— O que vocês querem? — ela perguntou, agarrando com força um xale fino ao peito.

— Gostaríamos de um quarto e comida, por favor, madame — Lorenzo respondeu, visto que falava o melhor alemão entre nós três. Ele rapidamente tirou seu gorro de lã surrado e o segurou em suas mãos, acenando com a cabeça de maneira cortês.

Ela levantou a vela e franziu a testa:

— É tarde para a chegada de viajantes.

— A senhora está certa, madame, mas nossa jornada tem sido lenta, com estradas lamacentas. Minha senhora quase se afogou no lago, portanto estamos viajando com mais cautela.

Ela me examinou de cima a baixo.

— Isso explica seu rosto manchado. — Eu me encolhi, envergonhada. — Pensei que tivessem sido atacados por ladrões. Ou que talvez fossem vagabundos armando uma cilada. — Ela inspecionou nossos rostos mais uma vez. — Bem, podem entrar. Sou a viúva Gudrun. Olhem, posso apenas oferecer uma refeição simples. Pão, queijo, cebola e cerveja.

Lorenzo ficou entusiasmado.

— Ficaremos muito gratos.

— Quantos dias estão pensando em ficar?

— Talvez uma semana. Preciso descansar em um lugar tranquilo.

— Com exceção das abelhas no pomar e os construtores de barco martelando o dia todo no fim da rua, a senhorita vai ficar bem aqui.

— Ah, vou me sentir em casa com isso — respondi, pensando no estaleiro não muito longe de nossa casa. — Nós somos de Veneza.

— Ah, humm... — Ela parou e me olhou de cima a baixo mais uma vez. Então, murmurou: — Pessoas do mar, então. Ora, entrem, as pessoas do lago não são tão diferentes. Ambas compartilhamos das constantes mudanças da água, embora nós, habitantes dos lagos, possamos ser mais reservados, eu acho. É a percepção de um lugar cercado por montanhas, enquanto o mar parece não ter fim.

CAPÍTULO 7
A Viúva Gudrun

Dormimos bem aquela noite, Olmina e eu dividimos uma cama com aroma de menta e que não estava infestada de pulgas e piolhos, para variar. Lorenzo dormiu do lado de fora com as mulas, insistindo que o feno fresco seria a melhor cama para ele.

Depois da nossa refeição matinal, a viúva deu uma espiada nas escoriações de meu rosto, ombro e peito com seus olhos cor de avelã. Com a ajuda de uma corda já desgastada, puxou uma escada do sótão para baixo. Ela pressionou o dedo em seu lábio como sinal de silêncio, enquanto desaparecia pela estreita abertura. Quando voltou, trouxe consigo folhas secas de hera (com o mesmo tom de verde desbotado do meu suprimento perdido) e deixou a escada em cima. Ela triturou as folhas, as colocou em uma tigela com água quente e aplicou cataplasmas nos meus ferimentos.

— *Signorina*, não conte a ninguém sobre isso, nem mesmo aos seus criados — ela pediu cautelosa. — O padre não aprova minhas medicações.

— Ninguém saberá — assegurei, e então hesitei antes de dizer. — Sou médica, mas perdi meu baú de medicamentos. — E com essa pequena confissão, senti-me subitamente vazia e sem chão.

— Fique calada quanto a isso para o seu próprio bem — ela disse.

Falei para ela sobre o baú, seu conteúdo e os antídotos de meu pai contra picadas venenosas, mas seus olhos vagavam e ela ficou inquieta, por isso não comentei sobre as anotações do livro. Em vez disso, contei-lhe que esperava visitar o famoso hospital de Uberlingen, Der Spital, onde as águas sulfurosas e curativas acalmavam o coração e o estômago.

— Meu pai e eu estamos escrevendo sobre curas e doenças... Talvez a senhora possa me ajudar compartilhando algum de seus remédios? Também gostaria de observar os tratamentos dos médicos no hospital.

A viúva endireitou as costas, tanto quanto sua pobre coluna permitia, e colocou a mão em meu ombro.

— Mulheres médicas não são tratadas com gentileza por aqui, não importa de onde venham ou quem quer que sejam seus pais. E a senhorita não poderá visitar Der Spital. Os médicos prósperos têm medo de nós. Nós sabemos coisas. E mulheres que sabem são perigosas.

— Mulheres também têm medo de nós — disse ironicamente.

Quando meu pai me presenteou com o baú de medicamentos na mesa de jantar, por conta do meu aniversário de 16 anos, minha mãe ficou pálida de tanto desalento. No entanto, ela já sabia que seu sonho de ter uma filha como companhia não seria realizado. Eu segurei o baú como se fosse um bebê recém-nascido e corri para meu quarto para ficar a sós com o conteúdo que ele abrigava. Cada vidro e cada frasco brilhavam mais do que qualquer pedra preciosa.

Aos 16 anos, eu não tinha medo do futuro e estava certa da confiança de meu pai em mim. Esculápio e Higeia acenavam para mim de dentro da tampa toda vez que o abria. Algumas vezes sentia um calor sutil na palma das mãos quando estava cuidando de algum doente, junto de meu pai. Quando estávamos ao lado da cama de um doente incurável, ele sabiamente se recusava a tentar a cura, mas eu com frequência permanecia ao lado do paciente moribundo depois de meu pai sair, pois o calor em minhas mãos não cessava. Eu ainda podia dar algum consolo, embora jamais tenha falado sobre isso com meu pai. Talvez ele pensasse que eu me demorava com o paciente por conta da compaixão feminina. Mencionei isso certa vez com Olmina em nossa pequena horta, quando estávamos removendo as flores mortas do manjericão para que ele voltasse a dar folhas. Ela assentiu com a cabeça, dizendo:

— Os curandeiros das montanhas, que vendem cascas de árvore e raízes no mercado, sentem essas pequenas chamas na palma da mão também.

Minha mãe havia nos escutado da janela:

— Venha aqui, Gabriella!

Olmina me lançou um olhar significativo, ergueu as sobrancelhas e depois inclinou a cabeça, ajoelhando-se mais perto do manjericão.

Arrastei-me escadas acima:

— O que foi, *Mamma*?

— Você jamais deve discutir essas tolices com os criados, entendeu?

— Sim, *Mamma*.

— E você não poderia possuir capacidades como essa, somente os santos possuem tais dons. Os habitantes das montanhas são hereges!

— Sim, *Mamma*. Nunca mais falarei sobre isso.

Ela me examinou brevemente.

— Certifique-se disso — ela disse, arrancando um fio solto da renda branca do punho do vestido.

Voltei ao pomar e trabalhei em silêncio ao lado de Olmina, feliz por estar apenas escutando, pois o mundo verde falava comigo: ervas tagarelas, árvores com a voz grossa, elodeas que emitem sons de flauta e até mesmo os liquens e musgos sussurrantes que cobrem nossas paredes. Os cogumelos respiram como crianças pequenas dormindo. Toda a natureza, portanto, me sustenta em minha habilidade.

Suspeitava agora que a viúva Gudrun também compartilhava desse dom verde. Conforme cuidava de meus ferimentos, estudava suas mãos. Seus dedos eram manchados de marrom de trabalhar a terra.

•

Fui ficando mais forte com os cuidados da viúva e, conforme os dias passaram, saí para cavalgar com Lorenzo e Olmina. Fomos ao mercado para comprar bolsas e frascos de medicamentos para substituir os estoques perdidos.

Um dia encontramos outros viajantes e um esplêndido cavalo negro que perdera o equilíbrio, machucando gravemente a pata dianteira em uma pedra perto de uma fossa que se inclinava abruptamente, afastado da estrada. O cavaleiro, um nobre da Bavária, não parecia machucado. Ele se ajoelhou, dando tapinhas em seu cavalo, acalmando-o com as misteriosas sílabas guturais de sua língua, enquanto seus servos o assistiam. Embora eu não esteja acostumada a trabalhar com animais, parei, incautamente, e falei:

— Desculpe minha intromissão, senhor, mas recomendo enrolar uma bandagem de água fria com milefólio em volta desse ferimento para estancar o sangramento. Há muitos deles que crescem nos campos das cercanias.

Surpreso, ele parou.

— Cara senhorita, aprecio muito seu conselho — ele disse. — Tenho receio da carne esponjosa que poderia se formar por baixo do joelho. Se não for bem cuidado, a cicatriz estragará sua beleza. Vejo que parece entender dessas coisas, será que a senhorita não me ajudaria?

— Senhor! — advertiu um de seus homens, um sujeito robusto de queixo quadrado. — O senhor não sabe que tipo de mulher é essa e está pedindo para que cuide de seu cavalo? — Seu cavalo baio relinchava e agitava-se de um lado para outro.

Antes que pudesse fazer qualquer coisa, Lorenzo retorquiu:

— Não duvide dessa renomada médica de Veneza!

— Ah! *Signora* — o nobre da Bavária fez uma reverência —, por favor, perdoe a descortesia de meu homem, ele apenas tem a intenção de me proteger. Lorde Christof von Altenhaus a seu serviço.

— Olmina, você pode cortar um pouco de milefólio para nós? — perguntei enquanto descia da minha mula. — Não vamos perder tempo, o pobre animal está sofrendo. — Enquanto estávamos trocando delicadezas, o cavalo gemeu onde estava estendido, dando patadas no ar como se quisesse se levantar. Virei-me para o cavalheiro e lhe perguntei:

— O senhor tem algodão ou algum tipo de tecido?

Ele balançou a cabeça negativamente. Eu me inclinei, levantei minha saia adamascada e rasguei uma larga faixa da saia de baixo. O senhor, seus três servos e os passantes que pararam para olhar observavam, assombrados. Dei um passo para o lado, com cuidado, na direção da beira do canal, e mergulhei o tecido na água fria.

— Fique calmo, animal! — ordenei quando voltei e enxaguei o ferimento. Lorde Altenhaus se ajoelhou e lentamente acariciou a cabeça e o pescoço de sua montaria. Lorenzo postou-se ao lado dele, colocando uma das mãos na cabeça do cavalo, falando com as palavras monótonas e macias que ninguém mais entendia além dos animais.

Peguei emprestado agulha e linha de uma lavadeira que estava na pequena multidão e passei-as cuidadosamente pelas folhas de milefólio que Olmina trouxe, colocando-as na pele do cavalo enquanto suturava o corte. O ferimento tinha o comprimento de cerca de um palmo, mas felizmente não era muito profundo. Nenhum tendão havia sido prejudicado. Maceramos o resto das folhas sobre uma pedra achatada e o depositamos sobre o corte fechado, envolvendo depois o tecido de modo a ficar confortável.

— Isso servirá até que encontre um médico apropriado para cavalos — assegurei a Lorde Altenhaus.

Seus sapatos verdes desbotados, suas meias e seu gibão listrado estavam manchados de sangue de cavalo e da sujeira da estrada. Seu chapéu de abas macias era a única peça de vestuário imaculada. O cavalo relinchava e se esforçava para se levantar novamente; e, por fim, conseguiu. Com gritos misturados de *hurra!* de alguns jovens, a multidão se dispersou. Lorde Altenhaus se ofereceu para me pagar, mas recusei. Tinha uma dívida com outro cavalo que jamais poderia pagar.

Quando os deixamos à beira da estrada, olhei para trás. Que visão estranha e consoladora, pensei, ver um homem elegante se ajoelhando na lama sobre seu animal apavorado! Por alguma razão ele ficou em minha mente vários dias depois, a pena verde de seu chapéu, uma flâmula valente tremulando da torre de uma cidade conquistada. Ele fazia eu me lembrar de um jovem nobre veneziano que meu pai certa vez tratou, *Signore* Valdaccio, poeticamente belo, mas esnobe com suas amantes. Lavínia sucumbiu à sua amarga beleza, embora ela também tenha sido alvo de desdém. Ele podia ser gentil, mas com seus próprios caprichos, quando lhe dava prazer bancar o benfeitor radiante. Entretanto, *Signore* Valdaccio pegou uma febre terrível que o deixou despojado de sua frivolidade, pois no isolamento do leito percebeu que sua influência, assim como Veneza, era uma ilusão, mas que a doença une a todos. *La malattie ci dicono quel che siamo.* As doenças nos dizem quem somos.

Passei muitos dias na hospedaria lendo sobre doenças que meu pai e eu nos esforçamos para compreender. Enquanto continuava a curar, queria conhecer a causa e a cura de modo mais completo.

Chifre de unicórnio
Para a perda do desejo

O chifre, reduzido a pó, muito raro e instável à luz, deve ser guardado em um frasco escuro e utilizado com moderação. Enquanto questiono a origem do tão famoso chifre de unicórnio (quem já viu essa criatura?), não questiono sua eficácia.

Durante o preparo da administração do pó, não se deve perturbar o conteúdo com qualquer som, como a fala, ou com movimento, como sacudir o frasco, pois isso pode alterar a intensidade dos desejos consideravelmente. Remova os grãos finos com uma pequena colher e salpique sobre as costas da mão ou sobre a palma, massageando a pele gentilmente, tomando o cuidado de usar luvas ou o médico poderá ficar com a pele inflamada. O paciente deve escolher um objeto, como um retrato daquele que foi amado, ou mesmo um símbolo do trabalho se a pessoa deseja reacender a paixão por uma vocação.

Cuidado: se for dado pó demais, o paciente pode acabar se concentrando no objeto em si em vez de naquilo que o objeto significa, como o rei que se apaixonou pelo anel em vez de apaixonar-se pela mulher e não conseguiu libertá-la mesmo depois de ela ter morrido (pois o anel está debaixo da língua dela). Por fim, o bispo conseguiu retirar o anel de sua boca fria, mas o rei, então, apaixonou-se pelo bispo. O clérigo sabiamente jogou o anel no Lago Costentz e o rei, pobre homem, sentou-se em um barquinho pelo resto de seus dias, apaixonado, sobre as águas.

O pó deve ser dado à noite, pois é aconselhável dormir logo depois. O curso dos sonhos indicará sucesso ou fracasso. O objeto do desejo aparecerá juntamente com as súplicas ocultas que os sonhos nos oferecem. Cenas recorrentes e alcachofra-brava prometem sucesso. A aparição de cigarras e mulheres com dentes pretos alertam contra o desejo incontrolável.

Meus ferimentos cicatrizaram e as escoriações desbotaram para um tom de verde bolor. Dias refulgindo nos tons de laranja e amarelo, com as árvores de outono avisando a chegada do inverno, despertavam-me novamente. Não queria ser atrasada por uma nevasca quando Tubingen, a cidade que prometia ter notícias de meu pai, estava a poucos dias de cavalgada à nossa frente. Mas antes da nossa partida, decidi dar a volta pela margem rochosa ao norte do Lago Costentz, pois, embora eu quase tenha me afogado em suas águas, gostava de me debruçar sobre ele com segurança para ouvi-lo ciciar e murmulhar, com as mãos em concha sobre a orelha. Ali havia uma linguagem sem palavras, um bom conselheiro para a viagem.

Pegando o galho morto de um salgueiro, fui vagarosamente abrindo caminho pelo matagal ao longo da margem. Lorenzo, seguindo atrás de mim, ria um pouco. Aquilo me irritou, até que vi a mim mesma como ele estava me vendo: uma mulher insubordinada chicoteando o vento enquanto, sem saber, arrastava destroços naufragados em suas saias: mandíbulas de peixe quebradas que se enroscavam na bainha, um pedaço de corda desmanchada enroscado com cabeças de flores do cardo, um pedaço escuro de papel.

— Agora tudo o que preciso é de uma panela na cabeça para ser a Meg Louca[8] — ri com ele.

Sentei-me sobre um tronco para me livrar do lixo indesejado. Quando puxei o pedaço de papel, vi que vinha de uma xilografia rústica do tarô, *L'Amore*. Mas a imagem usual, dois amantes debaixo de uma tenda matrimonial com um cachorrinho aos seus pés, se fora. No lugar dos amantes, a bainha do meu vestido esbarrara no pedaço com o cupido de olhos vendados, com a aljava em um dos ombros e arco e flecha nas mãos. Um pequeno deus tão inocente quanto destruidor. O que Olmina pensaria disso? As luzes da tarde suavizavam. Não havia nada de que eu gostasse mais do que dessa estação de colheita tardia, quando as sombras ficavam mais compridas e o mundo começava a se refugiar de si mesmo. Deixei Lorenzo descansando em uma grande pedra chata, feliz por andar a sós por alguns instantes. O lago lambia sua margem, com um som como o das ondas marulhando nos canais lá de casa, mas o cheiro aqui era domesticador. Subitamente, eu desejava o mar. Queria a vista ampla do mar também, salpicada de ilhas. Essa curiosa saudade de casa não incluía as pessoas, ou mesmo os prédios, mas os cheiros, as pedras, o modo como os sons eram canalizados através dos corredores de Veneza.

Enquanto olhava para o Lago Costentz, pensava que ele era lamentavelmente pequeno, mesmo sendo um lago enorme. Era isso o que meu pai sentia em Veneza? A via como uma lamentável laguna? Como se um corpete com suas barbatanas de ferro fosse amarrado forte demais ao redor de sua alma?

Andei até me deparar com um cheiro fétido e o segui arbustos adentro. Um casal de abetardas guinchou e voou. Rapidamente, pressionei um lenço amarrotado contra meu nariz e minha boca, engasgando com o fedor. Via agora do que estavam se alimentando. Um cavalo morto, cheio de vermes. O rosto de Orfeu (pois certamente era ele) retraído com uma careta, os olhos vazios, o

[8] Mad Meg - a Meg Louca: (Dull Gret) É uma figura do folclore flamengo, que aparece em uma pintura de Pieter Bruegel, "O Velho", liderando uma hoste de mulheres em uma pilhagem ao inferno (N. E.).

arreio saliente, os dentes amarelos brilhando na carne oleosa. Fileiras de formigas transbordavam de seus cortes. Alguém roubara o conteúdo dos alforjes.

E, é claro, o baú de medicamentos não estava lá.

Eu cambaleei.

— Lorenzo, Lorenzo!

Ele não me ouvia. Lancei meus braços para cima sinalizando para ele até que os laços de minhas mangas se desfizeram. Por fim, ele percebeu e veio correndo parte do caminho e andando pesadamente a outra parte, na minha direção. Quando ele viu o que eu havia achado, ordenou:

— Não olhe para ele, *Signorina*, por favor, vire-se...

Mas eu não conseguia. Mesmo quando criança, tinha fixação por tudo o que dizia respeito à vida, desde o nascimento até a dissolução. Sempre os fluidos, água, sangue, urina. Gotejamento. O suor de meu pai sobressaindo em pequenas gotinhas em sua testa no teatro de anatomia, nas salas de parto ou nos quartos onde pessoas morriam, na cozinha sobre a sopa. Certa vez, ele atirou o baú de medicamentos com fúria e os pequenos frascos trepidaram e quebraram. Gotejamento. Mercúrio, anódino, infusão, destilação, tintura.

Lorenzo e eu nos ajoelhamos a alguns metros do cavalo, na mata cerrada, como em uma prece sem palavras. E então Lorenzo abruptamente retirou as rédeas da carne em decomposição e soltamos a sela e as bolsas de couro.

— Estranho levarem o baú de medicamentos, mas não as outras coisas — ele murmurou.

— Talvez voltem para buscar — sugeri. A bainha do meu vestido inadvertidamente puxou um rim preto das costas abertas do cavalo. Andei, trôpega, até a margem do lago para limpar o vestido. Um gosto de bile subiu até minha boca. Lorenzo, enquanto isso, afundou as bolsas e encheu-as de água.

— Vai ser difícil tirar o cheiro de morte das coisas — ele disse sem rodeios.

— Sal e alecrim servem para lavar o que está podre — Olmina costumava dizer quando *Papà* chegava em casa fedendo a defunto.

— Não são só os médicos que cheiram à morte. Soldados, açougueiros, reis... — Ele deu uma risadinha sarcástica. — Ou um cardeal, com o perdão da palavra.

Então, ele tocou no casco de Orfeu e seu rosto expressou todo o seu sofrimento.

— Somente os animais nos entendem, *Signorina*. Não acho que São Francisco rezava para eles. Acho que ele os ouvia.

Por fim, carregando as provisões, deixamos Orfeu aos bicos, dentes e mandíbulas que o comeriam. Coloquei minha mão sobre o ombro de Lorenzo enquanto caminhávamos, surpresa com sua magreza por debaixo do gibão. E se o motivo do silêncio de meu pai fosse tão simples quanto o silêncio desse cavalo morto? Talvez ele tenha se afogado em um rio inundado e fora levado pelas águas em uma margem longe de qualquer habitação. Ou ladrões podem ter cortado sua garganta e o deixado em uma vala debaixo dos arbustos de amoras silvestres. Ou talvez ele tenha dado passos na direção do lago usando sapatos de ferro. Essas dúvidas, contudo, aquietaram-se quando me lembrei de sua última carta. No final, ele escolheu o isolamento. *Não retornarei e será melhor para você...*

Naquela noite, procurei a carta que meu pai escrevera no outono de 1584, como alguém que procura pelo *Livro de Horas* como consolo. Havia uma expressão, "nossas costelas transformadas em colmeias para as abelhas selvagens...". Eu estava perturbada com a morte de meu cavalo. Meu impressionante desapego e repulsa irromperam em uma torrente de tristeza. Apesar de ter sido impaciente com Orfeu, comecei a gostar dele de verdade; seus sentidos tinham uma conexão mais próxima com o mundo do que os meus. Ele me carregou. Era ágil e poderoso. A culpa foi aumentando em mim e senti o peso de sua morte.

Nada acontece como se espera, nada é como parece ser. Hoje, na estrada, fomos dominados por nobres vestindo capas de pele de arminho que pegaram todas as nossas provisões e o nosso dinheiro depois de perfidamente nos cumprimentarem cheios de gentileza. Um dos nobres sacudiu meu baú de medicamentos no chão, agachou para examinar o conteúdo, abriu alguns frascos e os esvaziou no chão depois de cheirar cada um deles. Felizmente, os frascos com as curas mais importantes estavam em um compartimento escondido que ele não notou. Certamente, esses não eram nobres. Meus dois homens abaixaram as cabeças, inúteis como sempre, embora estivéssemos em menor número, para ser mais justo. Os cinco ladrões então ordenaram que eu preparasse um cozido com duas lebres que eles haviam caçado. Eles se divertiam em me ver trabalhar, enquanto meus homens ficaram parados, inquietos e constrangidos. O chefe dos ladrões me empurrou com seu chicote.

— Médicos não são nada mais que cozinheiros preparando misturas, não é mesmo? Vamos ver se o bom médico pode nos ajudar!

Foi exatamente o que fiz, com um cozido que continha sálvia, alho, cevada e valeriana (esta última obviamente para colocá-los para dormir). E como os tolos não pensaram em dividir a comida conosco, ficamos alertas. Escapamos com todas as nossas provisões, boa parte da comida deles e algumas garrafas de um excelente vinho. Levamos suas mulas também. Acho que não considero roubo tirar de ladrões, embora eu não recomende a ninguém fazer isso. Minha consciência ainda doía um pouco ao mesmo tempo em que sentia prazer em imaginar a reação deles quando acordassem. Não estávamos longe de Edimburgo, onde meu colega, Dr. Urquhart, nos ajudou a procurar os donos das mulas (sem sucesso, pois trinta homens apareceram para reclamá-las, então, nós simplesmente as vendemos por uma ninharia) e ficou feliz em dividir o vinho conosco. Assim terminou minha breve carreira como ladrão. Certamente poderíamos ter comido e bebido de outra maneira. Poderia haver um escocês com meus medicamentos posando de médico, viajando pelo país, causando males, enquanto estávamos olhando para a copa do carvalho, nossas bocas transformadas em barro, nossas costelas transformadas em colmeias para as abelhas selvagens. Agora estou sempre de guarda quando vejo um nobre com capa de pele de arminho ou, a propósito, um padre ou um negociante de trapos. Alguém virá à minha procura e não saberei quem é, se amigo ou inimigo.

CAPÍTULO 8

Fogos que Nunca Queimam

Na manhã seguinte, antes de partirmos, mostrei para Olmina o pedaço de papel de *L'Amore* com apenas o cupido de olhos vendados impresso.

— Acho que não haverá amantes no meu futuro — observei.

Olmina olhou para o pedaço de papel e o esfregou com seu polegar.

— Nenhum amante que você suspeite — ela me corrigiu com um sorriso. A esperança era algo comum para ela, comum como um pedaço de pão. No entanto, não conseguia me apegar à esperança depois da morte de Maurizio.

Quando ele caiu doente, não duvidava que fosse se recuperar; ele era um jovem cheio de vida. Nós nos conhecêramos na Universidade de Pádua, primeiro através de olhares simbólicos, depois através da apresentação de meu pai, pois Mauro era seu aluno e eu estava sempre ao lado de meu pai. Mauro persistiu comigo apesar da desaprovação de meu pai (até mesmo naquela época, com 18 anos, eu já havia passado da idade considerada comum para casar, que era 16 anos). É estranho considerar que *Papà* já quisera me manter tão próxima dele, se alguns anos depois me abandonou aos seus próprios meios. Mas Mauro, por fim, o convenceu com sua inteligência natural e confiança, que ocultava seu próprio anseio por um pai que ele nunca conhecera. Por algum tempo, *Papà* abrandou e foi nosso mentor.

Mauro e eu também ensinávamos um ao outro compartilhando a paixão científica pelos mistérios anatômicos do corpo, que logo nos levou a explorar aquilo que não poderia ser ensinado. Aprendi os contornos de suas tristezas ali, em seus ombros levemente arqueados, mas com certeza ele poderia erguer os ombros por orgulho de seu trabalho. Seus olhos verdes brilhantes sempre me buscavam, não apenas à procura de curvas suaves e maciez, mas de recantos que não conseguia ver em mim mesma. Ele os oferecia para mim, presentes de uma visão cega readquiridos como se ele fosse um espelho diante e atrás de mim. A graça que eu não sabia que tinha, a impaciência que eu renegava. Eu também o presenteava com características invisíveis.

— Como você me conhece, Gabriella! — Maurizio dizia, assustado como um antílope selvagem na floresta quando eu vislumbrava uma ferocidade oculta ou uma genialidade. E as palavras! Ele sabia usar o latim de formas que nenhum professor jamais esperou. *Arteria magna ex sinistro cordis sinu oriens, et vitalem spiritum toti corpori deferens...* Era bonito em nossas línguas e traçávamos todas as linhas até o coração.

Durante sua doença, seu pulso pulava em meus ouvidos atentos sobre seu peito. Embora ele tremesse terrivelmente por causa da febre, desde o primeiro dia ele resplandecia, purificado. Dei-lhe chá de manjericão santo e pimenta-do--reino. Mesmo depois do segundo acesso, dois dias depois, ele se recuperou. Segurou minha mão com sua mão úmida e seus dedos longos, feitos para a vocação da cirurgia. Mas a febre o esfrangalhou como a um farrapo. Seus cabelos pretos grudaram de suor na cabeça e seus olhos ficaram densos como lodo. Sua mãe, uma mulher mais velha que lhe dera à luz tardiamente em sua vida fértil, fez uma cama pequena para mim ao lado da dele para que eu pudesse ficar ali.

— Ele irá se recuperar mais rapidamente se tiver o amor ao seu lado — ela dizia e pressionava a palma da mão em meu rosto.

Certa manhã, depois de uma semana, acordei e abri a cortina que dava para sua cama. Ele estava imóvel, olhando fixamente para o dossel azul, a boca aberta e rígida, vazia de respiração, os lençóis ensopados como se ele tivesse saído de um rio e deitado em sua cama. Segurei sua mão fria com minhas duas mãos, pensando, "Preciso aquecê-lo". Mas a morte roubou seu calor.

O mundo estava errado. Havia vazio por todos os lugares. Seu enorme coração se fora e o meu silenciara.

A palma de minhas mãos ficou dormente durante meses e eu não disse nada a ninguém além de Olmina. Ela me disse:

— As pequenas chamas retornarão, você vai ver, *Signorina*.

Sim, elas voltaram, como queimaduras. A pele ficou lisa e pálida como cicatrizes. Quando meu pai viu minhas mãos, ele sacudiu a cabeça:

— O sofrimento fala de formas estranhas, minha filha.

Agora, enfiei o que restou do *L'Amore* no bolso da minha saia. Então, despedimo-nos da viúva Gudrun à sua porta. Já havia me acostumado ao seu jeito extravagante e às suas histórias à noite.

— Estamos partindo para Tubingen, para encontrar Dr. Fuchs, um rival amigável de meu pai — contei a ela. Inclinei-me para frente e lhe disse baixinho: — Dr. Fuchs, como a senhora, emprega os poderes curativos das plantas.

A velha mulher me olhou como se tivesse levado um golpe. Percebi meu erro tarde demais e tentei consertar:

— Quero dizer, como a senhora, ele *acredita* em plantas medicinais. Meu pai me informou em uma carta que Dr. Fuchs está escrevendo uma matéria médica que pretende completar antes de meu pai terminar *O Livro das Doenças*.

Ela franziu as sobrancelhas e cruzou seus braços finos sobre o peito.

Obviamente, ela não sabia ler e os livros não significavam nada para ela. Lá estava eu tagarelando. Corei.

— Se a senhora precisar enviar alguma carta, estaremos indo para Leiden depois. Muito obrigada pela boa comida e ótima cama! — Toquei minha bochecha esquerda e meu ombro querendo assegurar a mim mesma que a dor havia passado também, embora uma dor aguda persistisse em meu ombro e em meu peito acima do coração.

— Obrigada pelas ervas e pelo mel para a viagem. Meus ferimentos praticamente sumiram.

Ela baixou o olhar.

— Eu apenas cuidei dos ferimentos de um viajante, como qualquer bom habitante destas paragens faria.

— Viúva Gudrun. — Fiz um movimento como se fosse gentilmente tocar seu braço, mas ela se encolheu, parecendo estar com pressa de voltar para dentro de casa.

— As abelhas estão precisando de cuidados — ela explicou. No entanto, fez uma pausa e pareceu mudar interiormente, como fazemos quando escondemos algo por muito tempo e então não conseguimos mais guardar conosco. Ela se inclinou para frente para confidenciar:

— Ouvi falar de um médico de Veneza que passou por aqui de viagem alguns anos atrás... Não ia lhe contar, não queria preocupá-la. Suas curas não deram resultado e muitas pessoas ficaram mais doentes. Se eu fosse você, não diria nunca ser de Veneza ou médica. Alguns ainda estão zangados.

Então ela acenou para nós rapidamente e desapareceu pela entrada escura da casa, com suas saias pretas esvoaçando atrás dela.

— Que mulher estranha! — comentou Olmina enquanto seguíamos para o norte, as mulas já pegando um bom ritmo.

Não consegui falar por um momento, pois havia assustado Gudrun mencionando suas habilidades e ela me lançara de volta um aviso. Apesar de esse médico não parecer ser meu pai, pois *Papà* é competente e confiável. Mas quantos médicos venezianos estão viajando pelas áreas rurais?

— Ela está com medo — eu disse, arrependida de ter mencionado suas curas com plantas em voz alta.

— Ah, a velha encarquilhada está acostumada aos seus pensamentos e os de mais ninguém — declarou Lorenzo. — Você não reparou que fomos os únicos hóspedes durante as duas semanas em que estivemos lá?

— Sim — concordou Olmina —, e também notei que ela sempre subia até o sótão bem tarde da noite, sabe-se lá para quê!

— Talvez seja o único lugar onde ela encontre um pouco de paz — disse, ainda tentando consertar meu deslize, apesar de não estar certa sobre o bem que isso faria agora. De qualquer maneira, nenhum de nós iria denunciá-la ao bispo.

Nós nos afastamos do Lago Costentz e adentramos os bosques escuros acima do Reno. Pinheiros, faias e abetos se fechavam à nossa volta como uma pesada manta, reduzindo a luz do Sol. As mulas balançavam a cabeça enquanto caíam para um ritmo constante, oscilando o movimento para a direita e para a esquerda. Embora Olmina tenha ficado apreensiva, Lorenzo estava alegre e despreocupado por estar entre as árvores. Ele começou a recontar histórias que seu pai lhe contara sobre sua floresta, a Schwarzwald.

— As faias mostrarão o caminho, os velhos moram nessas árvores e elas ajudam a curar a gota. Alguns dizem que elas abrandam as pessoas de pavio curto. E o pinheiro, o mais agradável da floresta, acalma o coração. Os abetos preveem tempestades antes que uma nuvem apareça no céu, quando suas pinhas se abrem.

— E o abrunheiro? — perguntei. — Ouvi falar dos benefícios do seu óleo.

— Ah, ele é perigoso, sabe... Os espinhos e os matagais densos. Tudo o que sei é que o abrunheiro avisa quando o inverno está chegando. De maneira oposta aos outros, seu fruto amadurece quando todos os outros caem.

— Prefiro os ulmeiros. O que você tem a dizer sobre eles, meu velho? — Olmina se manifestou. Ela não se aventurara a dizer uma palavra desde que entráramos na floresta havia mais de uma hora.

— Os ulmeiros pertencem às senhoras e fazem ótimas cordas, se for preciso — Lorenzo explicou, orgulhoso de sua sabedoria.

— Gosto de ver os lariços — acrescentei — resplandecendo de cores. Eles são como fogos que nunca queimam.

Um vento leve penteava os galhos mais altos acima de nós, como saias fazendo uma trilha sobre um imenso tapete persa. No topo de uma colina, fizemos uma parada diante de um pequeno santuário de madeira, uma caixa com telhas de madeiras inclinadas em cima, pendurado no tronco de um robusto pinheiro. Havia musgo ao redor da *Madonnina* esculpida de forma rudimentar do lado de dentro, vestida com uma capa azul desbotada com estrelas. Uma das mãos segurava um lírio e a outra estava virada para cima, em súplica ou consolo, não saberia dizer. Velas finas foram acesas e queimaram até o fim.

— Quem acenderia uma vela aqui? Não há ninguém a quilômetros de distância.

— Peregrinos ou ladrões, nunca se sabe — Lorenzo respondeu. — Até mesmo pessoas avarentas rezam nesses lugares mais afastados.

Apeei e abri o alforje, retirando um pequeno frasco de água de rosas do meu saquinho de seda de pós e aromas, e espirrei um pouco aos pés da Virgem. Rezei para que pudéssemos encontrar meu pai a salvo em Tubingen (de onde uma de suas cartas fora enviada) ou que algum sinal de seu paradeiro chegasse até nós. O rosto da santa tinha listras de fungos amarelo-esverdeados, os mesmos que cresciam luminosos mosqueando a casca e os galhos das árvores.

Ela propiciou uma mediação mais franca com Deus naquele lugar remoto, se ele por acaso estivesse escutando. Ou talvez madeira fosse apenas madeira e ninguém estivesse escutando além do diabo nas sombras. *Il diavolo nasconde dietro la croce*, dizem. O diabo se esconde por detrás da cruz.

Olmina rezava enquanto Lorenzo observava as gralhas-calvas reunidas no alto das montanhas.

Não encontramos outros companheiros de viagem na floresta até que, no fim da tarde, vimos um casal de camponeses idosos se aproximando. Curvados sob pilhas de madeira, ficamos em alerta.

Eles olharam em nossa direção com o mesmo temor. Quis evitar as suspeitas das quais fomos alvo nas vilas do lago com Dr. Wassler e os servos de Lorde Altenhaus, então lhes ofereci pão e vinho.

— Ah, muito obrigado, minha senhora, tomaremos um gole — disse o velho distinto que parecia não ter expressão, mas não com os olhos afundados, como se tivesse passado fome recentemente. Sua esposa, uma senhora corcunda dona de uma palidez amarelada, chamou Olmina de lado e sussurrou algo com uma voz urgente.

— *Signorina* Gabriella — Olmina começou com um tom ansioso na voz —, essa bondosa senhora acha que não chegaremos à cidade mais próxima, Offenburg, antes do cair da noite. Eles respeitosamente nos oferecem seu abrigo para que não tenhamos de passar a noite na floresta.

Contemplei a estrada, envolvida agora por uma ampla névoa cinzenta. Para dizer a verdade, desejaria estar em Tubingen agora.

Examinei os camponeses. Será que queriam nos roubar? Quase podia ouvir a voz de meu pai: "*Seja astuta, filha, não importa o que faça. Em um lugar desconhecido, não confie em ninguém*".

Chamei Olmina e nos afastamos, para ficar fora do alcance dos ouvidos do casal de camponeses.

— O que a faz pensar que podemos acreditar neles?

— Eles são sinceros, *Signorina*, e estão muito assustados. Posso sentir o cheiro de medo neles. Não acho que ladrões seriam tão medrosos. Estamos sozinhos, desarmados.

— Mas me diga uma coisa: como é o cheiro do medo?

— É picante, como o almíscar dos animais, e me coloca em alerta também.

— Está certo — respondi com certa relutância. — Mas precisamos ficar atentos.

— Lorenzo e eu poderemos nos revezar, ficando acordados.

— Bem, vamos ver. — Incitei minha mula a voltar na direção do casal e perguntei: — Qual é a distância até o seu abrigo?

— É perto. — O homem fez um aceno com sua mão sardenta e peluda.

— Está certo, então. Obrigada por sua gentileza.

Eles ficaram animados e se puseram a caminho. Assim que saímos da estrada para uma trilha invisível, Olmina e Lorenzo andaram mais à frente com os camponeses e iniciaram uma conversa amigável, fora do meu alcance auditivo. Não me importei, pois sabia que eles me informariam sobre qualquer coisa importante. Era melhor assim, pois os camponeses ficariam mais à vontade conversando longe da minha presença.

Os dois senhores, Gerta e Josef, moravam nas profundezas da Floresta Negra (não tão perto como ele sugeriu a princípio) e a habitação ficava escondida por matagais de espinheiros. Estava desconfortável até entrarmos na cabana, quando o aroma seco de alecrim, menta e cominho preencheram nossos sentidos. A mulher, apesar de sua cor pálida (que normalmente é sinal de um temperamento mais lento), ficou mais enérgica e acendeu o fogo, colocando sobre ele um caldeirão de ferro com sopa de alho-poró selvagem. O homem cortou uma salsicha das três que estavam pendentes no telhado. Acrescentamos nosso pão, a última sardinha veneziana em conserva, queijo de cabra e vinho à mesa simples, e comemos com grande apetite.

Depois, nos aproximamos do fogo, todos sentados juntos, contentes, em um único banco robusto. Quando eles ouviram que iríamos para Tubingen, Josef anunciou enfaticamente:

— A senhorita não conseguirá viajar para lá assim, de saias!

Vendo minha expressão confusa, Gerta se pronunciou:

— As mulheres foram embora. Elas foram tomadas como bruxas e suas filhinhas também.

Josef se inclinou para frente, seus cabelos grisalhos grossos despontavam como cerdas de seu pescoço enrugado.

— O bispo de Wirtenberg... — ele murmurou. — Seus homens levaram todas as mulheres de Durlingen, nossa cidade. Se não tivéssemos nos escondido em um velho celeiro, minha Gerta teria sido levada.

A velha pousou a mão retorcida no ombro do marido.

Fitei as cinzas que caíam em lascas na lareira.

— O que aconteceu com elas?

— Não sabemos exatamente. Não voltaram mais. Há vilarejos por aqui sem nenhuma mulher.

Era por isso que o casal de velhos estava morando ali, escondido no meio da floresta.

Deve ter havido julgamentos de bruxas em Veneza também por muitas décadas. Tinha sido pior no período das pragas. Viúvas suspeitas de se associarem ao diabo eram enterradas com um tijolo enfiado em suas bocas. Elas eram jogadas em valas cavadas para os milhares de mortos pelas epidemias na Ilha de Lazzaretto Vecchio. Diziam que era para evitar que elas voltassem para se alimentar de crianças vivas.

Minha mãe gritara:

— Qual bruxaria? Que escândalo! Jogar uma pobre mulher em uma sepultura, silenciada por um tijolo... — E em voz baixa ela disse para Olmina enquanto eu, ali por perto, ouvi: — O inquisidor precisa de um tijolo na cabeça, isso é o que eu penso. — E, pela primeira vez, concordei com ela.

Minha avó era viúva, condenada durante o pânico de 1575, mas por sorte fora absolvida pela influência de amigos da família. E agora, pensei, minha mãe é um tipo de viúva. Existem as viúvas empalhadas, as amantes rejeitadas. Entretanto, o que dizer das esposas que não sabem onde seu marido está? Casada com a ausência. Uma viúva indisponível.

Na maioria das vezes, a mulher acusada de bruxaria em Veneza era uma parteira, que era levada para a prisão, mas as crianças jamais eram culpadas.

— As filhinhas — Gerta dissera. Olmina deslizou seu braço ao redor do meu enquanto nos aconchegávamos ali, diante das chamas faiscantes.

— Como isso pôde acontecer? — perguntei, bastante perturbada.

Josef explicou:

— Primeiramente, o bispo enviou inquisidores para Durlingen e contou com a ajuda do padre da vila, pois havia rumores de que uma viúva na periferia da vila seria bruxa. Ela estava sempre carrancuda e era maltratada pelo marido. Depois que ele morreu, porém, ela disse tudo o que queria, até mesmo xingou o proprietário das terras que aumentou seu aluguel e recusou a entrada do padre em sua cabana. Eu entendo sua raiva, mas uma mulher deve morder a língua, principalmente uma mulher sozinha.

— Todos os seus filhos morreram ou foram para outros lugares, como os nossos — Gerta falou com a voz enfraquecida e olhou para suas mãos como se estivesse contando seus filhos silenciosamente: os mortos, os que foram para o mar, os que foram para outras terras em busca de uma vida melhor e que ela não veria nunca mais.

— Fico feliz, sabe — sua voz ficou rouca, como se ela fosse chorar —, que nossas filhas tenham ido embora, que tenham sido poupadas do destino de outras em nossa vila.

Josef colocou os braços em volta dela. Gerta prosseguiu:

— Quando um vizinho não permitiu que a cabra da viúva pastasse como sempre permitia ao seu marido, ela disse que ele murcharia. Bem, foi o que aconteceu, e ele nunca mais teve filhos. Ela também cultivava uma horta incrível de ervas e plantas medicinais, que, dizem alguns, eram tiradas do terreno da paróquia. Não a recrimino por isso, mesmo se ela o tivesse feito. Alguns dizem ainda que ela evocou a Lua. Às vezes, ela ficava no portão e insultava quem passasse...

— Não nos importávamos, ela era divertida — acrescentou Josef. — Uma vez, ela chamou um burguês de cabeça de salsicha, querendo dizer que sua salsicha estava deslocada, se é que a senhorita me entende.

Os dois riram daquilo, assim como Lorenzo. Olmina apenas balançou a cabeça.

— Então, ela foi levada. Depois, levaram mais mulheres. Pensamos que fosse para interrogatórios. Os maridos e os filhos não interferiram — disse Gerta.

— Talvez tenham pensado que quanto mais cooperassem — Josef continuou com tristeza —, mais cedo teriam suas mulheres de volta.

— Mas o bispo e seus homens voltaram e anunciaram que fariam da nossa vila um exemplo do que acontece às mulheres que se associam ao demônio. Em especial as bruxas do tempo, que traziam o frio severo à região e arruinavam as colheitas. Ele prometeu purgar a vila de todas as bruxas indignas. Foi o que ele disse.

— E, então, partimos — Josef declarou. — Conhecemos bem esta floresta. Sou lenhador. Mas temos de nos manter em movimento, escondidos. Não sabemos quando isso vai terminar — ele suspirou. — Alguns dias atrás, havia muita fumaça vinda da vila.

— É por isso que vocês devem ficar longe de Durlingen! — Gerta alertou.

— Iremos por outro caminho para Tubingen — concordei.

— Não podemos — Lorenzo disse bruscamente. — Precisamos de provisões.

— Não há outra maneira, então — Josef falou categoricamente. — Vão e vistam-se como homens.

Eu protestei.

— Não tenho nenhuma roupa de homem. E se formos pegos? Como faremos isso?

— Acho que devemos — admitiu Olmina.

Lorenzo não disse uma palavra, mas nos fitava de modo desconfortável.

— Devemos dizer que somos de Luciafuccina e não de Veneza. — (Evitei dizer "daquela esplêndida meretriz do Adriático", mas sabia que era assim que os estrangeiros a chamavam). Sorri para Olmina para tranquilizá-la. — De agora em diante, somos camponeses.

— Eu nunca fui veneziano — Lorenzo contestou. — Deixem a conversa por minha conta.

— Ah, não, estamos sem saída! — Olmina gracejou. — Por que não pulamos Tubingen?

— Não! — eu disse com severidade. Depois abrandei meu tom. — E se meu pai estiver lá? Tenho de ter certeza.

— Certo! Tão certo quanto a morte! — Olmina se levantou e deu alguns passos sobre o chão de terra.

— Ah, minha esposa — Lorenzo disse com delicadeza —, nós poderíamos muito bem encontrar a morte aqui nessa cidade.

— Vocês não encontrarão a morte aqui, posso lhes garantir — disse Gerta em tom magoado, cruzando os braços.

— Não pretendia ofender — murmurou Lorenzo. Olmina revirou os olhos.

— Iremos vestidas como homens, viajaremos com rapidez. — Fiz os planos como se estivesse confiante, embora meu estômago estivesse apertado. Olmina lamentou e sentou-se perto de mim na ponta do banco. Corujas alçaram voo, com pios abafados e ecos, as sentinelas da noite, e nos aconchegamos em silêncio por um bom tempo até a hora de dormir.

Mais tarde acordei, incapaz de voltar a dormir.

Sentei-me (estava mais perto da parede e, portanto, podia fazê-lo sem incomodar ninguém) e retirei pena, tinta e papel de minha bolsa. Ainda perturbada pela história do bispo protetor que se tornara tirano, comecei a escrever com a pouca luz. Os outros roncavam em terrível dissonância.

A ENFERMIDADE DOS ESPELHOS
Uma doença rara cuja origem pouco se sabe

A doença é manifestada de duas formas. Na primeira, uma pessoa tem a intenção de fazer um movimento, um olhar, ou de dizer uma palavra, e faz o oposto. Uma mulher estende a mão direita para acariciar a barba do queixo de seu amado e soca sua testa com o punho esquerdo. Ou um homem que comercializa peras e, em vez de gritar "Peras, peras maduras!", fala em um sussurro encoberto, "Não esperem conseguir nenhuma pera de mim, seus vilões!".

Na segunda forma, a pessoa vê a expressão verdadeira de seus movimentos, desejos e pensamentos apenas dentro de um espelho. Um padre (ou até mesmo um bispo), por exemplo, tem a intenção de sorrir piedosamente e vê no lugar um sorriso de hipocrisia.

Padre Arcibaldo, um clérigo de origem nobre, estava sendo afligido por essa peculiaridade e carregava consigo um pequeno espelho oval para onde quer que fosse. Com armação de ônix e amarrado ao pulso com um fio de seda e franjas, o espelho pendia e cintilava nas dobras de sua túnica. O padre era sempre visto caminhando em Citadella, espiando obliquamente no espelho que segurava na palma da mão seu rosto grotesco e furioso, ou retorcido em um estranho sorriso. Aqueles que desejavam descobrir seu verdadeiro pensamento tentavam dar uma espiada no espelho com frequência. Ele, então, criou o hábito de carregar uma bengala pesada na outra mão para bater em quem não era suficientemente ágil ou sutil em seu propósito. Alguns queriam que ele fosse expulso da Igreja, enquanto outros achavam a doença uma farsa inventada pela nobreza e pelo clero como desculpa por suas atitudes e palavras cruéis. O próprio padre Arcibaldo disse, simplesmente: "O padre é um tipo diferente de homem e, portanto, deve ser totalmente respeitado! Nenhum plebeu pode questioná-lo!".

No primeiro caso, a cura é trabalhada armando os que estão ao redor do doente com espelhos para serem afivelados sob túnicas, espartilhos, chapéus, luvas ou até mesmo acima da sobrancelha, apesar de parecer bizarro. O enfermo deve olhar para os outros para ver seu reflexo, o que talvez seja o mais terrível para ele.

Enquanto tentava dormir, pensei em minha mãe, que sempre quis que eu fosse o espelho atado a seu pulso.

Na manhã seguinte, bem cedo, Olmina se transformou no homem de respeito Olmo (com as roupas de Lorenzo) e eu relutantemente me tornei Gabriele Silvano Mondini (com as roupas do lenhador). Gerta cortou os cabelos grisalhos de Olmo bem abaixo de suas orelhas com uma tesoura afiada. Minha querida companheira sentou-se imóvel no banco como uma santa de madeira, com os olhos fechados, as mãos apertadas em seu colo. Depois Gerta voltou-se para mim. Ela acariciou meus longos cabelos ruivos com mãos que pareciam antigas raízes.

— Tenho de cortar, *Signorina*, não acho que possa escondê-lo.

— Deixe-me tentar — insisti e fui até o lado de fora da cabana. Sentei-me em um pedaço de tronco perto da cabana e penteei meus cabelos. Quantos nós! E meu pescoço estava tenso. Mas aos poucos consegui desembaraçá-lo, reparti-o em três e fiz uma trança confortável. Ramos de pinheiro se levantaram com um vento incerto e caíram sobre mim.

Enrolei a densa trança em volta da cabeça e amarrei-a por baixo de um largo chapéu com abas que Josef me deu, sacudindo a cabeça vigorosamente. A trança ficou firme. Olmo deu tapinhas no chapéu e ajeitou-o para ter certeza de que estava firme, empurrando as abas para baixo ainda mais. Ela entendeu o quanto era importante para mim manter meu cabelo. Nas noites em que o penteava, livre das tranças, meus pensamentos clareavam. Reclamações e irritações, nós e arrependimentos, emaranhados e confusões. Algumas vezes, pequenas coisinhas caíam dele, como grãos de painço ou pedaços de pena. Aranhas marrons esmagadas, sementes pretas de uma maçã, conchinhas ou pedrinhas minúsculas. E, certa vez, até o dente de um animal. Quando Olmina penteava meus cabelos quando era criança, ela batia de leve com o pente na beirada da cama.

— De onde vêm todas essas coisas, Gabriella? Seu cabelo tem uma vida própria!

Entreguei minhas saias bordadas com fios de ouro, meus espartilhos e as saias de baixo de seda e fiquei com duas batas simples de linho (uma das quais era de Olmo), presentes para minhas irmãs, eu diria se fôssemos procurados ou questionados. Olmo lhe deu seu único vestido e saiote extra. Escondi meus pequenos adornos (os brincos filigranados de minha avó, que ela trouxera do Chipre, e o anel de ouro simples de meu pai) em um lenço enrolado dentro de um pequeno compartimento de couro, a tão falada braguilha que ficava nas meias e ia até a cintura, tapando o volume da frente das calças, bem abaixo da camisa rústica e do gibão.

Dei largos passos de um lado para outro diante de Josef e Lorenzo, que viraram a cabeça envergonhados pela visão das minhas pernas com as ceroulas. Gostei da sensação confortável sem espartilho e saias. Podia respirar e andar livremente.

— Perdoe-me dizer, *Signorina*, mas essas roupas dão uma impressão viril, se é que me entende. — Olmo estava tentando me animar e talvez a si mesma também, pois devo ter mostrado uma expressão ansiosa depois de ter entregue meus vestidos para Gerta. Ela passara os dedos pelo fino tecido e acenou com a cabeça por sua inesperada boa sorte, mesmo com Josef parecendo ressentido pela perda de um dos dois únicos conjuntos de roupa que possuía.

Gerta tirou do bolso um montinho com três nozes de carvalho.

— São do Carvalho Sagrado, no centro da floresta. A árvore-avó. Eles lhe darão força quando for preciso.

Enquanto nos afastávamos, virei em minha sela para dizer adeus, mas eles haviam sumido, o chalé e meus vestidos refinados tinham sido tomados pela floresta sombria.

— *Coraggio*! — eu disse, mais para mim mesma do que para qualquer outro, persistindo nessa ousadia, embora soubesse ser uma defesa frágil contra os dias que viriam. Durlingen, vazia de mulheres e meninas, estava à frente.

Depois de cavalgar a maior parte do dia debaixo das árvores e do céu cinzento coberto por uma massa fina de nuvens, entramos na cidade. Algumas chaminés soltavam filamentos de fumaça. Tudo estava completamente fechado. Nem mesmo um cão mirrado correu para mordiscar nossos calcanhares.

Chegamos ao *Marketplaz*, onde os espigões mortos das salgueirinhas roxas inclinavam-se, desordenados. Um único carvalho pesaroso se mantinha queimado e marrom em seu centro. A capela de pedra estava fechada. Um chuvisco lúgubre começou a cair e a sujeira molhada ardia em nossas narinas com um odor de queimado.

O cheiro de queimado molhado me fez lembrar do navio carbonizado que certa vez foi levado pela correnteza na direção da laguna de Veneza, em um dia como este, de chuva impiedosa. Eu tinha 13 anos. Meu pai e seu amigo Paolo Benvenuti, o carpinteiro, levaram-me (apesar dos protestos veementes de minha mãe) para o Cavallino no final da tarde, onde nossa gôndola lutava contra a maré e a aglomeração de gôndolas que haviam saído para ver o navio.

A extremidade da tempestade continuava a se estender na direção de Veneza e cessou brevemente sobre nós ao mesmo tempo que a chuva avançava do leste, aguaceiro que fazia lembrar grinaldas de luto pretas que pendiam sobre o mar. As caravelas portuguesas à deriva foram levadas para perto de uma das bocas da laguna, as velas triangulares reduzidas a uma gaze suja de fuligem, o casco e os mastros parcialmente queimados, longos metros de um esqueleto negro. O revestimento exterior da embarcação fora entortado para fora da armação nos lugares onde houve espasmos de fogo. Na proa, entretanto, o desenho de olhos pintados pelos carpinteiros navais, um de cada lado, permaneciam com bolhas e descascados; olhos que os marinheiros portugueses afirmam que sempre mostrarão o caminho. Mesmo assim, o navio oscilava cegamente em nossa direção.

— Este navio é uma praga! — alguém gritou em pânico. — Eles o queimaram para purgar a peste!

— Ou é um navio de fogo!

— O que é isso? — perguntei ao meu pai.

— Um navio em que propositadamente é posto fogo para depois ser abandonado para ir de encontro à frota inimiga.

— O que ele está fazendo aqui, no quebra-mar Adriático? — outra voz perguntou com rispidez.

— Tolos! — meu pai resmungou. — Ou a tripulação do navio foi destruída pelo escorbuto ou foi muito negligente.

— A menos que seja um daqueles navios amaldiçoados por São Telmo e seu molinete sangrento — Paolo Benvenuti sussurrou.

— Você entendeu mal — meu pai o corrigiu. — São Telmo e seus fogos no topo do mastro *protegem* os marinheiros. Eles o invocam contra a ressaca do mar e as profundezas agitadas.

— Você acredita nisso? Bem, ele não foi de grande ajuda aqui, não é?

— E você, Gabriella? — Meu pai se voltou para mim e perguntou. — O que você acha?

Com a sinceridade da minha pouca idade, respondi:

— Os santos esquecem de nós às vezes.

Meu pai sorriu. A caravela encalhou em um banco de areia e assim vimos sua carga inesperada. Os mortos queimados foram jogados do madeiramento esponjoso de sua barriga, alguns emaranhados na vela. Mas isso não foi tão medonho quanto o cachorro branco e gordo que nadou dos destroços, com os olhos embotados do sacrifício, expressando indiferença e ódio enquanto se esforçava para chegar até uma das gôndolas. Um gondoleiro o golpeou com seu remo e o cão desviou na nossa direção. Para minha surpresa, meu pai segurou o braço do gondoleiro e se ajoelhou para puxar o animal em frangalhos para a proa, balançando a gôndola de modo desenfreado.

O cachorro rasgou sua luva, mas quando ele falou com o animal com um rosnado baixo, o cão se agachou, batendo os dentes e tremendo de frio. O céu e o mar ficaram cinzentos, como os corpos pálidos dispersos à nossa volta, desprendendo uma luz tênue e própria. Meu pai ordenou ao gondoleiro que nos levasse para casa.

— Como devemos chamar esse vira-lata, então? — ele perguntou.

— Cérbero! — falei alto, pois vinha lendo histórias sobre o mundo inferior grego.

— Mas ele não tem três cabeças.

Pensei sobre isso.

— Não que possamos ver — disse.

— Muito bem, então. — Meu pai tentou acariciar a cabeça do cachorro, mas ele se encolheu. — Que você possa nos proteger, Cérbero, assim como você protege o outro reino.

Sentei-me debaixo do dossel de madeira curvo no centro da gôndola, do lado oposto ao meu pai e Paolo Benvenuti, observando silenciosamente o cachorro e as pequenas luzes ocres dos vivos que iluminavam as janelas de Veneza do outro lado da água escura. Queria esquecer os mortos flutuando ao meu redor.

Agora, em Durlingen, como na noite anterior, os mortos ocupavam o ar à nossa volta.

— Lorenzo, que cheiro é esse? — perguntei, ainda desacreditando, enquanto dávamos a volta na árvore chamuscada, pois havia mais ali do que apenas madeira queimada.

— Ah, *Signorina*... *Signore*. Não sei dizer. Não sei dizer. O fogo parece já ter alguns dias.

— Como você sabe?

— A seiva que escorre da árvore é nova.

Talvez fosse por isso que não havia pessoas na praça. Ela estava muito cheia com os invisíveis, as mulheres, as filhinhas.

— Temos de sair daqui!

— Não com tanta pressa — Lorenzo falou com voz baixa e contida. — Não queremos provocar suspeitas. Vamos pegar alguns suprimentos.

Olmo olhou para ele apavorada, mas eu sabia que Lorenzo estava certo.

Dois homens foram até a esquina do *Marketplatz* debaixo de uma tenda rude feita de cânhamo: um jovem vendedor ambulante atarracado com uma mesa rústica de pães e presuntos apimentados e um lenhador esquelético vendendo cordas e lenha. Eles estavam empacotando suas coisas porque não havia compradores e talvez não houvera ninguém o dia todo. Eles pararam o trabalho e nos olharam demoradamente.

— Vocês não são daqui, são? — inquiriu o mais forte. Seu sorriso era levemente contorcido por uma cicatriz rosa em forma de foice, do lado esquerdo.

Lorenzo os cumprimentou e desmontou, enquanto Olmo e eu levamos nossas mulas para debaixo das calhas profundas da prefeitura para nos abrigarmos da garoa. Enquanto Lorenzo murmurava que devíamos chegar a Tubingen até o fim da semana e que precisávamos de suprimentos, dei uma olhada ao redor da cidade silenciosa. Nenhuma cortina fora aberta por alguém curioso. Nenhuma criança apareceu.

— Não aparecem mu-muitas pes-pessoas por aqui desde os-os incêndios — gaguejou o magrelo.

— Que incêndios seriam esses, meu bom homem? — Lorenzo perguntou com franqueza.

— Do mal. As bruxas, sabe, azedaram o leite, invocaram granizos, arruinaram as colheitas, provocaram pestes, roubaram os recém-nascidos, murcharam nossa masculinidade! — ele falou em cantilena como se estivesse recitando uma quadrinha. — Beijaram o demônio, dançaram nas florestas, estrangularam carneirinhos enquanto dormiam. Jogaram praga neles e recusaram suas almas! — O rosto do homem convulsionou, seu maxilar se retraiu, expondo seus dentes quebrados.

Lorenzo o fitou e depois afastou o olhar. Acariciou a longa testa de sua mula, voltando-se depois para o segundo homem.

— Você tem maçãs para vender?

— Não, não, as maçãs acabaram. Mas tenho aquele vinho feito com peras. Tem certeza de que não quer beber conosco? — O homem insistiu, fixando o olhar sobre minhas mãos macias sem luvas.

— Desculpe, mas temos de ir andando — Lorenzo respondeu sem rodeios. Ele comprou três pães de centeio e um pedaço pequeno de presunto defumado, guardando-os no alforje.

— Então não somos bons o suficiente para o amigo; vocês estrangeiros e sua maneira arrogante! — O homem contorceu os lábios. E depois, com voz sufocada, disse: — Você acha que queria entregar minha filha?

Por um momento estarrecedor, achei que ele fosse explodir em lágrimas. Mas enquanto virávamos nossas mulas, ele gritou, retomando seu tom hostil:

— Estou de olho em você, cavalheiro fino com suas mãos efeminadas, não pense que não sei quem você é!

O alto e magrelo gritou:

— Adúlteros, saqueadores!

Bati com os calcanhares nas laterais corpulentas de Fedele para que ela trotasse rápido. Sem aviso, um clérigo de cabelos negros saiu correndo de um prédio ao lado da igreja. Subitamente, senti a longa corda de minha trança castanha cair no meio das minhas costas. O clérigo abriu a boca como se fosse gritar e eu enterrei meus calcanhares na barriga de Fedele. Com Lorenzo, Olmo e nossas três mulas seguindo-nos de perto, voei pelas ruas, os cascos de Fedele batendo nas pedras como martelos no ferro. O terrível tumulto incitou-a ainda mais na direção dos limites de abetos que ultrapassavam a cidade.

Achei que nunca mais ficaria quente de novo.

Pensei que nunca mais fosse dormir.

Algumas vezes cochilávamos à luz do dia alinhados como espigões mortos sobre um amontoado de folhas, relutantes em arriscar uma fogueira. Cobríamo-nos com nossos cobertores e com agulhas de abeto, deixando os animais amarrados aos nossos tornozelos. Viajávamos à noite pela floresta lúgubre e evitávamos outras vilas.

Durlingen, com sua praça queimada, sua igreja fechada, seu padre, seu ambulante com cicatriz e seu lenhador, assombrou-nos.

Olmo cortou minha trança na primeira noite depois de Durlingen, com sua faca de cozinhar, e ela caiu pesadamente ao chão como uma víbora. Eu a enterrei e Lorenzo me ajudou a colocar uma pedra pesada por cima para que nenhum animal pudesse escavá-la. Por um momento, imaginei um lobo faminto arrastando minha trança vermelha pela floresta e aqueles homens odiosos enchendo seu corpo de flechas. Imaginei o bispo e seus homens esquadrinhando o campo atrás da senhora da trança.

Quando consegui dormir, vi montes, centenas de tranças, loiras, pretas reluzentes, grisalhas e grossas, castanhas delicadas, cor de cobre, cacheadas, curtas, longas, entrelaçadas e amarradas nas pontas. Com laços. Tranças de garotinhas, criadas, mães, freiras e anciãs.

Imaginava os moradores da cidade, impassíveis diante do bispo e seus inquisidores como aqueles homens do campo que devem segurar seus cães enquanto a nobreza caça veados em suas terras, pisoteando suas plantações. Podia ver os galhos secos amarrados em pilhas e arranjados uns sobre os outros como uma fogueira.

Quando acordei ao amanhecer, quase podia sentir a malevolência do bispo no ar à nossa volta, como a fumaça de cabelo queimado.

Foi quando escrevi um pouco para afiar o espírito e os sentidos.

Inveja
Um verme invisível que consome o coração

No campo, dizem que a doença fica dormente por muitos anos nas tripas do javali e tem sua origem nos cadáveres sem repouso que esses animais desenterram para comer durante o inverno, quando há escassez das nozes do carvalho na floresta e nada mais para comer. Os corpos não tiveram o devido descanso. São os assassinados ou perdidos, os famintos ou os loucos que traçaram seus caminhos em direção aos matagais da morte e não puderam ser resgatados. Crianças indesejadas deixadas na floresta. Prostitutas que se degeneraram. Leprosos e seus farrapos imundos. Embaixadores de países estrangeiros e suas comitivas inteiras estrangulados durante o sono. Bruxas que preferiram os lobos ao bispo. Glutões da terra que não conseguiram resistir à fome. Homens que se tornaram inertes. Donos de moinhos falidos envenenados pela erva-moura. Ciganos que degustaram o cogumelo errado em suas excursões ao meio do dia. Saltimbancos cansados. Mães desvairadas de soldados mortos. Pais perdidos. O astrônomo que engoliu seu livro em pequenas mordidas para evitar os tribunais. A filha do dono do moinho. A mulher nobre incapaz de discernir o dia da noite, a cidade dos lugares selvagens. Os suicidas. A garotinha que fugiu. O artista aleijado das mãos que trabalha a madeira e que morreu congelado, metido nos cabelos grisalhos de sua esposa morta. Os bubônicos. Vítimas de doenças que vagaram floresta adentro, sozinhas. Sobreviventes de queimaduras e chamas que preferiram a morte. Os de mente morosa e os enfermos do corpo. Pais perdidos. O porco do mato funga e devora essa carne humana semicongelada em decomposição. Mas o rancor não se dissolve no poderoso estômago do suíno. Ele permanece nas dobras que se transformarão em salsichas. As tripas do intestino do porco no armário do duque ou na despensa do camponês estão repletas da inveja que os mortos têm dos vivos e que não pode ser mitigada.

Um tipo de tratamento é preventivo. Como meu pai aconselhava, não coma carne de porco ou estará comendo os mortos-vivos. Os outros tratamentos, segundo conselhos das *benandanti*, as bruxas verdes, dizem funcionar bem entre os montanheses. A pessoa infectada deve caminhar em uma floresta hostil e conversar com os mortos abandonados. As visitas devem incluir certos presentes para os mortos, que não devem ser nem parentes nem amigos. A pessoa deve endereçar alguém desconhecido, perguntar-lhe o que deseja e honrar seu pedido. Algumas vezes um dos mortos parece ser tudo o que está perturbando o intestino do afligido. Contudo, o morto irritável pode pedir algo impossível, como as orelhas de um antigo rival ou os dedos de alguém que o enganou. No primeiro caso, um substituto pode bastar, como um esboço das orelhas do rival ou talvez um brinco. No segundo caso, não poderá haver substitutos, a menos que seja legítimo e verdadeiro como um rosário, repetido diversas vezes.

A cura é difícil de ser conseguida, pois poderá levar muitos anos e frequentemente as pessoas acometidas pela inveja não estão dispostas a persistir. Algumas prolongam suas conversas com os mortos e frustram suas curas por demorar a atender os pedidos feitos por eles. Outros preferem a ferocidade da inveja às dificuldades de suas próprias vidas. Como o bispo de Wirtenberg, que certamente inveja a sabedoria das mulheres, os invejosos amam fervorosamente sua doença, arruinando a alegria que não conseguem ter.

CAPÍTULO 9

Dr. Rainer Fuchs, Professor de Botânica

Depois de quatro dias, emergimos pálidos e exaustos da floresta e deparamos com uma região de colinas marrons cobertas com pereiras, macieiras, castanheiras sem folhas e vinhas secas. Uma jovem camponesa, com o rosto inchado e vermelho, trabalhava em uma das vinhas com uma foice de poda enferrujada. Lorenzo parou sua mula e a saudou:

— Bom dia, senhorita! Vinhas excelentes sob seu cuidado, não é?

Ela mal nos olhou de relance e não perdeu um corte.

— Estamos viajando para Tubingen. Este é o caminho certo?

Ela ergueu um braço na direção de uma colina grande ao norte.

— Está ali, o Castelo Hohentübingen, e se os amigos andarem de olhos fechados até o fim da estrada, darão de cara com Tubingen!

Ela deu uma risada curta e seca e voltou-se para sua videira retorcida.

A estrada seguia o ligeiro Rio Neckar, com sua superfície marcada por rajadas de vento. Era fim de setembro. Conforme nos aproximávamos de Tubingen, podíamos ouvir os barcos amarrados à margem enquanto se chocavam uns com os outros com sons tediosos. Lembravam-me das gôndolas batendo com a maré. Os dedos de minha mãe distraidamente tamborilando na mesa da cozinha quando era pega em algum devaneio. Quando criança, colocava minha mão sobre a dela para parar seu tamborilar e trazê-la de volta.

Quase desejei que minha mãe estivesse aqui conosco em vez de permanecer como um tipo de prisioneira em Veneza, mesmo sendo uma ilha adornada com proas cintilantes, pedras cobertas pelas águas, igrejas trabalhadas com mosaicos, olhos brilhantes de amor e conspiração. Debaixo de tudo isso sabíamos que sentíamos falta de um lugar que não existia. Talvez esse fosse o motivo do tamborilar dos dedos de minha mãe à mesa da cozinha, a inquietação de uma ilusão.

Certa vez, ela esperava pelos navios de cargas raras vindos de outros países. Então meu pai chegou, o emissário dos navios. Fico pensando se ela realmente queria ir àqueles lugares. Adentrando as brumas, para qualquer lugar diferente da ilha. Mas será que esse não foi o meu desejo o tempo todo, pois na verdade temia me tornar uma mulher aprisionada como minha mãe? Agora eu queria resgatá-la a distância (embora ela não estivesse pedindo para ser resgatada). Sorri. E trazê-la para essa estrada cruelmente fria? Nesse mesmo instante, os ventos quentes da Barbária podem estar soprando nas ruelas frescas de Veneza, enquanto trememos de frio mais ao norte. A maioria das pessoas, como minha mãe, estaria de molho em um banho de águas cisternas para aliviar o calor. Como eu sentia prazer naquele aroma limpo coberto de musgo! Desejaria agora estar em casa procurando um refúgio do calor, em vez de morder o vento.

Camponeses com carregamentos de madeira e mercadores com carroças com pilhas de barris de vinho passaram por nós, enrolados em suas capas, fitando nossas roupas e mulas com uma leve suspeita; ninguém nos cumprimentou. Que diferença de Veneza, pensei, onde sempre cumprimentamos os estranhos, nem sempre por cordialidade, talvez, mas pelo menos por curiosidade.

Ao entrarmos na cidade, fazendo uma pausa perto das lojas, um grande arco de madeira delimitava a ruazinha estreita e suja em nossa direção. Minha mula se recusou a seguir adiante, voltando para trás e chocando-se com os outros animais, zurrando alarmada. O arco bateu de leve em seu peito, oscilou para o lado esquerdo e, por fim, caiu ao nosso lado.

Uma garotinha de 10 ou 11 anos, com uma túnica de lã azul manchada, correu colina abaixo com uma vareta na mão fazendo-nos uma reverência desajeitada e se desculpando timidamente. Um pequeno grupo de amigos riu e apontou do topo da colina.

Depois de dias sem colocar os olhos em uma criança, nós a fitamos com alívio. As tranças loiras escapavam de seu capuz vermelho e estavam amarradas para trás com uma fita azul, seus olhos escuros brilhavam com a diversão. As bochechas coradas estavam sujas de poeira.

Envergonhada com nossa atenção silenciosa, tentou diversas vezes, em vão, endireitar o arco. Por fim, o desmontei e fui em seu auxílio, batendo na vareta de leve contra o arco com um tipo esquecido de alegria. Subi a colina com ela até a casa que apontou como sendo sua, embora não tivesse falado uma palavra. Seus amigos se retraíram e nos observavam, espantados. Então, perguntei a ela, com meu alemão cheio de falhas, lembrando-me de engrossar a voz (e como isso soava estranho, a primeira vez falando em voz alta como homem!), se ela poderia nos mostrar onde ficavam os prédios da universidade.

— Sim, obrigada, senhor, por aqui — ela disse e saltou à frente, com seu arco girando ao lado.

Levamos nossos animais para dentro das vielas frias e adormecidas, que, ao que parecia, não recebiam a luz do Sol havia meses. Passamos por um grupo de homens bebedores de cerveja que zombaram de nós. Um deles, um burguês pálido com uma cabeça em forma de clava, rosnou severamente para a garota.

— Você vai ver quando eu chegar em casa, menina! — disse isso e bateu na parte de trás do pescoço da menina enquanto ela passava. Ela quase caiu e, agarrando com força seu arco, correu na nossa frente, chorando. Sem pensar, virei-me para confrontar o homem, talvez seu pai ou seu tio, mas os olhos pretos como carvão de Lorenzo alertaram-me para continuar andando. Dei um solavanco para a frente enquanto, às minhas costas, o homem lançava insultos que eu não podia entender.

Depois que os deixamos para trás, Lorenzo me advertiu:

— Somos estrangeiros, nunca se esqueça disso! E, além disso, camponeses. As meninas não podem falar conosco, embora o pai bêbado era o que deveria ser açoitado, na minha opinião!

Enquanto subíamos a colina, os cascos das mulas ressoavam e estalavam na crosta fina de gelo que cobria a passagem enlameada. A menina, abraçando o arco junto ao corpo, desapareceu por um beco lateral.

— Espere! — gritei, pois queria lhe dar uma moeda por ter lhe causado problemas.

Mas ela não esperou.

Agora podia ver a igreja e a *Alte Aula*, o prédio central da universidade, onde alguns cavalheiros, usando capas forradas com pele de animal e chapéus altos, reuniam-se na entrada. Aproximei-me de um deles e perguntei onde poderia encontrar Dr. Rainer Fuchs, professor de Botânica. Novamente falei com voz rouca para disfarçar o timbre feminino da minha voz.

A princípio, o cavalheiro não respondeu e nos inspecionou cuidadosamente. Podia sentir o cheiro do perfume de lavanda sobre suas luvas enquanto ele passava a mão por seu bigode. Maurizio usara aquele perfume algumas vezes para cobrir o cheiro de cadáver quando se encontrava comigo depois da aula de anatomia na universidade. Com frequência, ultrapassávamos os limites desse outro mundo em nome da ciência e isso acrescentava um inesperado tempero ao nosso amor, pois pensávamos que sabíamos mais que os outros sobre a brevidade da vida humana. Um tipo estranho de arrogância gerando tão profunda afeição. No entanto, havia mais. No perfume de Mauro, sua alma misturava anseios e medos, juntamente com o aroma quente e protetor de seu próprio corpo. A lavanda não era tanto uma camuflagem, era mais um convite.

Mais uma vez, abordei o cavalheiro.

— Perdoe-me por esquecer de me apresentar: Gabriele Silvano Mondini, Doutor de Medicina da Universidade de Pádua. Fomos forçados a usar essas roupas simples de viagem quando nos deparamos com alguns problemas em Schwarzwald.

O cavalheiro acenou com a cabeça e estendeu o braço espesso de vestimentas na direção de uma fileira de casas para indicar onde os professores residiam. A seda do lado de dentro da manga flamejou seu vermelho. Ele nos acompanhou e bateu à porta de carvalho com uma argola preta pesada que havia no centro. Um homem ressequido, pontudo em cada ângulo do rosto, atendeu. Ele inclinou a cabeça, avaliando nossa presença, enquanto enrolava as mãos retorcidas no avental manchado, amarrado à sua cintura.

— O senhor Fuchs está em casa?

— Sim, sim — resmungou o homem —, mas ele está trabalhando e não permite interrupções, veja bem.

— Por favor, diga-lhe que Dr. Mondini vem de uma longa viagem para lhe fazer uma visita e gostaria de saber quando seria conveniente retornar — eu disse.

O homenzinho pontiagudo olhou feio e fechou a porta. Vários minutos depois, pude ouvir o Dr. Fuchs em pessoa lá de baixo:

— Deixe-os entrar, Hans, mostre-lhes o caminho.

Agradeci ao cavalheiro que nos levou até ali e ele fez uma reverência enquanto puxava o manto escuro sobre si. O criado abriu a porta e um menino saiu apressado para fora para cuidar dos animais. Ele nos encarou com coragem; seu rosto limpo parecia uma Lua, seus cabelos eram da cor de cevada úmida. Lorenzo sorriu para ele e disse:

— Para onde, meu jovem? Você nos conduz!

O garoto demorou algum tempo, vagando seu olhar inexperiente de um para outro, abrindo um sorrisinho afetado enquanto fitava minha pele macia e meus traços delicados. Notei a penugem macia de um bigode em seu lábio superior e senti falta do meu. Então, pegou as rédeas de Olmo e as minhas, puxando as duas mulas, deixando as outras para Lorenzo.

— Por aqui, senhor, se conseguir — sua voz saiu quebrada e estridente — me acompanhar!

O desengonçado Hans nos levou para dentro. Suspirei aliviada quando cruzamos a soleira e ele fechou o mundo atrás de nós. Ele levou Olmo até a cozinha enquanto caminhava com joelhos que não se esticavam, guiando-me até a sala de estudos escura onde todas as janelas estavam fechadas contra o frio, exceto uma, a janela sobre a mesa do Dr. Fuchs. Uma luz débil cercava o lugar onde ele estava de pé, olhando para o outro lado, com seu cabelo grisalho espalhado sobre o colarinho como uma escova. Ele olhava atentamente para algo em sua mão e virou-se para falar, certo de que eu era meu pai.

— Bem, Mondini, estou surpreso que tenha voltado, embora eu tenha algo seu aqui!

Em sua mão havia um pequeno estojo de madeira.

Depois, ficou paralisado, observando meu rosto.

O estojo, no entanto, abriu-se totalmente com um clique, pois ele inadvertidamente tocou o pequeno trinco de latão. O revestimento de veludo marrom guardava dois pares de óculos, um com armação de osso de baleia, o outro com armação de ferro embrulhado em seda verde na borda interna.

— Sim, esses óculos são de meu pai — respondi diante da consternação de seus olhos azuis acinzentados.

Ele fechou abruptamente o estojo dos óculos e o deixou cair em uma gaveta semiaberta. Virei-me para fechar a porta da sala de estudos e estava prestes a me explicar quando Dr. Fuchs andou até onde eu estava, franzindo a testa.

— O senhor é um impostor! O Dr. Mondini não tem nenhum filho, apenas uma filha em Veneza.

Retirei meu chapéu de abas largas, permitindo que ele visse meu rosto e meus cabelos cor de cobre que caíam a um comprimento cruelmente talhado na altura de minhas orelhas.

— Sou essa filha, senhor, disfarçada. As florestas daqui do sul não são gentis com as mulheres. — Minha voz subiu de tom novamente. Fiz uma reverência com a cabeça.

— Agora o senhor vê Gabriella Silvana Mondini. Se desejar mais provas, posso descrever perfeitamente o estojo dos óculos. O exterior é entalhado com duas sereias de cada lado da dobradiça. Ondas de vento sopram de suas bocas e o desenho termina com um floreado de peixe. Elas são mulheres na cabeça e no torso apenas; seus braços são finos e a parte de baixo de seus corpos é de golfinho. Dentro do estojo está escrito: "Não seja seduzido por falsas visões, a morte vive em cada donzela". Embora eu pense que se poderia acrescentar que a morte vive em cada homem também.

Um longo momento se passou. Sinos repicaram do lado de fora, severos e inflexíveis em seu soar. Um fogo enfraquecido sibilou e notei a abóbada entalhada sobre a lareira, maravilhosamente decorada com vários formatos de folha.

— Levante a cabeça, cara dama, deixe-me observá-la.

Ergui a cabeça e notei as plantas secas: arruda, menta, erva-cidreira pendiam do teto, enquanto a artemísia estava amarrada em um maço sobre o nicho onde estava a cama; as colchas ficavam entrincheiradas como as brisas de inverno. Ao redor das paredes havia prateleiras, armários, nichos de livros.

— Hum, sim. Eu vejo o doutor em você. — Dr. Fuchs voltou-se para sua mesa e novamente retirou o estojo da gaveta. — Devo-lhe desculpas. Por favor, me perdoe por meu julgamento apressado. Aqui está, fique com eles por seu pai. Acho que ele sentia muito a sua falta, pois estava perturbado e não falava mais do que algumas palavras sobre você, e essas lhe causavam dor, pois ele a chamava de companheira de trabalho e colega. Ele era um homem que podia focar em um ponto do conhecimento por vários dias, excluindo todo o resto. Seu pai admirava muito minhas ervas, sabe? Lembro-me de que certa vez ele passou dias examinando desenhos e espécies de bardana, buscando alguma cura que aprendera com a sua avó materna para problemas de mulheres idosas. Eu somente conhecia sua eficácia com tumores. Não estava bem certo de por que ele estava se dedicando tanto a isso. Quando o questionei, ele disse que não havia atenção suficiente para as mulheres e os padecimentos com a Lua.

Senti meu coração acelerar e, sem que eu pudesse controlar, minhas palavras foram saindo:

— Meu pai e eu estávamos trabalhando em um livro, *O Livro das Doenças* completo, para incluir as enfermidades que com frequência são negligenciadas por outros médicos, especialmente as enfermidades relacionadas às mulheres. Isto é, até que nosso trabalho foi interrompido pela sua partida. — Secretamente, eu estava bastante surpresa por ter dito aquilo, "Meu pai e eu...nosso trabalho..."

— Ah, muito ambicioso, tenho certeza!

— Espero reencontrá-lo quando descobrir seu paradeiro. O senhor tem recebido notícias dele?

— Não, há cerca de um ano ou mais.

Minha respiração afundou, como se tivesse sido ancorada por pedras.

O professor continuou, levemente irritado:

— A carta que recebi não dá indicação alguma de sua origem, com seus pensamentos conduzidos de forma dispersa. Eu lhe pedira que coletasse algumas plantas raras para mim, para acrescentar à minha coleção, mas ele não foi eloquente em suas descrições dos lugares como era seu hábito anteriormente. Pois, assim como era obstinado, ele também sabia ser prolixo.

— Gostaria muito de ler a carta, se o senhor me permitir — pedi. — Talvez ela forneça alguma informação para minha busca, pois parece que meu pai desapareceu.

— Ah! Essa notícia é preocupante! — Dr. Fuchs levantou sua sobrancelha, voltou para a mesa, abriu uma pequena gaveta e tirou uma única folha de papel de um maço. — É estranho, não acha, que seu pai, que costumeiramente escrevia várias páginas, enviou-me esta única folha e um bulbo que ele não conseguiu identificar?

O pedaço pequeno de um bulbo cortado na transversal com raízes parecidas com uma teia de aranha estava afixado ao papel. Com certeza, Dr. Fuchs reconheceu o jacinto, cujo bulbo fresco era venenoso, apesar de ser também adstringente e diurético, quando seco e em pó. Que mensagem havia ali? O jacinto também poderia se transformar em cola para encadernação de livros. Seria aquilo um desafio ou uma brincadeira com Dr. Fuchs? Qual dos dois teria o livro publicado primeiro? Percebi que havia algo que ele não estava me contando.

Estudei a carta rapidamente e a devolvi para ele. Duas frases destacavam-se das demais. "Gostaria de estudar o mundo como um ermitão em uma árvore pelo resto dos meus dias, mas eu ainda viajo, sem rumo..."; "Baseei minha vida em organizar e nomear coisas, e agora desejaria não ter nome."

Toquei o estojo de óculos em meu bolso, com um súbito reconhecimento. Sem seus óculos, ele não podia ver as coisas com clareza.

Eu tinha apenas de fechar meu olho esquerdo para perceber isso, pois meu olho direito tinha a mesma visão fraca que sempre incomodou meu pai. O ambiente perdeu definição e ganhou sombras. Abri os dois olhos. A sala ganhou clareza novamente. Por um momento, imaginei meu pai apertando os olhos para decifrar o mundo, mas tinha certeza de que a essa altura ele já teria óculos novos. Mesmo tendo chegado a essa conclusão com a leitura dessa carta, havia outro tipo de visão que o iludia.

Dr. Fuchs levantou o olhar para mim com uma curiosidade ávida.

— Você deve ter um belo estoque em seu baú de medicamentos. Depois de descansar, gostaria muito de dar uma olhada nele.

Contemplei o fogo que morria.

— Meu baú de medicamentos foi perdido no Lago Costentz, junto com meu cavalo. Tenho de procurar novos estoques de ervas e remédios. — Senti um calafrio involuntário. — A perda foi grande, várias pomadas foram feitas das receitas de meu pai.

O doutor suspirou, desapontado. E, então, chamou:

— Hans, Hans! Traga a lenha, reavive o fogo, a senhora está com frio!

— Por favor, Dr. Fuchs, não me chame de senhora! — Repentinamente me lembrei do olhar penetrante que a viúva Gudrun me lançou quando deixei escapar seu segredo. Agora eu a entendia. — Quero permanecer como homem um pouco mais. Ainda não me sinto segura, pois os homens do bispo podem ter nos seguido até aqui. Imploro ao senhor que proteja meu disfarce.

— Como quiser — respondeu o professor, inclinando levemente a cabeça para me inspecionar mais uma vez, pressionando os lábios como uma fenda e impulsionando a barriga para a frente. — Embora os poderes do bispo não se estendam até aqui. — E, em voz baixa, acrescentou: — Hans é quase surdo, duvido que tenha escutado.

Ele tomou minhas mãos, olhando fixamente para meus dedos fortes, e me levou para fora da sala de estudos.

— Vou lhe mostrar os quartos de dormir. Por favor, volte quando estiver descansada e faremos uma refeição leve. Minha irmã tem um filho que é bem magro. Creio que o gibão e as calças lhe servirão. Vamos tentar achar umas roupas mais compatíveis com uma mulh... — ele sorriu. — Desculpe, com um *homem* da sua classe!

•

O quarto que me foi dado era bem equipado, mas desconfortável devido ao frio.

Levantei e me movimentei para me aquecer, acrescentando uma tora de carvalho ao fogo. Puxei um agasalho grosseiro sobre minha camisola e minhas ceroulas. Comecei, então, uma daquelas tarefas sem sentido que às vezes nos confortam: fazer listas. Retirei todas as minhas vestimentas do baú de nogueira e das gavetas para refletir sobre o que usar na próxima parte da jornada. A tora de carvalho finalmente estalou e pegou fogo entre as cinzas quentes, iluminando a câmara estreita. Que estranho ver todas as minhas coisas vazias de mim! Voltei-me para minhas roupas como alguém que olha para fragmentos de uma geografia que devem ser colados em uma esfera. Até as regiões que estiverem faltando, o que foi perdido deve ser notado.

Um par de sapatos de couro de mulher amarrado com cadarços, de Pádua.
Um colarinho de renda, de Burano.
Meu espelho de mão.
O baú de medicamentos.

Todos os itens acima perdidos no Lago Costentz.

Uma saia ensopada por sangue de cavalo e descartada em Uberlingen.
Dois vestidos de brocado, abandonados em Schwarzwald.
Minha vocação.

Sentia falta das visitas aos pacientes, da prática das curas. Eu não havia assumido a profissão de meu pai? Agora desaparecido, ele ocupava o globo inteiro. Ainda. Em suas cartas, ele me levara para os lugares que visitava. Ele tentou dar motivos para me deixar para trás, como na carta que escreveu da Escócia.

Março de 1585

Querida Gabriella,

*Que esta carta a encontre com boa saúde e hábil em sua vocação. Confio que todas as suas necessidades serão alcançadas e lembre-se de que você sempre poderá pedir ajuda ao Doutor Cardano se precisar do conselho de um homem sobre assuntos financeiros ou profissionais. Sei que os membros da Guilda ressentiam-se de sua presença mesmo quando eu estava aí, e isso pode causar-lhe alguma decepção. Fique firme no propósito da Medicina, no seu trabalho. Querida filha, sinto muita falta de sua ajuda para copiar e organizar minhas anotações d'*O Livro das Doenças*, pois algumas vezes não consigo nem mesmo ler minha própria escrita (não por causa da visão fraca, mas da terrível recorrência de pensamentos não controlados). Sou lembrado, entretanto, de que é melhor para você continuar aí em Veneza, pelo menos por enquanto, já que me deparo com uma ocorrência da perigosa febre tifoide aqui na Escócia. Devo confessar a vergonha com minha própria covardia, pois não pude fazer nada mais do que fugir depois de ser chamado para tratar de um cavalheiro recém-libertado da prisão (inocentado por todos os relatórios). Reconheci, de relatos que li, a febre terrível que apenas alguns anos atrás devastou muitos em Oxford, o Veredicto de Assis, quando prisioneiros doentes infectaram de forma fatal a corte e depois milhares, ultrapassando aquele campo de ação. Obviamente, reconheci os sintomas de imediato, a febre e as pápulas vermelhas no peito, costas e braços, alguns cheirando a gangrena. As palavras de Foscatero ardiam em minha mente, definindo a doença contagiosa que "[...] passa de uma coisa para outra e é originalmente causada pela infecção de partículas imperceptíveis". Eu não poderia tocá-lo. Meu temor do imperceptível que podia saltar do sofredor para mim sobrepujou meus anseios mais honrados como médico. Como a peste de 1575 em nossa cidade assediada por partículas invisíveis, fugi sem pensar; como posso aliviar esse horror? Não me sinto absolvido agora pela aparente verdade de que nada poderia ser feito. Apenas me sinto absolvido no caso daquela epidemia veneziana de muito tempo atrás, pois, ao fugir para o chalé das terras de meu irmão em Pádua, salvei sua vida e a vida de sua mãe. Como alguém* *pode não fazer mal? Você e eu, filha, discutimos isso muitas vezes, confinados em casa por conta de tempestades arrasadoras, quando o céu se misturava com o mar e não podíamos cuidar de nossos pacientes. Qual é o dano menor? Essa pergunta está sempre diante de mim, uma agulha trêmula que nunca descansa dentro da bússola. Portanto, para responder à inquietação de sua última carta, eu não a abandonei. Eu a estou protegendo.*

Seu pai, mesmo a distância,
Il Dottore Ernesto Bartolomeo Mondini

Apesar do fogo ao meu lado, meu corpo gelado mal parecia fazer parte de mim. Será que me encontraria somente quando encontrasse meu pai? Eu vivera muitos anos sem ele, mas agora via aqueles anos, de algum modo, sem propósito. Mesmo quando não estava pensando em meu pai, estava sempre esperando que ele voltasse.

Na manhã seguinte, as janelas de meu quarto sacudiram com rajadas de um vento enérgico, silenciaram e, depois, começaram a trepidar de novo. Alguma coisa caiu do telhado, batendo primeiro contra o peitoril, chocando-se contra o solo com um baque na rua: uma telha solta do telhado, a dobradiça do frontão ou uma daquelas roldanas usadas para içar alimentos para os andares de cima. A cidade toda, na verdade, estava perdendo os próprios pedaços enquanto o vento rude do inverno esbofeteava as casas, embora estivéssemos ainda em outubro.

Vesti minha roupa e sentei-me no assento no batente da janela, olhando de cima os sólidos bancos de neve pouco iluminados por uma manhã cinzenta. O tempo perigoso nos impediria de viajar. Quanto tempo nos atrasaríamos?

Ouvi uma batida firme à porta.

— Entre — murmurei.

Dr. Fuchs entrou desajeitadamente, Olmina estava atrás dele com uma bandeja de chá de menta que ela depositou em uma pequena mesa de marchetaria incrustrada com madeira clara e variando os tons até a madeira escura.

— Tenho uma carta para você, cara senhorita — ele anunciou, examinando o quarto, como se quisesse descobrir algo sobre mim pela arrumação das minhas coisas. Ou talvez ele estivesse esperando que eu tivesse mentido sobre o baú de medicamentos por razões relacionadas à patente deles, e que o acharia aqui. Ele se moveu com um tipo de cerimônia, deixando a carta cautelosamente sobre o espesso peitoril com as duas mãos. Reconheci imediatamente a grafia de minha mãe.

— Perdão, Dr. Fuchs. Gostaria de ler a carta sozinha — desculpei-me e, quando vi sua expressão de expectativa murchar, acrescentei: — Descerei mais tarde e, se o senhor quiser, podemos examinar seu maravilhoso herbário e discutir as qualidades medicinais das plantas.

— Sim, é claro, o herbário. — Sua expressão ficou mais leve de algum modo. — Tenho uma quantidade enorme de rótulos para escrever. Há ainda muitas plantas nas prensas do florescimento do verão que devem ser retiradas. Receio que o jardim sempre cresce mais rápido do que posso acompanhar. Minhas coleções certamente sobreviverão a mim! — ele exclamou bem-humorado, erguendo os ombros. Sorri ao perceber que, de fato, uma folha amassada de amieiro estava presa em sua camisa de lã.

Assim que ele desceu as escadas com um som metálico abafado, abri a carta onde, acima, Dr. Cardano havia escrito: "*Signorina* Gabriella, encaminho esta carta a pedido de sua mãe. Espero que esta a encontre de bom humor. Seu amigo (sob a Lua cheia ou nova), Dr. Cardano". Foi uma referência incômoda no final, querendo dizer, eu suponho, "com a saúde boa ou ruim, seja na loucura ou com a mente sã."

Voltei-me para a letra cursiva espremida de minha mãe, envergonhada por Dr. Cardano ter, provavelmente, lido suas palavras. Suas frases compridas iam até as margens da página, não permitindo que se respirasse.

Querida Gabriella,

Minha filha difícil, sim, você está se desobrigando, como assina em sua carta. Mas você se esquece? Seu pai a encarregou de ficar em Veneza. Para cuidar de mim e, devo acrescentar, cuidar de si mesma. Mas você estava sempre fugindo para explorar o jardim onde uma enorme abelha preta sobrevoava (você a capturou e foi picada), o cais (você poderia ter sido roubada), o mercado (você ficou perdida metade do dia). Mas quanto mais eu a prendia, mais você se esquivava para escapar. Nunca entendi. E, agora, você acredita que pode ser independente como um homem e sair vagando à procura de seu pai, encarando tantos perigos. Volte para casa, minha menina. Seu pai apenas lhe deixou como herança um vazio; se ele quisesse, já teria voltado. Qual a utilidade de sair em busca dele? Seus criados teriam enviado uma mensagem se algo tivesse acontecido a ele. Essa mania, que creio ter vindo desses livros que você lê constantemente e que não são próprios para uma jovem (as partes do corpo!), apagou seu bom-senso. Já vi essa obsessão antes em seu pai e isso o levou a rejeitar todas as coisas que não serviam aos seus estudos. Enquanto isso parece ser mais honroso para um homem, é apenas infortúnio para uma mulher. Sempre tive que lutar contra a indulgência de seu pai com você, e agora veja o resultado: uma filha que não conhece seu lugar no mundo! Tenho de falar o que penso mais abertamente: tive um sonho cujo significado não duvido. Seu pai foi enfeitiçado por uma jovem tília na forma de mulher. Sua pele era verde como musgo e ele seguiu floresta adentro com ela. Gritei por ele, mas ele não voltou. Seu pai não está perdido ou doente. Ele nos abandonou com o pretexto do livro. Há muitos anos, ele foi ninado por uma mulher que nasceu com a membrana fetal, as bruxas astutas das montanhas que acreditam que suas curas sejam verdadeiras. A obsessão de seu pai pode tê-lo levado para bem longe, embora ele sempre estivesse nos deixando. Mas, filha, eu sempre a quis. Por favor, esqueça-o e venha para casa.

9 de setembro de 1590
Sua malfadada mãe,
La Signora Alessandra Serena Mondini

Ele estava *sempre partindo*. Apertei a carta em minha mão. Minha mãe sabia distorcer a verdade e ainda conservar parte dela. Ela o conhecia de um modo diferente de mim. Teve sua afeição precoce arruinada pela arrogância (da parte dele ou dela?). Talvez nenhum dos dois tenha conseguido superar as palavras ásperas que provocaram velhas mágoas.

— *Il vento impetuoso acende il fuoco oppure lo spegne, Signorina* — Olmina preveniu.

O vento impetuoso acende o fogo ou o apaga. Ela conhecia bem os ressentimentos mencionados na carta. A repetição deles sustentava minha mãe de uma maneira estranha, mesmo que tais sentimentos desgastassem quem estivesse à sua volta. Ela deve ter se sentido impotente. A declamação dos ressentimentos era um estranho bálsamo. Eu também os sentia. Porém, jamais compartilhei com ela minha tristeza aprisionada. Olmina levantou de sua cadeira para me consolar, mas fiz um gesto para que me deixasse.

Ouvira a história sobre os *benandanti* muitas vezes, sobre como minha mãe acreditava que meu pai fora seduzido por uma das bruxas verdes com suas decocções de ervas e varinhas feitas da árvore do salgueiro. Apenas alguns anos depois que ele partira, ela começara uma nova vida nas salas de estar de Veneza. Ela frequentemente ficava na cama até o meio-dia e depois eram horas de preparação (o pó branco no rosto e nos seios, delineador nos olhos, uma pinta feita com perspicácia, cor nos lábios e bochechas, as joias proibidas pela lei suntuária; no entanto, ela tinha bolsos secretos costurados do lado de dentro da saia para que pudesse tirar um colar de pérolas ou brincos de rubi facetados sempre que quisesse) com a pobre Milena, a criada que a acompanhava. Depois de tudo isso, minha mãe descia ruidosamente as escadas em seus sapatos de salto. Ela contratara os serviços de uma gôndola até a casa de uma amiga para uma tarde e noite de conversas floreadas e rumores picantes: quem atacou quem, quem apunhalou quem, o que o padre disse no confessionário, o que o Conselho dos Dez confidenciou à pequena cortesã de San Barberino e como ela se aproveitou da confidência.

Essas eram as preocupações de minha mãe, interrompidas apenas para tocar o alaúde e jantar. Talvez ela não se importasse mais com meu pai ou talvez estivesse se escondendo, uma garota assustada debaixo de toda aquela ostentação e escárnio de língua afiada. Não sabia ao certo.

Ainda assim, sua carta queimava em minhas mãos. Pensei: e se meu pai realmente nos repudiasse? Ele sempre estava nos deixando. E então, seu desaparecimento final era apenas uma continuação do que viera antes. Não. Não conseguia acreditar nisso.

Tivemos de alongar nossa estada em Tubimgen com Dr. Fuchs devido ao clima hostil. Depois de uma semana, raramente me aventurava a ir para as ruas da cidade, pois mesmo como homem, sem as saias volumosas para me preocupar, odiava o frio mordaz e a lama imunda que respingava em tudo. O vento varria o fedor acre de curtume e esterco da cidade baixa, subindo até a universidade e o castelo, banhando-nos com seus vapores. Algumas vezes, procurava refúgio na igreja da paróquia; seus arcos protestantes pronunciados pareciam uma floresta de pedra abobadada. O silêncio me apaziguava e eu gostava dos sons simples dos sinos protestantes, diferente dos sinos católicos em seu repicar.

Certa vez fui interpelada por um alemão rude da região da Suábia, que, não sabendo que eu era mulher, mas tendo ouvido meu sotaque veneziano à porta, considerou-me um tipo de intruso.

— Pare aí, estrangeiro! Esse é um lugar sagrado para os protestantes e não a sarjeta da qual os católicos se alimentam! — Não fazia ideia por que ele presumia que todo estrangeiro era católico. Ele empurrou meu ombro e continuou a me empurrar até uma passagem arcada próxima da entrada.

Não disse nada. O cheiro de pedra congelada entrou em minha respiração como uma lâmina afiada. Outros estudantes juntaram-se atrás dele, zombando.

— Deixe-o em paz. Ele não o compreende — falou outro estudante.

Não pude ver bem de quem era essa nova voz devido à luz fraca, apenas detectei um chapéu preto que derramava cachos amarelos debaixo de sua aba.

— Ele não poderia estar aqui — queixou-se o alemão da Suábia, com seu nariz achatado como uma espátula.

— Desculpe, não queria ofender — deixei escapar inadvertidamente em um alemão entrecortado. — Essa igreja muito bonita. Não católico, não católico — menti, acenando com minhas mãos em sinal de oposição. Subitamente, Olmo apareceu, recém-saído do *Marketplatz* com uma cesta lotada de pães no braço, os pães quase caindo, puxando-me para a esquina tão rapidamente que os outros ficaram surpresos demais para reagir.

— Muito bem! — o alemão gritou atrás de nós. — Você precisa ser resgatado pelo seu criado, é?

Lancei um olhar por cima do ombro. Todos riram, menos o de cachos amarelos.

Notei-o mais tarde seguindo-nos até a casa do Dr. Fuchs. Ele bateu à porta vários minutos depois de termos retornado. Hans abriu a porta, reclamando.

— Gostaria de falar com o jovem que acabou de voltar com seu criado — falou o homem alto, seus cabelos brilhantes acumulavam a neve seca que começava a cair pesadamente e de modo estável ao seu redor. Fiquei no andar de cima, observando-o pela janela. — Você deve se lembrar de mim. Sou aluno do Dr. Fuchs, Wilhelm Lochner.

A respiração de suas palavras era visível através das lufadas diante do rosto projetado de Hans.

— Não é possível vê-los. Estão indispostos agora — Hans retrucou. — Você conhece as senhoras estrangeiras, a doutora e sua criada não aguentam esse tempo frio, ah! — Ele deixou escapar. Quase fiquei sem ar. Depois, percebendo seu erro, Hans bateu a porta sem mais uma palavra.

O jovem Wilhelm Lochner ficou confuso. Ele olhou para cima na direção das vidraças onduladas com caixilhos de chumbo e pesadas cortinas de veludo que me escondiam de sua visão. Enquanto o espiava de cima, ele parecia estar debaixo d'água, com olhos azul-prateados como uma moeda, a neve o rodeando como uma água espumante no leme de um navio. Examinei seu manto preto, suas calças listradas de preto e amarelo e os meiões amarelos que revelavam panturrilhas flexíveis. Wilhelm ficou ali de pé por alguns instantes, olhando fixamente para uma janela e para outra, e depois para a pequena névoa ligeira que vinha canalizada do Rio Neckar e que corria pela margem da rua atrás dele. Ele esperou tanto que, quando foi embora, um buraco escuro de terra permaneceu onde ele esteve no grande tapete de neve.

Depois que ele partiu, a neve que caía preencheu o vazio aberto dentro de mim. Ali estava um homem que vira através de meu disfarce. Falei baixinho para a janela fechada e para o mundo submerso além do vidro imperfeito, "Wilhelm Lochner, pode entrar".

CAPÍTULO 10

Se a Raiz Está na Casa, o Diabo Não Pode Fazer Nada

Na manhã seguinte, Olmina sacudiu meus ombros para me acordar abruptamente.

— A senhorita tem visita. Ou devo dizer "paciente"?

— Olmina? — Olhei-a com atenção, pois agora ela usava roupas de mulher pela primeira vez em muitos dias.

— Ah, bem, suspeito que a cidade toda já saiba agora quem está hospedada na casa do Dr. Fuchs, graças a Hans. Um criado fala para outro e um aluno fala para muitos! O de cabelos amarelos, quem sabe o que ele disse... De qualquer maneira, já estava cansada de usar roupas de homem. Gosto da sensação de mais tecidos ao meu redor.

— Mas o que você disse sobre um paciente?

— É aquele rapaz que ficou à porta ontem. E, preste atenção, *Signorina*, não estou gostando disso. Tenha cuidado.

Wilhelm Lochner retornara e pedira uma consulta com o médico estrangeiro. Dr. Fuchs achou estranho e depois considerou que aquilo poderia ser muito edificante, assim ele me disse mais tarde. Para minha frustração, ele concordou sem pedir meu consentimento.

Depois de algum tempo (não demorei muito para me vestir, pois, diferente de Olmina, gostava das roupas confortáveis dos homens, mesmo que todos soubessem que eu era mulher agora), desci as escadas e entrei na sala de estudos onde os dois homens estavam sentados diante de um fogo tempestuoso.

— O senhor já se consultou alguma vez com uma mulher médica, Sr. Lochner? — perguntei, deixando de lado as cortesias costumeiras e indo direto ao ponto.

Os dois homens olharam boquiabertos, embora ambos já tivessem me visto em trajes masculinos. Não havia dúvidas de que minhas pernas ficavam provocantes com as calças marrons justas até os joelhos. Os homens raramente avistavam um tornozelo, a menos que fosse de uma amante ou esposa.

Wilhelm Lochner ficou de pé e fez uma reverência.

— Não, nunca tive o privilégio de conhecer uma mulher na sua profissão antes. — Ele estava tão extravagante e colorido quanto um pássaro equatorial, com meiões listrados em três tons de azul, calças de veludo índigo, gibão roxo e luvas vermelhas combinando com as botas de um vermelho profundo. — Mas como soube meu nome, minha cara dama?

— Eu o ouvi ontem à porta. — Fiz uma pausa e então continuei de maneira bem distante. — E então, o que o está incomodando? — Não queria que o Sr. Lochner soubesse que sua preocupação na igreja me atraíra.

— Gabriella — Dr. Fuchs interrompeu —, Wilhelm conheceu seu pai.

— Ah... — Agora eu o fitava com mais cuidado. Isso fora astuto da parte do Dr. Fuchs.

— O que o senhor se recorda de meu pai? — perguntei, sem ser tão apressada dessa vez, sentando-me em uma cadeira do lado oposto ao dos homens. Senti-me um pouco perturbada com minhas pernas expostas estendidas diante de mim, cintilando à luz do fogo.

— Seu pai — respondeu o Sr. Lochner — era um médico bastante inteligente que curou uma ferida em minha perna, embora Dr. Fuchs não tenha aprovado sua cura. — Ele lançou um olhar desafiador e zombeteiro para seu professor e depois se voltou para mim. — Agora estou sofrendo de uma chaga na pele novamente e gostaria de ouvir sua recomendação.

— Terei de ver a ferida primeiro, se o senhor me permite.

Ele pareceu surpreso com meu pedido. Talvez esperasse a confirmação da cura de meu pai ou que eu perguntasse qual fora a sugestão do Dr. Fuchs, como aqueles médicos filosóficos que prestam pouca atenção ao que está diante de seus próprios olhos quando prescrevem uma cura. De qualquer modo, ele não me falou o que foi usado. Estava me testando, então.

— Sairei da sala e voltarei quando o senhor estiver pronto — propus e saí, para que se despisse parcialmente.

Alguns minutos depois fui chamada para ver o Sr. Lochner, que estava de pé, de costas para mim, com as calças erguidas para cima, sua meia esquerda enrolada até embaixo, mostrando a parte de trás de sua coxa firme, onde uma pequena ferida arredondada vertia pus. Examinei-a com cuidado, tocando a pele ao redor, o que fez o Sr. Lochner gemer de dor.

— Não tenho mais meus medicamentos à mão, Sr. Lochner. — Quebrei o silêncio desconcertante da sala. — Mas recomendo um emplastro de cicuta para este tipo persistente de lesão.

Ele me olhou sobre os ombros com um sorriso levemente confuso, enquanto o Dr. Fuchs sacudia a cabeça, dizendo:

— Seu pai sugeriu confrei, que francamente acho ineficaz para esse tipo de ferida.

— Ah, sim — ponderei. — Diria que é algo excelente para uma supuração recente na pele. Porém, como o senhor me disse que teve uma ferida há algum tempo, ainda que recorrente, algo mais potente se faz necessário.

Dr. Fuchs falou com franqueza:

— Mas cicuta, minha cara! É perigoso e, além disso, é a erva do demônio!

— Entretanto, será que não vi o veneno em seu baú de medicamentos no herbário? Ouvi dizer que "se a raiz está na casa, o demônio não pode fazer nada", e ainda, "quando levamos a planta conosco, nenhum animal perverso nos fará mal". Um pouco do demônio repele o próprio demônio, então!

O Dr. Fuchs ficou vermelho, não sei se por vergonha ou por raiva. Não tinha certeza.

— Você já pode subir as meias, Lochner — ele disse bruscamente. — E para seu conhecimento, Gabriella, esses provérbios são ditos por parteiras ignorantes, não por médicos.

Foi por raiva. Tendo em vista que eu confiava nas experiências das parteiras, minha raiva subiu em sua defesa, embora eu tenha dito de maneira tranquila:

— Há mais de um caminho para a cura, Dr. Fuchs.

— E pudemos ver isso hoje mesmo nesta sala, não foi? — intrometeu-se seu aluno, ainda com uma meia para cima e outra para baixo. Ele sorriu para mim.

Comecei a rir um pouco e até o Dr. Fuchs sorria agora para o jovem espalhafatoso que tropeçava para cima de mim na tentativa de fazer uma mesura:

— Obrigada, Dra. Mondini — Wilhelm disse. — Vejo agora que a filha é tão inteligente quanto o pai.

Meu pescoço formigou prazerosamente quando ele me chamou de "Dra. Mondini". Talvez eu não fosse apenas uma novidade para ele, uma "cara dama" médica.

Depois ele se voltou para o Dr. Fuchs:

— O senhor poderia pedir para um de seus homens preparar a cicuta para mim? Pagarei bem, mestre.

Dr. Fuchs resmungou enquanto deixava a sala e eu o segui para ajudar a preparar o remédio. Em pouco tempo, retornei depois de embeber um pedaço de tecido na decocção de cicuta e enrolei a compressa ao redor da perna (que notei ser bem firme), cobrindo a ferida.

O Sr. Lochner recuava e se movimentava de um lado para o outro, chegando ao ponto de, inadvertidamente, colocar a mão na minha cabeça enquanto recobrava o equilíbrio. Depois ele fez carinho no meu cabelo, uma vez disfarçadamente antes de desviar o rosto para subir as meias e prendê-las com a liga. Naquele momento, a parte de trás de sua coxa, com os músculos definidos normalmente não visíveis, teve o poder natural de mexer comigo.

Levantei-me e o observei lutando para prender a meia. Quando ele se virou para me agradecer, seus olhos azul-claros estavam constrangidos com sua falta de jeito.

Desviei o olhar.

— Sr. Lochner, se isso não for eficaz, deve pensar na cura do verme. Isso livraria a pele que está aderente ao verme e não consegue se curar.

— Prefiro não adotar essa cura até o túmulo.

— Mas o senhor deve ter estudado seus grandes benefícios, não? Os vermes se alimentam de pele morta, portanto, o senhor não precisa ter receio quanto a isso.

Ele se inclinou para mais perto de mim e murmurou:

— Ficaria feliz em remover o verme se isso me permitisse mais tempo em sua companhia.

Dei um passo para trás (embora algo em mim me impulsionasse para frente) e estendi a mão:

— Tenha um bom dia, Sr. Lochner. Lembre-se de pedir ao seu criado para trocar o curativo pelo menos duas vezes ao dia.

Ele sorriu e apertou minha mão.

— Obrigado, Dra. Mondini. Mandarei notícias depois de um dia para nos encontrarmos e eu poder falar de seu pai. Gostaria de saber mais sobre a filosofia da Medicina de Pádua. Conheço uma estalagem que mulheres podem frequentar, portanto, a senhora deve se vestir como mulher. Se for descoberta disfarçada como homem, será punida com severidade. Certamente, Dr. Fuchs a alertou sobre as mulheres serem punidas com a morte na Alemanha por tal ofensa.

Dr. Fuchs falou em voz baixa:

— Não quis assustá-la. Além disso — ele abriu um sorriso forçado —, esta dama é muito obstinada.

— O senhor está certo. — Assenti com a cabeça. — Apesar de não parecer justo que os homens possam usar as vestimentas mais confortáveis e nós as mais restritas?

— O que seria do mundo se as mulheres usassem as mesmas vestimentas dos homens! — bradou Dr. Fuchs, jogando para o alto suas mãos cheias de protuberâncias.

— Então os homens teriam de procurar algo que não fosse um corpete trabalhado — disse o Sr. Lochner e eu ri em voz alta. Depois, ele disse: — Tenha um bom dia, Dra. Mondini — enquanto colocava o chapéu ocre de abas largas e o casaco comprido, saindo com um tipo de pavoneamento tolo, não sei se com a intenção de zombar de si mesmo ou se foi simplesmente animação.

Há meses não ria de forma tão descontraída.

Olmina assistiu a tudo da porta, com olhos desconfiados e os braços cruzados sobre o peito.

CAPÍTULO 11

Manifestações da Loucura Solar

— É bom vê-la novamente, Dra. Mondini. — Uma sombra escondida na base de uma das torres de vigia destacou-se da parede e veio em nossa direção. — Posso caminhar com vocês?

— É claro, Sr. Lochner! — respondi, surpresa e satisfeita. Era uma tarde fria, alguns dias depois de ter tratado de sua úlcera. Olmina e eu estávamos andando perto do rio cor de lama, o Rio Neckar, onde as últimas folhas ocres do outono agora se encolhiam sob a neve ao longo das margens escuras. Ambas retornáramos aos nossos trajes, mas minha capa e minhas saias mal me aqueciam com as rajadas de vento intermitentes que silvavam ao passar pelas árvores.

Wilhelm Lochner vestia uma capa cinza, não mais exibindo suas cores.

Olmina resmungou e rapidamente segurou meu braço, enquanto o Sr. Lochner ofereceu o seu. Não peguei seu braço.

— Como está sua perna? — perguntei.

— Sarando devagar, mas as bordas estão diminuindo.

— A cicuta está agindo. Você não tem tido tonturas, tem?

— Não, não. Não tive nenhum sintoma desagradável. — Seu casaco de lã roçou o meu conforme ele se aproximou. — Estou feliz em vê-la antes do nosso próximo encontro na casa do Dr. Fuchs.

Olmina suspirou, impaciente.

Eu a ignorei e (querendo ser tola) respondi:

— Também estou feliz em vê-lo.

Ele riu com certo nervosismo e perguntou:

— As damas gostariam de me acompanhar em uma taça de conhaque quente? Há uma estalagem não muito longe daqui onde a proprietária também serve vinho, com torrões de açúcar, se preferirem. Certamente já ouviram falar dos benefícios medicinais do nosso excelente conhaque, não?

— É muito gentil de sua parte. Poderia usar um pouco desse remédio para a melancolia.

Inclusive Olmina, que apreciava um trago aqui e acolá, animou-se e balançou a cabeça afirmativamente.

Apressamos o passo e, ao virarmos a esquina e nos aproximarmos dos salgueiros desfolhados na base de um muro cheio de buracos, notei um lugar onde se formou uma fenda na pedra angulada, um abrigo oculto para os namorados. *Se Olmina não estivesse aqui, eu deixaria, ou melhor, e se eu atraísse o Sr. Lochner para a parede e puxasse seu longo casaco ao meu redor, será que eu produziria fagulhas de desejo como a pedra de sílex contra o frio?*

Enquanto avançávamos pelas ruas íngremes em direção à estalagem, notei que ele parecia mais jovem do que eu, talvez uns 22 ou 23 anos. Eu não era velha, mas subitamente o hábito de sonhar acordada desaparecera. Meus cabelos castanho-avermelhados caíam irregulares e curtos por baixo do meu chapéu, e meus lábios estavam secos e rachados quando passei rapidamente o lábio superior por eles sob o ar gélido.

A neve espaçada caía aqui e ali, flocos brancos desiguais como pedaços de papel chamuscados. A noite não caiu: em vez disso, o dia foi se dissolvendo no ar e a escuridão calafetou os espaços deixados para trás. Por fim, chegamos à Estalagem do Cavaleiro Azul, com sua placa gasta (um nobre em um cavalo branco com uma farda azul) que balançava e se entortava a cada rajada de neve. Entramos no salão de bebidas de teto baixo que zunia com conversas e uma animação muda. Encontramos uma mesa de madeira aconchegante perto do fogo, Olmina ao meu lado no banco e o Sr. Lochner à nossa frente.

Notei outras mulheres em pares ou trios, com cestas semicobertas do mercado, pães redondos ainda quentes que enchiam o ar com o tipo mais simples de prazer: o aroma de pão de cevada. Muitos clientes comiam seus pães frescos com um pouco de mel e um queijo branco chamado *quarg*. O Sr. Lochner pediu pães para a proprietária magra como uma vara, junto com nossos conhaques.

Então aquele era o lugar onde as moças, esposas e viúvas vinham beber depois de ir ao mercado. Havia alguns homens também, escondidos nos cantos, parecendo estranhos intrometidos, meros espectadores em um salão cheio de mulheres. O queijo cremoso, o pão e a bebida eram o melhor banquete que poderíamos desejar naquele momento. Minha garganta logo se aqueceu com o conhaque.

— Sinceramente, Sr. Lochner, não fazia ideia de que existiam lugares assim para mulheres. Em Veneza saboreamos o vinho em casa ou na casa de amigos.

Ele me ofertou um olhar apreciativo e disse:

— Por favor, me chame de Wilhelm. Posso chamá-la de Gabriella?

— Gosto mais de Dra. Mondini, mas claro, pode me chamar pelo meu primeiro nome.

— E o senhor pode me chamar de *Lady* Olmina — anunciou minha companheira (tendo já saboreado seu conhaque bem rapidamente), abafando uma gargalhada.

Virei-me para olhar para ela um pouco chocada, pois raramente a vira embriagada ou mesmo irônica. Mas seu humor me alegrou. Wilhelm riu e perguntou-lhe:

— Um pouco mais de conhaque, *Lady* Olmina?

— Ah, não!

— Ah, sim! — disse ele sorrindo enquanto gesticulava para a proprietária para encher nossas taças de estanho pela segunda vez.

— Sr. Lochner — falei sem pensar —, poderia nos contar algo sobre meu pai? Como deve saber, ele está desaparecido.

— Seu pai era bastante preocupado com seu livro. E você sabe, ele alimentava uma certa rivalidade com o Dr. Fuchs.

Eu suspeitava disso, mas não disse nada.

— Havia uma questão com relação a uma cura que o Dr. Fuchs achou que seu pai roubara dele para colocar n'*O Livro das Doenças*. Seu pai insistiu que as curas deveriam estar à disposição de todos e não permanecer como propriedade deste ou daquele herbalista. Dr. Fuchs, no entanto, queria ter coautoria, pois estava trabalhando em um livro de plantas medicinais. Seu pai partiu com rancor. Sinto lhe dizer. Encontrei algumas páginas de seu livro, que tenho certeza de que ele não tinha a intenção de deixar para trás, na sala de estudos do Dr. Fuchs.

Endireitei-me na cadeira, surpresa.

— O senhor ainda tem essas páginas?

— Não, encontrei-as sem querer, mas não ousaria pegá-las! Seria banido da universidade se o Dr. Fuchs as encontrasse. Ele é meu tutor-orientador.

— Como será que ele conseguiu essas páginas? Meu pai guarda muito bem seus manuscritos...

— Deve ter sido no último dia, quando ele estava partindo, para que não percebesse.

— O que havia nas páginas?

— Não li o capítulo todo, devia ter umas vinte páginas, pois eu ouvia Dr. Fuchs virando as páginas em sua sala de estudos. Ele às vezes me deixava ler seus livros e escrever minhas anotações ali, mas o que li tinha o título "Manifestações da Loucura Solar", correlativo à demência lunar. O texto explorava doenças comuns e curiosas, de febres solares e indolência anormal até confusão solar, em que o doente acredita ser o próprio astro no céu e vaga, nu, irradiando sua luz. Ou assim ele acredita.

Baixei a voz para perguntar:

— Onde estão guardadas essas páginas?

Olmina saiu de seu alegre torpor para me criticar:

— Em que você está pensando?

— Sssh! — Wilhelm e eu pedimos silêncio.

Então, ele continuou:

— Minha cara, não acho que deva lhe revelar. Isso poderia lhe causar problemas.

— Gostaria de adicioná-las às minhas páginas de anotações.

— Ah, você também está escrevendo um livro? — Ele se endireitou na cadeira e pousou a taça de conhaque que vinha segurando com ambas as mãos. Seus olhos se escureceram de interesse.

— Estava ajudando meu pai.

— Ooh... — resmungou Olmina. Ela me cutucou debaixo da mesa. — Está contando demais para esse estranho.

— Ele não é estranho!

— Ah, é sim! Não sabe nada sobre ele!

— Na realidade, também não sabemos nada sobre o Dr. Fuchs — declarei.

— E você não sabe nada sobre mim! — Ela começou a ficar chorosa. Voltei-me para ela, rindo.

— Olmina, coma um pouco de pão. Você vai se sentir melhor. O que não sei sobre você?

Ela se inclinou para mim e declarou:

— Em primeiro lugar, eu sei ler. Aprendi sozinha e lia os livros de seu pai no meio da noite quando todos estavam dormindo. — Ela deitou a cabeça em cima dos braços sobre a mesa. Fitei-a, espantada.

— *É por isso* que você sabe tanto quando tratamos os pacientes. Pensei que você aprendera observando meu pai e eu! Que idiota eu fui! — Deveria ter ficado chateada, suponho, mas não fiquei.

— Ora, ora — observou Wilhelm —, temos três doutores nesta mesa: uma verdadeira, um estudante e uma secreta! Um brinde a todos os doutores daqui! — Ele ergueu sua taça e Olmina e eu fizemos o mesmo, os três unidos, cúmplices agora, e sorrindo alegremente.

— Por favor, não diga a ninguém — Olmina murmurou. — Lorenzo não sabe; ele ficaria zangado comigo por colocar em risco nosso emprego.

Eu a abracei e prometi meu silêncio. Ela sabia ler, minha criada. Eu estava orgulhosa e muito surpresa. O que mais eu não sabia? Cada vez mais, via os que estavam próximos de mim como vilarejos com quadras secretas, alas inteiras, talvez, ocultadas de mim.

— Tem a minha palavra que jamais contarei — anunciou Wilhelm, com um floreio que indicava que o conhaque já havia aquecido seu cérebro também. — E, cara Gabriella, tenha cuidado para que seu anfitrião não roube suas anotações também. Elas estão a salvo?

— Sim, acredito que sim, mas ficarei atenta.

— Devemos ir — sugeriu Olmina. — Está ficando tarde. Lorenzo ficará preocupado.

E, então, como o trio instável que éramos, oscilamos de volta para o frio intenso e a escuridão até a casa do Dr. Fuchs. Wilhelm no meio, Olmina segurando seu braço esquerdo e eu o direito. De algum modo conseguimos segurar um ao outro flutuando nessa simetria desajeitada, tagarelando e às vezes assoviando, até chegarmos à porta. O jovem criado, sorrindo com insolência, deixou-nos entrar antes mesmo de batermos. Ali na entrada escura, Wilhelm puxou a luva lentamente de meus dedos e beijou a palma da minha mão em vez das costas da mão, como pensei que fosse fazer. O contato de seus lábios pareceu quente como ferro em brasa.

Depois de acordar tarde no dia seguinte, percebi-me dividida. Wilhelm me intrigava e me encantava, mas duvidava de suas intenções. Ele era simplesmente curioso ou um agente do Dr. Fuchs tentando obter informações sobre meu pai?

De qualquer modo, queria recuperar os papéis de meu pai.

Dr. Fuchs negaria estar em poder deles, portanto, não me incomodei em perguntar. Em vez disso, levei-o a acreditar que precisava usar sua biblioteca. Infelizmente, ele permanecia ali na sala comigo, escrevendo em sua mesa por mais de duas horas enquanto eu me debruçava sobre seus volumosos herbários. Enquanto isso, observava em detalhes os conteúdos de sua sala de estudos, as prateleiras de madeira escura, as gavetas, em particular a gaveta da mesa onde ele guardava seus papéis trancados com um cadeado e uma chave de metal ornamentada.

Dois dias se passaram assim. Do lado de fora, o inverno cedia um pouco e o Sol alentador retornava. Aprendera tudo o que pudera com Dr. Fuchs e decidi, depois de estudar meus mapas e recordar uma das cartas de meu pai que fervorosamente mencionava Leiden ("a cidade das chamas intelectuais mesmo sob o mais inanimado inverno"), que esse seria nosso próximo destino. Enviei uma carta antes para o professor Otterspeer, um colega de trabalho e amigo de meu pai (que ficara com ele em Leiden), para pedir-lhe que procurasse hospedagem para nós. Depois, informei Dr. Fuchs sobre meus planos de partir. Ele não tentou me dissuadir e comecei a ficar ansiosa por resgatar os papéis de meu pai. Finalmente, na noite anterior à nossa partida, solicitei uma última oportunidade com os livros.

— É claro, é claro, minha cara — Dr. Fuchs consentiu. — E eu gostaria de ler algo do seu trabalho esta noite também, antes de você continuar sua jornada.

— Talvez pudéssemos compartilhar nossas anotações, se o senhor me der o privilégio de dar uma espiada em seu livro.

— Isso é impossível. — Ele olhou para mim com ar de desconfiança. — Não mostro a ninguém meu trabalho até estar terminado.

Concordei, meneando a cabeça, embora estivesse aborrecida com sua recusa.

Naquela noite, Olmina se juntou a nós na sala de estudos. Dr. Fuchs destrancou sua mesa, retirando suas páginas. Olmina, então, gentilmente tocou seu cotovelo:

— O senhor gostaria que eu preparasse alguma decocção de ervas, doutor? A *Signorina* Gabriella aqui pode atestar minhas habilidades. — Ele girou pesadamente sobre sua cadeira para olhar para ela.

— Sim, talvez algo para acalmar meu estômago. Estou sentindo a digestão difícil hoje.

— O senhor gostaria de escolher suas próprias ervas? — Olmina sugeriu calmamente.

— Ah, sim, é uma excelente ideia.

Olmina estendeu-lhe o braço e o ombro, pois ele sofria de artrite e, como muitos cavalheiros de idade avançada, tinha as juntas rígidas. Ele ficou de pé e se inclinou sobre Olmina enquanto os dois caminhavam em direção à porta. Ela olhou de relance para mim por sobre os ombros, indicando a gaveta aberta com seus olhos.

— Voltaremos logo, *Signorina.*

Assim que eles saíram, rapidamente examinei o conteúdo da gaveta: vários papéis soltos escritos e alguns desenhos de Botânica. Bem ali, debaixo de algumas folhas que continham aquarelas de bulbos, vislumbrei a escrita instável de meu pai, uma letra que parecia rabiscada em uma superfície onde havia água em movimento.

Rapidamente apanhei os papéis e os enfiei na cintura da minha saia, correndo para cima para escondê-los. Quando voltei, Olmina e Dr. Fuchs ainda não haviam retornado. Assumi meu lugar perto do fogo outra vez e li sobre a natureza da couve-rábano (*Brassica oleracea*) e seus benefícios purificadores.

Quando voltaram, Dr. Fuchs não se sentou à mesa, mas se acomodou pesadamente na cadeira oposta à minha de onde gesticulou para que Olmina se sentasse também. Ele tomava seu chá quente bem devagar, fazendo barulho a cada gole.

— Gabriella, há algo que devo lhe dizer. — Ele fez uma pausa. — Hesitei em lhe dizer isso antes, mas... Seu pai não era um grande amigo meu. Ele copiou algumas anotações da minha *Matéria Médica* e depois se recusou a reconhecer tal fato. — Ele observou meu rosto para avaliar minha reação. Permaneci calma, mas sua indigestão lhe tirou o melhor dele, pois ele murmurou, mal-humorado: — Se você quer saber, seu pai é o pior tipo de acadêmico, um ladrão! Quando ele partiu, *furtivamente*, uma das cópias da minha *Matéria Médica* havia sumido. Não foi coincidência, entende? Se encontrá-lo, você *precisa* devolvê-la para mim!

Baixei meu olhar para a gravura de um repolho monstruoso.

— Bem, o que você diz disso? — ele perguntou, perturbado com meu silêncio.

— Se meu pai cometeu alguma injustiça, me certificarei de que seu trabalho retorne ao senhor, mas não posso acreditar que ele tivesse roubado o trabalho de alguém — falei com coragem, mesmo sentindo um nó tenso de dúvida se formando em meu estômago.

Dr. Fuchs franziu a testa e deu um longo bocejo, mostrando seus molares gastos e três buracos na gengiva de onde os dentes foram arrancados. Seus cílios caíram pesadamente e ele se levantou desajeitadamente com a ajuda de Olmina. Depois, para meu pavor, ele mexeu nos papéis que estavam sobre sua mesa. *E se ele percebesse que eu mexi em seus papéis?* Ele os mudou de posição e fez uma pausa, como se estivesse inspecionando algo.

— Você pode achar que ele nunca me roubou — ele disse, voltando-se para mim —, mas nós nunca conhecemos realmente os que estão próximos de nós. — Agora o doutor falou de forma mais amigável. — Não assuma seu pai, hum... ahn... não presuma conhecer seu pai, quero dizer. — Ele juntou seus papéis, parou novamente e tamborilou com os dedos sobre a mesa. *E se, em uma estranha reviravolta, ele decidir devolver as páginas de meu pai para mim?*

No entanto, ele colocou seu trabalho junto com o volume de páginas escritas, enfiando-o na gaveta e manuseando com dificuldade a chave em seu minúsculo cadeado.

— Estou muito cansado, peço que me desculpe. — Ele lutou para conseguir falar, foi cambaleando em direção à sua cama e caiu subitamente no colchão com o rosto para baixo. Olmina sorriu para mim: ela misturara um pouco de sonífero em sua bebida. Juntas nós o viramos para o lado na direção da parede, debaixo de um maço de artemísia, que dizem trazer bons sonhos. Dentro de instantes ele estava roncando e resfolegando. Olmina colocou um travesseiro sob sua cabeça, retirou seus sapatos e o cobriu com a colcha, e só então seus roncos diminuíram um pouco. Ela fechou as cortinas do dossel.

Depois que deixamos o doutor e começamos a subir as escadas para nosso quarto, ela sussurrou, com os olhos lampejando certa travessura:

— Você pegou as páginas?

— Sim, estão na minha bolsa. Obrigada, Olmina.

— Que bom! Vou dizer boa-noite a Lorenzo.

E lá estava ele, de fato, sutilmente nos observando da porta da cozinha.

•

Dr. Fuchs se despediu de nós de maneira instável no dia seguinte. Nossas mulas estavam carregadas com nossos estoques: presuntos, salsichas, queijos e pães do tipo sem fermento, graças à barganha perspicaz de Lorenzo no mercado. Meu bom servo ficou ao meu lado e me ajudou a montar em Fedele. O botânico nos observou por um momento, com o rosto vermelho devido ao frio cortante, e depois andou lentamente até sua casa. Minha mente ficava vagando em torno de Wilhelm: caminhando pelas ruas das redondezas ou inclinado sobre um livro na biblioteca da universidade, animando o lugar com suas cores vivas. Na noite em que segurei seu braço, a sarja de lã úmida de sua capa tinha o aroma de casa. Queria dizer adeus para aquele homem gentil. A palma de minha mão queimava. Queria descansar minha mão no seu rosto, em seu pescoço, sentir os pelos grossos de sua barba por fazer. Rir de sua vívida falta de jeito.

Lorenzo bateu no lombo de minha mula.

— Estamos prontos para partir, *Signorina* Mondini? Quer segurar as rédeas? — Eu as havia deixado cair e ele as devolveu para mim.

Hans permaneceu sozinho para nos ver partir. Por um instante pensei em deixar um recado para Wilhelm com o criado, mas desisti da ideia. Ele já tinha demonstrado ser indiscreto.

Estava ansiosa, agora, para prosseguir. Não queria estar nas redondezas quando Dr. Fuchs descobrisse que recuperei as páginas de meu pai.

Hans sussurrou algumas palavras que não consegui entender. Pensei que ele estivesse expressando algum tipo de desculpas, talvez por sua falta de prudência do outro dia, mas então ele soltou uma risada. Mais tarde Lorenzo me contou que o canalha dissera, "Boa sorte a vocês, viajantes, pois jamais serão vistos por aqui novamente, aposto, com esse inverno em seus calcanhares!".

E então pareceu que estávamos tentando ser mais rápidos que o frio cortante durante a próxima etapa de nossa viagem. Cavalgamos bem à frente de uma forte frente de tempestade por dois dias até Bade e depois pegamos uma barcaça no Reno para terminar a viagem em Leiden.

CAPÍTULO 12

Perder a Noção do Todo

Alguns viajantes gostam de ler sobre os locais que visitam, sobre os companheiros de estrada que fizeram registros agradáveis ou admiráveis. Outros gostam de ler o trabalho de pessoas famosas que moraram nesses municípios ou cidades nas quais chegarão. Outros ainda divertem-se com as histórias locais compartilhadas nas tavernas e estalagens. Eu lia e relia as cartas de meu pai para descobrir em que estrada ou cidade adiante poderia achá-lo.

Querida Gabriella,

Isolei-me no inverno holandês. O Dr. Otterspeer, com boas intenções, esforça-se para me levar a jantares e dissecações, a conversas banais ou acadêmicas, mas não tenho ânimo para isso. Principalmente depois de minha estada com Dr. Fuchs, que descarregou sua desagradável suspeita sobre mim. Algo está saindo do controle... Colegas não são mais os amigos que costumavam ser. Todos ficamos mais amargos. Até mesmo meus amáveis criados me exasperam com suas perguntas corriqueiras: que peixe o senhor gostaria do mercado, senhor, que tipo de queijo, qual cerveja? O que, o que, o quê! Façam suas porcarias de escolhas, vocifero para eles, e me deixem em paz! Ah, não duvido de que você já tenha presenciado esse humor, filha. São dias em que uma fúria se desenvolve em mim, como um cão dilacerando o próprio pelo... Melhor terminar esta carta agora e parar de rosnar. Melhor ainda seria nunca mandar esta carta!

Seu pai,

Il Dottore Ernesto Bortolomeu Mondini

No entanto, ele a enviou, a carta que seguia sua investigação sobre a loucura solar em Tubingen.

À noite, dormi com as páginas de meu pai debaixo de mim para impedir que Olmina as lesse. Algumas vezes ela perguntava despretensiosamente sobre as anotações.

— O que dizem as páginas de seu pai? Elas a consolam, *Signorina*?

— Ah, ele apenas esclarece sobre certas enfermidades causadas pelo excesso de sol.

— Ah. — Ela suspirava, acotovelando-se em um lugar ao meu lado no deque, onde nos sentamos com uma cesta de meia dúzia de queijos. — Deve ser um consolo, então, com esse tempo gelado. Apesar de que essa terra deve ser bonita, se não fosse o fato de estarmos nela, não acha?

— Você tem razão — soltou Lorenzo enquanto cuidava de uma das mulas para passar o tempo. — Será que esse rio nunca termina?

— Onde está seu senso de aventura? — brinquei.

— Acho que o perdi no rio.

— Ah, eu também. — Fitei a água negra tornando-se gelo perto das margens.

— Vamos pensar em alguma coisa para expulsar essa tristeza — Olmina gritou. — Será que a senhorita leria um pouco para nós para passar o tempo? Vamos ouvir sobre os que perderam a cabeça por causa do Sol.

— Não, para falar a verdade essas anotações de meu pai são áridas e não são interessantes — respondi em tom seguro. Mas a verdade era que eu estava perturbada pelas estranhas órbitas de seu pensamento.

Anotações sobre manifestações da loucura solar correlacionadas à loucura sob influência da Lua

Episódios de febre solar, indolência atípica e distúrbios relacionados ao Sol. O doente acredita ter relação com o fogo no céu e perambula nu, irradiando sua luz! A pessoa iludida vê a si própria como um deus que se movimenta lentamente, gera seu próprio calor, emanando confiança excessiva e acreditando que outros circulam ao seu redor como o Sol é rodeado por seis planetas, segundo *Da Revolução das Órbitas Celestiais*, de Copérnico. Ou será uma incitação ao suicídio? Por que, devemos nos perguntar nos momentos mais calmos, o doente sofre de tal grandeza? Aquele que é afetado pelo Sol está em oposição ao que sofre perturbação por outro corpo celestial, a Lua, que acelera e desacelera, desaparece em um reles reflexo do orbe maior ou em uma sombra da terra... Eu desapareço. Como posso encontrar alívio, sendo que perdi a noção do todo... Se o Sol pudesse de alguma forma ser utilizado para contrabalançar os efeitos da Lua crescente, então o desconforto e a doença do corpo menor poderia retroceder... Devo examinar isso com outros de semelhante intolerância. A natureza circular da loucura, uma zombaria do sagrado, condena o homem a perambular.

O que ele quis dizer com *perder a noção do todo*? Preocupava-me com a natureza incoerente dessas anotações: não queria que ninguém, nem mesmo Olmina, soubesse o que ele havia escrito.

Olmina franziu a testa e desviou o olhar. Quanto será que ela realmente sabia sobre a possível doença de meu pai? Não, ela não poderia saber. Ele a escondera tão bem. A menos que minha mãe a tenha lhe confidenciado. Ou talvez todos nós soubéssemos e a ocultássemos de nós mesmos, achando ser um breve acesso de raiva ou inconstância. Quando verdadeiramente sua mente pode ter afrouxado? Olmina enganchou seu cotovelo junto ao meu como se entendesse, e nos inclinamos uma contra a outra, compartilhando nosso calor.

— Posso contar sobre um tipo diferente de luz que confunde o cérebro nas montanhas — disse Lorenzo, sentando-se em um fardo ao lado de Fedele. Ele fez um gesto com o pente dos animais no ar indicando as Dolomitas, os alpes italianos.

— Que tipo de luz é essa? — perguntei, curiosa.

— As árvores-fantasmas — Lorenzo fez uma pausa, puxando do pente pelos cheios de sujeira. Então ele continuou: — Eu era apenas um menino e tinha de trazer lenha para o fogo. Mas o Sol do meio do verão já havia baixado...

— Continue — incitou Olmina, para minha surpresa. Geralmente ela bufava para essas histórias.

— A pilha de lenha terminara, então meu pai me pediu para ir à floresta, onde algumas vezes um lobo aparecia subitamente por entre as árvores. Estava apavorado, mas conhecia um lugar onde uma árvore enorme havia caído com o vento e quebrado muitos galhos na queda. Tentaria juntá-los com a luz da Lua crescente. Quando cheguei ao local, ele estava iluminado, e não era pela Lua. A árvore irradiava luz própria.

— Como isso poderia acontecer? — murmurou Olmina, extasiada como uma criança.

— Era o fantasma da árvore, envolvendo-a como se fosse um véu ou uma mortalha, e senti que era amigável. Peguei alguns galhos e a toquei.

— Tinha o toque de algo conhecido? — perguntei.

— Era como enfiar sua mão em um fluxo lento de água fria. Depois, cheguei a pensar que aquilo me queria e que me levaria. Corri de volta para nossa cabana, deixando cair galhos ao longo do caminho. Meu pai, que pensei que me bateria de cinta, agarrou-se a mim. "*Figlio mio*", ele disse, "não vá mais lá a menos que eu esteja com você. Amanhã vamos pegar o machado e cortá-la". "Não vão, não", interferiu minha mãe ferozmente. "Vocês serão fulminados pelas trevas!"

— O que é isso? — Olmina perguntou.

— Você não consegue mais tirá-la de sua visao, com galhos balançando no canto de sua vista. Você olha para a esquerda e eles se esticam para a esquerda. Você olha para baixo e eles caem. Olha para cima e eles erguem seus dedos grosseiros. Os homens ficam loucos depois de algum tempo, dando machadadas no ar para tentar limpar o matagal de suas vistas.

Ficamos em silêncio, cada um perdido em seus pensamentos, observando a fumaça subindo dos pequenos vilarejos ao longo da orla, mudos com o frio. Gaivotas nos bancos de areia aconchegavam-se na neve de seus corpos. Somente o rio falava.

Naquela noite, mais tarde, depois que Olmina dormiu, comecei a responder à última carta de minha mãe, relutante em incitar sua aflição e receber outro sermão.

Minha querida Mamma,

A senhora pode me reprovar por achar que meu pai está doente ou perdido, e menciona sua obsessão com o livro como motivo para vagar pelo mundo. No entanto, fico imaginando se há mais alguma coisa que a senhora não pôde me dizer todos esses anos. Estou falando sobre loucura na família, o lado cipriota de meu pai. Gostaria de saber o que já ouviu, e se meu pai alguma vez atravessou ou desceu ao lugar terrível onde o mundo verdadeiro desaparece. Isso pode ter influência sobre minha volta, portanto, a senhora estaria fazendo um bem ao cooperar comigo. Sinto não ser a filha que a senhora desejou, e tampouco a senhora é a mãe pela qual ansiava, mesmo que por fim meu anseio tenha sido melhor direcionado para minhas inclinações ou para Olmina. Não lhe desejo mal. Esse é um triste balanço entre nossas mágoas. A sinceridade poderia ser a sustentação em direção à mudança, se a senhora assim desejasse.

1º de novembro de 1590
Sua filha Gabriella

•

Conforme passávamos pelos amontoados de neve e fileiras de casas da cidade de Worms, perdemos uma das mulas para o frio. As pobres criaturas ficaram amarradas juntas no convés à noite, debaixo de cobertores, pressionadas umas contra as outras em meio ao vento e à neve. Lorenzo falou com elas, escovou-as, alimentou-as e as levou em terra firme para aliviá-las nas paradas mais longas. Uma das mulas, porém, recusou-se a comer e naquela manhã a encontramos como se estivesse dormindo, mas rígida, mostrando seus dentes em uma careta final.

— Bem — sussurrou Lorenzo —, ela se foi para um clima melhor.

— Ah, Lorenzo, como faremos para manter as outras a salvo? — gritei, enquanto ajoelhava e acariciava o pescoço da mula morta (tão rígida sob minha mão), consciente da futilidade de meu gesto e envergonhada por minha parcela em sua morte. Estivera enganada sobre o tempo, embora ele tenha melhorado nos últimos dias. Novembro chegara rangendo com o frio e com a nevasca. Deveríamos ter ficado mais tempo com o Dr. Fuchs.

— Vamos dar-lhes nossos cobertores — ele respondeu sem pensar.

Foi o que fizemos. Também convencemos o capitão da barcaça a empilhar mercadorias ao redor das nossas cinco mulas restantes para criar um estábulo temporário. Agora todos nós usávamos todas as peças de roupa que tínhamos, comendo e dormindo com nossas várias camadas. Sempre que me sentava no convés, observando as outras barcaças e navios, a costa e as cidades passarem, encontrava um lugar perto das mulas e as acariciava.

Olmina cantava para elas.

Lorenzo cuidava delas.

Pensava em Wilhelm e logo depois o arrancava de minha mente. Não podia me dar ao luxo de gostar de alguém. Tinha de continuar avançando em direção a meu pai.

Depois de doze dias, os campos grisalhos e os canais congelados da Holanda finalmente apareceram. Havíamos chegado em Leiden.

Desembarcamos agradecidos, mal sabendo como andar em terra firme novamente, embora as mulas saltassem e batessem os cascos alegremente depois que Lorenzo conseguiu conduzi-las um pouco e outro tanto precisou empurrá-las pela prancha de desembarque. Pedimos informação para chegar ao Jardim Botânico, onde ficava a casa do colega de meu pai, o professor Otterspeer. Os atenciosos transeuntes, vestidos com pesadas roupas de inverno, olhavam-nos com curiosidade. Logo encontramos o caminho para lá.

Quando recorremos ao professor Otterspeer, fomos informados de que ele partira inesperadamente para visitar uma irmã doente por uma semana. Antes que essa notícia pudesse nos desanimar, o caseiro, um homem corpulento de meia-idade, informou-nos de que o professor gentilmente conseguira um lugar para ficarmos. Ele nos levou até um chalé de dois andares de madeira e tijolos, bem ao lado da propriedade do Jardim Botânico.

Assim que nos instalamos em nosso novo alojamento, observei a vista do lado de fora: ninguém acreditaria que estávamos ao lado de um famoso jardim. Alguns galhos resolutos acotovelavam-se através da neve: pequenas sempre-vivas enfileiradas em largas colunas sugeriam uma passagem, enquanto o pergolado bem no centro marcava o fim do verão com seu capuz de neve.

Enquanto Olmina preparava nosso jantar, descascando e picando, puxei uma cadeira até o fogo e voltei-me para minhas anotações, pois sempre elevava meu ânimo tocar o livro mais uma vez.

Imunização contra veneno

O físico grego Galeno afirmou que essa famosa receita contém 54 ingredientes. Outros alegam que esse antídoto (idealizado pelo rei Mitrídates do Ponto durante o século I) não contém mais que 36 ingredientes. Seja qual for o número, o rei foi derrotado por seu próprio antídoto, uma história de advertência para aqueles que desejam tomá-lo diariamente. Mitrídates tornou-se imune a qualquer veneno e quando desejou matar-se honradamente frente ao seu inimigo, o romano General Pompeu, não pôde morrer envenenado. Foi forçado a implorar a seu servo que o assassinasse. Portanto, minha recomendação é tomá-lo em pequenos goles somente quando a causa sob suspeita é veneno. Certifique-se dos sinais (e certamente isso requer outro volume para todas as variedades de veneno). Outro perigo de uso diário está ilustrado nos contos das donzelas envenenadas, garotas submetidas a pequenas doses do veneno desde pequenas. O menor beijo dessa garota ao se tornar mulher poderia ser fatal e, portanto, ela era evitada por todos os homens.

CAPÍTULO 13

O Que Estava Perdido Foi Devolvido

Com o passar dos dias, tornei-me intimamente familiarizada com o som do vento. Ele avançou de moinho em moinho e depois passou por nós, gerando um tremor lento por Leiden que pôde ser sentido nos assoalhos de madeira. Certamente, todos naquele momento pararam o que estavam fazendo e perceberam a mudança antes de retornar a defumar os arenques, aplainar os tamancos e pesar os queijos Edam. Os holandeses construíram suas vidas lutando contra a invasão das águas, pois os moinhos de vento esvaziavam os brejos, e as marés das tempestades os recuperavam.

Mal havia recuperado minha estabilidade para andar, depois de dias balançando em uma embarcação no Reno, e acabara chegando a um lugar onde ninguém se esquece de que a terra é temporária.

•

— *Signorina* Gabriella, não me ouviu chamá-la? — Olmina estava visivelmente irritada por ter sido tirada de sua cozinha onde fazia pão. Levantei o olhar de minhas anotações e vi suas mãos cobertas de massa, a fronte estava polvilhada de farinha, como um pó facial mal aplicado. Sorri para ela.

— Ah, esqueci, a senhorita está no outro mundo. — Ela ergueu as sobrancelhas e repetiu. — Um cavalheiro de Piamonte está à porta com alguma missão importante. Ele quer falar somente com a senhorita!

Calcei meus sapatos e olhei de relance no pequeno espelho ondulado, com moldura azul, pendurado na parede. Presumo que o jardineiro que ocupava este chalé não precisava se olhar muito; o espelho refletia apenas metade do rosto a uma distância razoável. Mas agora eu era uma mulher novamente e ansiava por um espelho maior. Podia ver que meus cabelos macios pareciam as penas de um faisão ao redor de meu rosto, o comprimento era longo demais para um homem e curto e indisciplinado demais para uma mulher. Lutava para empurrá-lo para dentro da rede da prima Lavínia, que dificilmente servia ao propósito de contê-lo. Ela teria achado graça. Podia quase ouvi-la em Veneza dizendo: "Jogue fora a rede, Gabriella. Deixe seu cabelo livre".

À porta, vi um homem com o par de olhos bem próximos e uma bonita barba castanho-avermelhada tecida com pelos grisalhos. Ele se apresentou como *Signore* Vincenzo Gradenigo, um mercador de produtos secos. Seus dois jovens servos estavam atrás dele, visivelmente aborrecidos. Eles seguravam mulas com tecidos pendurados, sem dúvida cambraia, sedas finas, tecidos adamascados, brocados e, provavelmente, tesouras, agulhas e linhas de diferentes pesos.

Um anel pendia de um cordão amarelo ao redor do pescoço do *Signore* Gradenigo, significando sua descendência judaica, e seu sotaque transmitia um tom cultivado. Meus ouvidos estavam encantados com a inclinação do tom familiar, pois médicos e acadêmicos judeus sempre frequentaram nossa mesa de almoço em casa. Determinações rígidas do Conselho dos Dez os forçaram a voltar para o bairro construído próximo à velha casa de fundição, o Gueto, à noite, embora até mesmo esse exílio noturno dentro da nossa cidade não tenha sido duro o suficiente para certas mentes irritadiças, que queriam banir os judeus de uma vez por todas.

— *Signorina* Mondini. — Sr. Gradenigo retirou seu chapéu vermelho de abas largas, sorriu para mim de um modo simpático e então fez uma mesura, expondo a circunferência morena de sua cabeça careca enquanto se curvava para frente.

— A honra de conhecê-la pessoalmente me foi várias vezes transferida. Primeiramente, através dos bons serviços da admirável viúva Gudrun, cuja estalagem a senhorita ficou em Uberlingen. Depois, através de um estudante de Botânica em Tubingen, Wilhelm Lochner. — Nesse ponto o *Signore* Gradenigo fez uma pausa e se ergueu de sua mesura na qual lentamente se curvara. Um sobressalto involuntário percorreu meu corpo à menção de Wilhelm. Esforcei-me para manter uma expressão serena, mas duvido ter enganado o mercador. Com sua altura total agora, ele examinou meu rosto, olhando levemente para cima enquanto continuava a falar. Ele era um pouco mais baixo que eu, portanto ganhei a rara vantagem de uma perspectiva de cima com relação a um homem.

Seu nariz era fino e muito bonito. Seu lábio superior ficava escondido atrás do bigode, enquanto o inferior formava as palavras com grande vigor. Suas sobrancelhas juntavam-se no meio e as veias eram claramente visíveis sobre sua têmpora. Ele se afastou um pouco e pude perceber que seus ombros eram caídos (o hábito de um desalento encoberto, talvez?) por baixo do suntuoso tecido de lã da sua capa.

Ele franziu levemente a testa. Deve ter percebido que eu não o ouvia completamente. Voltei a tempo de ouvi-lo dizer, "segundo as instruções da viúva Gudrun, então, tenho seu baú de medicamentos em minha posse e vim devolvê-lo à senhorita".

— Oh! — gritei de alegria.

Signore Gradenigo estendeu o braço na direção das mulas, como um mágico. Pulei para frente e assustei o pobre homem ao apertar seus ombros com minha exaltação.

— Entre, por favor, estimado cavalheiro! — gritei. — Sou-lhe realmente grata e lhe concederei uma recompensa! No mínimo, o senhor terá de jantar conosco. Lorenzo, Lorenzo! — Convoquei-o. — Venha e cuide das mulas do cavalheiro!

Ele apareceu de repente como se estivesse esperando bem atrás da porta.

— Ficarei feliz em aceitar sua hospitalidade. — O *Signore* Gradenigo assentiu. — Mas primeiramente devo me instalar em minhas acomodações. Talvez a *Signorina* preferisse renovar sua familiaridade com o inestimável baú, que, estou certo, tem sua própria história para apresentar. Há certas coisas que contêm mais do que sua própria história.

— Também há certas coisas que apagam a história — respondi sem pensar e senti minha cor subir. Rapidamente agradeci-lhe de novo.

O cavalheiro acenou com a cabeça graciosamente, entregou o baú em meus braços com uma leve pressão de suas mãos contra as minhas enquanto o soltava.

Mal consegui esperar para conferir o conteúdo do baú. Instruí Olmina a não me interromper pelo resto do dia. Carreguei o baú até meu quarto e toquei gentilmente a tampa à maneira que alguém dá as boas-vindas a um velho amigo, enquanto examinava as dobradiças de latão e as alças, decifrando os entalhes e arranhões que se formaram por conta de sua viagem.

Digo "decifrando", mas o baú tornara-se amplamente indecifrável para mim. Estava abalada pelo sentimento de que ele não mais me pertencia. Na verdade, tornara-se um objeto estranho, cheirando a mercadorias estrangeiras. Tapetes de lã, canela e laranja; talvez água de rosas? E algo azedo que não soube identificar.

Fora minha intenção, nessa mesma semana, colocar em uso um novo baú aqui em Leiden. Demorara-me bastante, hesitando comprar um baú vazio, pois nada poderia substituir o antigo, e agora tenho o baú veneziano de volta! O que foi perdido retornou, mas pude ver imediatamente que seu conteúdo fora visto e manuseado por estranhos. Percebi que isso poderia ser também um inventário da perda, do roubo e dos danos. Embora algumas coisas estivessem reduzidas (o mercúrio, um quarto de sua quantia original) e outras faltando (alguém quebrou um frasco da água negra de cersefis e derramou pó de camomila no fundo do baú), as perdas foram pequenas (o lago, a viúva ou o mercador levaram o raro e custoso óleo espanhol? Não o recusaria a ninguém se fosse tão...). A viúva Gudrun pareceu tão solidária enquanto ficamos em sua estalagem, mas será que já tinha se apropriado do baú? O baú deveria estar por perto, no sótão de onde ela descia todas as noites.

Gudrun (ou *Signore* Gradenigo?) tirara todas as gavetas e bandejas, todas as vasilhas de cerâmica esmaltada e as garrafas tampadas com pergaminho: redondas, quadradas, triangulares e retangulares, e as examinara. Alguém manuseou as tigelas, as balanças e os pequenos pesos de latão, o almofariz de mármore com o pilão de ágata, caixas de cerâmica, escovas, bisturis, agulhas e colocou tudo de volta na ordem errada, embora visivelmente houvesse uma tentativa de arrumá-los em seus devidos lugares, e esta tentativa era mais desconcertante para mim do que simplesmente uma desordem ao acaso. Alguém se insinuou na ordem das coisas. Alguém fez marcas na madeira do baú com mãos incompreensíveis e rabiscou palavras nas bordas das gavetas, palavras cujos significados terei de perguntar ao professor Otterspeer depois.

O baú sofrera com o frio. O carvalho se retesara e entortara-se nas quinas de latão e nas dobradiças. Certa noite, imaginei, a viúva deve ter compreendido que não podia ficar com ele, enquanto suas mãos envelhecidas oscilavam pelas alças de golfinhos que seguravam uma moldura decorativa com a cabeça de uma mulher. Talvez ela tenha visto no interior da tampa o deus Esculápio e sua filha, Higeia, encarando-a como se dissessem, "Você vai ficar com o que não é seu?", e ela se apavorou. Assim sendo, Gudrun deu o baú para um de seus hóspedes, o mercador de tecidos que também ia para o norte, e entre seus destinos estava Tubingen e Leiden. Se foi assim que aconteceu, fico feliz por ela ter escolhido bem seu mensageiro. Qualquer outro poderia ter ficado seriamente tentado a vender o valioso conteúdo do baú.

Embora essas intromissões em meu baú tenham me perturbado, estava mais surpresa com o que havia sido *acrescentado*. Como um amuleto ou um feitiço enfiado na roupa de uma pessoa, logo encontrei uma agulha fina e prateada enfiada dentro do sulco da gaveta de tal forma que não consegui removê-la. Um fio curto de linha vermelha passava pelo buraco. Era essa a maneira da viúva se proteger contra a má sorte?

Teria de descobrir.

Através das venezianas das janelas podia ouvir vozes na ruela. Abri a janela com um estalo e a noite gelada furtivamente se infiltrou. Estrelas furavam o céu como tachinhas e uma fina membrana de gelo brilhou levemente sobre parte do canal abaixo. Para meu espanto, o insubstancial tornara-se sólido: o canal todo estava coberto por uma pele congelada ligada por pálidos vasos capilares, rachaduras que se formaram conforme a água sutilmente se movia debaixo do gelo. Os canais de Veneza raramente congelavam e tenho certeza de que meu pai teria gostado de ver isso. Talvez ele já tivesse visto.

Por que, subitamente me questionei, eu sempre desejava ver as coisas acompanhada pelos olhos dele?

Em uma carta da Espanha, no verão de 1957, meu pai escrevera:

Você se lembra de quando Avicena percebeu que "O olho é como um espelho, e o objeto visível é como a coisa refletida no espelho". A órbita da Terra, como um olho, capta a luz do Sol passando-a por lentes atmosféricas cristalinas para o propósito da retina, visualizando-nos. Talvez isso seja tudo o que somos, as pequenas imagens no fundo do humor vítreo da noite, movendo-nos, gesticulando, morrendo. De cabeça para baixo, como criaturas refletidas em uma colher. E pensamos ser tão grandes! Somos tão importantes! Mas estamos enroscados em nossas ilusões. Sou grande para você, querida filha, e você é grande para mim. Mas nós apenas tremulamos como faíscas insignificantes sobre esta Terra.

•

Naquela noite, embora soubesse muito bem ser tolice uma mulher sair sozinha à noite, ansiava por respirar ar fresco, mesmo que por um instante. Portanto, vesti-me com meias quentes e as calças — guardara as roupas de homem que comprara em Tubingen — e desci lentamente. Ninguém no chalé acordou. Meus companheiros (depois de tudo o que já havíamos passado, não podia mais simplesmente chamá-los de criados) estavam confortáveis em suas camas no andar de cima. O ronco de Lorenzo me certificava.

Calcei minhas botas e saí.

O gelo no chão estalava debaixo dos pés conforme eu caminhava com velocidade. Gostava de ficar sozinha fora de casa em uma cidade de dorminhocos. Sentindo-me como uma espécie de fantasma, deslizei através do portão da cidade que fora negligentemente deixado destrancado e me encontrei do lado de fora das paredes de Leiden na margem sul do Reno.

Que país implacavelmente horizontal, a Holanda! Minha vida seria mais fluida aqui fora. Rarefeita. Onde estava o sentinela noturno? O rio estava negro e alto agora, e embora o gelo estivesse se formando nas margens, a correnteza o entalhava.

Permaneci ali, imóvel, por um longo tempo.

Quando voltei meus olhos para os pilares sombrios do portão, vi dois homens que se movimentavam por ali. Um deles abriu a lateral do lampião e o ergueu na minha direção. Era o sentinela. Também reconheci a voz de Lorenzo. Ele me seguiu.

— *Signora*! — ele chamou. — Aí está... — Ele estava sem fôlego quando se aproximou de mim. — Onde... Onde a senhorita está indo? — Lorenzo tomava conta de meus passos muito além de suas obrigações, como se eu fosse a filha que ele perdera há muito tempo, o bebê que nasceu com a membrana fetal e não conseguiu ter mais de um dia de vida.

Não consegui encontrar as palavras para explicar por que saí. De repente, ficou muito frio. Peguei seu braço em silêncio enquanto ele me levava para o portão.

Enquanto caminhávamos de volta para a casa, fiquei espantada em ver o aspecto geral da cidade alterado de solitário para festivo. Por quanto tempo fiquei fora? Não mais que uma hora, com certeza! Mas aqui e ali, ao longo dos canais, fogueiras foram acesas. Um grupo de crianças animadas testava o gelo com longos galhos e jogava pedras que ou entrecortavam a superfície ou saltitavam sobre a crosta branca, parecendo ratos. Um garoto zombou de seu irmão mais novo que estava com medo, empurrando-o margem abaixo para a crosta congelada. O mais novo, com os olhos vermelhos e o rosto inchado, ficou esparramado e imóvel, enquanto o mais velho andava de um lado para o outro do canal coberto de gelo, gabando-se, "Posso ir aonde quiser, eu sei até andar sobre a água!".

Fiquei perto de uma das fogueiras com Lorenzo, com meu braço enganchado no dele, enquanto assistíamos às pequenas exibições apresentadas em todo o canal. Alguém nos passou pequenas canecas de *aquavit*, uma bebida alcóolica escandinava de sabor picante devido ao cominho e à pimenta. Como me sentia estranha, tomada de um súbito carinho por Lorenzo! Como minha vida se tornara inesperada! Estava na parte de baixo da Roda da Fortuna agora, pendurada pelos tornozelos. E ainda por cima sem pai! Não é que me sentia também livre?

Os sinos repicaram: eram seis horas da manhã.

Estivéramos fora durante horas.

Na manhã seguinte, decidi encontrar o *Signore* Gradenigo para recompensá-lo e perguntar sobre a linha vermelha. A intenção era presentear ou enganar?

Quando Lorenzo localizou suas instalações, deixou meu convite para um jantar simples no chalé, embora eu tenha mais tarde me achado tola. E se houvesse alguma imposição como o toque de recolher para os judeus na cidade? Mas quando localizei o caseiro, que estava limpando os galhos podados no jardim de inverno, ele me assegurou:

— Não existem essas leis para os judeus aqui na Holanda.

— Ah, isso é bom — disse, explicando para ele o decreto para os judeus em Veneza. — Eles têm de ser cautelosos, caso contrário são trancados no Gueto e na masmorra.

— Deplorável!

— Eu mesma não entendo isso — concordei. — O conselho, sabe, deve suspender seus decretos e converter os pequenos medos em ordem ou só Deus sabe... — joguei minhas mãos para o alto dramaticamente, encantada por falar tão abertamente — ... o caos tomará conta de todos nós!

— As casas desmoronarão! — acrescentou Lorenzo, que estivera nos ouvindo enquanto enchia um balde no poço.

— Famílias passarão fome! — disse o caseiro, entrando no espírito.

— Presas de elefante nascerão nas mulheres! — brincou Olmina à porta, e depois olhou para mim para que eu terminasse o jogo.

— Os homens rastejarão sobre quatro patas! — disse, imaginando a Guilda e o Conselho nessa posição e, lembrando-me da censura ao meu trabalho que fez com que eu embarcasse nessa viagem, foi com prazer que revelei minha visão.

Quando *Signore* Gradenigo chegou à porta naquela noite com seu manto negro e seu chapéu de abas largas, carregava uma pequena caixa de madeira. Dela desprendia um leve aroma de cedro e algo mais que não consegui identificar, apesar de achar o cheiro parecido com o de folhas velhas apodrecidas. Lorenzo lhe deu as boas-vindas na entrada que ficava ao lado da nossa humilde cozinha e da mesa de jantar no canto, perguntando:

— O que há nessa caixa, meu bom homem?

Os olhos do mercador brilharam enquanto ele acenava para mantermos distância dela.

— É uma surpresa para todos vocês, mas não a apreciaremos até que tenhamos jantado. Tive excelentes lucros hoje e estou contente em poder compartilhar minha boa sorte com vocês. — Ele a colocou em uma prateleira da cozinha perto do jarro de farinha.

— É algum tipo de doce raro? — Olmina perguntou, interessada. Ela estava perto do pequeno fogão de ferro, mexendo a sopa em um caldeirão preto.

— *Loukum*! — Lorenzo tentou adivinhar, pois ele adorava a delícia turca feita com melado de nozes e laranja que às vezes saboreávamos em Veneza.

— Ah não, infelizmente não. Mas seria delicioso, não é? — *Signore* Gradenigo riu. — Sinto dizer que sempre devoro meu estoque dessa gostosura antes de chegar ao destino. — Ele tirou seu casaco, pendurou-o em um prego torto na parede e bateu de leve em sua barriga arredondada por baixo de um brilhante gibão de brocado.

— Mas apesar de nossos desejos, não tem cheiro doce — acrescentei. — Mas, por favor, faça a gentileza de se sentar à nossa humilde mesa, *Signore* Gradenigo.

Ele assentiu com a cabeça.

— Chame-me de Vincenzo, Dra. Mondini, e espero que não se importe que eu a chame de doutora. Ouvi falar que a senhorita é bem versada em Medicina e nos temperamentos.

Sorri.

— Obrigada, *Signore*, tenho meus métodos de tratamento agora. Mas há algo incomum em meu baú de medicamentos...

— Graças aos santos, o jantar está pronto! — Olmina interrompeu. Ela colocou tigelas de sopa e uma tábua com arenque apimentado sobre a mesa de madeira coberta por uma toalha de linho parda, juntamente com uma cesta de pães frescos. A sopa de nabo e cebola exalava um aroma picante de tomilho e manjerona.

Enquanto me sentava ao lado dela no banco oposto ao dos homens, perguntei:

— Onde encontrou essas ervas maravilhosas?

— Ah, no Jardim Botânico, sob a neve, frescas e bonitas depois de reavivadas com água morna — ela respondeu.

— E isso não seria roubo da horta da cozinha? — Cutuquei-a.

Ela deu de ombros.

— Quem está lá fora com um frio desses para me pegar?

— Ninguém, aparentemente, e somos os sortudos beneficiários! — disse Vincenzo enquanto mergulhava sua colher de estanho na sopa.

O ambiente fumegava com o aroma da sopa de Olmina, como se ela tivesse feito uma infusão com os últimos dias maduros do outono. Por algum tempo a conversa girou em torno de seu talento. Depois que terminamos nossa refeição, Vincenzo se levantou com uma cerimônia zombeteira e trouxe sua caixa à mesa, abrindo o fecho de metal e erguendo a tampa. Fomos agraciados pelo mais delicado aroma, sugerindo um farol antigo e o sutil aroma de água em um lago tranquilo.

— Aqui temos o raro chá chinês da província de Yunnan que os nobres holandeses apreciam pagando mais de 100 ducados de prata por pouco mais de 400 gramas! — Dentro da caixa, folhas escuras estavam comprimidas em pequenos torrões. Ele passou a caixa para Olmina, que estava sentada bem à sua frente.

Olmina depositou seus olhos perspicazes sobre ele.

— E por que o senhor nos traria esse chá, se não se importa que eu lhe pergunte?

O mercador abriu um sorriso distante e seus olhos permaneceram melancólicos, como se estivesse pensando em algum outro lugar, talvez em um salão de chá em um clima mais temperado. Ele disse:

— Porque é triste tomar chá sozinho. Prefiro compartilhar meu chá com boa companhia.

O rosto de Olmina se suavizou enquanto ela cheirava os raros torrões.

— Obrigada, caro senhor — eu disse, fechando os olhos quando a caixa chegou em minhas mãos. Sim, o aroma era de flores, luz e água. Sugeria algo doce e ainda assim triste e profundo, porém luminoso, como uma árvore à beira da água, refletindo e sendo refletida.

— Esse é o tipo de chá que poderia ajudar alguém a reavivar a memória perdida — disse, abrindo os olhos. Não queria deixar o aroma e relutantemente passei a caixa para Lorenzo.

— Humm... — ele murmurou, enquanto enfiava o nariz em um torrão de chá.

Olmina colocou uma chaleira no fogo. Quando a água começou a ferver, o mercador se levantou e moveu a chaleira para a parte de trás do fogão, levantando a tampa, desmanchando com cuidado um torrão na água e colocando a tampa de volta rapidamente.

— Ouvi dizer que é excelente para aliviar a mente e o coração — ele anunciou, obviamente deliciando-se com a simples preparação. Ele serviu o chá e colocamos as mãos em volta de nossas xícaras, apreciando as folhas das montanhas da China. Do lado de fora, começou a nevar e nos sentamos em silêncio por alguns instantes, a sós e, ainda assim, acompanhados de nossos pensamentos, como se o presente do chá não fosse apenas seu maravilhoso aroma, mas também esse silêncio em comum.

— *Mens sana in corpore sano* — recordei Juvenal.

— E para "Mente sã em corpo são", acrescento coração sadio — disse Vincenzo, sorrindo de maneira sutil.

— Ah, coração sadio! — repeti. A neve agora caía mais forte, fazendo som de pancadas abafadas no telhado. — Estou curiosa, voltando ao meu baú de medicamentos, sobre a agulha e a linha vermelha. Por acaso sabe de onde vieram?

— Humm, sim, eu as notei depois de Tubingen. — Vincenzo hesitou. — Devo confessar, Dra. Mondini, que examinei o baú algumas vezes. Era de vital importância para mim, pois, embora eu não seja médico, o estudo das curas têm sido minha distração.

— Então foi o senhor quem escreveu nas gavetas?

— Sim, identifiquei alguns dos medicamentos em alemão. Pensei que não a encontraria... Espero que me perdoe. — Ele baixou os olhos para seu chá.

Suspirei por minha tola indignação, deixando-a ir tão rapidamente quanto veio.

— Bem, isso não importa — eu disse. — E então, a linha?

— Não sei ao certo, doutora. Quando cheguei em Tubingen, perguntei sobre a senhorita e o dono da hospedaria mencionou um estudante que alugava um quarto no fim da rua. Conheci o cavalheiro Wilhelm Lochner, com quem jantei várias noites e com quem me dei muito bem. Certa noite, o convidei para ir até meu quarto ver o baú de medicamentos, que é uma maravilha, como a senhorita bem sabe. Emprestei-o a Wilhelm por algumas horas, pois ele queria fazer uma lista dos remédios que estavam ali, sendo o aluno entusiasmado que é. Permaneci no quarto com ele, fazendo o registro das transações do dia no meu livro de contabilidade.

Apertei minha caneca, acenei com a cabeça e tomei um gole, mas não disse nada.

— Não o vi retirar nada de dentro do baú, mas não estava olhando o tempo todo também. Devo lhe dizer que sua intenção expressa era segui-la. Creio, Dra. Mondini, que ele a tinha em alta conta e também às suas curas, pois sua perna não estava mais danificada pela ferida.

Todos me fitavam agora, esperando algum tipo de resposta, mas não sabia o que fazer. Será que queria vê-lo? Sim, um pouco. Mas não, não queria criar laços com ninguém.

— Não estou bem certa se quero vê-lo. Se encontrá-lo aqui, ficaria grata com sua discrição.

— A senhorita a tem, mas devo dizer que a linha vermelha pode ser uma simpatia para a união, como as que às vezes encontramos com os viajantes romanos. Talvez fosse um tipo de mensagem? — Vincenzo sugeriu.

Lorenzo bufou ao ouvir isso.

— Por que ele não viria diretamente para dizer o que tem em mente?

— A *Signorina* partiu sem vê-lo — Olmina disse. — Como ele poderia?

— Os gregos dizem que Átropos, a inflexível deusa da mitologia grega, corta a linha da vida com a tesoura — refleti.

— E alguns ciganos vêm das terras da Macedônia e da Trácia — o mercador disse.

— Então pode ser um feitiço — eu disse de maneira desconfortável.

— Ou uma simpatia, principalmente para uma doutora, não acha? Tendo em vista que devemos sempre nos curvar para a deusa da necessidade — disse o mercador. — As moiras sozinhas fiam, medem e cortam nossa energia vermelha. Talvez sua pequena agulha e linha sejam uma lembrança disso.

— Mas nenhuma das moiras segura uma agulha. A arte de um médico está em costurar, colocando as coisas no lugar novamente, fechando cortes ou ferimentos.

— Se for possível — Vincenzo disse em tom solene. — Alguns ferimentos, como alguns erros, jamais podem ser reparados.

Olmina se levantou para limpar os pratos e disse baixinho:

— Sem dúvida, é uma adorável simpatia de Wilhelm, se quer saber.

Olhei furiosa para ela.

— Não precisamos mais falar disso.

Vincenzo desviou o olhar para me poupar do constrangimento.

— Mas tenho outra pergunta para o senhor — eu disse.

Ele voltou seus olhos castanhos penetrantes para os meus.

— Em todas as suas viagens, o senhor encontrou com outro Dr. Mondini, meu pai?

— Não exatamente. Ou seja, não o encontrei pessoalmente, mas ouvi um cavalheiro em Edimburgo falar sobre seu livro, algo sobre a vasta classificação de doenças, mas...

— Mas o quê?

— Não gosto de repetir rumores.

— Continue. Irei aceitá-los como tal.

— Ele disse ser algo muito triste quando um médico como ele compila um trabalho de grande amplitude e excelência, mas, secretamente, não tem controle sobre si mesmo. Perdoe-me, mas foram essas as suas palavras.

— E se isso fosse verdade, como esse homem poderia ter criado uma enciclopédia tão importante sobre doenças? — perguntei bastante irritada.

— Com frequência flertamos com aquilo que criamos, não acha? Eu mesmo criei gosto por belos tecidos e posso estar sujeito a amar demais. — Ele desabotoou seu gibão exibindo um elegante colete roxo e prateado.

— Ah, é lindo! — exclamou Olmina admirada, visto que entendia da qualidade dos tecidos mais do que eu, tendo feito muitas peças de roupa para nossa casa.

— E a senhorita, Dra. Mondini, quais são suas paixões?

— Sou excessivamente obcecada, talvez, pela necessidade de curar os outros, curar meu pai, encontrá-lo.

— E qual é a sua aflição?

Eu ri um pouco.

— Sou teimosa demais. Eu não sei.

— Não, teimosa não, Gabriella — disse Olmina. — Implacável, presa como um peixe no anzol.

— É mesmo? Não sei se gosto de como isso soa. Presa a quê?

— Ao seu pai, a outros médicos, às universidades. E o que dizer de seus instintos?

— Conheço meus próprios talentos, não se preocupe. E os estou usando às tarefas necessárias no momento.

Lorenzo se manifestou:

— É claro que sim. Olmina se expressou mal, não foi, querida?

Ela cruzou as mãos sobre os seios.

— Sim. Eu só queria...

— O quê?

— Voltar para casa... — disse e começou a chorar. Eu a abracei.

— Perdoe-me por arrastá-la para essa viagem. Sou muito grata a você. Eu também fico aborrecida com as pistas sem consistência sobre meu pai. Mas tenho de esgotar cada pista, cada lugar.

— É claro que sim. — Ela inclinou a cabeça em meu ombro.

Vincenzo se levantou.

— E eu devo ir andando para não me perder nessa noite coberta de neve. Bom descanso a todos, damas e cavalheiro. — Ele se envolveu em sua capa e colocou o chapéu confortavelmente sobre a cabeça calva.

— Só um momento — disse e rapidamente subi as escadas. Desci com uma bolsa pequena de florins. — Isto é por sua preocupação, Vincenzo. Obrigada pelo baú e pela mensagem.

Ele apertou minha mão gentilmente e acenou com a cabeça, dizendo:

— Desejo-lhe boa sorte em sua jornada, Dra. Mondini. Espero que encontre o que procura.

Lorenzo abriu a porta para a noite densa e escura.

Vincenzo ergueu a mão.

— Boa noite a todos — ele disse e se virou, imediatamente sumindo na neve com seu extravagante manto preto, enquanto Lorenzo erguia o lampião.

Na manhã seguinte, o professor Otterspeer finalmente enviou uma mensagem através de seu servo, dizendo que retornaria para Leiden e que iria me pegar para que pudéssemos participar de uma dissecação.

Algumas horas depois, observava o doutor se aproximar através das venezianas semiabertas do meu quarto. Eu o reconheci pela gravura do frontispício de seu livro de Anatomia que meu pai possuía em Veneza, pois o artista o desenhara com incrível semelhança. Ele caminhava com dificuldade pela neve ao longo do canal e bateu ruidosamente à porta. Da minha posição favorável do segundo andar, via seu cabelo sacudir de forma estranha sobre a renda de seu colarinho, como uma tigela virada de cabeça para baixo em um rio.

Ajeitei pela última vez minha gola. Olmina trouxe minha capa de lã índigo, cujo capuz era adornado com pele de arminho. Que luxo! Encomendara-o de um alfaiate que ficava fora do canal de Rapenburg no segundo dia em que chegamos, para me proteger do frio. Olmina encomendou uma saia cor de manteiga e ficou muito satisfeita quando a roupa ficou pronta. Fiquei maravilhada em constatar que os holandeses realmente são mestres na arte de tecer. O alfaiate Zander, um homem incrivelmente alto, inclinou-se com grandes floreios para apresentar os tecidos, desde os de espessura mais grossa até os mais delicados, em tons de vermelho, amarelo, azul, marrom, creme e preto. Fiquei entretida com seus dedos, certamente os mais longos e habilidosos que já vira. Ele mantinha um dedal prateado no dedo médio mesmo quando não estava costurando, e uma fileira de alfinetes alinhados no colete.

O teatro de anatomia estaria bem frio, então rapidamente peguei minhas luvas no peitoril da janela, onde as havia desatentamente deixado na noite anterior. A pele de carneiro estava fria, mas a lã de dentro logo se aqueceu com o calor de minhas mãos. Saí do meu quarto e desci o estreito lance de escadas.

Lorenzo acenava com a cabeça, sorridente, para o professor Otterspeer, que estava do lado de dentro da porta e falava um italiano no qual se imaginava fluente. Quando o professor me viu, deu um largo sorriso, com as bochechas vermelhas de uma rosácea que surgia como um mapa sobre seu rosto.

— *Signorina* Mondini, minha cara dama! É um prazer finalmente conhecê-la pessoalmente. Por favor, perdoe meu inconveniente atraso — ele declarou.

— Não se incomode com isso, professor — respondi. — É bom conhecê-lo também. Agradeço-lhe por ter providenciado nossas acomodações. Se o senhor não se importa, prefiro ser chamada de Dra. Mondini.

Ele ergueu as sobrancelhas desordenadas e então me avaliou. Estava prestes a sair, mas ele me parou, segurando meu braço enquanto erguia um pequeno saco de tecido que eu não havia notado, e anunciou:

— Tenho algo aqui que seu pai deixou para trás.

Eu o abri e espiei lá dentro, descobrindo um par de sapatos pretos, levemente gastos, cheirando a abandono. Olmina os tirou de mim rapidamente, dizendo:

— Agora vá com o professor, a senhorita poderá examiná-los depois. — Ela olhou de relance para Lorenzo com um olhar cúmplice como que dizendo "o pai está ficando cada vez mais distraído", ou era a mim a quem ela estava se referindo?

— Pode ir — disse Lorenzo, dando-me um pequeno empurrão na direção do professor, que já estava lá fora.

Será que meu pai estava deixando partes de si próprio para trás, como migalhas de pão nos contos de fada, para mostrar o caminho? Primeiro foram os óculos, agora, os sapatos.

— Suponho que a senhorita já tenha visto uma dissecação antes. — O professor quis tirar sua dúvida, um tanto condescendente, assim que começamos a andar ao lado do canal.

— Sim — confirmei. — Observei dissecações de cadáveres várias vezes em Pádua com meu pai — a última palavra doeu —, mas estou ansiosa para testemunhar o método holandês de dissecação, para ver se realmente é diferente do italiano. Agradeço seu gentil convite — acrescentei de modo mecânico, dando passos hesitantes no chão escorregadio por causa do gelo.

— Seu pai ficaria contente, embora não sei se o convite é gentil ou não — ele disse —, pois hoje a manhã está tão enevoada como lã não tosquiada.

Continuamos a caminhar pelo túnel através da névoa que descia de maneira tão espessa que se abria como um corredor, lentamente se fechando sobre si mesma.

— Professor — disse, dividindo minha preocupação em palavras triviais —, o senhor pode me dizer mais sobre meu pai e sua estada aqui?

— Não há muito o que dizer — ele disse sumariamente e apertou os olhos diante da densa parede branca. — Seu pai se hospedou aqui por vários meses no mesmo chalé que a senhorita está alugando.

— É mesmo? — Eu imaginara meu pai em alojamentos mais refinados.

— Todavia, ele permaneceu bastante isolado. É perigoso ficar tão isolado. Ele se trancava durante dias. Embora respeite o tipo solitário, se você não for um eremita acostumado à rotina de orações, ou mesmo se for um eremita, a mente pode se tornar caprichosa, perder a atitude ou, do contrário, inclinar-se tanto na direção de um certo objeto que todo o equilíbrio é perdido. Principalmente para os que não estão acostumados ao nosso inverno.

Algumas pessoas, que mais pareciam fantasmas, passavam por nós enquanto falávamos, embora mal as enxergássemos. Parecíamos estar sozinhos em uma sala pálida de dimensões indeterminadas.

— Ele agiu de forma estranha ou disse algo inconveniente?

— Certa vez ele disse que estava estudando os efeitos edificantes da sepultura e que precisava ficar sozinho. — Meu companheiro balançou a cabeça.

— O senhor se lembra de algum padrão em seu humor?

— O que quer dizer?

— Em dias ou horas determinadas?

— Ah, entendi... — Ele parou, olhou para o alto e pareceu estar procurando algo no ar. — Não, não posso dizer que verdadeiramente tenha notado algo, pois perdi um pouco a paciência com ele e lhe dei o que queria: o isolamento autoimposto. Disse-lhe que poderia se edificar o quanto quisesse, mas que me chamasse quando tivesse vontade de discutir Medicina novamente, como o bom médico que era. Fiquei um pouco ofendido, entende, pelo que percebi como falta de coleguismo.

— Alguma vez ele agiu diferente?

— Sim, no dia em que partiu. Seu pai parecia cordial o suficiente naquele dia, desculpando-se por sua indelicadeza. Ele atribuiu sua atitude ao frio e à constante escuridão do inverno da região do Reno. Explicou que deveria continuar seus estudos em Edimburgo...

— Ah — disse em voz baixa, considerando meu próximo destino. Pensara em irmos para Londres, mas decidi ir para Edimburgo.

O professor não pareceu perceber minha decepção e continuou:

— E, atenciosamente, antes de sua partida no início da primavera, ele me abraçou e eu o perdoei, pois também sou afetado pelos invernos rigorosos e eles estão cada vez piores nos últimos anos.

O professor olhou fixamente na direção do canal, que estava solidamente congelado, onde os barquinhos pareciam sapatos presos no gelo. De vez em quando objetos apareciam na superfície: um barril, uma tora cortada, um estranho rolo de corda, um peixe de madeira quebrado.

Uma pergunta me incomodava, mas não disse nada. *Por que ele deixou seus sapatos?*

Quando cruzamos a ponte em direção a Beguinage, estremeci diante de um porco cinza inchado que encarava o céu sem expressão, com metade do corpo debaixo do gelo, duas patas presas como os dentes de um forcado.

— Que desperdício de uma boa salsicha — caçoou o professor.

Puxei meu capuz sobre o rosto com um arrepio involuntário, pensando nos porcos que observara quando criança, pendurados no beiral do estábulo quando estavam para ser abatidos, perto da minha tia-avó em Fossatello. Seus corpos amarrados se contorciam como a crisálida que arranquei da casca de uma árvore quando passeava pela floresta. Os porcos guinchavam ao amanhecer enquanto o açougueiro e sua esposa seguravam baldes debaixo do jorro vermelho que saía de suas gargantas presas. Até hoje não conseguia tocar em um porco assado. O sábio Ovídio não estava completamente errado quando escreveu:

A paz predominava no mundo — até que um cérebro fútil
Invejou a alimentação dos leões e preparou
Um banquete de carne para satisfazer sua gula...

Quando finalmente chegamos ao anfiteatro de anatomia, o professor pagou nossa entrada, como era de costume, e entramos no saguão. Estávamos entre os primeiros a chegar, parte de uma plateia que o professor me garantira que seria na sua maioria de estudantes, alguns burgueses ricos, algumas de suas esposas e outros habitantes curiosos da vila dispostos a pagar pela entrada. O cadáver azulado, um jovem magro, estava deitado na cama de dissecação com o corpo coberto por um lençol de linho grosseiro.

— Quem é o jovem desafortunado? — perguntei.

— Acredito que seja algum errante, provavelmente procurando trabalho nos moinhos. Foi encontrado em uma das estradas secundárias, nu e rígido como um bloco de madeira, em uma vala perto de sua mula raquítica. Alguém roubou suas roupas e botas. — Professor Otterspeer me informou. — O coitado permaneceu como indigente por vários dias. Um estrangeiro ignorante, sem dúvida.

Seu comentário me transtornou, mas não disse nada.

Nós nos aproximamos do cadáver e o professor levantou o lençol.

— Ele parece quase intacto — observei, evitando o rosto do homem —, diferente dos cadáveres retirados da forca e que acabavam servindo de alimento para cães selvagens e corvos.

Ele baixou o lençol com uma sensibilidade peculiar.

— Estou surpreso pela senhorita conseguir ver o cadáver de forma tão imparcial, *Signorina* Mondini. A maioria das mulheres mantém distância. Como talvez deveriam, não acha? — Havia um leve brilho em seu olhar que me levou a pensar que ele não falava sério, embora ele não falasse totalmente em tom de brincadeira.

Ignorava o fato de ele não se dirigir a mim como doutora. Perguntei:

— Então o senhor nunca trouxe sua esposa para ver uma dissecação?

— Ah, não, minha esposa nunca viria, embora ela não tenha problemas quanto a cortar a cabeça de um frango e arrancar suas vísceras. Já tentei persuadi-la a vir, pois acho a experiência das mais esclarecedoras. Mas ela não vê razão nisso e acha que é um espetáculo feio. Entretanto, há outras esposas aqui às quais eu poderia apresentá-la. — O professor Otterspeer fungou levemente e retirou um lenço para seu nariz avermelhado.

— Não haverá necessidade — respondi. Queria ficar sozinha com meus pensamentos. Não perguntei como conseguiam permissão para dissecar o corpo. Mesmo sem ser identificado, um corpo assim na Itália seria enterrado em um túmulo para indigentes. Em Pádua, na maioria das vezes eram usados corpos de criminosos. A dissecação era considerada a pior punição, imposta além da pena de morte. Algumas pessoas acreditavam que quando os mortos eram ressuscitados no Dia do Juízo Final, os corpos dissecados ficariam vagando para procurar as partes perdidas.

— Minha cara, seu pai certamente a educou com a independência de um bom filho. Vou deixá-la à vontade para ver nossa coleção de esqueletos. Se a senhorita me dá licença, tenho de falar com alguns dos meus alunos. — Ele fez uma mesura e se retirou.

Ao falar a palavra "pai", na realidade toda vez que ele pronunciava tal palavra, sentia um corte na altura do estômago. Agora, nesse ambiente, mais que nunca sentia saudades do meu pai.

Olhei para o cadáver mais uma vez, de dimensões reduzidas a distância, as pernas apontando diretamente para mim. Professor Otterspeer não recolocara o lençol totalmente e o rosto estava parcialmente exposto. O pelo eriçado de sua barba amarela escura destacava-se em seu queixo como pedaços pequenos de trigo, e seus cabelos loiros caíam sobre sua larga testa.

Sentia um vago choque, o que sempre me acontecia na presença de um morto, uma sensação inquietante de profanação, que geralmente vinha acompanhada de uma breve náusea. Afinal de contas, a vida do homem se fora. Ele não era nada mais do que uma carcaça de dias, mas era alguém que concederia suas estruturas secretas, as maravilhas do interior do corpo, mesmo em morte aparente. Não me permitia, contudo, imaginar a cor de seus olhos ou o que queria da vida. A jovem rechonchuda, talvez, que acariciaria seu rosto, a família pobre que ele deixara para trás. Ou a alegria propiciada pelo hálito quente de sua mula sobre seus dedos ulcerados pelo frio. Tampouco desejava saber seu nome.

A náusea não passava.

Virei-me e inspecionei o ambiente. Recordei a precaução de meu pai desde a primeira vez em que assisti uma dissecação. "Se você tiver medo do corpo", dissera gentilmente, "não olhe para o rosto ou para as mãos, Gabriella, pois essas são as partes mais humanas". E se meu pai fosse um cadáver como esse agora, tido como errante, tendo seu corpo cortado, aberto e os órgãos identificados, depois jogado em uma terra estranha, servindo de alimento para cães, ratos e abutres? No entanto, arranquei violentamente esse pensamento de minha mente e continuei a olhar ao redor do anfiteatro de madeira.

Esqueletos foram arrumados em várias posturas, os humanos segurando placas com expressões em latim como: PULVIS ET UMBRA SUMUS e HOMO BULLA. Os esqueletos não me entristeciam, mas pareciam familiares e ligeiramente ridículos, um com um capacete emplumado sentado sobre um pônei sem carne, de arco e flecha na mão, e outro, em um canto, casualmente inclinado sobre uma pá.

Ao meu redor havia homens de calças compridas e gibão, um número reduzido de mulheres, algumas de vestidos com várias fendas curtas nas mangas e no corpete, como era a moda atual, reunidas e conversando, suas cores vívidas faziam o ambiente ficar mais aconchegante. Olhei para as longas janelas de ambos os lados do salão, mas não pude ver nada do jardim congelado. A névoa nos deixara órfãos do resto do mundo.

Andei pelo anfiteatro e examinei os esqueletos de animais. O lobo, excepcionalmente criado para caçar, parecia quase amigável em sua semelhança com o cachorro. Instintivamente, acariciei o suave declive entre os olhos. Como eram agradáveis os ossos que já foram ameaçadores. A doninha tinha uma forma elegante e o crânio em formato de ovo, como se o alimento que ela tanto apreciava correspondesse à forma de seus pensamentos. O veado imóvel transmitia a rapidez de seus ossos.

Estava, contudo, mais atraída a certos esqueletos de animais que não havia observado antes, como o elegante cisne, símbolo dos poetas. O esqueleto não era menos puro que a criatura. O cisne, por virtude de seu tamanho, exibia ossos míticos. Entretanto, juntamente com sua beleza havia um tipo de monstruosidade, em especial no pescoço sinuoso que parecia desordenadamente longo e curvo, superado pelo crânio em forma de sino, enquanto o esqueleto mais pesado do corpo e das grandes asas pairavam atrás com uma força contrária. As amplas asas poderiam espelhar as de um anjo. Se os cisnes fossem tão ferozes quanto os gansos, poderiam ser demônios e anjos em uma única criatura.

— *Signorina*?

O professor retornara. Ele me levou até um dos melhores lugares mais à frente, segurando meu cotovelo através da minha manga, bem apertado, como se eu fosse cair sem seu apoio.

Não havia assentos disponíveis no anfiteatro, apenas espaço para ficar de pé, entre corredores de madeira e balaustradas. O médico que faria a demonstração, "Um médico, e não um barbeiro cirurgião[9], como os do Colégio Real de Cirurgiões de Londres", sussurrou o professor Otterspeer, fez sua entrada com seus dois assistentes, juntamente com três músicos que estariam acompanhando o evento tocando viola, alaúde e viola de gamba.

Dr. Zuyderduin, um homem de meia-idade, figura robusta de cabelos ruivos, começou com uma pequena apresentação e cortesias em holandês, que pouco entendi. Ele começou cortando a pele de maneira uniforme em cada região, fazendo uso de uma notável variedade de escalpelos, tesouras, bisturis, pinças, agulhas, espátulas e ferramentas de dissecação. Ele era assistido por dois estudantes, um com uma esponja e uma tigela para absorver o sangue e os fluidos, e outro que segurava partes de pele e tecidos quando necessário,

---

[9] Uma das profissões mais comuns na área médica durante a Idade Média, geralmente incumbido do tratamento de soldados durante ou depois das batalhas. Nessa época, as cirurgias não eram realizadas por médicos e os barbeiros cirurgiões não eram reconhecidos como médicos (N. T.).

fixando os tecidos da pele em um bloco de madeira, amarrando ou arrumando segmentos de carne.

Enquanto isso, os músicos ficavam atrás, curvados, dedilhando seus instrumentos como se estivessem sentados em uma agradável câmara entre amigos. O tocador de viola fazia o acompanhamento de forma deplorável, o homem da viola de gamba desempenhava bem o suficiente, mas o tocador de alaúde demorava-se nas notas como se encontrasse sua ressonância melancólica no cadáver, as cordas do instrumento acompanhavam os ligamentos do homem. Suas notas dedilhadas vinham com um atraso quase imperceptível, nascidas de profunda cortesia. Ele assistia à dissecação enquanto tocava, mas os outros, talvez sentindo repulsa, fixavam-se na plateia e nos esqueletos na parte superior do anfiteatro.

Enquanto Dr. Zuyderduin trabalhava, meneava a cabeça quando o tocador de alaúde tocava sozinho.

Não deixava de me surpreender com a calma dos médicos que, enquanto remexiam as densas vísceras, conseguiam retirar o órgão exato, explanando sobre sua posição no corpo. A alma se instala dentro do fígado, do coração e do cérebro ou (alguns diriam) dentro da efêmera glândula pineal. Como o corpo recompensa a si mesmo, seja com espaço para acomodar ou comprimindo, como as muitas páginas de um texto estrangeiro que devemos traduzir.

O médico zumbia em uma mistura de latim e holandês agora, enquanto desnudava o cadáver até seus ossos rosados. A audiência murmurava com a revelação de cada parte nova, como se o corpo corriqueiro tivesse dado lugar a um corpo secreto. Os holandeses eram mais respeitosos nesse aspecto. A audiência em Pádua ficava ruidosa com conversas e gracejos, o que requeria, em certas ocasiões, que alguns homens mais resolutos chamassem a atenção da plateia e restaurassem a ordem, ou retirassem algum jovem zombador do balcão do teatro enquanto o médico aguardava, mal-humorado, com seu dedo em um nervo crucial.

Olhei de relance para o rosto semioculto que evitara, como se quisesse testar a mim mesma. Desse ângulo pude ver que o queixo não era grande e os lábios estavam generosamente curvados, mesmo em estado rígido.

Dr. Zuyderduin continuou, utilizando o bisturi com grande precisão e, depois de terminar o abdômen (pois as vísceras são as mais suscetíveis à putrefação) e o torso (mostrando os pulmões e o coração) foi para a cabeça (afundando a mão profundamente entre os lóbulos do cérebro, procurando pela glândula pineal, que rapidamente se altera, mas ele não a encontrou), e então se aproximou do vigoroso braço.

Conforme a demonstração progredia, a emanação dos fluidos do cadáver nos fez pressionar lenços e mangas das vestimentas contra nossos rostos. Os galhos de alecrim espalhados pelo chão foram de pouca ajuda, pois os órgãos exalam um fedor ácido, almiscarado, quase palpável. Felizmente, o bom médico fez sinal para que os assistentes removessem as tripas em um balde providenciado para esse propósito. Ele virou os pedaços de tecido para baixo para cobrir o abdômen e subiu o lençol até o peito do cadáver.

O doutor começou a dissecar o braço e a mão, que permanecia semiaberta, mais afrouxada que seu estado anterior de rigidez cadavérica e de uma maneira que parecia convidar a um aperto de mão.

Deixe que minha morte seja o seu proveito. Deixe que o toque que fere, cure; que a incisão, instrua. Essas palavras, espontâneas, pareciam vir de meu pai, mas não conseguia recordar a ocasião exata em que ele as falou. Havia, contudo, outra presença, que não era a de meu pai e que me afligia também. Fiz força para tirá-la da mente.

Em um sussurro, recitei os nomes em latim junto com o médico enquanto ele descrevia os músculos flexores e suas inserções no tendão. Aquilo me acalmou. Os dedos do cadáver se curvavam quando ele levantava os músculos. Meu pai me disse certa vez que o grande Vesalius e seus companheiros vendavam os olhos uns dos outros e manuseavam ossos de um cemitério fora de Paris para memorizá-los pelo toque.

Minha mão esquerda estava dentro da direita em meu colo e senti a fáscia, os músculos, os ligamentos e tendões enquanto o Dr. Zuyderduin comunicava onde estavam localizados, cortando cada parte, virando um músculo palmar e depois outro, até que a mão aflorasse sobre a mesa entre as tesouras, alfinetes e pinças. Que estranho ser o objeto de investigação de alguém, como se a mão tivesse vida própria, como um pequeno animal inteligente que realizava meus desejos ou se apertava contra mim. Segundo Galeno, a mão verdadeiramente exemplifica o todo. Da mão de Deus para a mão de carne...

O professor Otterspeer tocou meu braço. A demonstração havia terminado. O médico, seus assistentes, os tocadores de viola e viola de gamba estavam indo embora. Apenas o tocador de alaúde permanecia, olhando fixamente para mim.

Meu corpo tremeu. Alguma coisa estava errada.

— O que foi, minha cara?

Rapidamente dei um passo até a mesa, ao lado esquerdo do cadáver, e notei seu cabelo amarrado para trás com uma fina linha vermelha. Virei-o de lado antes que alguém pudesse me impedir e o senti aberto na frente, com as partes não examinadas escorregando para fora.

— O que a senhorita está fazendo? — gritou o professor Otterspeer.

Ali estava, na perna esquerda. A pequena cicatriz enrugada da úlcera curada. Pressionei a palma da mão sobre a marca, mal conseguindo respirar, enquanto falava:

— Eu conheço este homem!

O professor me afastou da mesa.

— Como poderia conhecê-lo? A senhorita está com calor, venha para fora, o ar fresco lhe fará bem.

— Não, tenho certeza. Ele não era um vagabundo!

— Está enganada, minha querida. Venha, vou levá-la para casa...

— Eu o conheço, é Wilhelm Lochner! — gritei, sentindo náusea. — Esse é o nome dele!

Os homens e as mulheres na multidão que se demorava olhavam atônitos para mim. Cambaleei para frente, recusando-me a me apoiar na manga azul-escura do professor, com as muitas fendas que reluziam o tecido marrom dourado por baixo. Pela primeira vez vi naquela moda uma zombaria à dissecação.

Eu também tinha uma blusa assim e, enquanto caminhava com dificuldade para fora, arfando para inspirar ar frio e clarear a mente, jurei nunca mais usá-la novamente.

CAPÍTULO 14

O Paciente Tem o Remédio

Olmina colocou seu braço sobre meus ombros quando me sentei, tremendo, na cama.

— A *Signorina* está doente?

— Não! — respondi, furiosa, e comecei a chorar. — Wilhelm Lochner estava na mesa de dissecação, ele foi cortado.

— Ah, não! — Ela colocou as duas mãos no rosto. — Minha querida, tem certeza?

Virei meu rosto transtornado para olhar para ela.

— Não tenho dúvidas.

— Um jovem tão cheio de vida!

— Se não fosse por minha partida abrupta...

— Sobre o que está falando?

— Ele deve ter me seguido até aqui. Lembra-se do que o *Signore* Gradenigo disse?

Foi a vez dela ficar furiosa.

— Você não tem nada a ver com isso.

— Não sei. Eu carrego má sorte, como aquelas mulheres desventuradas que sobrevivem enquanto outros morrem ao seu redor.

— Não sabemos o que elas levam; talvez seja uma bênção para que elas possam ajudar os outros.

— Ahn? E meu pai? Ele fugiu de mim. Talvez ele também tenha morrido.

— Agora você perdeu o juízo, *Signorina*. Você não é nenhuma destruidora. Ninguém tem poder sobre os fios que nos amarram a essa vida. Nem mesmo Deus, se quer saber.

— As deusas do destino, então?

— Talvez sim, mas apenas Cloto, Láquesis e Átropos[10].

— Mas sinto meu pai como um fantasma agora, como se ele vivesse dentro de um frasco do baú de medicamentos. O que isso significa, a não ser que ele se foi?

— Isso significa que está desprovida de sua razão, sofrendo pelo luto de um vivo. Vamos dar a Wilhelm o que lhe cabe e deixar os vivos viverem. — Ela acendeu uma pequena vela, colocou-a na janela e sussurrou uma prece para o jovem de cores extravagantes. E, então, disse: — Você deve dormir agora, Gabriella.

Eu mal cochilei naquela noite. Na manhã seguinte, decidi que não havia mais nada que me prendesse em Leiden, pois o professor Otterspeer fora o único que realmente se comunicara com meu pai durante sua estada. E agora achava a proximidade com o corpo de Wilhelm insuportável, pois ele nem ao menos poderia ser enterrado para descansar em um túmulo para indigentes. O solo estava congelado. Seu corpo seria deixado no porão gélido do prédio da universidade, próximo ao nosso chalé, aguardando a primavera, quando então seria enterrado juntamente com outros mortos desmembrados no anfiteatro de anatomia, do lado de fora dos limites da cidade.

— Naquele inverno do isolamento de seu pai — professor Otterspeer me contou alguns dias depois —, houve mais coisas, querida criança, do que a princípio lhe contei. — Ele olhou de relance para Olmina e ela discretamente nos deixou a sós na cozinha. Lorenzo havia saído para ir ao mercado.

10 As moiras gregas que determinavam o destino tanto dos deuses quanto dos seres humanos (N. T.).

— Certo dia, no começo de sua estada, quando vim lhe trazer o jantar, ele atendeu a porta totalmente vestido, mas descalço. — Dr. Otterspeer ergueu as sobrancelhas e abriu seus grandes olhos acinzentados, revivendo o momento. — Ele disse estar realizando uma nova cura para sua própria enfermidade. Entenda, estávamos em dezembro, os pisos de pedra estavam frios como o gelo.

— Que tipo de cura?

— Ele estava retirando forças da terra e os sapatos eram um impedimento, pois bloqueavam os elementais. Respondi que ele estava sobre um piso de pedra: aquilo não seria um obstáculo? Então ele marchou pelo jardim congelado com os pés descalços!

O espetáculo peculiar de meu pai deliberadamente andando todo vestido, porém descalço, sobre os caminhos brancos do Jardim Botânico me fez lembrar o homem solar, em menor grau.

— E quando ele partiu, estava usando sapatos?

— Botas, botas para a viagem, ele disse. E nenhuma interferência mais do solo quando ele estivesse morando em algum lugar! "Se os macacos podem andar sem sapatos em observância do espírito, então posso andar sem sapatos em observância da cura e do vigor", ele explicou.

Imaginei meu pai deixando pegadas escuras entre as fileiras de plantas adormecidas. Se ao menos ele tivesse deixado essas pegadas para que eu as seguisse!

— Não entendi muito bem o que ele estava fazendo — disse Dr. Otterspeer —, mas ele estava tão convencido de sua lógica debilitada que quase me convenceu que seu experimento, se é que isso pode ser chamado assim, poderia ser benéfico. Foi então que ele se tornou tão isolado, ficando inacessível.

Escrevi um curto bilhete para notificar Dr. Fuchs sobre a morte de Wilhelm Lochner, mas me demorei para enviá-lo. Provavelmente, ele me culparia por roubo duplo, a morte de seu aluno e o misterioso sumiço dos papéis de meu pai. A pior das perdas, sem dúvida alguma, seria a de seu excelente aluno, pois um mentor como Dr. Fuchs acabava por se tornar também um pai para vários de seus filhos acadêmicos. Por fim, enviei a carta com o coração desolado. Apesar de Wilhelm não ter sido, e não seria, meu namorado, considerava-o um amigo. E essa palavra é colocada como delicada mão sobre meu coração. Amigo. Deveria ter me correspondido com ele ou simplesmente recordado sua vistosa presença. Agora ele havia sido dissecado, era um instrumento da ciência. E eu estava mais sozinha no mundo que antes.

Olmina e eu começamos a arrumar as malas enquanto a névoa se enrolava e desenrolava ao nosso redor, aparecendo e desaparecendo pelo portão até o jardim congelado. Guardei as coisas de meu pai em uma pequena mala dentro da minha mala maior. Sapatos, óculos, anotações.

Enquanto fazia as malas, Olmina reclamou:

— *Signorina*, estamos no meio de dezembro. Não podemos esperar até março? Você está flertando com a morte com essa sua vontade cega!

— O que você disse? — perguntei, virando-me da janela onde estava.

Ela começou a andar pelo meu quarto em um rompante súbito de atividade, abrindo gavetas e tirando roupas do fundo do armário. E, então, falou novamente:

— Você quer forçar seu pai a sair da mata! Quer que o mundo se submeta às suas vontades, mas você não é nenhuma princesa ou rainha! E até mesmo as rainhas às vezes precisam se curvar. — Olmina ficou vermelha, abruptamente cobriu o rosto com seu avental azul e correu para fora do quarto, chorando.

Abri a janela e enfiei meu rosto no ar frio. Pedacinhos de gelo escorregavam do telhado, aquecidos pelas chaminés. Pingentes de gelo que pendiam dos beirais dos telhados espatifavam-se no chão como vidro ou caíam com um baque sobre a neve. Transeuntes com rosto infeliz caminhavam pesadamente pela neve semiderretida e pela lama da rua que estava por baixo. Olmina estava certa.

Era mesmo estranho ter tanta urgência para encontrar meu pai agora, tendo em vista que ele havia partido há tantos anos. Que diferença faria esperar um mês, ou até mesmo um ano? Sentia que meu pai passava por algum tipo de perigo devido à sua mente que divagava, mas e se fosse eu quem estivesse em perigo, justamente pelo contrário? Uma mente fechada, obcecada por sua busca?

Deveríamos esperar até a primavera e, então, seguirmos para Edimburgo, na Escócia.

Havia quase decidido esse plano de ação quando Lorenzo voltou, depois de ter trocado ideia com marinheiros enquanto reunia nossos suprimentos. Eles alertaram sobre esperar até março, pois é quando os ventos sopram furiosamente no Mar Báltico.

Por fim, chegamos a um acordo: esperamos uma semana até conseguirmos a passagem de navio para Edimburgo.

Enquanto isso, escrevi uma carta para Dr. Hamish Urquhart, professor de Filosofia Natural naquela cidade, requisitando sua ajuda com hospedagem. Meu pai o recomendara muito.

Passei o tempo restante em Leiden escrevendo, tendo em vista que a reflexão sobre as doenças, tenho de admitir, oferecia-me um estranho consolo.

A praga das lágrimas negras
Infecção do canal lacrimal, de causa desconhecida

Algumas parteiras dizem que a formação de um vento imundo rouba as palavras dos lábios e causa essa praga. Algumas vezes, aflige freiras ou monges das ordens que fazem uso do voto de silêncio. Prisioneiros que estão proibidos de falar, pessoas que perdem a voz por conta do sofrimento, crianças que são sempre mandadas a se calar, todos estão sujeitos. Já pude observar certo tipo de sonho, comum entre muitos que sofrem dessa doença: a visão de uma cidade em que os habitantes são proibidos de chorar. Suas lágrimas devem ser escondidas debaixo de pontes no meio da noite ou, como relata um paciente, "Ser o recipiente da tristeza, sem revelá-la".

A pessoa geralmente não sabe da infecção até chegar ao estágio final, quando as lágrimas engrossam e se tornam negras. Cegueira e morte podem ocorrer. A praga é contagiosa e poderá inclusive se espalhar através de sonhos que são compartilhados. De maneira estranha, essa doença também é transmitida por mulheres que costuraram seus bordados sozinhas e que choram pelas palavras não ditas que povoam sua solidão, ou por pescadores que estão mudos enquanto remendam suas redes, perdidos em irritação que somente o mar pode provocar. Quando as mulheres e homens choram, involuntariamente passam adiante meadas de fio ou filamentos da rede, que passam para a próxima pessoa que toca a linha. Também podem contrair a doença se beijarem os cílios uns dos outros. A pessoa doente pode não ficar sabendo da enfermidade durante meses, mesmo acordando com manchas escuras sobre o travesseiro. Ela pode presumir que a mancha venha de suas pálpebras ou sobrancelhas pintadas com lápis. No estado avançado, porém, a pessoa não deixa de notar as lágrimas de tinta preta que escorrem de seus olhos.

Meu pai sempre me dizia, "O paciente tem o remédio". Com esse pensamento persegui a cura de uma jovem, Annabella, que guardava suas lágrimas negras em vidros de tinta e escrevia com elas, até que ficassem claras com o passar do tempo. Apesar de a cura ser longa, a doença foi diminuindo e, por fim, acabou. Várias vítimas que não sabiam escrever ainda assim eram consoladas, embora eu não saiba exatamente o porquê, pelos pequenos frascos pretos que acumulavam em suas prateleiras. A única dificuldade que encontrei, pelo menos em Veneza, uma cidade onde tentam lhe vender de tudo, era a conivência de dois ou três tolos de má reputação que tentaram vender suas próprias lágrimas. Obviamente, por algum tempo certos aristocratas cobiçaram essa tinta que escorria do sofrimento íntimo de outros, mas logo perceberam que suas lágrimas também escureceram. Ninguém estava imune.

CAPÍTULO 15

A Curva Evanescente no Caminho

Depois de uma difícil jornada de três dias saindo de Leiden, na qual sobrevivemos unicamente mascando gengibre seco (que promove aquecimento no corpo e alivia a náusea do mar) e nos agarrando aos corrimões do deque enquanto o Mar Báltico se lançava sobre a proa, finalmente nos aproximamos do Porto de Leith, abaixo das colinas de Edimburgo. Lorenzo corretamente saltou para um canto de projeção das ondas crescentes para ajudar a tripulação a amarrar as cordas. Eu me sentia zonza e vencida pela viagem. Nossos pobres animais, sofrendo com o balanço do navio, soltavam um zurro rouco em sua excitação de retornar ao chão firme.

Dr. Amish Urquhart, imaginei ser ele, pois ninguém mais se parecia com um professor ali, na zona portuária, aproximou-se do navio, inclinando-se contra o vento costeiro como um pedaço de tronco escuro vindo ao nosso encontro. O professor quase que imediatamente perdeu sua boina quando uma rajada de vento a jogou para dentro da água, expondo fartos cabelos ruivos que chamejavam como uma tocha. Dr. Urquhart era um homem perturbadoramente bonito, pensei, chegando até a ter um quê de arrogância, apesar de meu pai ter escrito sobre sua amabilidade.

Fiquei de pé para tentar endireitar meu casaco e minhas saias, enquanto o vento desafiadoramente bagunçava tudo de novo. Devia estar desarrumada e feia, com olheiras escuras debaixo dos olhos por conta das noites maldormidas no mar, e não devia estar com um cheiro muito bom também.

Muito melhor assim, que isso trabalhe a meu favor na minha necessidade de isolamento.

Lorenzo, enquanto isso, desembarcou e andou até o homem sem qualquer apreensão. Ele se apresentou e gesticulou na direção de Olmina e eu no navio. Uma vez que as mulas desembarcaram a salvo em terra firme com nossos suprimentos, Lorenzo segurou firme em minha mão e me levou com uma cortesia sem floreios pela prancha de desembarque abaixo, que afundava e subia com a frequência da respiração.

O escocês movimentou-se com um entusiasmo mal disfarçado para pegar meu braço quando acenei no cais de pedra, mas rapidamente o alertei com os olhos.

— Estou bem — disse simplesmente.

— Dra. Mondini, por favor... após uma longa viagem marítima, é preciso... — ele falava com frases incompletas, como se estivesse galopando à frente de seus pensamentos. — Ah, perdão... Dr. Urquhart, ao seu... dispor.

Um cavalheiro bonito e sem malícia. Terei de ser duplamente cautelosa.

— Consegui uma carruagem — ele ofereceu.

— Gostaria de andar um pouco e ver a cidade enquanto nos aproximamos; é longe?

— De modo algum. Passaremos pelas águas de Leith e estaremos lá em uma hora.

Olmina veio ao nosso lado e falou com franqueza:

— Aproveitarei a carona, senhor, pois tenho certeza de que terei bastante tempo para conhecer sua bela cidade — e acrescentou enfaticamente — e a *Signorina* também.

— Não posso entrar em uma carruagem agora. Preciso sentir o chão firme debaixo de meus pés.

— Eu a acompanharei — Lorenzo ofereceu, enquanto relutantemente passava as rédeas do grupo barulhento de mulas amarradas para o criado do professor. Lorenzo deu ao jovem algumas instruções breves:

— Segure-as com firmeza, mas deixe a corda um pouco solta. Elas ficaram muito tempo presas em um navio. Deixe-as comer um pouco de grama também.

O professor elogiou nossos animais, com admiração.

— Se algum dia decidir... vender... seus ótimos animais...

— Por que os venderíamos? — interrompeu Lorenzo, estreitando os olhos.

— Ah, eu só quis dizer... Eu tenho um bom homem, gentil com os animais. Não quis... — O professor ficou envergonhado.

— Não se preocupe — eu disse, sorrindo um pouco. — Somos talvez mais apegados aos nossos animais que outras pessoas. Eles vieram de longe conosco.

— Ah, sim... é claro. — Ele meneou a cabeça afirmativamente e ajudou Olmina a subir na modesta carruagem preta, levada por dois pequenos, porém robustos, cavalos ruões. — Cowgate Wynd, por favor — ele orientou o cocheiro. Observamos a carruagem iniciar sua partida com esforço colina acima, entre a força estável dos cavalos e a de cinco mulas vigorosas.

— Espero que cheguem lá — murmurou Lorenzo, puxando sua capa de lã verde e surrada para cobrir as orelhas.

Assim que passamos pelo pequeno portão e caminhamos ao longo da trilha úmida de pedestres, próxima às águas de Leith, a paisagem começou a me acalmar depois de dias de balanço no mar. Lorenzo parecia um menino, chicoteando animadamente as cercas vivas com um broto de salgueiro que pegara do chão. Pequenos agrupamentos de salgueiros desfolhados, amieiros e álamos alpinos alinhavam-se à margem do rio, enfeitados por um grande número de pássaros amarelo-acastanhados de peito rosa. Os pássaros faziam um movimento de varredura sobre os restos dourados e encharcados dos campos de inverno enquanto nos aproximávamos.

— Ah, que pássaros encantadores são esses?

Paramos, observando o bando subir e descer em movimentos sinuosos e depois em nuvens esféricas, com seu canto vibrando no ar.

— A maior parte é de pintarroxos, alguns pássaros-índigo — o professor disse. — Eles adoram varrer...

— Sim?

— ... os campos de cevada. Humm, buscando sementes.

— Eles são apetitosos? — perguntou Lorenzo, provavelmente pensando nas garriças do espetinho no dia de Santo Estevão, depois do Natal. Era um costume que nunca suportei.

— Não, não. Não sei dizer. — Dr. Urquhart fez um aceno com as mãos como se estivesse rejeitando o pensamento. — Eu não como passarinhos.

Fiquei aliviada ao ouvi-lo dizer isso.

— Qual a diferença entre um pássaro que canta e, digamos, um belo ganso assado? — Lorenzo balançou a cabeça. — Está-se matando da mesma maneira.

— Sim, mas os passarinhos, eles fazem parte de... — ele fez uma pausa — ... algo maior que não pode ser tocado, algo que nós não...

— Entendemos, talvez? — completei a frase. — Se eu matasse um passarinho, sentiria falta de seu canto, de seu voo fascinante. Algo luminoso no mundo sombrio estaria perdido.

— Muito bem colocado, Dra. Mondini.

— Bem, eu também gosto do canto dos pássaros — queixou-se Lorenzo. — Mas acho que você nunca passou fome, *Signorina*. Isso faz com que tenha uma visão diferente das coisas.

— Você está certo, Lorenzo. A beleza nos atinge prontamente quando estamos com a barriga cheia.

Continuamos a andar em silêncio por algum tempo. Depois, disse em voz baixa para o Dr. Urquhart:

— Como você deve ter percebido por minha carta, estou seguindo os passos da viagem de meu pai para colher informações que me levem ao seu paradeiro atual.

— Ah, sim, seu pai... — Ele franziu a testa e afastou os olhos de mim.

— Alguma notícia?

— Não, nada desde que ele partiu... mas... poderíamos perguntar ao Dr. Baldino, que sempre discutia o passado com ele.

— Ah... — Suspirei e mergulhei em profundo desânimo. Mas, então, pensei: devo conhecer esse homem um pouco mais antes que me confidencie qualquer coisa. Deve haver algo em seu desconforto que valha a pena ser dito.

Arbustos e árvores que não conhecia exalavam aromas picantes, às vezes me fazendo lembrar uma cozinha fumegando com ervas, outras vezes um jardim coberto por folhas, abandonado. Notei também o cheiro do professor, um cheiro agradável do calor do animal coberto de pelos. O Sol saía e ia embora, baixando como uma brasa carbonizada conforme íamos nos aproximando dos limites de Edimburgo e seguíamos para Cowgate, abaixo do castelo.

Quando o Dr. Urquhart nos deixou nas acomodações que havia providenciado, disse:

— Lembre-se, Dra. Mondini, que seguimos o calendário juliano aqui, e não o gregoriano; portanto, você acaba de viajar no tempo... para trás. Estamos dez dias atrás do que você estava no continente, então leve isso em consideração. Você terá a oportunidade de reviver esses dias. — Ele abriu um largo sorriso com certo mistério em seus olhos azul-esverdeados.

Nossos quartos eram bons, mas pequenos, as camas eram encostadas nas paredes como armários, com portas de madeira que podíamos fechar à noite. Todos os prédios pardos construídos com pedras nas redondezas eram fechados e altos, mas de nossos quartos, no andar mais alto, pude ver um pedaço do estuário do Rio Forth.

Naquela primeira noite, perguntas que ocultara dentro de mim desde Leiden arranhavam minha mente como uma âncora riscando o fundo do mar, ao mesmo tempo em que tentava dormir em meu armário, como um rato dormindo em uma despensa. *Wilhelm Lochner realmente foi até a Holanda por mim?* Seu corpo pálido na cama de dissecação me assombrava. Diversas vezes, suas formas cortadas se repetiram na luz azul do anfiteatro de anatomia.

Em certas ocasiões, em sonho, Maurizio ou meu pai estavam deitados, frios, com os olhos voltados para o teto escuro. O que Urquhart quis dizer com, "Ah, seu pai...?". O anfiteatro de anatomia tornava-se opressivo com o cair da noite. Queria fugir de suas câmaras escuras e enlameadas de sangue, mas não conseguia. Algumas vezes, sem conseguir dormir, lia uma das cartas de meu pai escritas em um tom comum, e não no seu tom extravagante, para me acalmar.

Querida Gabriella,

Você gentilmente me perguntou sobre meu livro e posso lhe dizer, honestamente, que o trabalho vem progredindo, embora, às vezes, ele seja descomunal. Existem tantas doenças que não sei como as colocarei em um único volume. Talvez deva incluir apenas as que têm cura, pois o quanto nós médicos devemos nos sentir desesperados em saber que tantas são incuráveis? Ainda que seja humilhante, o mais certo é tomar conhecimento delas. Pode ser que algum novo medicamento seja revelado por alguma velha parteira ou mãe, ou por algum experimentalista talentoso trancado em seu porão em meio a frascos, destiladores e fornos alquímicos. Conheci um homem inteligente, o Dr. Urquhart, um filósofo daqui que fez meus dias mais sociáveis com sua curiosidade e seus estudos sobre Astronomia e Metalurgia, desde o derretimento do cobre (o dragão verde da Lua) até estudos maiores sobre matéria, espaço e tempo. Não posso fingir que entendo de tudo o que ele descreve, mas acho a conversa revigorante e divertida, embora ele às vezes fique perdido nas ramificações de seus pensamentos e seus estudos sobre Aristóteles. Lembro-me de uma frase que li em algum lugar, "Quando o filósofo natural termina, aí começa o médico". Devemos nos voltar para a Terra, para nosso paciente com o tornozelo inchado ou a ferida que inspira pena, embora possamos confiar às vezes nas teorias e experimentos dos filósofos naturais. Mas agora, minha filha, perdoe-me, pois devo deixá-la. Os deuses práticos me lembram de seu domínio. Minha lamparina está sem óleo.

Edimburgo
Seu pai

Alguns dias depois de chegarmos, o professor Urquhart passou para pegar Olmina e eu para almoçarmos na casa de seu amigo, Dr. Baldino, que, conforme ele nos informou, estava em sua nona década, um professor cuja paixão continuava a ser o estudo da memória e das recordações. Dr. Baldino também conhecera meu pai.

Professor Baldino, de Salerno, cumprimentou-nos à porta de sua casa de pedra de quatro andares. Ele era baixo e curvado como um corcunda, embora não tivesse, na verdade, essa debilidade. Seus poucos cabelos brancos e sua barba ficavam suspensos nele como fumaça, mas ele fixava seus olhos castanhos sobre nós com uma concentração de ferro. Gosto dessa impropriedade nos mais velhos, que às vezes fitam nosso mundo com maior ferocidade, mesmo já flertando com o outro.

— Bem-vinda à minha casa no norte, Dra. Mondini. Entre, venha até a cozinha e conte-me sobre sua viagem. — Ele apertou minha mão com seus dedos enrugados que mais pareciam um pergaminho branco esticado sobre as articulações, endurecidas como garras rígidas. Ele sorriu para Olmina e para o Dr. Urquhart, mostrando nada mais do que quatro ou cinco dentes, três na parte de cima e dois (não sabia ao certo) na parte de baixo.

Ele nos guiou para dentro, passando por uma sala fria e escura que estava apinhada de livros e móveis, subindo por uma escadaria curva com paredes de madeira escura sem enfeites até o segundo andar, conseguindo superar cada degrau com uma respiração pesada enquanto segurava o corrimão. Senti minha respiração ficar mais lenta, como se tivesse ficado velha também, até chegar ao topo da escada.

— Jantaremos aqui, é mais quente. Isabella preparará nossa refeição e a trará à mesa — Dr. Baldino anunciou, silvando através das gengivas.

Uma mulher grande com uma trança grisalha que lhe caía nas costas e ficava cada vez mais apertada até se transformar em um filete de três ou quatro fios apenas, na altura de sua cintura, estava ocupada cortando legumes verde--claros e marrons em um balcão de pedra. A lareira bramia alto com a força de um fogo de seis ou sete horas, que fora constantemente atiçado e que agora aquecia um caldeirão de sopa. A cozinha irradiava o calor de um longo dia de verão. Nós nos sentamos, agradecidos, as mulheres de um lado e os homens do outro, à mesa de carvalho posta com toalhas simples de tecido marrom, tigelas e colheres de estanho, e começamos a suar, gradualmente tirando as roupas das quais poderíamos respeitosamente nos livrar.

Enquanto esperávamos por nossa sopa, dirigi-me ao Dr. Baldino:

— Como o senhor deve saber, estou procurando por meu pai, que passou algum tempo aqui vários anos atrás, segundo suas cartas, mas ele está inexplicavelmente desaparecido e não tem escrito mais. Gostaria de saber se o senhor pode me dizer alguma coisa sobre sua estada aqui ou se sabe onde ele está agora.

Dr. Baldino entrelaçou suas mãos frágeis sobre a mesa e me observou com impenetrável tristeza.

— Não ouvi falar mais dele desde que partiu de Edimburgo, há cinco ou seis anos. Ele se tornou um homem de pavio curto.

Fiquei inquieta com a falta de notícias e me levantei, alarmando a mim mesma e aos outros com minha súbita angústia. Fui até a janela, onde pude apenas ver um borrão de telhados, pois a vidraça estava embaçada pelo vapor da sopa. Olmina veio ficar ao meu lado, pousando sua mão em meu braço.

O Dr. Urquhart deve ter ficado com pena de mim, pois quebrou o silêncio com seu modo de falar entrecortado:

— O paradeiro de seu pai... humm... Não posso dizer nada sobre isso, a não ser... os momentos aflitivos de lapsos com relação ao tempo, dois anos atrás. Ele sofreu uma perturbação... da mente, não conseguia mais compreender a passagem do tempo de forma organizada. Seu pai ficava acordado até tarde da noite no seu quarto em minha casa e, depois... dormia o dia todo, algumas vezes até a noite seguinte, mal levantando quando eu batia... à sua porta. Somente um de seus criados permaneceu, o outro... fugiu com sua bolsa.

— Aquele patife! — exclamei, retornando à mesa. Olmina sentou-se ao meu lado.

Dr. Baldino me observava com os olhos pesados e gentis.

— Felizmente, ele tinha a maior parte de seu dinheiro escondido... em seu baú ou algo assim... ele me confidenciou.

— Dinheiro e medicamentos no mesmo baú? Isso não parece ser ele.

— Certa vez observei seu pai através da porta semiaberta, totalmente vestido com sua túnica vermelha de médico, solidéu preto... em sua mesa, olhando fixamente... pela janela, batendo com a pena no papel, mas sem escrever nada. Por fim, ele... precisou levantar algum dinheiro e foi forçado a vender... a maioria de seus livros.

Seus tesouros! Meu coração se partiu.

— A coleção de livros incluía uma cópia do *Matéria Médica* de Wirtenberg? — Fiquei desesperada pela resposta.

— Sim. Seu pai — respondeu o filósofo, olhando de relance para o lado como se o livro estivesse ali —, sim, mencionou que era um presente... de um tal Dr. Fuchs?

Minha expressão deve ter murchado, pois ele pareceu preocupado.

— O que foi?

— Nada, nada. — Acenei com as mãos.

— Eu diria que ele esqueceu de si mesmo — opinou Dr. Baldino, por fim, com um tom vagaroso e comedido. — Até mesmo aquele retórico de Bologna, Boncompagno Da Signa, diz que as pessoas de temperamento melancólico são as que têm melhor memória, pois retêm as impressões das coisas devido à sua constituição física dura, seca. — Ele prosseguiu com sua respiração difícil. — Conheci seu pai há muitos anos, em Pádua, e devo dizer — ele fez uma pausa para mediar as palavras — que, em comparação com aquele período, ele parecia bastante alterado. Ele mal conseguia manter uma conversa. Sua mente constantemente vagava e seus olhos se fixavam em uma janela, qualquer janela. É quase como — ele hesitou brevemente, mantendo seu olhar no meu — se ele tivesse perdido a noção do tempo e quisesse somente ir para os campos à procura de isolamento. Andando a esmo. Observei-o mais de uma vez na estrada para Pentland Hills ali. — Ele acenou com o braço para o sul. — Eu o via em noites banhadas pela Lua, depois da meia-noite. Também sofro de insônia. Consola-me sentar e observar o campo, como se eu fosse um velho sentinela da história. Mas ele, às vezes, parecia estar andando de quatro, descalço.

Depois dessa espantosa afirmação, fiquei emudecida pelo choque. O Dr. Urquhart intercedeu:

— Não sei se realmente o viu... ou se foi uma das nossas raposas das planícies, parecendo mais compridas por causa da sombra...

— Era um homem e eu não conhecia mais ninguém que saísse àquela hora.

— Não posso acreditar em algo assim — disse, embora minhas dúvidas estivessem aumentando.

— Certa vez confundi uma cabra com uma mulher ao longe, quando o animal se levantou contra o tronco de uma oliveira para pegar as azeitonas — declarou Olmina.

Dr. Baldino olhou-a com desdém.

— O mais estranho, voltando ao seu pai — disse o Dr. Urquhart —, foi que depois de uma breve estada, apenas seis semanas em Edimburgo, ele... foi embora sem deixar um bilhete. Deve ter sentido uma saudade muito severa, um desejo de voltar para Veneza e...

Minha cabeça começou a doer.

— Mas recebi cartas de meu pai *depois* dessa época — eu disse, tentando me lembrar de todas as cartas —, da França, do Reino da Espanha, e ele nunca expressou tal intenção.

Dr. Baldino colocou sua mão sobre a minha:

— Pode ser que eu esteja enganado. Nada é certo. Mas é verdade que seu pai perambulava à noite, lutando com algo desconhecido dentro dele.

Isabella serviu nossa sopa. O silêncio era enorme enquanto comíamos couve cozida, pastinaca, repolho, feijões e um pão de aveia terrível. Também comemos um frango fibroso que estava salgado e cozido demais. Percebi com embaraço que a refeição fora preparada para aquele senhor quase sem dentes, e não havia motivo para reclamações, pois tinha todos os meus dentes na boca, com exceção de quatro.

Enquanto mastigava, uma frase veio à minha mente e não a disse em voz alta. A verdade era que *meu pai não estava desaparecido ou perdido, mas eu havia perdido meu pai*. Como se ele fosse uma moeda caída que eu poderia achar ficando de quatro e tateando o chão com as mãos. *Eu havia perdido meu pai.*

Por causa do tempo hostil decidimos permanecer em Edimburgo durante o inverno. Finalmente, Olmina proclamou, eu havia voltado ao meu juízo normal.

Uma tarde antes do Natal, observei Hamish na praça em frente à igreja quando ele não sabia que alguém o observava, pois havia uma multidão considerável movimentando-se de um lado para outro. Alguns folgazões zombavam das recentes regras presbiterianas de banir as antigas comemorações, elegendo um Lorde da Anarquia e desfilando com ele nos ombros pela praça, com uma panela virada para baixo sobre sua cabeça (e muita cerveja em sua barriga, sem dúvida). Alguns animados cantores de canções natalinas (também se arriscando com a igreja, cujas autoridades máximas por sorte não estavam à vista nesse momento) imitavam os sons alegres de animais no nascimento do Menino Jesus, o gado mugindo, o jumento zurrando, o bezerro bramindo, o galo cacarejando e a cabra balindo (essa última era tão patética que todos começaram a rir).

Hamish estava parado ao lado das portas da ala oeste de High Kirk, bem abaixo da linha da luz do Sol, enquanto Olmina e eu passeávamos. Ele roía as unhas pensativamente, parecendo experimentar palavras impossíveis de serem faladas, enquanto recostava-se sobre a parede com um joelho dobrado, alheio à comemoração ao seu redor. Consegui enxergar o título, *De Divinatione Per Somnum*, de Aristóteles, e recordei uma passagem intrigante:

> "O mais habilidoso intérprete de sonhos é aquele que tem a faculdade de observar semelhanças. Qualquer um pode interpretar sonhos que são realistas e simples. Quando falo em 'semelhanças', quero dizer que as representações dos sonhos são como formas refletidas na água [...] No último caso, se o movimento na água é grande, o reflexo não tem semelhança com seu original, tampouco as formas se parecem com objetos reais. Hábil seria, verdadeiramente, interpretar esses reflexos podendo rapidamente discernir, e de relance compreender, os fragmentos dispersos e distorcidos dessas formas, percebendo que um deles representa um homem, ou um cavalo, ou o que quer que seja."

Então Hamish meditava sobre a natureza dos sonhos. Queria sair dali antes que ele nos notasse, mas ele olhou com curiosidade por cima do livro...

— Gabriella! — ele gritou, eu fui pega. Corei como uma garota que sente desejo.

Olmina segurou meu braço e disse:

— Temos de voltar para casa. A *Signorina* não está bem.

— Estou bem — insisti, retirando meu braço. Sem qualquer introdução, perguntei: — Você acredita que as adivinhações através dos sonhos sejam profecias, apenas símbolos ou coincidências?

Ele me encarou com curiosidade.

— Depende de que tipo de sonho se está interpretando. Um sonho noturno, um sonho acordado. A consequência de um frango duro — disse sorrindo — ou uma forma noturna do projeto sagrado da Natureza. Ou até mesmo o encanto de uma adorável mulher.

Era a primeira vez que eu o ouvia falar sem interrupção nas frases. As junções brancas de seu colarinho apertado no pescoço tremulavam levemente com sua pulsação e respiração.

— Acredito — eu disse — que devem haver semelhanças com acontecimentos do futuro ou mesmo antecipações de doenças ou curas. Uma vez sonhei que todos os remédios e instrumentos do meu baú de medicamentos estavam espalhados pela laguna de Veneza e eu realmente perdi o baú no Lago Costentz. Mesmo depois que o baú foi recuperado, encontrei os medicamentos fora de lugar. Talvez o sonho aponte para as curas descritas por meu pai em *O Livro das Doenças*, que foi perdido quando ele desapareceu.

— Ah! — Suas sobrancelhas se ergueram com um interesse entusiasmado. — Gostaria de saber mais sobre isso. — Ele fechou seu livro e escorreu o dedo delgado da página que estava segurando.

— Talvez possamos falar mais sobre isso da próxima vez que nos encontrarmos — murmurei, sem saber ao certo o quanto queria lhe contar. Uma brisa úmida soprou no ar. Coloquei minha mão perto do rosto para me proteger do frio.

Ele segurou minha mão e a apertou entre suas palmas quentes, acariciando meu rosto com as costas de sua mão, e depois fez uma reverência.

— Muito bem, então. Aguardarei ansiosamente o retomar de nossa conversa.

— Sim, em breve.

Puxei minha mão e me virei, enganchando meu braço no braço macio e pesado de Olmina mais uma vez, caminhando a passos rápidos e puxando-a comigo, até ela me puxar de volta para diminuir o passo.

— Ele é muito formoso, esse homem — ela comentou —, um pouco precipitado, mas o rosto é de um anjo.

Ah, sorri; então até Olmina tinha sido tocada por ele!

Depois desse encontro, comecei a achar seu corpo alto e magro uma fonte notável de distração sempre que ele aparecia. Ele se diferenciava muito de meu pai, que adentrava um ambiente e imediatamente se mistura com os outros. Eu sabia onde estava em um ambiente com meu pai, mesmo com seu temperamento explosivo esporádico, pois ele era, pelo menos no passado, um tipo de planeta quase previsível.

Mas quando Hamish se aproximava, não tinha certeza do meu chão. Percebia-me inclinando para perto demais às vezes. Lembrava-me da pavana veneziana, da pavana Ferrarese, as danças refinadas de minha juventude, acompanhadas pelo alaúde, um instrumento considerado muito sensual para as mulheres tocarem. As noites na Vila Barberini iluminadas por longos retângulos de Sol caindo das janelas enquanto passávamos por dentro e por fora dos círculos de velas aromatizadas com mel. Naquela época, minha mãe parecia esperançosa a respeito do meu contentamento incansável com a música. Ela pensava em pretendentes, eu pensava nos gestos. Ela jamais apreciara aquele tipo de liberdade, pois casara com meu pai aos 15 anos e não conhecera nenhum outro antes dele. Às vezes, quando dançava, imaginava um homenzinho dançando dentro de mim (era isso que se sentia quando se estava grávida?). Nunca me cansava de dançar os *saltarellos*, *pivas* e *spingardos*. Até a morte de Maurizio.

Minhas anotações para *O Livro das Doenças* me ocupavam bastante enquanto os dias de inverno de Edimburgo prosseguiam, mas comecei a ansiar pelas ocasiões em que encontraria Hamish, aborrecendo-me quando isso não acontecia.

•

O Natal em Edimburgo era um acontecimento solene. Os habitantes eram proibidos pelos velhos presbiterianos de assar o pão do tipo *yuletide* em suas casas, e até os pobres padeiros eram interrogados sobre os que pediam esse tipo de pão. Para me animar, Hamish concordara em me acompanhar em outra caminhada junto ao Rio Leith no dia seguinte. Lorenzo iria conosco.

Depois de passarmos pelos portões da cidade, seguimos a trilha que percorria as margens do rio na direção sul desta vez, na direção de sua nascente em Pentland Hills. Bosques de salgueiros vermelho-escuros gotejavam em meio à névoa. O tojo e a grama ensopados estendiam-se além das árvores.

— Eu lhe avisei que não conseguiria ver muito do campo hoje — disse Hamish, surpreso por eu insistir em sair de qualquer forma.

— Sim, mas podemos sentir os campos e as colinas, o aroma da terra no inverno. Talvez até possamos escutar alguns pássaros — respondi, puxando minha capa vermelha holandesa sobre mim. Naturalmente, não poderia admitir para Hamish que queria apenas vê-lo.

— Esse frio poderia estourar um cano — Lorenzo falou atrás de nós. — Ainda assim, é melhor que fumaça de carvão e casas sombrias.

— Você está certo, isso é a melhor coisa para um temperamento seco, embora eu suponha que poderíamos passar sem esse frio severo — concordei.

— E então, você organiza seu livro pelos temperamentos? — Hamish perguntou.

— Não estou bem certa ainda sobre as classificações das enfermidades e curas. Meu pai não havia ainda sugerido categorias, portanto não tenho sua orientação. — Andávamos rapidamente enquanto falávamos, e Lorenzo ficou para trás.

— Não seria mais útil reuni-las sob as características do lugar em vez dos temperamentos? Pessoas como nós, que vivemos em regiões úmidas, poderíamos procurar por "Doenças Causadas por Rios e Lagos", "Doenças Acarretadas por Pântanos", e assim por diante.

Fiquei maravilhada com sua sugestão.

— Há um grande apelo ao *Corpus Hippocratium*[11] — admiti —, os três círculos de Águas, Ares e Lugares. Os lugares não se encaixam totalmente nesse trabalho, mas estou inclinada à categoria das águas. Quando uma pessoa é porosa, ela é saudável. Podemos julgar as doenças pelo movimento das águas, o modo como a urina flui, sua cor e qualidade, assim como o suor, a saliva e as lágrimas. Os temperamentos, no entanto, são mais convincentes para mim. Um melancólico pode se voltar para suas inclinações e imediatamente encontrar meios de restaurar seu equilíbrio. — Enquanto falava, aquecia-me com a presença dele ao meu lado. Nenhum homem falara tão abertamente sobre Medicina comigo desde meu pai.

A trilha fazia uma curva com a água, que ficava mais estreita em seu canal. Hamish se virou atentamente na minha direção.

— Por que você não termina *O Livro das Doenças* aqui em Edimburgo? Conseguirei permissão para você usar a biblioteca. Temos uma abundância de volumes médicos aqui!

Fiquei surpresa com sua oferta e fiquei ali, ruminando aquilo, sentindo-me culpada. Eu não deveria querer continuar em busca de meu pai?

— Tem certeza de que seus colegas permitirão uma mulher em seu gabinete particular?

— Permitirão se eu insistir.

---

[11] São cerca de sessenta tratados da Grécia antiga, de temática variada, associados a Hipócrates e seus ensinamentos (N. T.).

Subitamente, um bando de gralhas estridentes se aproximou secretamente e, por milagre, uma após a outra surgiu do vapor branco com seus corpos pretos úmidos, pescoços acinzentados e olhos azul-claros, movendo-se em uma sincronia irregular. Seu grasnado estridente crescia e, embora não víssemos todas, deveria haver centenas circulando e produzindo o ruído. Hamish tocou meus dedos cobertos pela luva de lã. Não retirei minha mão, mas baixei a cabeça e vi as pontas de meus sapatos encharcados. Enquanto ele se aproximava, percebi o cheiro de cola de encadernação, o tipo de cola que emana dos livros. Olhei para trás, para onde Lorenzo deveria estar, mas não consegui vê-lo além da curva evanescente na trilha. Hamish me puxou para perto dele enquanto os pássaros ruidosos giravam ao nosso redor.

Então, a voz de Lorenzo cortou a névoa.

— Vocês já tinham ouvido um ruído desses? — Nós rapidamente nos separamos, enquanto anseio e vergonha me incendiavam.

Continuamos a andar, mantendo nossos silêncios separados como brasas vivas. Involuntariamente, trouxe minhas mãos para repousar abaixo de meu peito, como que para contê-lo, à maneira que uma grávida coloca suas mãos sobre a barriga crescida. De maneira incongruente, pensei em uma história estranha que meu pai me relatou sobre um osso-semente. Mencionei a história para quebrar o silêncio.

— Diga-me — disse Hamish imediatamente —, o que é um osso-semente?

— Ele recria o corpo todo. Quando era criança, meu pai me contou essa história e então eu queria plantar todo osso que encontrava na terra arenosa de nosso jardim para ver se a mágica aconteceria. Se o osso dos pés da galinha gerariam outra galinha, se a espinha do peixe reconstituiria o peixe. Ou se o minúsculo osso do sacro, que consegui em segredo, formaria um esqueleto ou até mesmo um homem. Eu o roubara da câmara onde os restos mortais são guardados, na Ilha de San Michele, quando enterramos minha tia-avó Tiziana. Fiquei perambulando pelo cemitério verde, cutucando as lápides com um graveto comprido que encontrei, enquanto o resto da família estava reunido debaixo de um cipreste negro, a árvore da morte súbita, Olmina me contou certa vez. É por isso que são plantados nos cemitérios. Desde então me recuso a ficar em qualquer lugar em que eles estejam por perto.

Atrás de mim, Lorenzo zombou:

— O único motivo pelo qual o cipreste percebe os campos da morte é porque suas raízes são longas e profundas. Ele não endireita os caixões.

— E como você roubou aquele osso? — perguntou Hamish, incrédulo.

— Quando fui até a câmara com os restos mortais, alcancei a grade com um impulso, agarrei a vértebra e a enfiei no bolso. Dois frades franciscanos, com seu capuz cinza cobrindo o rosto, passaram perto de mim, mas não me viram. Mais tarde, na gôndola, voltando para Veneza, senti o osso pular na minha saia e o agarrei com minha mão fechada para mantê-lo quieto. Naquela noite, plantei-o em segredo debaixo do pinheiro em nosso pequeno jardim, mas nunca nada brotou. Até mesmo a vértebra desapareceu, pois quando tentei escavá-la, não consegui encontrá-la.

— Que coisa ousada para se fazer!

Eu sorri.

— Não sei. Parece que sempre quis fazer dos fragmentos algo inteiro, seja envolvendo um osso, um livro ou um paciente.

Ele me fitou de modo sério, com seus olhos azuis vivos.

Parei para pegar fôlego. A névoa transformou-se em uma chuva pálida.

— Acho que devemos voltar.

— Concordo, *Signorina*. Não queremos descer com a água. — Lorenzo disse, esfregando seus braços para se aquecer. Notei que os dois bolsos de suas calças de lã estavam cheios de pequenos galhos grossos, fazendo-o parecer um tipo de tronco ambulante.

— Ora, vejo que você achou algo para esculpir.

— Ah, sim, *Signorina*. Gosto do amieiro pelo seu cheiro doce de fumaça. É fácil de trabalhar e sua madeira não lasca.

— O que você vai esculpir? — perguntou Hamish.

— Humm... Talvez um pequeno presépio para as festas religiosas.

— Tenha cuidado, então — Hamish alertou —, não se esqueça de que você está em um país protestante agora e que as festas natalinas foram proibidas. É melhor mantê-lo dentro de casa.

— Que triste! — exclamei. Eu certamente não era uma católica devota, mas quando criança sempre gostei de brincar com as pequenas imagens que ele esculpia.

Lorenzo sacudiu a cabeça e caminhou à nossa frente.

Então, Hamish abriu seu grande casaco verde e colocou seu braço na minha direção.

— Está com frio?

Cheguei mais perto para que ele pudesse colocá-lo em meus ombros.

Lorenzo olhou para trás e olhou nos meus olhos como se quisesse perguntar, *Você ficará bem com esse homem?*

Sorri cautelosamente.

Caminhamos de volta pela trilha aquecendo-nos uns aos outros. Antes de ele nos deixar em nossos aposentos, eu disse em voz baixa:

— Hamish, gostaria de ir à biblioteca, então.

•

A beleza dos campos, e de Hamish, afrouxou meus pensamentos e meus planos. Comecei a ponderar que talvez pudesse me instalar em Edimburgo, uma cidade lotada que ficava sobre três picos acima de um estuário. Será que não acharia consolo na umidade penetrante, na névoa salgada do extremo leste, como um velho amigo de infância? Um mar da cor de estanho desgastado. Navios altos tiquetaqueando pelo horizonte como ponteiros ornamentados de um fantástico relógio. Como Veneza, Edimburgo conversava com o mar ao leste e se opunha aos ventos das regiões montanhosas da Escócia ao norte. Essa correspondência de geografia me agradava; o familiar e o estrangeiro em um vívido acordo.

Comecei a refletir mais profundamente sobre meu desejo de encontrar meu pai. O quanto eu o conhecia? Talvez seja por isso que eu levava as cartas comigo e as lia com o hábito devotado que uma mulher poderia aplicar à leitura do *Livro de Horas*. Na maioria das vezes, ele era minha hora canônica completa, a última das horas canônicas do *Livro de Horas*, quando se contempla a pequena morte do sono. Minha prece noturna. Ali, meu pai, você realmente existe. Tenho suas palavras, mesmo você não estando aqui. Eu as lia em ordens diferentes com o passar dos anos, seguindo a cronologia ou o lugar e agora, nessa viagem, sua natureza. Parecia que outro princípio organizador percorria suas correspondências, como as fases lunares, as rodas de um humor misterioso e reflexões que não estavam inteiramente claras para mim, embora pudesse sentir sua dinâmica interior. Havia uma carta incomum enviada de Montpelier, em 1586; incomum porque empregava um raro tom de contentamento.

Minha querida Gabriella,

Passo meus dias andando por essa estranha cidade semiabandonada, pois não posso mais ficar sentado entre quatro paredes. Agora é primavera, mas o tempo ainda está frio. Um camarada muito agradável, um velho fabricante de papel da cidade de Alby, provou ser minha melhor companhia. Ele não me faz perguntas sobre minha profissão. Não repreende minhas teorias. E não dá a menor importância para O Livro das Doenças, *exceto pelo fato de que ele está empolgado porque prometi fazer o pedido do papel através da Aldine Press em Veneza. Ele demonstrou ser um maravilhoso artesão, mesmo trabalhando no moinho de um amigo que lhe concedeu o uso de um martelo amassador, um tanque e uma peneira. Você iria gostar de observá-lo, interessada como é em como as coisas são feitas, os belos mecanismos. Outra tarde sentei um pouco para vê-lo transformar fios de cânhamo em papel. Depois de molhar e ferver as fibras, ele gentilmente as passou de maneira uniforme sobre uma peneira de cobre e puxou uma folha de papel para fora do tanque nessa mesma peneira. Depois, ele a repousou sobre o feltro, pressionando o excesso de água. O velho fabricante de papel tateou a peneira toda (verificando se havia umidade irregular) com incrível delicadeza, como se amasse o papel. Depois disso, ele deixou o material secando em uma estante. Cheguei a invejá-lo em sua habilidade, a sensação que causa. A consequência do bom trabalho que pode ter em suas mãos. Enquanto nossa vocação pode render um homem, uma mulher ou uma criança saudável, certamente um resultado feliz pode também render sofrimento ou morte. Fico pensando às vezes se isso acenderá minha paixão para terminar esse livro. Criar algo que possa ter em minhas mãos, a própria coisa me fazendo feliz. Sei como isso lhe dá prazer também, minha filha. Que nós possamos nos encontrar um dia, juntos, na editora em Aldine, segurando o livro que propiciará ajuda e conhecimento aos outros, depois de nos ter sustentado no processo de sua criação.*

Um livro satisfaria minha paixão? Ou haveria algo, ou alguém, que eu deveria ter comigo?

Conforme prometido, Hamish obteve permissão para que eu pudesse usar a biblioteca. Ele aparecia lá quase todos os dias, não importava a hora que eu chegasse ou fosse embora. Ele deve ter pedido a alguém para me observar ou talvez tenha concordado em ser minha escolta ali, sem o meu conhecimento.

Era o único lugar aonde ia. Lorenzo, que me acompanhava todos os dias, esperava do lado de fora do saguão em um banco, pois não o deixavam entrar. Algumas vezes ele esculpia, sempre diligente com relação a guardar nos bolsos as lascas, para desespero de Olmina quando lavava suas roupas. Ele escondia suas peças dos olhos inquisitivos o quanto podia, mas uma vez um cavalheiro lhe perguntou:

— O que está esculpindo aí, meu bom homem?

— Ah, animais do curral para minha neta que está em casa. Este aqui é para seu gado das montanhas da Escócia.

Então, o homem sorriu e o deixou em paz.

— Gostaria que você tivesse uma neta — disse espontaneamente e imediatamente me arrependi.

— Humm... — ele resmungou, franziu a testa e baixou a cabeça para os animais de madeira, seu corpo todo se apertou contra o passado. Ele as colocou em um lenço gasto, que dobrou e as enfiou no bolso de seu casaco.

Esforcei-me para me desculpar. Nunca havíamos falado sobre seu bebê que morreu, nem sobre os outros que nunca vieram. Mas ele se voltou para mim e disse:

— Talvez você tenha uma menina um dia, e posso contá-la como minha neta.

Não disse uma palavra. Eu impensadamente abrira velhas mágoas nele e, em resposta, ele me retornou com esperança. Em algum lugar dentro de mim, uma visão daquela menininha de Tubingen surgiu, sua expressão curiosa, cabelos cacheados e o arco voluntarioso. Eu realmente queria um bebê e esse desejo inesperado me pegou desprevenida, como um quarto cheio de janelas escancaradas pelo vento.

Estava de pé na mesa alta, em frente às prateleiras de Literatura, com um pé no descanso, começando a ler *Epistolae*, de Petrarca, uma seleção com a qual me deparara abrindo o livro ao acaso. Era uma carta descrevendo sua subida ao Monte Ventoso. *Tantos homens escreveram sobre esse assunto*, pensei. *E tão poucas mulheres escreveram sobre seu ponto de vista.* Olmina e eu não atravessamos Passo Rolle e as Dolomitas? E as pastoras cuidando dos rebanhos no ar tremulante daquelas montanhas? Mas nenhuma mulher, talvez, tenha escalado um pico por vontade própria. Algum dia quero subir e descer com propósito, por amor à montanha. Então, retornei ao Petrarca; gostava do final dessa carta ao Monte Ventoso, não tanto pela edificação, mas pela chegada do luar.

> "O quanto sinceramente temos de nos esforçar, não para chegar aos topos das montanhas, mas para pisotear sob nós aqueles apetites que brotam dos impulsos terrenos.

> Sem consciência das dificuldades do caminho, em meio a essas preocupações que tão honestamente revelo, chegamos, depois de longo tempo na escuridão, mas com a Lua cheia nos emprestando sua luz amigável, à pequena hospedaria que deixamos naquela manhã antes do amanhecer."

A luz amigável, a pequena hospedaria. O empréstimo da Lua. Eles brilhavam em algum lugar em minha mente. Eu não estava particularmente presente quando Hamish chegou atrás de mim e perguntou:

— Como está, cara dama? — Ele apontou para o manuscrito como se estivéssemos discutindo Petrarca, para evitar rumores de seus colegas, dos quais vários estavam na biblioteca naquele momento, lendo, discutindo tópicos entre si. Alguns deles estavam nos observando.

Ele olhou sobre meus ombros e recitou.

> "Hoje subi até a montanha mais alta desta região, que não à toa é chamada de Monte Ventoso. Minha única razão era o desejo de ver o que de tão notável uma elevação tinha a oferecer. Tivera essa expedição em minha mente há vários anos; pois, como você sabe, vivi nessa região desde a infância, tendo sido lançado aqui pelo destino que determina as relações humanas. Portanto, a montanha, visível a uma longa distância, estava sempre diante de meus olhos, e concebi o plano de em algum momento fazer o que finalmente realizei hoje."

— Obrigada — disse simplesmente. — O som da voz profunda de Hamish me ancorava, um peso bem-vindo, mesmo tendo lido sobre uma montanha não muito alta e exposta ao vento.

Um cavalheiro, alto e austero, surgiu ao nosso lado. Ele pegou os *Sonetos* de Petrarca da prateleira, puxando o livro com sua corda o mais longe de nós que pôde, supostamente para nos dar alguma privacidade. Ou seria repugnância por estar perto de uma mulher? Recebi a resposta quando ele olhou para mim com sarcasmo.

O jovem, que claramente se ressentia de minha presença, ocupava bem mais do que seu espaço com a pressão da advertência não expressa. Ele tamborilava com os dedos vagarosamente e com força na mesa inclinada, enquanto lia em voz alta. Não vi benefício algum em confrontá-lo, mas senti o impulso surgindo em Hamish. Então, enlacei meu braço ao dele e disse:

— Estou pronta para ir.

Ele sorriu de volta para mim com raiva, mas de boa vontade tranquilizado.

Caminhando para fora da biblioteca entre os dois homens, Lorenzo e Hamish, em um raro dia de Sol, sentia-me contente. Se meu pai realmente desaparecera e levara *O Livro das Doenças* com ele, eu me dedicaria a completar o livro. Embora me faltasse sua experiência, sabia que podia compensá-la com o tempo, com a visão de uma mulher somada à dele.

Água aromática de arruda: para pressentimentos
Para agurio

Embora a arruda possa ser empregada internamente como remédio para muitos incômodos, entre eles a dor de cabeça, a cólica e as dores lunares femininas, e externamente para gota, frieira e contusões, a água de arruda é maravilhosa para a visão e a premonição. Escritores, escultores e artistas apreciam a erva fresca com agrião e pão de centeio. Borrife a água ao redor dos olhos para aquietar a visão obscurecida e evocar a presciência de todas as coisas. A Erva do Sofrimento é, dessa forma, a Erva da Graça, pois o futuro já se arrepende de seus erros. Alguns também afirmam que a arruda repele pragas, bichos-de-pé e feitiços. O mau-olhado se esquiva do cheiro da arruda.

CAPÍTULO 16

Abrir Espaço Para o Novo

— Sou o primeiro a passar pela sua porta no Ano-Novo! — gritou Hamish.

Ele nos convidara para a ceia com mais alguns amigos na casa do Dr. Baldino, logo após a meia-noite. Mas quando chegou para nos pegar, ficou parado na entrada com os olhos rapidamente passando em cada um de nós, com alguma tolice oculta.

— Não vai entrar um pouquinho? — Olmina perguntou, enquanto pegávamos nossos casacos e chapéus.

Foi quando ele fez seu anúncio e entrou cerimoniosamente em nossa sala de estar. Ele estava maravilhosamente bem vestido, com calças até os joelhos de veludo vermelho-escuro, colete e gibão, meias verdes e um casaco, e seu chapéu marrom enfeitado com uma elegante pena preta.

— O primeiro a entrar em sua casa traz sorte o ano todo — ele anunciou. E então apresentou uma garrafa de vinho que Lorenzo, satisfeito, abriu e esvaziou em quatro taças azuis espessas que Olmina trouxe da cozinha para brindarmos.

— Ao Ano-Novo, o ano do nosso Senhor, 1591! — exclamei, maravilhada por estar comemorando depois do evento sombrio que fora o Natal. Sentia saudades das cores vivas de Veneza e Hamish trouxe celebração à nossa porta.

— Ah, isso seria no continente! Mas aqui na Escócia estamos em 1590, segundo a Igreja Anglicana. Não será Ano-Novo até o dia 25 de março, na Festa da Anunciação de Maria. Mas não vejo motivo algum para não comemorarmos!

— À *Signorina* e seu pai! — evocou Olmina.

— Aos meus queridos Lorenzo e Olmina — respondi e acrescentei: — Ao Dr. Hamish Urquhart e seus muitos dons!

O vinho tinha o sabor de uma felicidade melodiosa e abundante, sustentando-nos até deixarmos nossa casa e andarmos vagarosamente de braços dados para não cairmos nas ruas escorregadias. Hamish e eu, Lorenzo e Olmina fazíamos manobras por entre a neve até a casa do Dr. Baldino. Muitos outros estavam nas ruas também, dançando e cantando com estardalhaço.

— A igreja terá muito trabalho para prender tantas pessoas. — Hamish riu quando um homem passou pulando por nós, escondendo o rosto com um bolo de festas proibido, cheio de groselhas, amêndoas, especiarias e uísque.

Quando nos aproximamos da casa do Dr. Baldino, vi que o prédio de pedra estava transformado, cintilando com o calor de velas âmbar em todas as janelas.

— As velas são acesas para que os estrangeiros encontrem o caminho à noite — explicou Hamish. Ele olhou para mim calorosamente. — Para os viajantes.

O aroma pungente de teixos verdes e azevinhos refrescou a porta quando entramos e a sala fria, pela qual passamos em nossa primeira visita, agora resplandecia com um fogo majestoso. A casa grande zumbia com o som do alaúde e de vozes afáveis vindas da sala de estar no primeiro andar. Pulsava com conversas e risos, e cantarolava com as palavras prolongadas do Dr. Baldino, como se ele dissertasse sobre algum assunto, recostado em uma ampla cadeira dourada com brocados. Um jovem criado, com o rosto sem barba e marcado por olhos que vagavam por toda a cena e pelas pessoas, levou nossos casacos para um armário na lateral e conduziu Olmina e Lorenzo para o andar de cima para se sentarem na cozinha aquecida.

Hamish e eu mal começamos a abrir caminho entre as pessoas e nos apresentarmos, indo em direção ao Dr. Baldino, quando Isabella das longas tranças, agora enroladas na nuca para a ocasião, deslizava pela sala com um pequeno sino nos chamando para jantar no segundo andar. Ela usava um vestido preto com corpete alto, um lindo rufo e uma touca de linho fina, aparentando ser a senhora da casa. Ela e eu estávamos entre as poucas mulheres presentes, apesar de eu me sentir completamente confortável ali nas salas cobertas de livros, globos, mapas e vários armários com curiosidades. Parece que juntamente com seus estudos sobre a memória, Dr. Baldino possuía uma paixão por colecionar objetos, fossem eles naturais ou feitos pelo homem, talvez para não esquecer as variedades de encontros que poderiam ser organizados no teatro da mente. Havia, em abundância, peixes e animais fantásticos (animais perigosos empalhados que encantam muitos colecionadores — quem saberia se são reais ou confeccionadas?), catálogos, coleções de livros, agrupamentos de objetos como ossos, folhas prensadas, conchas e minerais, e Hamish teve de me puxar para fora da sala de conchas para irmos jantar.

O gentil Dr. Baldino se sentou na ponta, com seus cabelos brancos penteados em uma tentativa de parecer estiloso. Ele fez um gesto para que me sentasse ao seu lado na comprida mesa improvisada que transpunha uma sala vermelha, fazendo uma curva em "L" e entrando em outra sala grande. Portanto, os convidados estavam tanto visíveis quanto invisíveis, a conversa desses últimos aderindo à outra sala como vozes desencarnadas do passado. Apenas mais tarde reconheci as observações inteligentes de Lorenzo e a risada rouca de Olmina, e percebi que a outra sala abrigava os criados, com a direção de Isabella (assim Olmina me informou depois).

Estava feliz por estar sentada entre Hamish e o Dr. Baldino.

— Diga-nos, Dra. Mondini, o que você faz em sua bela Veneza para comemorar o Ano-Novo? — Dr. Baldino perguntou, com os olhos lacrimejantes de contentamento.

— Ah — pensei por um momento, olhando para baixo e percebendo a mão de Hamish tocando a dobra de minha saia de veludo amarela que caía sobre a ponta da cadeira —, há sempre comemorações maravilhosas, mas o principal são as fogueiras e a música. — Desviei o olhar do Dr. Baldino para

Hamish, e voltei para o Dr. Baldino. — Mesmo com a neve e o vento tramontana que recai sobre a cidade, homens e mulheres agasalhados contra o frio levam seus pertences velhos, mesas quebradas sem conserto, cortinas estragadas, colheres de madeira quebradas ao meio, antigas cartas de amor, mas jamais livros! Amamos muito nossos livros, mesmo que estejam em mau estado ou embolorados. — Era difícil olhar para Hamish agora, com a luz fraca iluminando seu rosto. — Então, colocamos fogo no que é velho para dar lugar ao novo, em todos os campos de nossa cidade. As fogueiras são refletidas nos espelhos dos canais, mas às vezes, com um tempo mais hostil, elas se enfraquecem. Mesmo assim, é uma visão fantástica, o fogo multiplicado pela água. Com frequência as pessoas gritam e atiram coisas pela janela, e temos que ter cuidado para não nos acertarem a cabeça.

— Ah, sim, eu me lembro! — Dr. Baldino começou a rir. — Já faz muito tempo, mas eu me lembro das pessoas jogando quinquilharias pelas janelas em Salerno. Objetos se espatifavam no chão a noite toda! Uma vez meu irmão, Giacomo, arremessou um jogo de cartas maravilhoso pela janela no Ano-Novo, acusando-me de trapacear porque estava perdendo, como sempre. Mas eu guardei as imagens das cartas nitidamente em minha cabeça por muito tempo, como se estivessem sobre a mesa. Fiquei furioso e desci correndo para pegar o máximo de cartas que pude antes de a fogueira as consumir.

— Esse deve ter sido o ponto de partida do entusiasmo por seu campo de estudos — brincou Hamish.

— Você está certo, caro amigo. Era a universidade ou as mesas de jogo, e acredito que fiz a escolha certa, não acha?

— Ah, acho que não, Orazio — falou um cavalheiro do outro lado da mesa, que se apresentara como Melchor de Ecija Zayas, mercador de um fino azeite de oliva. — Gostaria que você tivesse escolhido a mesa de jogo e vindo para Gênova comigo, ou Veneza, sua afortunada cidade, Dra. Mondini. — Ele acenou a cabeça para mim com um largo sorriso.

Franzi a testa, fingindo desaprovação com bom humor.

Dr. Baldino retrucou:

— Então, eu poderia não ter chegado aos 93, não é, Melchor? Alguém teria me raptado por causa de meu talento ou cortado minha garganta na primeira oportunidade. Ainda assim, não me importaria em jogar Trinta e Um depois do jantar, se você estiver preparado para perder.

— Fico feliz em poder fazer caridade a um velho — Melchor respondeu e bateu na mesa com os nós dos dedos imitando o chamado para baixar as cartas na mesa.

— Ah, e você acha que 70 é jovem?

— Estou em sua prezada companhia — Melchor sorriu misteriosamente, seus olhos moviam-se obliquamente com os vincos de suas pálpebras rechonchudas.

Dr. Baldino deu uma risada seca e virou-se para mim mais uma vez, dizendo:

— A música, Dra. Mondini, conte-nos sobre a música.

— Às vezes, os Fabriani, o senhor já ouviu falar deles? Então, às vezes eles cantam em cima dos telhados de toda a Veneza, tocando nos corredores e canais com ecos que ressoam por portas e janelas abertas, vibrando em nossos corpos. As velas são multiplicadas pelos vidros e pelas águas, pelos aromas de Constantinopla e Mitilene, bandejas de lula e peixe fritos, tudo permeado pela música. Gostava dos passeios noturnos com meus criados e meus amigos na virada do ano, apreciando a visão das janelas iluminadas e os moradores dentro, ouvindo os vários instrumentos e as vozes nítidas.

Virei minha cabeça para a outra sala, onde Lorenzo e Olmina, as pessoas mais queridas para mim agora, conversavam com tumultuada alegria. Ele ria e a mesa toda tremia. Ela se juntava a ele e o fundo do mar ao longe se sacudia.

— Do contrário, Edimburgo é um lugar calmo, vocês concordam, cavalheiros? — Hamish declarou. — Nenhuma outra cidade se misturou à nossa, a não ser que se conte a loja de doces da mulher da Provença. Tenho de levá-la lá, Gabriella. — Ele me encarou com expectativa.

Os dois homens mais velhos me fitaram, como se repentinamente quisessem discernir a natureza de nossa conexão. Seria amizade, coleguismo ou algo mais? Eu mesma não estava bem certa. Mas respondi com um tom imparcial.

— Sim, seria ótimo. Poderíamos trazer frutas carameladas ou *pignolet* para o bom doutor aqui.

— Excelente sugestão! — gritou Dr. Baldino, parecendo um garotinho naquele momento. E então comentou: — Dra. Mondini, ouvi dizer que está fazendo bom uso da nossa biblioteca, compilando uma maravilhosa enciclopédia iniciada por seu pai.

— Sim, obrigada pela generosidade da universidade e, é claro, de meu amigo Hamish.

— Espero que possamos ver algumas páginas antes de sua partida da nossa cidade.

— Sim, com tanto que prometa — brinquei — não submetê-las à sua memória excepcional e reivindicá-las como suas.

— Ah, minha cara, não escrevo mais, e o teatro de mnemônicas se apagou para mim. Desejo apenas habitar as salas do presente. Na verdade, há dias em que sinto que minha memória chegou ao limite, as conexões queimaram até o ponto de ruptura. Às vezes, desejo poder acordar em uma casa vazia.

— Isso será quando estiver morto. — Melchor riu, obviamente um amigo íntimo o suficiente para dizer tal coisa.

— Ah! Ou completamente feliz... — Dr. Baldino suspirou.

Nossa conversa logo diminuiu enquanto pratos com salmão cozido, congro temperado com noz-moscada, ostras, moluscos, mexilhões cozidos com vinho e canela, um pão feito com farinha de trigo especial e salada de raiz de bardana com ervas secas enchiam nossa mesa. Isabella serviu o Dr. Baldino separadamente, sua comida era amassada ou cortada em muitos pedacinhos pequenos. Sua afetuosa discrição me parecia o modo perfeito de um médico. *Ali*, pensei, *aquela mulher tem um dom e ninguém sabe disso*. Mas acredito que o Dr. Baldino saiba, pois ele a observava sair da sala com um tipo de reverência.

Mais tarde, depois da sobremesa de pudim de arroz com gengibre e da malvasia, vinho doce e mais conversa boa, andamos até nossa casa, nós quatro nos apoiando uns nos outros, deslumbrados com as alegrias da noite. Fizemos uma pausa por um momento e olhamos para cima. A neve parara de cair. As nuvens se abriram e nos ofereceram um rápido olhar para o céu da noite coberto de estrelas brilhantes.

Até fevereiro, frequentei a biblioteca apenas duas ou três vezes na semana, pois ganhara pacientes através da ajuda de Hamish e Dr. Baldino, que indicavam senhoras escocesas aos meus cuidados. Estava feliz por ganhar nossa comida e nosso sustento. Tinha minhas visitas médicas outra vez, mas em menor número. A companhia de mulheres oferecia outra perspectiva na vida aqui. Uma senhora, em particular, mantinha uma horta de plantas medicinais e, embora suas plantas estivessem dormentes, ficava feliz em discutir as propriedades das ervas com ela, mas não falava com ninguém sobre isso, cautelosa e temerosa da caça às bruxas que lançava um torpor inquietante na cidade. Não queria provocar suspeitas em minha busca pela arte da Medicina.

Mais que qualquer coisa, descobri que desconfiava da felicidade, assediada como fui pela memória das pragas de minha mãe jogadas sobre mim quando entrou em sua fase mais deprimida. "Seu pai gostava demais de você, por isso foi embora!" "Seu pai tinha ciúmes de você! Agora ele fugiu em nome do tão famoso...", e aqui ela cuspiu as palavras, "...*Livro das Doenças*, e fiquei sem marido. Você deveria ser uma auxiliar e não uma colega dele." A essa distância de minha mãe, desejaria ter feito qualquer outra coisa, mas não ter me afastado dela. Mas estava chocada e magoada demais. O que mais eu poderia ter feito? Talvez dizer, *sinto muito por você não ter marido*. Ela estava encurralada por velhas expectativas naquela grande ilha e suntuosa prisão. Ela estava sozinha. Não havia pensado muito nisso até então. E eu, inconscientemente, incitei sua solidão.

Aquelas palavras ainda me atormentavam ao voltarem ao meu pensamento no fim de fevereiro na biblioteca, onde me acomodei entre os livros de Anatomia, Astrologia, Filosofia, o esplêndido *Livro de Horas* e o *Matéria Médica* sobre os quais meditava com um tipo de paixão. Como os outros alunos deveriam me achar estudiosa, pois havia ocasiões em que eu lia o mesmo trecho muitas e muitas vezes, até as palavras começarem a se movimentar sobre a página como insetos. Talvez eu precisasse da cura que Theodorus Priscianus recomendou para pensamentos dolorosos: "se um magneto for colocado sobre a cabeça, ele removerá dores ocultas, e o mesmo efeito pode ser obtido ao se esfregar sobre a testa um ninho de andorinha cuidadosamente mergulhado em vinagre antes."

Remover a dor. Comecei a aceitar que fui compelida para longe de Veneza tanto quanto fui compelida na direção de meu pai. Apresentei-me em todas as cidades com objetivos admiráveis: seguir seus passos e descobrir seu paradeiro. Será que desejava ultrapassar meu pai na arte da Medicina ao mesmo tempo em que me faltava a extensão de suas habilidades? Será que eu era uma farsa sem ele? Não, eu tinha menos experiência, mas ainda assim tinha dentro de mim um tipo de observação e instinto que lhe faltavam.

Aqui na academia eu continuava sendo uma sombra, consolada pelas longas mesas polidas, púlpitos, amplas cadeiras e bancos que remetiam à biblioteca de Pádua. Foi ali que tudo começou, o santuário de meu pai. Talvez a única forma de realmente conhecê-lo fosse através das palavras e do calor que elas transmitiam, pois foi meu pai quem me ensinou a amar os livros por si mesmos, o cheiro do velino e do papel, a autoridade rara das páginas. *Você vê este livro maravilhoso? Tem a pele de 182 ovelhas!* — Ele certa vez anunciou enquanto batia com a palma da mão na capa de couro gravada. *O livro é um rebanho, uma joia, um cemitério, uma lanterna, um jardim, um penico! Pigmentos triturados de minerais preciosos, carvão animal, fuligem do lampião, plantas e insetos raros, pigmentos formados da corrosão dos pratos de cobre suspensos sobre a urina.*

Uma tarde, Hamish interrompeu minha leitura de uma preciosidade do *Livro de Horas*, uma página onde eu sempre me demorava, São Jerônimo na Floresta, seus salmos compilados para os doentes e fracos.

— Fiquei preocupado com você — Hamish disse e gentilmente apertou meu ombro esquerdo. — Fiquei preocupado que a sombra do pai também tivesse aplacado a filha. Mandei uma mensagem há uma semana convidando-a para dar um passeio comigo, mas não tive resposta.

Sua mão pressionava gentilmente várias camadas de lã: minha capa, casacos e uma blusa de linho. Um calor surgiu em meu ombro com sua mão, como um tijolo aquecido. Não havia mais ninguém na biblioteca e as paredes apaineladas pareciam chegar mais perto, como as laterais de uma caixa de madeira; os preciosos volumes também conspiravam, como cabeças se inclinando para ouvir nossas palavras.

Virei-me sobre o banco e vi apenas os lábios curvados em sua barba; então, senti seus lábios úmidos em minha testa, depois em meus lábios. Ele afundou ao meu lado e tateou meu corpete.

Segurei o rosto de Hamish em minhas mãos. Procurei seus olhos azuis. Poderia pintá-lo agora, pela maneira atenta com que observei seu rosto. Sua pele era rosada como a dos santos na iluminação, o fluxo carmim em seu peito onde a aba da camisa indiscretamente se abria, com seu cordão pendurado. Os cabelos claros, avermelhados. Deitei meu ouvido em seu peito e ele me segurou. Queria conhecer sua música. O alaúde, a caixa de ressonância, a agitação das costelas.

Algumas mulheres pensam no amor como algo em elevação, mas eu sempre o conhecera como decrescente, onde poderia perder a mim mesma ou ao meu amado. Um encantamento e depois a separação, pior do que a solidão original. Assim sendo, eu temia a felicidade. Ainda ali na biblioteca, Hamish e eu escalamos a escada resplandecente do corpo, como se o corpo fosse o céu e, nós, pássaros entrançados ensurdecedores que jamais pudessem descer à terra.

CAPÍTULO 17

Que a Tristeza Seja Banida

Olmina se plantou diretamente à minha frente.

— Se você vai ficar andando pelo quarto o dia todo, pode ir comigo ao mercado. — Ela jogou uma cesta para mim.

Sacudi a cabeça.

— Não vou sair nessa lama de congelar os ossos. Não vai parar de chover nunca mais? Ah, Olmina, não sei o que fazer! — Deixei-me cair na cadeira em frente ao fogo e minhas saias se abriram ao meu redor como um balão.

Lorenzo resmungou, pois estava esculpindo com a faca na cadeira do lado oposto.

Olmina suspirou.

— Vou lhe contar uma coisa. No dia do Ano-Novo, Isabella disse: "Não sei se isso vai ajudar, mas, por favor, diga à sua senhora que seu pai, antes de partir de Edimburgo, insistiu que tinha de encontrar a pedra bezoar *no deserto*".

Repeti aquelas palavras com espanto.

— Olmina, por que você esperou mais de dois meses para me dizer isso? Eu me desviei de minha jornada, mas se Isabella disse...

— Ah, *Signorina*, perdoe-me pelo que vou dizer, mas o que Isabella disse não prova nada! Ela também o chamou de "homem de duas mentes, indo e voltando, que pensava que uma pedra o ajudaria a encontrar a paz!". Se temos de ir a algum lugar, nossa melhor escolha é ir para casa.

— Há um médico com quem meu pai trocou algumas cartas em Montpellier e ele é perito na correspondência das pedras e as tristezas não digeridas. Devo escrever para ele ou talvez pudéssemos retomar a viagem...

Olmina pegou minha mão e disse:

— Talvez seja melhor ficar aqui e escolher a felicidade para variar, não? Aquele Hamish é bonito demais para o meu gosto, mas ele a olha como se fosse devorá-la. E os homens do norte não são muito dados a esse tipo de desejo e devoção.

Devoção. Essa palavra parecia inacessível. A lembrança da tarde na biblioteca relampejou dentro de mim como uma tempestade que se aproxima, distante e muito próxima ao mesmo tempo. Eu estava muda, aturdida. Hamish me procurara depois daquele dia e estávamos muito confusos, não conseguíamos falar sobre o que aconteceu, ainda que soubéssemos que havia mexido conosco e nos tornado mais unidos. Estávamos ávidos um pelo outro. Mas como fazer disso algo real? Minha mãe e meu pai se conheceram dessa maneira? Se foi assim, sua vida juntos foi de rancor e muitas mágoas pelo que foi perdido...

Gostaria de saber como chegar à devoção. As devoções. Hábito, prece, observação do outro. Pensei em Mauro. Qual a vantagem da fidelidade do toque e atenção? Ele se foi. Mergulhei em tristeza e não via saída. Não admitiria que me faltava a mais simples coragem. Em vez disso, parti para minha habitual maneira diferente de coragem (enfrentar a jornada novamente). Partiríamos em duas semanas para Montpellier. Não contei nada a Hamish, mas deixei-lhe uma carta de despedida, explicando que encontráramos uma nova pista do paradeiro de meu pai, a pedra bezoar. E, ao redor dessa verdade, ele deve ter sentido a descarada mentira, pois não aceitou o que escrevi.

Deflagramos a cinza incerteza da manhã, com as águas de Leith ao leste. Não havia o bando de gralhas ou pintarroxos. Eles devem ter se abrigado em um carvalho resistente ou pelo menos era assim que eu queria vê-los. Senti as nozes de carvalho que Gerta me dera pressionando minha perna em meu bolso e as toquei como se fossem contas de um rosário volumoso. A carta de tarô também estava lá. *Estava fazendo a coisa certa? Ou deveria voltar?*

Falamos pouco e calvagamos por um vale com um rio tortuoso após o outro na direção sul. A maioria das colinas continuava marrom da cor das mariposas, apesar de estarmos no início de março. As árvores eram nossas constantes e silenciosas testemunhas, pois ninguém mais além de tolos bebedores de cidra e cerveja estariam fora nesse tempo de doer os ossos. *Fui tola ou doida*?

Depois de mais de uma semana andando com dificuldade pela lama e tempo lúgubre, dormindo em casas feitas de terra com telhados cobertos de grama e nada mais que couro animal como portas, paramos perto do Rio Derwent, próximo a Cokermouth. Planejamos descansar por uma semana ou duas para recuperarmos nossas forças na casa de pedra azul de um barão, uma hospedagem recomendada por um fazendeiro solitário que passou por nós a caminho da cidade.

A dona da casa ficou feliz por nos ter como hóspedes, já que não era a estação na qual eles geralmente recebiam viajantes. Todos os homens estavam fora caçando com o barão e as mulheres permaneciam espalhadas e separadas em suas casas de pedra. Como passava meu tempo escrevendo, ela rapidamente aprendeu a me deixar a sós, mas mandava pequenas coisas para meu quarto para me animar: as urzes, lindas flores decorativas ou xícaras com ovos de pássaros. Ela insistia para que a acompanhasse em excursões para conhecer o barão, por um dia ou dois nas pedras conhecidas como "Long Meg and Her Daughters", ou West Water, um lago negro ao sul, mas eu recusava seus convites. Sua vida me forçava a pensar em outras formas que eu poderia ter vivido, onde a música, intensa e variada, movimentava-se entre a mulher e seu marido. Lembrava-me de minhas conversas com Hamish, de seu corpo quente, e me arrependia de tudo o que não fui capaz de manter.

Lorenzo e Olmina, por outro lado, divertiam-se com tarefas, canções e jogos. Eles visitavam o mercado às quartas-feiras e aos sábados pela manhã para comprar suprimentos e experimentar a cerveja que todos pareciam beber de manhã, à tarde e à noite. Enquanto isso, eu continuava atrás, imóvel como uma pedra, sentindo-me pesada e cansada. Mas escrevia.

A NÁUSEA POR FLORES

Uma doença primaveril que causa a perda de apetite e afasta para a escuridão do quarto mais escuro da casa

Todos os anos, quando a primavera se desabrocha em fragrâncias e cores, muitos desafortunados sofrem dessa enfermidade. O inverno ainda os segura, mesmo que a boa estação para semear os empurre. Minha mãe certa vez mencionou uma tia Taddea, de quem mal me recordo, que padecia da náusea de flores todos os anos. Ela não conseguia fazer seu trabalho na loja de encadernação quando seu corpo se revoltava contra a primavera. Os médicos, entretanto, permitiam que ela ajudasse o marido nessa arte, de seu quarto fechado durante o período da doença. Taddea orientava os ajudantes em meio à escuridão e eles traziam tábuas e prensas de papel, diversos papéis, colas, pincéis e grampos que ela precisava para trabalhar. Ela não suportava a visão de um desenho de flor, então os assistentes evitavam papéis decorados com rosas, trevos, lírios ou folhas. Taddea trabalhava mais com o tato do que com a visão, na escuridão contínua da luz de velas de seu quarto. Tudo corria bem, a menos que os assistentes ou mulheres na família se esquecessem de lavar qualquer tipo de aroma que tivessem aplicado ao visitar ou entregar sua comida. Ela estremecia com a aproximação, tossindo, e reclamava que o cheiro se unia mais prontamente às mulheres e que a evaporação de um aroma receptivo ia se misturando com os outros. Papoulas vermelhas, jasmins, flores de laranjeira e todos os tipos de flores selvagens a perturbavam consideravelmente.

Eu jamais entendera seu sofrimento até tratar de uma jovem escocesa, Emily, que, ao investigar pela primeira vez uma concentração de narcisos nos campos, caiu de cama e se recusava a provar qualquer tipo de comida. Quando entrei em seu quarto e observei o dossel de sua cama pintado delicadamente com violetas, imediatamente mandei que fossem removidas. Da mesma forma, a camisola que usava, bordada com prímulas amarelas. Ela demonstrou notável melhora, mas ainda não podia chegar perto da janela sem sentir o cheiro dos narcisos. Se ela, mesmo que distraidamente, olhasse de relance para as flores, ficava perturbada por dias.

— As flores são fatais e ninguém sabe — ela sussurrava em pânico. — Elas nos tragam para seu veneno.

Eu a acalmava o máximo que podia e comecei a administrar caldos ralos de violetas, roseiras bravas e gencianas, até mesmo narcisos com as pétalas filtradas. Semelhante cura semelhante. As flores curam a donzela inconsciente. A vida doméstica fica sob uma ordem rígida de silêncio em respeito à adequação dos ingredientes do caldo. Pouco a pouco, Emily melhorou, seu rosto lívido ganhou cor novamente, seus membros ganharam força. Ela soube que estava bem quando desejou ver dentes-de-leão e escancarou sua janela.

A primavera chegou e, em uma tarde de sábado, Lorenzo e Olmina insistiram que fôssemos todos para a feira da vila. Eu os acompanhei, mas enquanto eles dançavam no centro da vila ao som do realejo, da gaita de fole e do tamborim, eu me sentia como se tivesse sido espancada com pedaços de pau. Minha pele doía. Lorenzo e Olmina divertiam os ingleses com suas danças italianas animadas da região de Friuli, Lorenzo batendo os calcanhares como um gafanhoto desengonçado e Olmina girando como um pião. Para não ficarem por baixo, os ingleses também dançavam com pulos e brincadeiras, enquanto faziam círculos, rodando e rodando com as mãos entrelaçadas.

— *Signorina*, venha se juntar nós! — Olmina me bajulava. — Você é uma dançarina tão maravilhosa, podia nos ensinar o contrapasso!

Ela segurou minha mão e me puxou um pouquinho.

Sacudi a cabeça e me sentei na cadeira de madeira trazida por uma gentil vendedora.

— Meus pés estão pesados demais agora, mas ficarei assistindo. — Tentei acalmá-la, tendo em mente a estranha circunstância de minha presença entre os camponeses; não queria me tornar objeto de especulação ou ofensa.

Estava sentada perto da barraca do queijo, no fim de muitas barracas de comida alinhadas a oeste do ponto de encontro, seus toldos espalhafatosos formavam ondas com a brisa leve que trazia o primeiro aroma dos campos aquecidos. A vendedora gritava para os passantes suas mercadorias, batendo em algumas delas com as mãos pequenas e grossas, como se estivesse as ajudando a amadurecer mais rápido.

Lorenzo tentou me animar trazendo aguardente.

— Beba, cara doutora. Aqui está o remédio! É hora de espantar sua tristeza e seguir a dança! — ele gritava, seus olhos já ofuscados pela cerveja barata.

— Vou beber e dançar no dia em que você costurar um corte!

— Venha! — Olmina cutucou seu braço. — Não vamos forçar nossa dama.

Envergonhado, ele fez uma mesura, tirando seu gorro de lã.

— Não fiz por mal, *Signorina*. — E então, como ele se abaixara demais, continuou descendo e tombou, abraçando a poeira do chão, para a diversão de todos os que presenciaram, inclusive a minha.

— Ah, Lorenzo, não estou brava! — Sorri para seu rosto comprido e triste, e ele permaneceu sentado, apertando os olhos para mim. — É que não sou mais aquela dançarina. — Depois de dizer isso, senti que ficara repentinamente velha.

Naquele momento, o Bobo empertigou-se com suas mangas pendentes e exageradas, enfeitadas com sinos que rastejavam pelo chão. Ele usava apenas meias cheias de furos, sem sapatos ou calças curtas, e uma túnica esfarrapada marrom-dourada e branca, dividida verticalmente até o meio. Seu chapéu pendia torto para um lado, com três chifres frouxos com sininhos nas pontas. Ele pôs as mãos na cintura, me inspecionou com audácia e depois fez uma careta para Lorenzo.

— Não é assim que se trata uma dama. Não fique caído aí, homem! Beije a mão dela, é disso que elas gostam!

Enquanto ele se movimentava na minha direção, Olmina aterrissou um rápido chute na sua canela.

— Aaaah, aaah! — ele berrou como uma criancinha e agarrou a perna, exagerando. A pequena multidão que se formara bateu palmas e riu, e o tocador de gaita de fole acelerou o ritmo. O Bobo agora pulava em um pé só e agarrou um dançarino folclórico com roupas de mulher que aparecera, tinindo sinos e gingando uma saia-balão enorme de um lado para outro, imitando os quadris abundantes. Infelizmente, um de seus seios improvisados caiu, mas o Bobo foi rápido em ajudá-lo a colocá-lo de volta, no momento em que a falsa dama soltou um estrondoso pum. Os dançarinos que estavam em volta vaiaram e gemeram, abrindo uma longa distância.

O mau cheiro foi trazido para onde eu estava sentada, a menos que houvesse outro farrista poluindo o ar, pois havia vários deles vomitando e se aliviando debaixo dos álamos que cresciam perto da estrada. Havia presenciado algumas feiras rústicas no interior da Itália (e festividades nobres também), onde ter prazer significava dançar, beber e ter evacuações corporais de todo tipo.

Lorenzo ainda estava sentado no chão, forçando um sorriso, e Olmina o ajudava a se levantar.

Apesar de achar errado, eu me permiti um pequeno gole da aguardente que ele deixara na banqueta ao meu lado. Era o suficiente para me aquecer para a feira. Assistia às crianças que estavam para lá da cervejaria agrupadas em jogos de cabra--cega, pula sela e *bowls,* o último parecido com a bocha. Córregos de cerveja eram derramados no chão. Pretzels e tortas de carne de cabra fumegavam sobre as mesas. Havia também pão preto e manteiga. E tigelas com um mingau de cheiro nojento, com pedaços de carne malcozida, provavelmente uma carne de carneiro dura.

Olmina me ofereceu uma flor de marzipan, sabendo da minha predileção por amêndoas, e eu a mordiscava vagarosamente, sentindo retornar meu desejo por doces. Brincadeiras de roda, saltos mortais e arcos rolando. As crianças não se importavam com os pais puxando seus cabelos ou lhes batendo nas palmas da mãos. Era dia de feira!

Homens rudes perambulavam com pernas de pau e gritavam, alguns usando uma perna de pau para levantar uma saia, outros andando de modo arrogante até a cervejaria e propositadamente batendo a testa no batente das portas, só para fazer as crianças rirem. Peguei a mim mesma rindo e, depois, silenciosamente chorando, com um copo vazio na mão. Olmina e Lorenzo não estavam em nenhum lugar à vista. Mortificada, decidi sair escondido e andar de volta até a casa de pedra sozinha, pois não ficava longe do centro da cidade. Quando me levantei, uma vendedora de cabelos brancos colocou um pequeno pedaço de queijo no meu bolso. Quando apalpei o bolso procurando por moedas, esvaziei sobre a palma da mão uma bolsa amarrada à minha saia; ela pegou uma moeda pequena (que acho que não era o suficiente) e se recusou a pegar mais. E, então, ela me abraçou.

— Pois então, até as damas choram nessa vida, não é?

— Não há o que fazer. Obrigada pelo queijo, vovó.

— Ah, não sou mais avó. Perdi meus netos para a peste há dois anos. — Ela olhou fixamente para as árvores que germinavam como se fosse encontrá-los ali.

Agora foi a minha vez de abraçá-la.

A meio caminho da casa grande, alguns homens perto de um carvalho retorcido olhavam maliciosamente para mim. Andei um pouco mais rápido. Um vagabundo vestido de verde me ofereceu um ramalhete, que peguei por medo de ofendê-lo, e mais tarde o joguei em uma cerca viva. A todo momento ouvia alguém fungando atrás de mim, como se um homem imitando um lobo estivesse me perseguindo. Quando me virei abruptamente no topo da colina para confrontar quem estivesse atrás de mim, avistei o Bobo, que, prontamente, fez uma ampla mesura e disse:

— Só estava cuidando de você, *milady*. — Um porco gordinho estava ao lado dele, vestido com um rufo. O porco correu na minha direção e roncou. O Bobo golpeou três vezes no chão um bastão que lembrava um longo fêmur.

— Que a causa de sua tristeza seja banida! — disse isso e se virou, deu um salto mortal e correu de volta para a dança, e o porquinho disparou atrás dele o mais rápido que pôde.

Se meu pai estivesse morto, eu haveria de alcançar seu túmulo. Eu haveria de alcançar seu fantasma, se acreditasse nessas coisas. Estávamos viajando há oito meses e as minhas investigações não haviam me levado a lugar nenhum. Um a um fui ticando os países vazios da presença de meu pai. Entretanto, eu agora possuía seus óculos, seus sapatos e a descrição de um homem se desintegrando em Edimburgo. Ou talvez seja eu a me desintegrar? Já havia descansado o bastante. Voltei às minhas anotações para me consolar antes de apressar nossa partida para Montpellier, de onde três cartas de meu pai se originaram. Toda vez que tocava o livro, recobrava o centro das coisas. Encontrei sentido no texto e na sua classificação.

Porfíria

Aversão à luz que faz com que a pessoa desenvolva úlceras e pelos de animal

Desde garotinha, uma mulher em Lucca se encolhia de medo diante da luz do Sol, da Lua e até mesmo do brilho de uma vela. Seus pelos começaram a crescer tão grossos em seu rosto e corpo que, ao longe, Irmina às vezes era confundida com um pequeno urso fantasiado que fugira de um circo. Sua pobre mãe, apavorada, implorou a um amigo da família, o primo de meu pai, *Signore* Giovanni da Piamonte, que enviasse um médico. Acompanhei meu pai até Lucca e conheci a jovem, que se escondia no armário de madeira de sua mãe. Enquanto ela falava conosco através de sua pele de animal, fiquei com a impressão de que Irmina era uma ermitã privada da solidão. Ela falava em sussurros entrecortados, "Quero ficar longe das pessoas!". Lembro-me de um veado que notei certa manhã enquanto estava escondido em um arbusto, sua atenção totalmente direcionada para mim, sua imobilidade era uma abertura na paisagem que me levou para algum refúgio.

O pelo de Irmina lembrava uma enxurrada de água marrom, inclinando-se sobre as pedras até chegar ao topo de sua camisola solta. Perguntei-lhe se podia pentear seu pelo, para ganhar sua confiança, e ela assentiu com a cabeça. Ela fechou os olhos enquanto eu passava suavemente a escova por seu pelo. Achei que ela fosse ronronar. Depois de algum tempo, meu pai me chamou para o nosso objetivo. Ele recomendou examinarmos sua urina e saliva para depois sugerirmos o tratamento com medicação. Toquei o que acreditava ser seu ombro e expliquei que queríamos ajudá-la. Ela se encolheu com o toque de minha mão e implorou que a mandássemos para uma caverna. Um pequeno *Livro dos Salmos* estava perto dos seus pés, que continham uma camada de pequenos fios de pelo escuro na parte de cima.

Pensei em Santa Catarina de Siena com sua túnica branca e seu manto preto rezando na capela de pedra subterrânea à noite, enquanto nos quartos do hospital de Santa Maria della Scala, acima dela, os doentes e loucos sofriam em suas camas. Como ela suportava aquilo, à meia-luz, ajoelhada diante do Senhor Misericordioso, depois de ter passado o dia todo cuidando de feridas, gangrenas e supurações invisíveis? Uma vez visitei sua pequena capela sem janelas, que parecia uma gruta, e subitamente percebi, à meia-luz, algo parecido com mãos em concha colocadas sobre um coração. Somente uma vela, um genuflexório e duas pequenas pinturas, o Cristo e a Madalena, completamente coberta por seu próprio cabelo, ocupavam o quarto. Porém, mais do que qualquer coisa, era o cheiro de inevitabilidade na pedra que, de maneira estranha, elevou meu coração. As dúvidas eram sanadas no túmulo. Ali a santa encontrava alívio, silêncio, um descanso dos sons da dor e aceitação.

Depois de meu pai ter anunciado que os fluidos aquosos de Irmina eram estéreis em felicidade, ele solicitou uma amostra de sua saliva. Quando a examinou, sacudiu a cabeça. "As nove decepções aqui se originam da linhagem do pai (descontentamento no amor, na ambição, na beleza, ausência de sonhos, de inteligência, de amigos, escassez de coragem, de perseverança, de energia). Não podemos curá-la, minha filha. Uma das coisas mais importantes que você aprenderá na arte da Medicina é o reconhecimento das charadas de Deus ou, como dizem alguns, os 'nós do diabo'. Ele criou alguém que gosta da escuridão do animal. Não podemos curá-la."

Quando meu pai falava dessa maneira, sempre me sentia desconfortável e temia que o Conselho pudesse ouvir suas palavras. Mas também percebia alguma sabedoria nelas, como uma roda de madeira vacilante. Ela rodava, mas parecia estar sempre prestes a perder um aro e nos armar uma cilada. Consolamos os pais e, como eram uma família com algumas condições, meu pai sugeriu que comprassem alguma terra perto de Bagnaregio, uma região conhecida por ter muitas grutas. O pai recebeu muito mal nossa proposta e gritou:

— Minha filha jamais sairá dessa casa, está ouvindo! Deixem-nos em paz se não podem curá-la. Charlatães!

A mãe chorava. Quando saímos, vi Irmina de relance, as cortinas de seu pelo eram perceptíveis na janela, onde a manga amarela e a mão apareciam, uma pata apertada em um punho amarrado por um laço.

CAPÍTULO 18

A Seiva que Deixa o Mundo Mais Lento

Uma noite, antes de chegarmos a Montpellier, recorri a essa carta em um apelo silencioso. Ofereça uma pista em troca, alguma direção atual, *Papà*.

Minha querida Gabriella,

Meu amigo, o fabricante de papel, partiu de Montpellier e agora estou praticamente só. A maioria dos professores também saiu da cidade por falta de alunos. Depois da Lua cheia, quando eu estiver melhor (pois tenho ficado em meu quarto por vários dias agora, rangendo os dentes pela minha amargura e doença, pela perda da minha determinação), devo partir também para as montanhas que dizem ter muitos benefícios além de suas águas. Acredito que a subida se provará salutar. Agora tenho a chance de testar meu desejo pela vida solitária, mas quando estou sozinho, em meu quarto simples, tudo que consigo pensar é em um pão fresquinho, manteiga salgada e vinho, que a moça daqui me traz uma vez por dia. Imagine! Não que eu esperasse a grandeza dos anjos, mas talvez algum insight sobre a melancolia, a rotina frustrante de dobrar o sofrimento para viver o dia, da maneira que se dobra uma carta. Escrevo e amplio minhas anotações no Livro das Doenças.

Talvez seja tudo o que há. Papéis em uma mesa. Papéis em um volume. Páginas virando na mente, uma após a outra, ou espalhadas pelo vento das mariposas. Penso nessas grandes mariposas, imperatrizes negras com meias-luas marcadas nas asas, emblemas da noite. Minha mãe sempre dizia quando avistava uma mariposa em casa, "Alguém vai morrer!". Meu pai respondia, "Alguém vai morrer sempre!". E como você pode imaginar, nós ríamos. O que estou dizendo agora, minha querida? Que se deve rir da melancolia?

14 de outubro de 1588
Seu Humilde Pai

Nós nos aproximávamos da cidade no fim da tarde, vislumbrando os telhados e as torres perto da costa, embora não pudéssemos ver o mar francês. Era um lugar que parecia ser iluminado não apenas pelo Sol, mas por alguma refração da luz através da água, talvez os longos dedos de pântano salgado invisíveis ao sul, mas pude sentir seu cheiro lânguido e penetrante. Vimos garças nos lombos de cavalos brancos em um campo verde luminoso e, quando chegávamos mais perto, quatro gaivotas descansavam, imóveis, uma em cada canto do relógio da torre que apontava para as alturas juntamente com os campanários da Notre-Dame-dês-Tables, Les Généraux e Saint-Denis. Meu pai deve ter se encantado com a simetria dos pássaros. E Hamish, como eu, deve ter desejado vê-los alçar voo da torre para depois pousar em seus cantos de novo, eufóricos e vibrantes.

Passamos por orquídeas muradas e vinícolas exuberantes através das passagens em arco do portão de pedra ao leste e na direção do bairro de Saint Firmin de Constant, onde estavam os prédios cinzentos de pedra da Universidade de Medicina, abandonados.

Batemos à porta de madeira pesada do endereço do Dr. Joubert, uma moradia singela de pedra. Um homem na faixa dos 30 anos surgiu e nos cumprimentou com entusiasmo, como alguém que não conversa com iguais há um bom tempo. Ele usava bigode, sem barba, e parecia gozar de excelente saúde, de temperamento sanguíneo.

— Bem-vinda, Dra. Mondini. É esplêndido conhecê-la e os seus companheiros! — anunciou enquanto se curvava para mim e Olmina, depois acenou com a cabeça para Lorenzo e saiu para a rua. — Tenho as chaves aqui, são duas: a chave grande de ferro é da porta da frente e as pequenas de bronze são dos seus quartos. Não quero assustá-los, mas é melhor trancar as portas à noite por segurança. Nunca se sabe quando os huguenotes podem aparecer de novo, tentando denunciar ou prender qualquer um que pensam ser católico. — Ele olhou para a esquerda e para a direita na rua, mas ela estava completamente vazia.

— Obrigada, senhor, seguiremos seu bom conselho. Como estrangeiros, não estamos habituados aos costumes de sua cidade. Mas, diga-me, por que as ruas estão tão vazias assim tão cedo?

— Ah, sim. Esse bairro já chegou a abrigar mais de trezentos estudantes, mas agora, desde que a universidade foi minuciosamente revistada... — e ele parou aí, baixando o olhar com deferência e depois, voltando a olhar para nós, ele continuou — ...menos de uma centena permaneceu. A maioria dos livros e móveis da universidade foi destruída pelos huguenotes, vocês sabem, os franceses calvinistas, durante as guerras religiosas.

Ouvira falar nisso, mas não sabia a extensão da ruína.

— Sinto muito por isso.

— Bem, é melhor não falar mais sobre esse assunto — Dr. Joubert disse em voz baixa. — Nunca se sabe quem está escutando. E desde que eu mesmo me converti, devo esquecer minha antiga vida. — Ele apressadamente mudou de conduta, movendo-se com passos rápidos e leves enquanto nos aproximávamos de nossos aposentos em um dos vários prédios cinza de dois andares, com telhados de ardósia escuros, bem no fim da rua. Ele bateu à porta de madeira gasta e uma jovem viúva de cabelos loiros a abriu e sorriu para nós timidamente. Ela tinha uma pele incrivelmente viçosa e olhos azuis cheios de vida que se contrapunham ao seu vestido preto de luto.

— Boa noite, viúva Certeau. Esses são os hóspedes que mencionei, Dra. Mondini e seus criados. Poderia lhes mostrar os quartos, por favor? Tenho certeza de que serão hóspedes mais tranquilos do que o grupo anterior, os holandeses que se dirigiam ao Novo Mundo.

— Sim, obrigada, senhor. — Ela assentiu com a cabeça e corou.

— Desejo-lhes um bom descanso. — Ele virou-se para nós e curvou-se levemente. — Avise-me quando quiser que nos encontremos novamente. — Ele seguiu de volta para sua casa com passos fortes e confiantes, parecendo menos um acadêmico e mais um capitão da guarda.

Um menino de 8 ou 9 anos, provavelmente filho da viúva Certeau, pois tinha a mesma pele aveludada e olhos azuis amendoados, espiava por trás de suas saias.

— Mostre a esse bom homem onde ele pode alojar suas mulas, Dreux — ela lhe pediu com firmeza — e não se perca no caminho!

Ele saiu de trás das saias da mãe e encarou Lorenzo com curiosidade. Quando meu homem entregou-lhe as rédeas para que ele pudesse levar Fedele, o garoto abriu um largo sorriso. Os dois desceram a rua de pedras, puxando as mulas para o lado, para evitar a vala central, onde um regato de água suja se acumulava, obstruindo o buraco da drenagem.

A viúva nos levou para dentro.

— Venham, vou levá-las aos seus quartos. — Enquanto ela rapidamente descia por um corredor mal iluminado, depois subia um lance de escadas ainda mais escuro, as chaves amarradas ao cordão de sua saia balançavam e tilintavam com vivacidade.

— Vejo que você tem outro jogo de chaves — observei.

— Sim, senhora, para o caso de um hóspede dar seu último suspiro no quarto, sabe, devemos ter uma maneira de tirá-lo.

Olmina deixou sua franqueza escapar e perguntou:

— Alguém faleceu ultimamente?

— Ah, não! Esse último grupo, eles eram cheios de vida! Mas tivemos um hóspede alguns invernos atrás. Um fabricante de papéis que vinha aqui há anos para vender suas mercadorias para as pessoas da universidade.

— Ah! E ele estava acompanhado de um médico italiano, um homem mais velho?

— Ah, sim, agora que mencionou eu me lembro. Um tal de Dr. Mondiale, ou algo do tipo. Estavam sempre juntos. Ele é seu amigo?

— Sim — disse pensativa, sem corrigir o nome —, ele é meu amigo. — Como ele lhe pareceu? Estava bem de saúde?

— Bem, para ser sincera, nunca prestei muita atenção, mas ele parecia bem o suficiente, andava bastante de um lado para outro em seu quarto e estava sempre trocando de lugar os poucos móveis que havia. — Ela juntava as palavras apressadamente, como as pessoas tímidas às vezes fazem. — Veja, havia somente uma cama, um baú, uma escrivaninha e uma cadeira em um espaço minúsculo, por isso não sei bem o que ele estava arrumando. — Ela fez uma pausa para respirar e sorriu. — Faz muito tempo desde que o viu pela última vez?

— Sim, faz muito tempo — eu disse.

— Bem, o pobre fabricante de papéis não gozava de boa saúde. O pobre companheiro não ouvira falar o quanto a escola de Medicina fora esvaziada. Creio que ficou desolado por conta de todos os livros que foram queimados. Mas ele nunca trancava sua porta, então não precisei da chave extra. Aqui estamos — ela disse, abrindo as portas estreitas que rangiam, uma após a outra, três portas seguidas. — Terão que comprar suas próprias velas. Quando os dias mais quentes chegam, mantemos as venezianas fechadas e os quartos permanecem frescos. Ah, se desejarem, poderão fazer suas refeições lá embaixo, no salão comunal. Na maioria das vezes temos sopas, pão e vinho.

— Sim, está ótimo.

Ela se virou e saiu rapidamente, apressando-se para dar conta das outras tarefas.

Nossos quartos lembravam as celas dos devotos com o piso e as paredes de pedras cinza e quadradas. Ainda assim, estávamos contentes de cada um ter sua cama, seu baú, urinol, jarra e bacia. O chão sem tapetes seria um choque à noite e pela manhã para os pés descalços, ou mesmo com meias compridas. As únicas lareiras eram lá embaixo na cozinha e no salão comunal. Estava agradecida por estarmos no mês de maio e não em dezembro. Esses prédios frios pareciam mais mortais do que os do cemitério na colina ao cair da tarde.

Nos meus sonhos, aquela noite, vislumbrei velas acesas por pessoas de luto, cintilando ali como em uma cidade antiga ao longe. As casas dos mortos pareciam estar vivas. *La morte guarisce tutti i male*, meu pai diria fazendo um gracejo sério. A morte é o remédio para todas as doenças. Exceto nos sonhos.

Wilhelm está deitado com o rosto para cima na mesa de dissecação. Não sei dizer de onde vem a luz, mas não é das janelas. Parece um tipo de luz como as de tochas que iluminam um palco. Tento pedir minhas ferramentas de corte em uma pequena mesa, pois tenho de encontrar alguma coisa em seu corpo, apesar de não saber bem o que é. Estou apavorada diante de sua pele limpa e intacta, parecendo uma enorme folha de papel em branco. Não sei o que escrever ali.

Na manhã seguinte, uma brisa leve nos trouxe um rastro salgado do mar enquanto caminhávamos para encontrar o Dr. Joubert. Como o dia estava bonito, ele se ofereceu para nos mostrar o *Jardin des Plantes*, próximo à Catedral de Saint-Pierre, pois o lugar era o orgulho de Montpellier e ainda estava sendo cultivado. Enquanto nos aproximávamos da casa de tijolos do jardineiro, que ficava do lado de fora da cidade e era ladeada pelas muralhas recortadas, mencionei meu desejo de conhecer também o teatro de anatomia octogonal projetado pelo ilustre Guillaume Rondelet.

— Ah, mas está fechado e rodeado por um jardim abandonado. O mato invadiu o espaço das plantas medicinais, mas o funcho continuava se desenvolvendo.

De maneira oposta, o *Jardin des Plantes* parecia bem fortalecido.

— Os huguenotes — Dr. Joubert prosseguiu — também tentaram destruir o jardim real, pois o rei Henrique IV era inimigo mortal deles; mas graças a Deus eles não foram bem-sucedidos.

— Que triste, agredir as pobres plantas de Languedoc e as ervas que poderiam curar tanto católicos quanto protestantes! As flores não fazem discriminação. Somente os homens com suas razões superiores.

Ele sorriu um pouco, deixando-me confortável.

— O excelente médico e botânico a serviço do rei, senhor Richer de Belleval, cujo trabalho encontrou sua mais alta realização aqui, deixou-nos um grande presente: um compêndio vivo de plantas! — exclamou Dr. Joubert enquanto estendia a mão esquerda na direção das muralhas.

Lorenzo e Olmina andavam atrás de nós de braços dados, enquanto admiravam a visão das colinas baixas e dos campos, os pinheiros, carvalhos e castanheiros, e as nuvens lanudas tornando-se cada vez mais finas como se tivessem sido escovadas pelo vento.

— Meu pai deve ter gostado desse jardim, embora não o tenha mencionado nas cartas. O senhor teve notícias dele desde então? — investiguei.

— Não, era apenas um conhecido. — Ele acariciou seu bigode preto com o polegar e o indicador. — Um dos professores que o conheceu bem, visto que se correspondia regularmente com médicos de Pádua, Salerno e Bonomia, partiu há um ano. — Ele sacudiu a cabeça pesarosamente e, quando o fez, seu chapéu redondo de abas largas repentinamente se elevou de seus cabelos lisos e grossos com uma rajada de vento. Ele correu atrás do chapéu com uma surpreendente vivacidade, a capa preta tremulando sobre as calças vermelhas e os meiões listrados. Depois de recuperá-lo do meio das sarças à beira do caminho, ele abriu um largo sorriso de menino, seu rosto corou e rapidamente ele voltou à postura anterior, de autoridade.

Não pude deixar de rir e me espantar sobre como somos tolos, pobres criaturas aos trambolhões, com nada além de um fino verniz de dignidade. Amarrei meu chapéu novamente, mais apertado.

Agora ele segurava o seu enquanto mudava de assunto.

— Dra. Mondini, a senhorita deveria se juntar a nós nas primeiras aulas que serão reiniciadas depois de terem sido suspensas por um longo tempo na universidade. Talvez como professora convidada? Pode nos contar sobre o livro que está compilando. Não se preocupe por ser mulher. Quem protestará, tendo em vista que sou o único acadêmico que restou? Com relação aos alunos, darei meu aval pessoal.

Continuei a caminhar pela trilha de cascalho ao lado dele, considerando sua gentil proposta.

— E quando começam as aulas?

— Em 18 de outubro, dia de São Lucas, médico e artista, patrono dos pintores, escultores, ourives, notários, cirurgiões e médicos, como sem dúvida já sabe. Os sinos nos chamarão ao estudo às seis horas e não haverá aulas aos domingos e quartas-feiras, dias dedicados a Hipócrates.

— Obrigada, mas não, tenho de me apressar. Ainda estamos em maio e não posso atrasar minha busca por tantos meses.

Dr. Joubert pareceu desapontado.

E então Olmina elevou a voz bem atrás de nós:

— Ou talvez a boa *Signorina* logo se cansará dessa viagem de uma vez por todas e nos levará de volta a Veneza.

— Ah, você deseja que voltemos a Veneza desde o dia em que partimos. — Parei e me virei para sorrir para ela.

Mas ela não estava sorrindo, apenas me repreendia com seus olhos azuis lacrimejantes. Lorenzo não disse nada, apenas fixou o olhar na direção das colinas e segurou o braço dela, dando tapinhas de leve.

Por um momento, pensei na possibilidade de um retorno sem meu pai.

— Não ficaremos muito tempo em Montpellier — disse e me voltei para Dr. Joubert. — É verdade que estou cansada dessa viagem. — Baixei meu olhar para os cascalhos e depois lancei-o de volta para o cavalheiro. — Quando uma aventura sensata se torna tola? Quando a devoção de uma filha torna-se uma obsessão inconveniente? — Essas perguntas tinham surgido e morrido em meus pensamentos, mas me espantaram quando as fiz abertamente.

— Desejaria ter uma filha como você. — Ele fez uma pausa para bater à porta de madeira pesada do jardineiro, onde todos nós estávamos agora. — Mas sou solteiro e não sei nada dessas coisas.

Meu ânimo se enfraqueceu, pois parece que obteria notícias escassas de meu pai por aqui. Ainda assim, andei por onde ele havia andado. Rastreei seus ambientes como um cão de caça segue uma pista. Agora, estava ansiosa para ver o conteúdo do jardim por interesses próprios.

O jovem administrador, um homem com roupas manchadas de barro, deixou-nos entrar. Ele segurava em uma das mãos uma tesoura enferrujada.

Andamos pelo corredor de tijolos até o outro lado, onde o pátio e sua arcada davam para um dos mais incríveis jardins que já vi. Uma montanha triangular de terra foi construída em seis níveis, servindo de apoio em intervalos regulares a uma variedade de legumes, ervas e árvores, assim como plantas da região de Languedoc.

Descemos por uma trilha que havia sido escavada ao redor das montanhas. Havia outros canteiros elevados mais ao sul e todos apresentavam o conforto da ordem. A muralha recortada delimitava toda a construção, portanto, tinha-se a impressão de se estar em um jardim emparedado. Que diferença dos jardins abertos e arredondados de Pádua! Era possível ter a sensação da imposição das fronteiras ali, e o baluarte da ciência elevando-se contra aquilo.

Depois de um longo silêncio sob o calor crescente do meio-dia, perguntei ao doutor:

— Se eu soubesse o nome e as características, os processos fisiológicos de qualquer flor, como a *Papaver somniferum*, a papoula dormideira, por exemplo, eu poderia mudar o curso dos acontecimentos ou até mesmo impedi-los? — Fiz um sinal para um canteiro de papoulas brancas cuja seiva deixa o mundo mais lento para aqueles que a ingerem.

— Nenhuma planta pode impedir uma guerra, embora muitas já tenham dado início a elas. Pense nos temperos que são valiosos para nós. Quantos já morreram em sua busca? Açafrão, canela, noz-moscada, cardamomo! Se é que alguma erva ou flor fosse capaz de nos impedir, talvez fosse essa. Dizem que os que estão sob a influência de seu buquê ainda não amadurecido são curados da superexcitação dos nervos. Enquanto outros sofrem de paralisação.

— Exércitos inteiros poderiam ser supridos para o esquecimento, o esquecimento de todo o sentimento de ofensa e defesa, e poderiam retornar inteiros às suas famílias. — Não havia desconsiderado o humor colérico de meu pai dormente em mim.

— Esquecer, contudo, é algo perigoso, não acha, *Signorina* Mondini? A senhorita faria de todos nós um gado dócil, nossas mentes seriam uma série de estômagos?

Enquanto Dr. Joubert e eu falávamos, Lorenzo e Olmina seguiam atrás, admirando as flores, porém atentos ao que dizíamos.

— Não, não — sorri, imaginando meu acompanhante de quatro, absorto nas ervilhacas. — Mas já vi muitas brigas e abandono.

Continuei andando para ver as singulares campânulas, em sua maioria deterioradas, com exceção de algumas com sinos de cinco pétalas pendendo de caules delicados em um canteiro à sombra. Diferentemente das que já observara, estas eram de um azul mais forte, como lascas do céu.

— Elas são "sinos aromáticos das florestas". Dizem que pertencem ao demônio e são cobiçadas pelas bruxas por suas qualidades sobrenaturais — ele avisou.

— As bruxas que se transformam em lebres e sacodem as flores? — sorri. — Tudo o que sei é que das raízes pode-se fazer uma excelente compressa para curar ferimentos. Eu mesma já as usei muitas vezes.

Ele me olhou com desconfiança.

— Mas tenha cuidado, *Signorina*, muito cuidado. Nunca pratiquei a arte da Medicina, mas como professor tenho conhecimentos para fazê-lo. Acredito na fidelidade aos livros e na Antiguidade, nada de remédios de parteiras para mim. — E então, com uma pontada de tristeza, acrescentou: — Talvez eu a inveje por sua experiência — e inclinou-se para as campânulas para olhar mais de perto seu interior escondido.

— Não é preciso — respondi. — Não tenho muitas alegrias, embora seja feliz em minha vocação. Há abundância de sofrimentos nessa profissão.

— Entretanto, você tem experiência em primeira mão sobre as enfermidades e a morte. Isso não lhe traz alguma sabedoria nos dias de aflição?

— Estou adormecida agora e não sei o que aconteceu com minha sabedoria.

— Desculpe-me, *Signorina* — interrompeu Lorenzo —, não sou um homem de instrução, mas a vi fazer muito bem em nossa cidade e no caminho até aqui, em nossas viagens. E você também, minha adorável esposa. Você aprendeu algumas coisinhas com a nossa médica, não aprendeu?

Por um breve instante, Olmina compartilhou um olhar nervoso comigo, temendo ter sido descoberta, mas como o tom de Lorenzo foi gentil, ela simplesmente disse:

— Aprendi, não foi?

— Está pensando em voltar para casa, então? — Dr. Joubert perguntou.

— Não sei. — Fitei Olmina e vi o cansaço que espelhava o meu próprio. — Não esgotei ainda as regiões por onde meu pai passou. Uma de suas cartas veio da Espanha e outra, do Marrocos. Temos de partir para o oeste.

Ela suspirou, pois não era aquilo que queria ouvir.

CAPÍTULO 19

As Montanhas Estão Cheias de Criaturas Maravilhosas

Minha querida Gabriella,

Se um homem pudesse ser curado com a mesma substância que o fez adoecer, então, este é o lugar. Neste deserto, onde a noite reina sobre mim como um manto de medo que se transforma em reverência, todos os meus piores temores, perder-me de mim mesmo, as enfermidades físicas da idade e até mesmo a morte, abrandam com o conhecimento da insignificância. Sei que pode parecer estranho, mas estou tranquilizado. Todas as minhas ambições — minha vocação como médico, O Livro das Doenças, *a vasta enciclopédia que deveria ser a minha obra grandiosa — são insignificantes sob o firmamento. Jamais vi estrelas como as que vi aqui. Os astros raspam uns contra os outros e é possível ver as faíscas! As pessoas do deserto compreendem. As estrelas voam em direção ao nosso rosto. Sou pequeno, sou pequeno, e não me importo. E a Lua...*

Ah, meu pai, pensei ao reler essa carta sem data, de um lugar sem nome, mais uma vez. *Quando você anuncia seus medos não há menção de uma filha ou daqueles que ama. Essa parte você deixou que eu carregasse sozinha. Sempre quis acreditar que você passava por uma fase difícil e que um dia voltaria para nós. Achei que essa carta fosse apenas uma imaginação ou delírio elaborado. Talvez eu tenha me decepcionado. Talvez eu continue a me decepcionar por algum tempo.*

Partimos de Montpellier para Santa Engrácia. Apesar da decepção de Olmina por não estarmos voltando a Veneza, ela se animou com os aromas das giestas amarelas, das manjeronas e da relva penetrante que refulgia de amarelo no final do dia, à luz do entardecer de maio. Enquanto subíamos cada vez mais por caminhos tortuosos montanhas adentro, com os picos dos Pirineus à nossa frente, minha respiração ficou mais larga. Os pinheiros doces e os ventos aromatizados pelo abeto, a luz e as águas dando voltas limpavam esse mundo e ofereciam algo que não podia ser imaginado em elevações mais baixas. O humor encontrava seu equilíbrio. Não é para menos que os santos procuravam os lugares altos.

Por vezes, o rosto de Hamish surgia quando eu acordava de manhã e quase podia tocar seu queixo redondo, com a covinha que era como a estrela na base de uma maçã. Imaginava uma vida em Edimburgo, como esposa de um acadêmico, com filhos. Mas quando me olhava diariamente no meu espelho de mão, via um rosto mais satisfeito, pois a viagem havia despertado meu apetite e a diminuição da juventude. Memorizei Hamish como memorizara meu pai, mas o cheiro do cabelo era a única semelhança que os dois compartilhavam. Um toque de madeira de pinheiro, livros feitos com pergaminho; sim, livros. Ele era a história que não havia lido por completo, o livro que mantinha um segredo.

Sempre ouvíamos os sinos distantes de pequenas cidades fazendo ressoar as horas, mas principalmente a aurora, o meio-dia e o anoitecer, pois eram os toques mais longos. Algumas noites nós ficávamos em estalagens bem simples, destinadas aos romeiros; outras vezes, quando não chegávamos às vilas antes do cair da noite, dormíamos a céu aberto, em abrigos que variavam de um círculo de árvores antigas com uma fogueira acesa a noite toda para manter os lobos a distância, até uma área circular cercada por pedras altas, quebrada de um lado e completamente descoberta. Quando perguntei a Lorenzo sobre aquela curiosa estrutura abandonada, ele me contou que provavelmente fora feita para proteger grupos de humanos dos ursos. Provou-se ser um bom abrigo coberto pelas estrelas à noite.

Enquanto cavalgávamos em ritmo constante, ziguezagueando as montanhas íngremes, o ar ia ficando mais frio. Não havia ninguém trabalhando nessas ladeiras e os pastores que traziam seus rebanhos para fora dos vales, para as pastagens de verão, ainda não haviam chegado às montanhas. O solo aqui era pálido e escasso, as pedras refletiam a luz, apesar da argila mais escura das baixadas que retinham o Sol. Para ficarmos aquecidos e capturarmos a melhor luz, escolhi o horário do meio do dia, após a refeição, para escrever.

Em uma tarde de muitas rajadas de vento, demos com dois afloramentos de rochedos misturados que se inclinaram juntos, perto de um riacho pedregoso, e formaram um espaço côncavo engenhoso, totalmente abrigado do vento. A pequena bacia de terra escura formada por neve derretida, e já evaporada, mais parecia uma capa quente de relva depositada abaixo de nós, com o toque de lã. Gramíneas novas (que as mulas alegremente foram aparando) se acumulavam, surgindo nas bordas. Nós nos sentamos em nossas capas, protegidos pela pedra em forma de concha, aquecidos pela quietude. Depois de comermos nosso pão, azeitonas, carne de javali fatiada e queijo, Lorenzo alegremente se deitou de costas e colocou as mãos atrás da cabeça, encarando o alto, onde nada podia ser visto além de um corvo e partículas azuis irregulares que pareciam lascas do céu.

— Olhem só! — gritei, esticando meus braços na direção das pequenas borboletas voando animadamente sobre nós. Tudo nelas era azul, as asas e o corpo indistinto. — São deslumbrantes! Vejam como elas abrem e fecham as asas.

— E o que elas estariam anunciando, *Signorina*? — brincou Olmina, sonolenta.

— As montanhas estão cheias de criaturas maravilhosas, não? — Lorenzo entrou na conversa. — As pessoas poderiam até comemorar diante da visão dessas preciosidades enquanto caem de um penhasco.

— Mas a beleza é breve, não é? — refleti.

— Como se mede algo assim? — Lorenzo ponderou. — Um verão que vale a pena ser vivido é longo para a borboleta. Mas nós queremos décadas. Entretanto, de que valem se estamos empilhando perdas em cima de perdas? Preferiria contar dias do que anos. Cada dia um ano, pela conta da borboleta. — Ele riu de seu filosofar. — Ouvi dizer também que as borboletas vêm da boca dos anjos.

— Ah, isso é fantasia dos pastores de rebanho.

— Não, *Signorina*, acho que há uma legião deles acima de nós agora. Eles são mais perceptíveis nas montanhas, sabe. Esqueça as catedrais. Aqui está o meu divino.

Olmina rolou confortavelmente para o lado e começou a roncar levemente. Inclinei-me sobre uma pedra curva e comecei a escrever sobre uma doença totalmente contrária ao aspecto agradável de nosso refúgio de descanso.

Repugnância a espaços fechados
Paredes que limitam a alma

Para alguns doentes, até mesmo a presença de uma parede de pedra em um jardim malcuidado pode causar aflição. Para outros, uma sala sem janelas, um longo corredor ou o poço da escada. A pessoa pode suar, ter calafrios, gritar ou se contrair como um papel em chamas.

Uma jovem chamada Esperanza, de Valladolid, arranhou o reboco das paredes quando entrou em crise, como se estivesse sendo queimada viva. A mãe lamentou que sua filha tenha se tornado um inseto e, sua casa, o ninho de um deles. Até mesmo a construção de janelas não surtiu efeito no sofrimento de Esperanza. Sua irmã reclamava que ela podia ouvir os sons terríveis de Esperanza mastigando as paredes tarde da noite. Apesar de terem amarrado mãos e pés quando ela se afastava para dormir, ela se retorcia até a cabeceira da cama e raspava a parede com os dentes.

Seu pai, homem de certa riqueza e reputação, raramente ficava em casa, tão grande era sua frustração com a filha. Um dia ele apareceu coberto de poeira de tijolo vermelho, com o vento de agosto em seus calcanhares. Ele entrou em casa com o olhar de um homem que não admitiria ser contrariado e ordenou que Esperanza fosse para o jardim. Os criados ficaram em alerta, torcendo as mãos por medo do humor do patrão. Ele bradava ordens, "Tragam a cama e o guarda-roupa de Esperanza para o jardim: ponha-os ali debaixo das laranjeiras". Os espelhos (ela tinha muitos, mais do que seria condizente para uma jovem), ele ordenou que fossem arrumados em vários cantos do jardim para dar maior sensação de amplitude. "Agora", Don Enrique de La Peña falou em tom de raiva contida, "não quero mais ouvir falar nisso, nada de corroer paredes como um ninho de ratos, nada de escavações nessa casa! Eu lhe dei uma boa vida, filha, e não serei envergonhado por sua loucura!" Esperanza ficou parada como uma árvore morta em um pântano salgado enquanto seu pai andava lentamente sobre os ladrilhos em estado de desconsolo e os criados erguiam, balançavam e empurravam as peças escuras de carvalho até os locais que o pai os designava. Ela ainda era o centro de suas múltiplas órbitas. Por fim, ela falou com uma voz meiga que ultrajou seu pai, "Obrigada, padre, estou contente que tenha tomado essa decisão".

Ele marchou para fora de casa com os pulsos cerrados e uma sensação excessiva de derrota. Esperanza começou a se familiarizar com sua nova casa. Obviamente, o jardim lhe era familiar, mas agora tinha um ar doméstico que ela precisaria investigar. O céu oferecia a fuga dos quartos fechados, mas ainda a deixava desconfortável. A área verde era um verdadeiro alívio, não era bem uma parede e tinha a beleza de ser impermanente. Foi assim que Esperanza começou a pensar nele. As pessoas não a entendiam e nunca a entenderiam. Sua aversão por paredes era o horror da permanência. Por isso ela nunca tolerou ir à igreja, com todos aqueles pronunciamentos do julgamento absoluto.

Esperanza não entrou mais na casa. Ela fazia suas refeições do lado de fora, defecava em um buraco atrás do alecrim e dormia debaixo de tempestades violentas (os criados colocaram uma lona impermeabilizada com óleo sobre sua cama) e do Sol esmagador. As cortinas marrons da cama desbotaram para um tom de rosa pálido, enquanto o tecido se desgastava e rasgava. Sua cama dossel com a cabeceira entalhada com anjinhos e videiras lentamente entortou e se abriu. Depois de cinco ou seis anos, as cabeças dos querubins se separaram de seus corpos e subiram, como pequenas esferas milagrosas, na direção do céu. Os corpos, enquanto isso, apodreceram e foram tomados por um verde lívido de mofo, assumindo a luminosidade do chão de uma floresta úmida enquanto desciam. Esperanza, agora, estava com quase 30 anos, solteira, e era um fardo ainda maior para a família. Eles haviam remendado as paredes da propriedade, mas nenhum convidado daquela casa imaculada poderia ignorar a estranha mulher vagando pelo jardim, com seus vestidos e móveis arruinados.

Uma tarde, um primo de Esperanza com seus 4 ou 5 anos de idade, disse com a voz sagaz de uma criança:

— Esperanza, por que você não vem para dentro? O teto é quadrado como o céu. Não tem diferença. — Ele acreditava que seu desalento viesse dos quadrados e que talvez ela já tivesse superado seu desconforto sem perceber. Em vez disso, ela começou a choramingar com repentina consciência dos limites do jardim, e como a dimensão imutável do céu a confinava. Esperanza puxou com força o portão de ferro enferrujado nos fundos do jardim, que não era aberto há anos. Ela fugiu aos tropeços do jardim, de seus nove espelhos, de sua cama afundada e de seu robusto armário. Correu pelas ruas alagadas de janeiro e continuou pela floresta de pinheiros adentro à margem da cidade, as saias de lã molhadas deixavam um rastro e faziam surgir fungos fosforescentes cor de laranja na barra de sua saia. Seu corpete frouxo abrigava pequenas samambaias. Seus cabelos serviam de suporte a líquen e musgos. A pele tinha a cor de alga e, acima de tudo, seu forte odor era o de um lago encolhido produzindo substâncias em decomposição, emanando a quarteirões de distância. As pessoas da cidade se desviavam dela, sussurrando que deveria ser a verde Esperanza, a filha que apodrecia na residência dos Peña. Ela vagou

> pela floresta de Cordera adentro. Embora seu pai a tenha procurado dias e noites com um grupo de homens e lanternas, ele nunca a encontrou. A mãe de Esperanza acreditava que ela tinha se transformado em uma árvore, talvez um olmo. Ela deixava pequenas coisas, como doces e brincos para sua filha na base de uma nova árvore que começara a crescer perto da borda de um prado úmido, onde havia rumores de que Esperanza tinha sido vista por um pastor de rebanho antes de desaparecer.

Depois de mais três dias de cavalgada, encontrávamo-nos, em um fim de tarde, em uma trilha estreita com um vento implacável. Confiei em Lorenzo para encontrar o caminho, apesar de saber que ele não conhecia aquelas montanhas.

Quando lhe perguntei, ele disse:

— Estamos indo para sudoeste, sempre para sudoeste, *Signorina*, conforme me pediu. Sei me orientar bem pelo Sol.

Fiquei mais tranquila, mas ainda assim sentia que estávamos na fronteira do país. Não podíamos mais cavalgar, pois as rajadas de vento ameaçavam nos arremessar longe. Nós nos seguramos com firmeza em cordas que haviam sido amarradas à rocha com argolas de ferro para os viajantes ao longo do caminho, e continuamos noite adentro, pois Lorenzo não queria ficar preso àquele lugar.

— Devemos parar e buscar abrigo em meio às rochas — insisti finalmente, pois minhas pernas doíam e meus olhos estavam tensos buscando encontrar chão firme na base rochosa que há muito tempo havia desmoronado. As pedras achatadas pareciam estar em uma extensão na luz que esvanecia, embora elas realmente se inclinassem em montes recortados, fazendo daquilo uma missão difícil.

— Não consigo continuar — reclamou Olmina enquanto se sentava abruptamente ao lado de sua mula, enrolando-se em sua manta e seu xale de lã.

— Não, não, não faça isso! — gritou Lorenzo. — Você não conhece as montanhas como eu. Aqui pode não ser as Dolomitas, mas sinto o cheiro de chuva chegando. Com esse vento feroz, será chuva pesada, talvez até neve.

— O céu está claro, bode velho! — disse Olmina, sacudindo seu punho para ele.

Realmente, as estrelas brilhavam sobre nós como buracos perfurados no estanho sobre o fogo. A Lua crescente descia no céu ocidental como uma gôndola pálida cortando um mar negro.

— Vocês estão vendo a Lua? Ela tem controle sobre a água, está vindo uma tempestade. E ali embaixo, estão vendo o pequeno chalé na campina?

— Sim, Lorenzo, estou vendo — respondi, oscilando contra o vento, fixando meus olhos na cabana de pedra coberta de palha.

— Poderemos chegar lá dentro de uma hora. Suba na mula, Olmina, irei amarrá-la ao lombo de Fiammeta.

— Não, não, não! — Olmina o afastou com uma força repentina.

— Vamos, Nana. — Recorri ao apelido com que a chamava quando era criança, e ela cedeu.

Então, fomos lentamente avançando, Lorenzo à frente das cinco mulas, Olmina ia encolhida sobre sua mula ao lado da última e eu a seguia a pé, puxando minha mula, todos fustigados pelo vento que crescia em força, uivando por todas as fendas, deixando-nos aturdidos, com as orelhas zumbindo. À nossa volta, os picos imponentes agigantavam-se como ermitões saindo de suas cavernas para nos assistir, alguns com as cabeças cobertas de neve.

Quando chegamos à cabana, vimos que era um abrigo pequeno e baixo para animais, com quatro cabras aconchegadas do lado de dentro. Lorenzo, semi-inclinado sobre a entrada, riscou sua pedra de sílex com um líquido inflamável, iniciando uma pequena chama que ele acendeu a um toco de vela. Ele acuou os animais aterrorizados para um canto e Olmina e eu nos acomodamos em outro.

Sem dizer uma palavra, minha querida companheira caiu no sono instantaneamente sobre a palha, enquanto as cabras olhavam para nós e baliam. Notei um pequeno papel saindo de seu bolso. Uma carta? Perguntaria sobre aquilo mais tarde, mas achei estranho, pois Olmina não se correspondia com ninguém que eu soubesse e tampouco sabia escrever. Apesar de que, se ela aprendeu a ler sozinha, mulher astuta, será que não sabia escrever também? Lorenzo puxou as cinco mulas para dentro, fechou a porta e certificou-se de que a tranca de dentro estava bem fechada. Estávamos todos amontoados ali dentro e a cabana de pedra se aqueceu com a respiração dos animais, dando calor e conforto uns aos outros.

Lorenzo me passou uma casca de pão dura, um pedaço de salsicha cozida fria e um pouco de *brandy* de cereja de Rousillon.

— Deve se fortalecer, *Signorina*.

Mastigamos nossa comida, agradecidos, enquanto o vento esfuziava montanha abaixo, sacudindo a palha acima de nós. Uma criatura cheirava as folhas do lado de fora da cabana, suavemente demais para um urso, pensei, ou provavelmente um ouriço. Lorenzo apertou o pavio e caímos em uma densa escuridão animal. Ele começou a roncar alto. Apesar do barulho, adormeci...

Maurizio sussurra, "Gabriella". Seus lindos olhos verdes vagavam sobre mim. "Gabriella!" Ele está usando o avental branco do hospital e seus pés estão descalços. Como são belos, fortes, arqueados, com os dedos chanfrados, e acima dos tornozelos vejo pequenas asas pulsando. Ele está no centro de uma longa sala no Hospital Santa Catarina, suando copiosamente. Pingos de suor escorrem por suas pernas formando uma poça a seus pés. Fico ao lado da cama onde ele está deitado. Longas fileiras de camas vazias que me enchem de terror estão alinhadas às paredes. Será que foram esvaziadas por causa da peste? Quando me inclino para beijá-lo, ele ainda está frio. Mas a pulsação em seus pés alados contradizem a pele azulada. Pressiono meus lábios em sua testa fria, em cada olho morto, em lábios afetados pela doença. Ele não se move. Descanso minha cabeça em seu peito, meus cabelos longos são como uma mortalha. Sua pulsação está em minha orelha. Tenho certeza daquilo e quero trazê-lo de volta. Acaricio as asas que ainda batem nos tornozelos, mas Maurizio não volta.

O cheiro dos animais, o zurrar das mulas e o ar gelado entrando pelas fissuras nas pedras me acordaram. Uma das mulas moveu seus cascos, agitada. A porta estava levemente entreaberta; Lorenzo havia saído, talvez para se aliviar. Levantei-me e espiei lá fora uma paisagem mudada: a terra estava camuflada debaixo da neve.

As pontas dos meus dedos formigavam, mesmo de luvas, e também os dedos dos pés por dentro das botas. Vi as pegadas fracas de Lorenzo que levavam até mais embaixo, na direção da fronteira com os pinheiros atrofiados.

Alguém se moveu ali. Senti um arrepio na espinha. Os animais, abrigados na cabana conosco, agitavam as cabeças para cima e para baixo, em pânico. Olmina dormia seu sono abençoado, despreocupada. Quando olhei, a imagem marrom sacudia com violência alguma coisa de um lado para o outro. Fiquei de pé, paralisada pelo medo. O urso, pois foi isso que observei, sacudia Lorenzo como um saco de grãos. Não conseguia me mover. Então, lancei-me ao movimento, gritei e cambaleei para frente, caindo a meio caminho de joelhos. O urso gigantesco bramiu, deixando Lorenzo cair. Ele balançava a cabeça de um lado para o outro, captando meu cheiro. Lá vem a Morte, pensei, minha mente se concentrou para um único ponto, o do pavor.

O urso ficou parado, sua pele castanho-avermelhada estava rachada pelo gelo. Suas patas estavam cobertas de neve e manchadas de sangue. Estava longe demais da cabana para voltar agora. Então, uma pequena rajada de vento levantou minha capa bruscamente com um golpe seco. O urso resfolegou e desceu colina abaixo, para dentro do denso bosque.

Quando Olmina apareceu à porta da cabana gritando nossos nomes, eu estava ajoelhada ao lado de Lorenzo, segurando sua cabeça ensanguentada em meu colo, com seus olhos esbugalhados olhando o nada. Chorei:

— Não vá embora, Lorenzo! Fique comigo!

Olmina se inclinou na nossa direção e entrou em colapso. Sua primeira reação foi desviar o olhar de seu marido para os pinheiros, como se não acreditasse no que via. Aquele era algum outro homem. Ela ia procurar por Lorenzo à margem do bosque.

Tentei colocar suas vísceras de volta em seu corpo. Coloquei neve na cavidade para estancar o sangue. Coloquei neve em sua garganta, e imediatamente ela ficou ensopada de vermelho. Sacudi seus ombros para acordá-lo. Não podia ser. Olmina começou a verter lágrimas, abriu seus braços para o céu congelado e inclinou-se para Lorenzo:

— *Dio Mio, no*! Meu marido, não vá, não vá! — Seu choro era tão penetrante que as montanhas estremeceram com seus lamentos.

•

Nós o arrastamos ladeira acima lentamente. Por fim, acomodamos seu corpo no abrigo e o cobrimos com um cobertor, para terror dos animais que sentiram o cheiro de urso nele e subiram um em cima do outro, encostando-se à parede. As mulas teriam escapulido se Lorenzo não as tivesse amarrado tão bem. Levei-as para fora para acalmá-las e as prendi à argola de ferro na parede de pedra do abrigo, o tempo todo olhando colina abaixo para a trilha vermelha escura na neve. Não queria deixar as cabras soltas. O urso ainda estava por ali.

Olmina proferia gritos tão lancinantes aos pés de Lorenzo que tive de pressionar minhas mãos em meus ouvidos e caí ao lado de seus ombros, chorando. Coloquei minha mão em seu rosto. Ele estava frio.

Depois de algum tempo, se uma hora ou muitas não saberia dizer, pois era impossível dizer quanto tempo a não ser pelo dia ainda remanescente, Olmina disse:

— Tenho de lavá-lo e ficar em vigília. — Ela voltou o rosto para mim, desfigurada pelo sofrimento e medo. — Você poderia procurar alguns gravetos para fazermos uma fogueira? Não vá longe.

Quando voltei com os braços cheios de gravetos molhados e galhos mortos, ela já havia acendido uma fogueira usando palha seca em um canto atrás de algumas pedras que haviam sido improvisadas pelos pastores como um tipo de lareira rudimentar. Uma pequena abertura na cobertura de palha fez a fumaça sair. Olmina acendeu duas velas, uma perto da cabeça de Lorenzo e uma a seus pés. As quatro cabras se amontoaram no canto mais distante, aceitando quietas e testemunhando o incompreensível. Enchi uma panela com neve, que seria derretida para a limpeza final do corpo.

Primeiramente o arrastamos para fora e o lavamos com neve. Não havia outra forma. Removemos seu manto e camisa, calças e meias, e seus sapatos de couro. Dobramos cada peça de roupa, mesmo que estivesse rasgada. Fiquei chocada ao ver seu corpo resistente e enrugado com aqueles ferimentos terríveis. Nós nos ajoelhamos, cada uma de um lado dele: Olmina do lado esquerdo e eu do direito. Esfregamos as crostas de sangue semicongelado de seus braços, pescoço, rosto, fazendo o único som da montanha: sssh, sssh. Neve contra a pele fria. Mas quando cheguei em suas pernas e pés, no lugar onde os dedos dos pés estavam faltando, não consegui continuar.

Olmina gemeu e deitou a cabeça sobre o peito dele. O que faríamos sem ele? Nós esfregávamos e parávamos, estremecendo e depois voltando ao trabalho, nossas mãos vermelhas de sangue, esfoladas pelo frio. Por fim, o levamos para dentro do abrigo. A água já estava quente agora, o vapor saía em ondas da panela preta. Experimentei com meu dedo. Água quente para um homem morto.

Deitamos Lorenzo sobre nosso melhor cobertor vermelho, com uma vela ao lado de seu ombro. Cada uma de nós enrolou um pedaço de sua camisa rasgada, mergulhando-a na água e torcendo-a. Dobrei o tecido e o passei sobre seu rosto, pescoço e ombro, em seu braço, limpando entre os dedos como se ele fosse uma criança. Nós o recompusemos da melhor forma que pudemos. Costurei seu braço esquerdo com um fio do meu cabelo. Olmina costurou seu pescoço com um fio grisalho de seus cabelos. Havia outros cortes profundos que não pudemos fechar. Pusemos um pedaço de tecido quadrado sobre sua barriga, um véu primitivo para cobrir um ferimento.

Olmina olhou para mim.

— Onde está exatamente o coração dele?

— Aqui — eu disse, colocando minha mão sobre a dela e pousando-a sobre o peito branco, levemente mais próximo dela. Ela colocou sua outra mão sobre a minha.

— Não havia padres, ele não teve um padre para abençoá-lo. — Ela levantou a cabeça e sussurrou com voz rouca. — Ele não recebeu sua comunhão. *Signorina*, devemos fazer as preces por ele.

— Não precisamos fazê-las. O vento da montanha dirá as Vésperas para ele. Os pássaros dirão as preces matinais. Os animais, as Laudes.

Ela me fitou e balançou a cabeça.

Lavamos a parte de baixo de seu corpo, seus quadris, pernas, pés. Ele estava limpo. Ele estava mais limpo do que jamais esteve. Limpei debaixo de suas unhas com um galho fino. Olmina escovou seu cabelo. E continuou a escová-lo. Lá, ali.

Por fim, o vestimos. Trouxe as mulas para dentro, estava começando a escurecer. Tranquei a porta. Estávamos exaustas e nos deitamos cada uma de um lado de Lorenzo. O sono nos derrubou.

Quando acordei, a noite havia passado. Lorenzo, sem vida e frio, estava deitado ao meu lado. Toquei sua mão rígida e comecei a chorar como uma criança.

Olmina estava estranha e divagava nas palavras e com o corpo, andando de um lado para o outro no abrigo.

— Tenho de encontrar um padre. Do contrário, que será de sua alma no Purgatório?

Não tentei impedi-la. Deixei as mulas saírem com uma corda, para que não fossem longe. Voltaram e ficaram paradas à porta ou entraram, tremendo de frio. Também tentei incitar as cabras para fora. Duas delas se recusaram. Elas me olhavam solenemente e preferi as cabras ao padre. Olmina arrastava-se de um lado para o outro.

Depois de um tempo, acendemos novas velas à cabeça e aos pés de Lorenzo, sentando ao lado dele. Não comemos. Falei algumas palavras do "Purgatório" por sua alma.

Das águas mais sagradas retornei
Refeito ao modo que as árvores se renovam,
Feito novas outra vez, quando suas folhas são novas,

Puras e prontas para ascender aos céus.

•

Olmina repetiu suas preces. Algumas vezes eu a ouvia, às vezes chorava. Mas não disse mais nada. Foi assim que os dois pastores de cabras nos encontraram. Atônitos, falaram pouco, mas se ajoelharam e cada um pousou a mão nos ombros de Olmina. Retiraram seus chapéus pretos como se Lorenzo fosse um deles. Voltaram com pás e nos ajudaram a enterrar Lorenzo mais adiante nas montanhas, em solo de neve derretida. Trouxemos nossas mulas e suprimentos conosco. Os pastores cavaram um buraco estreito. Um deles rolou uma pedra grande sobre o peito de Lorenzo para evitar que animais selvagens vasculhassem a sepultura improvisada. Um dos pastores trouxe também uma cruz simples com dois galhos de pinheiro bem amarrados com couro, ao centro, que ele enterrou sobre o monte de terra. Olmina se curvou na terra fria sobre Lorenzo e não queria se mover dali. Com a aproximação da escuridão, entretanto, os dois homens, por fim, a levantaram e a acomodaram sobre uma mula. Eles nos levaram até a vila de Xeu Durgel. Lorenzo está nas montanhas. Ele sempre adorou os lugares altos. Mas era amargo deixá-lo em uma terra estrangeira, à qual não voltaríamos mais.

CAPÍTULO 20

Semelhante Cura Semelhante

Olmina não falou por um bom tempo. Algumas noites, na casa de fazenda de pedra onde encontramos alojamento, ela soluçava sem parar. O som solapava o tempo, a rodada dos dias, portanto, não sabia ao certo quando eu o ouvia ou apenas o recordava, ou ainda se estava antecipando o sofrimento que estava por vir. Dormia por longos períodos, noite e dia. As distâncias traçadas nos mapas não eram nada se comparadas à distância entre um dia e o outro, entre Olmina e eu. Não nos abraçamos desde a morte dele. A culpa não foi falada, mas as consequências de minhas escolhas me atormentavam como o tilintar seco das contas de seu rosário. *Se eu não tivesse decidido viajar. Se meu pai. Se Lorenzo. O urso.* Deus!

Quando perguntei ao fazendeiro sobre uma cidade chamada Santa Engrácia, a origem de uma das cartas de meu pai, ele apontou para o oeste. Falei com Olmina sobre partir. Ela balançou a cabeça em concordância com cansaço, repetindo o velho provérbio. *La lontananza è madre della dimenticanza.* A distância é a mãe do esquecimento.

Nós jamais esqueceríamos, mas fiquei agradecida pela mentira. Lembrei-me de uma estranha enfermidade que anotara no livro.

Lapso

Uma situação embaraçosa na qual a mulher subitamente esquece seu local de origem e concebe um desejo intenso pelo mundo como um todo, frequentemente por lugares distantes e exóticos dos quais ela possui extraordinário conhecimento, que não pode ser atribuído a livros ou rumores.

Da mesma forma que os melancólicos possuem um grande talento para a memória devido a um temperamento seco que retém as impressões das coisas, o fleumático, de temperamento aquoso, sempre contrai essa doença, de esquecimento concomitante e conhecimento inexplicável. Certamente, o fluxo frio do temperamento predispõe a pessoa a tal estado.

Em um desses casos relatado pelo Dr. Menasteri de Treviso, uma certa camponesa chamada Giovanna, que trabalhava as plantações de chicória renomadas pelo amargor soberbo de seus legumes (apreciados por Catarina de Médici), subitamente se recusou a cuidar das plantações. Suas amadas chicórias definharam. Seu marido lhe implorou, preocupou-se, e acabou por trancá-la no quarto deles em uma das várias casas de camponeses anexas ao grande jardim, por causa de seu modo de falar bizarro e de sua tendência a vagar quando saía, pois ela não conhecia mais sua casa. Giovanna alegava conhecer um certo lugar, Akka, onde nunca esteve. Lá, dizia, era conhecida como Mulher do Pulso Amarelo. Naquela vila, os habitantes adquiriam seus nomes a partir dos vários corantes que confeccionavam para tingir suas roupas e tendas. Os corantes eram derivados das reações de besouros, plantas, asas de mariposa, sangue e urina sob o Sol, a Lua e o brilho das estrelas. Então, Pulso Amarelo espalhou cascas de cebola no jardim sob as estrelas do inverno de Vêneto e chegou a um agente de cor dourada, sobre o qual ela andou muitas e muitas vezes para chegar a uma tonalidade mais escura.

O marido de Giovanna lhe trouxe cabeças de chicória murchas e as colocou em seu colo como uma gentil queixa, mas ela as deixou rolar até o chão. Logo ela começou a parecer excêntrica, sentada totalmente ereta em sua cadeira perto da janela trancada, com o corpo rodeado de legumes estragados. Em uma tarde de outono de súbita geada, que grudava nos tornozelos das mulheres, seu marido voltou da padaria com um pão quentinho, na esperança de agradá-la. A tábua de madeira de sua porta rude estava partida ao meio. Giovanna fugira. Cães de caça de Trevisan foram contratados para encontrá-la, mas os animais moviam-se de um lado para o outro pelos campos, confusos, incapazes de localizar seu cheiro.

Giovanna nunca foi encontrada, porém algumas histórias vieram à tona anos depois sobre uma estrangeira no Reino de Faz, com a pele pálida como uma fatia de maçã, que cuidava de uma horta de plantas amarelas para tingimento e de legumes esquisitos.

Pouco se sabe sobre uma possível cura para essa enfermidade, pois a vítima geralmente desaparece e, portanto, não consegue ser tratada.

Depois de deixarmos a casa da fazenda, viajamos por um dia e avistamos uma estalagem ao longe sobre uma projeção reforçada de uma rocha que lembrava nada mais do que a língua de Santo Antônio destituída de vitalidade, uma extremidade ressequida, com a vila amontoada ali, como se fosse a última palavra do santo na ponta da língua, antes de morrer. Estávamos exaustas. Até mesmo as quatro mulas (deixáramos uma na casa da fazenda como pagamento pela gentileza em nos hospedarem) ficaram doloridas com a subida e pararam abruptamente, muito mal-humoradas. O ar estava pesado com o calor.

Apeamos e fomos caminhando com grande esforço pela trilha estreita que subia pela lateral da montanha, com sua floresta de carvalhos escassa e uma faixa de grama morta sibilante. As mulas finalmente permitiram que as puxássemos. Fedele carregava o baú de medicamentos e também minhas anotações do livro. Quando o caminho ficou estreito demais, parei e amarrei a bolsa com os papéis às minhas costas. Encontramos um fluxo de água minguado a meio caminho da subida e bebemos um líquido misturado com barro solto que mal matou nossa sede. Um número enorme de borboletas cor de laranja e amarelas também sugavam da água lamacenta e não se moveram quando ajoelhamos ali, ou quando os animais as perturbaram, inclinando-se e grunhindo enquanto a água turva molhava suas bocas.

As borboletas se aglomeraram em seus lábios e focinhos, e até nos nossos lábios e em nossa pele para sugar nossa umidade. Enfeitadas de forma estranha pelas borboletas amarelas, esperamos que as mulas bebessem sua cota, embora Olmina balançasse a cabeça, alertando contra dor de barriga e fluxo de sangue. Por um breve momento, peguei um relance da antiga Olmina simples, mas logo ela desapareceu em seu silêncio. Ela se punha à parte do mundo. Simplesmente deixava-se levar. Ainda assim, não pude deixar de perguntar:

— O que você acha que Lorenzo teria feito dessas borboletas?

Ela me fitou, sem achar consolo à menção do nome dele, e respondeu:

— Ele teria gostado de sua cor: amarelas de fogo. São criaturas do fogo.

Quando chegamos à estalagem, o dono, Cúbero, gritou (com uma voz tão alta que parecia estar constantemente contra o mundo):

— Salvador, Salvador! Onde você está? Temos hóspedes!

Como sempre, insisti para levar meu baú de medicamentos, desconfiada da influência de estranhos sobre ele.

Segui um homem mais velho com olhos sonolentos, que carregou minhas malas por escadas largas e escuras, virando por um corredor pequeno com pedras irregulares e, por fim, subindo dois degraus pequenos. Olmina se arrastava atrás de mim, carregando a própria mala. Uma ou duas vezes, ele se voltou para me fazer uma leve reprimenda:

— Espere, *Señora*, espere. Levarei o baú. Não está cheio de pesetas de ouro, está? — Ele me repreendeu com bom humor. — A senhora deveria ter um criado para ajudá-la com essas coisas.

— Eu tinha, mas ele se foi.

— Ah... — Ele me olhou de soslaio, como se fosse perguntar alguma coisa, mas, ao ver meu rosto, mudou de ideia. — Vocês vão ficar no velho galinheiro, mas o deixamos confortável e vocês terão a melhor vista, afinal.

Ele acenou com os braços fortes na direção de um precipício de pedras vermelhas abaixo de nós, com retalhos amarelo-alaranjados e marrons nos campos, onde havia outros vilarejos murados nas colinas e torres de vigia solitárias assomavam-se na direção do país dos mouros, adiante das cordilheiras. Ele puxou as mangas das camisas até os cotovelos e colocou as mãos na cintura enquanto me olhava dos pés à cabeça de uma maneira franca, observando:

— As camas aqui são todas iguais, portanto, a criada e sua senhora são iguais! — Ele abriu um sorriso largo e saiu. Inclinei-me lentamente para sentar em uma cadeira de madeira. Lorenzo teria gostado desse lugar alto. Olmina se sentou em sua mala e apoiou a cabeça na mão. O quarto, apesar de pequeno, estava dividido pelo silêncio.

Depois de algum tempo, perguntei:

— O que é esta carta que você leva no bolso?

Ela ficou me olhando.

— Não queria lhe dar por medo... Por medo de lhe causar sofrimento. — Então, como sabia que não havia escolha, entregou-me. — Desculpe-me, *Signorina*. O Dr. Joubert me pediu para que eu lhe entregasse em Montpellier. — Então ela foi até a cama mais longe da janela, pois sabia que eu gostava de olhar para fora, e se virou para o outro lado para cochilar.

A carta era de Hamish.

Minha médica mais querida, Gabriella,

Como fui deselegante, estou cheio de remorsos por ter lhe causado aflições sem cura. Se o perdão for possível, gostaria de me dedicar a ele. Minha cara, como pôde partir sem se despedir? Preocupo-me por você se colocar em perigo, e também os seus gentis servos, nessa jornada. A estrada é uma incisão para o desconhecido, não percebe? Não pode vasculhar o continente para descobrir seu pai. Confio que esta carta vá direto ao seu coração e não fracasse. Espero que ela chegue antes de mim. Estou determinado a encontrá-la e trazê-la de volta de Montpellier. Se não quiser voltar comigo para Edimburgo, então permita que viajemos juntos de volta para Veneza. Sim, eu a acompanharei até sua casa. E a cortejarei se me permitir. Não há outra maneira. Seu pai está perdido e somente ele pode se libertar. Querida Gabriella, você me leu, me traduziu para mim mesmo. Deixe-me examinar as palavras do livro escondido em seu peito, a biblioteca de suas ilusões, virtudes e reflexões. Encontrei dois fios de seu cabelo ruivo em meu gibão e agora os guardo enrolados em meu bolso. Sua imagem está sempre diante de mim. Confio-me ao seu serviço,

Edimburgo,
24 de abril de 1591
Doutor Hamish Urquhart

Coloquei a carta entre as páginas de meu livro. *Agora ele jamais nos encontrará*, pensei. Ainda assim, suas palavras ficaram presas em mim.

Enquanto Olmina dormia, comecei a ordenar as páginas das doenças e curas, e isso acalmou minha mente. Havia mais do que eu imaginara. Apesar do calor, pedi a Salvador que me trouxesse uma panela com água quente, pois queria uma xícara de chá de menta devido às suas propriedades calmantes. Abri o baú e retirei o frasco da menta de Córsega macerada e, embora tenha me sentido um tanto envergonhada, usei as últimas folhas para fazer uma decocção para mim.

Olmina continuou adormecida em nosso quarto enquanto a noite chegava em Santa Engrácia, como a tampa de um caldeirão de ferro. Quanto a mim, depois de jantar pão, carne de carneiro dura, queijo salgado e um vinho denso com sedimento, retirei-me para a varanda onde espalhei meus mapas sobre uma mesa espessa de carvalho e sob a luz de uma lanterna a óleo, colocando pedras nas pontas para impedi-los de se enrolar sobre si mesmos.

O dono da estalagem, Cúbero, curioso, ficou por perto esticando-se para ver o que eu fazia. Fiz sinal para que se aproximasse, explicando o propósito de minha viagem e lhe perguntei se tinha visto ou ouvido falar de um homem que se encaixava na descrição de meu pai. Ele não tinha lembrança de nenhum médico, mas sugeriu que eu perguntasse à boticária no município de Tremp. Tracei nossa jornada sobre o mapa com o dedo, como fizera quase todas as noites desde que deixáramos Veneza, por isso os nomes dos lugares pelos quais passáramos começavam a se desgastar, principalmente os do início, que tinham sido tocados com mais frequência. Enquanto estudava as páginas do livro, eles também estavam gastos em lugares como se tivessem sido tocados com um ferro.

As Ínguas de Morfeu

Os carbúnculos, diferentes da Epidemia Negra, não se originam das fumaças malignas da Sicília ou dos campos pestilentos de Goth. Eles vêm do mundo do sono, por isso muitos os declaram incuráveis. O paciente sonha que seus membros estão cobertos por pústulas grandes e inchadas que ainda não foram rompidas na superfície. O tempo tenebroso ameaça com correntes violentas de ar, redemoinhos e tempestades. Quando o paciente acorda, para seu desalento, encontra uma íngua feia atrás do joelho ou projetando-se de sua panturrilha, e assim tem início. O que se aloja no corpo durante o sono irrompe à luz do dia.

Fui chamada para tratar de uma jovem nobre, renomada por seu belo salão em Orguégra, que experimentava essas visões durante o sono: nuvens enormes transformavam-se em pedras moleiras no céu, pretas no centro, como se houvesse um eixo escuro e oleoso, com espuma branca nas bordas. Objetos eram atraídos para essa espuma: cadeiras, tapetes, tecidos adamascados, cãezinhos de estimação, ferros usados na lareira, pernas de cabrito, bibliotecas inteiras e astrolábios, mas nenhuma pessoa era levada. Seus bubões tornavam-se amarelos e desenvolviam vórtices venenosos. Eu conseguia apenas precipitar sua erupção para aliviar seu desconforto mais rapidamente, aplicando folhas de mandrágora (reunidas à noite antes de o orvalho dispersar suas propriedades curativas), argila branca dos Pirineus e sal com um tecido macio mergulhado em vinho. As ataduras eram trocadas três vezes ao dia. Ela sofria muitíssimo por ter as mãos atadas para que não se coçasse. As cicatrizes marrons desagradáveis deixavam-na com tanta raiva que ela se recusava a me pagar por sua detestável sobrevivência. Mais tarde, ouvi que enquanto a maioria de seus pretendentes a abandonou, um permaneceu, um cavalheiro de Nápoles, que ganhou seus votos com o presente de um pequeno telescópio desmontável feito de latão. Agora ela podia ver longe.

Na loja do boticário, quando perguntei se alguém havia conhecido um médico italiano de altura mediana e com uma barriguinha (embora tenha começado a desconfiar que talvez meu pai fosse considerado alto aqui ou que poderia ter emagrecido), o boticário, Alonso Gonzalez, pareceu ansioso em ajudar.

— Sim, conheci seu pai, um bom médico, porém triste. O Dr. Monatti.

— O nome dele é Dr. Mondini. — Eu o corrigi.

— Ah, sim, é claro. O médico com frequência fazia passeios sozinho nas montanhas e certa vez passou a noite em uma torre de vigia perto da garganta de Lâmia. — Nesse momento, o boticário baixou a voz e tamborilou os dedos descoloridos com nervosismo sobre o balcão de pinho manchado, onde muitos pós curativos e pomadas secretas foram derramados, dando uma cor heterogênea à madeira. Sua conduta lembrava a de um padre revelando algo em segredo. — Esse lugar é desafortunado, sabe, tem águas ruins. Mas seu pai não acreditava, insistia que "semelhante cura semelhante". O Dr. Mondini queria curar a melancolia em um local melancólico, é isso. Nós o alertamos, minha esposa e eu. — Pude ver a esposa parada atrás da porta semiaberta, ouvindo, imóvel. — As águas lá estão mortas, sabe. A cor é estranha, um azul pálido de calcário, não se pode ver nada além da superfície. Não é natural. Mata as árvores que crescem ao longo de sua margem e nada cresce na garganta. É uma das poucas passagens livres entre as terras mouras e cristãs. Muitos soldados de ambos os lados foram aprisionados e mortos ali, mas isso não é o pior do lugar, não, não.

Os olhos negros e pequenos de Gonzalez movimentavam-se com nervosismo, de Olmina para mim. Sua cabeça pálida parecia ter sido modelada com marfim, de tão opaca que era sua pele, principalmente onde a linha de seus cabelos pretos desenhavam um "M" no topo de seu crânio.

— Os campos de Don Trujillo também viram muitas mortes, mas os sulcos na terra voltaram a ter vida e renderam safras. O rio estava morto muito antes da vinda dos soldados. Minha avó me disse que as águas foram amaldiçoadas por um crime muito antigo para ser lembrado, coagulando-se no fundo como um leite estragado. Imagine um rio de almas coaguladas preso entre as paredes escarpadas da garganta, almas coaguladas! — Suas mãos manchadas e cobertas de pelos escuros movimentavam-se no ar diante dele à maneira de um mágico.

Sacudi minha cabeça de leve, atônita, mas o homenzinho continuava, como se não pudesse mais parar.

— Padre Pablo de Sevilha, o Beneditino, conhecia bem essas gargantas, tendo ficado preso a uma delas e vivido como explorador por dez anos ao norte. Ele quis banir o curso das águas de Lâmia. O bom homem realizou exorcismos durante vários dias, sozinho em uma elevação, tendo apenas padre Batista como visitante para lhe trazer pão, água e vinho uma vez ao dia. Uma tarde, padre Pablo baixou seu balde até o rio e retirou a água, apesar de todos os avisos. Quando voltou à vila, sua fronte estava preta e cheia de nódulos. Dizem que ele provou daquela água. Durante a missa aos domingos, ele gaguejava e falava atabalhoadamente em outra língua. Todos ficamos aterrorizados com ele. Ele fazia caretas no púlpito. Uma noite, o padre partiu com apenas uma bolsa pequena com seus pertences e, desconfiamos, um castiçal que ficou faltando no altar da igreja, pois é. Ninguém jamais recebeu notícias dele.

Não tinha certeza do que pensar daquela história. Olhei demoradamente para as fileiras de jarras de cerâmica com os nomes em latim em azul-cobalto sobre um vidrado branco de cerâmica, as videiras em amarelo forte e azul trançadas sobre a boca das jarras, onde a argila mais escura falava através dos pontos lascados. Não eram tão bonitas como as jarras de maiólica encontradas nos boticários de Veneza. As jarras menos usadas, com substâncias como o heléboro-preto (empregado para lepra), estavam cobertas por uma fina poeira de cor avermelhada.

O *Señor* Gonzalez continuou:

— Avisei seu pai para não beber daquela água, mas ele cometeu a pior insensatez, ele se banhou nela. Se não fosse pelo vigia da torre que estava se esquivando de suas obrigações naquele dia e caçando gamos perto da garganta, seu pai teria sumido na argila azul, sabe. Ele ficou mergulhado até a cintura em um tipo de torpor, e teve de ser içado por cordas e puxado com a ajuda de alguns cavaleiros das redondezas. Ninguém queria tocar as águas e as cordas foram queimadas depois, um desperdício de bom cordame, se quer saber.

O boticário olhou atentamente para mim, como se fosse minha vez de falar de meu pai. Mas eu ainda estava nas águas paradas tentando gentilmente guiá-lo, como uma tora pesada na direção da margem. Ele estava amarrado ali, sem se mover. E eu estava apavorada.

— Meu pai, então, sucumbiu à loucura das águas?

— Não sei, boa *Señora*, pois para mim ele já era um pouco diferente antes. Ele partiu apressadamente, como se o demônio estivesse em seus calcanhares. Então a senhora não teve mais notícias dele?

Eu não pretendia contar nada a Alonso Gonzalez, pois sabia que seria o mesmo que alardear para a vila toda. Imagina contar o que quer que fosse a um fofoqueiro como ele. Eu simplesmente balancei a cabeça em negativa, o agradeci e comprei algumas ervas medicinais: língua de cobra para extrair as impurezas das feridas, dicotiledôneas com mel para aliviar todo o tipo de lesões e queimaduras, e sementes de erva-doce por seu efeito salutar geral. Pelo menos ele recebeu o benefício da minha compra por seu incômodo, embora sua expressão de desapontamento tenha se contorcido para o lado esquerdo quando lhe dei minhas moedas. Olhei de relance para a porta semiaberta e notei que a mulher desaparecera. Uma estreita fenda de luz ocupava seu lugar.

— Quando exatamente meu pai esteve aqui? — perguntei, fingindo um tom casual enquanto manuseava as dobras de minha saia marrom. — E para onde ele disse que estava indo?

— Ah, *Señora*, ele partiu para o norte, Venasque. Ou para o sul, não sei, talvez Miquinenza ou Lérida?

— Ou Almodóvar del Rio! — O som da voz de uma mulher veio do outro quarto.

— Por favor, perdoe a grosseria de minha mulher, *Señora,* só porque ela é de Andaluzia acha que todos querem ir para lá! Mas quanto à sua outra pergunta, sim, ele esteve aqui no fim da temporada da debulha, em julho, três anos atrás.

Nós o agradecemos e saímos com nossos medicamentos. Estávamos há apenas duas casas de distância da loja do boticário quando sua esposa correu até nós, com uma cesta pendurada no braço.

— Estou a caminho da padaria, mas tenho algo para você — ela disse baixinho. — Seu pai trocou isso uma vez por um medicamento. Acredito que estava ficando sem dinheiro. Não diga nada a meu marido! — E ela colocou um pequeno paquímetro em minha mão. — Nunca conheci meu pai — acrescentou. — Invejo sua tristeza. — E então ela continuou andando apressadamente à nossa frente, pois, afinal de contas, éramos estrangeiras.

Ainda assim, gritei meu agradecimento, mas ela não se virou.

— Quieta, *Signorina*! — Olmina falou pela primeira vez aquela manhã. — Ela já levantou suspeitas falando conosco. Seu marido está espiando da porta.

Deixamos Santa Engrácia para explorar nas vilas vizinhas rastros do italiano, *Il Dottore*. Algumas vezes, quando conversava com outros viajantes ou habitantes das vilas, aristocratas ou plebeus, não tinha certeza se estávamos falando do mesmo homem. Em uma vila, *Il Dottore* exibiu hábitos tão diferentes de meu pai que suspeitei que estava seguindo a trilha de algum renegado ou louco se fazendo passar por médico. Falavam de *Il Dottore* como um homem sombrio que resmungava comentários enigmáticos ou incoerentes, administrava medicamentos e partia. Alguns, furiosos, exigiam que os recompensasse. Um rapaz falou de *Il Dottore* como um santo, um homem de incomensurável gentileza que via todos os doentes como iguais, que ajudava um bandido sofrendo à beira da estrada tanto quanto um fidalgo com gangrena em uma cama fria no castelo.

Olmina se cansou dessa busca e tentou me fazer voltar para casa.

Visitamos o Gran Encantat, numa tarde de ventos fortíssimos, onde cresce uma erva chamada asfódelo. Meu pai sempre mencionava as extraordinárias propriedades dessa raiz que alivia espasmos de todos os tipos e aumenta o fluxo de urina, purificando o corpo. Hipócrates também notou que as raízes podiam ser assadas nas cinzas e ingeridas pelas mulheres para restaurar o fluxo mensal (um tratamento que esperava testar em mim mesma, pois meu fluxo havia cessado, como aconteceu uma vez em Veneza quando caí em grande sofrimento depois da morte de meu amado). Os antigos a plantavam perto das tumbas, pois dizia-se que o asfódelo era a comida preferida dos mortos. Tinha certeza de que meu pai não deixara passar a oportunidade de recolher alguns bulbos.

Chegamos à entrada de um vale coberto por uma floresta de pinheiros altos entre duas cadeias montanhosas, onde fomos orientadas por um pastor de ovelhas corpulento que me disse que as mais belas ardísias brancas cresciam ali, porém, a maioria das flores já estava seca agora. Meus cabelos estavam revoltos debaixo do chapéu de palha e Olmina começou a me mimar excessivamente, como se faz com uma criança ou com o bobo da vila.

— Nós deveríamos começar a voltar, Gabrielletta. Uma tempestade está se armando. Farei uma torta de queijo deliciosa para você. — Ela tentou me persuadir.

— Desde quando você me chama de Gabrielletta? Já sou uma mulher adulta — gritei para ela acima da ventania. — Quero que você me ajude a procurar os bulbos!

Olmina apertou os lábios rachados e franziu a testa para o implacável solo pedregoso, virando-se bruscamente e se afastando. Fiquei entre as ardísias altas que sacudiam furiosamente suas longas folhas, flores exaustas e suas frutinhas que se multiplicam. Consegui desenterrar vários bulbos em formato de fuso. Guardei-os em minha bolsa de couro.

Comida para meu morto, pensei, porém sua fome parecia interminável.

Depois de cavar os asfódelos selvagens, retornamos a Santa Engrácia e caí doente. Sentia um calafrio tão forte que retrocedi a outros meses e anos. Ouvi Lorenzo sentado ali ao meu lado, talhando a madeira com os movimentos ligeiros do canivete. Vi as costas de meu pai à janela e depois não as vi mais. Messalina apareceu pingando gotas do mar.

Olmina cuidou de mim. Ela me trazia sopa de rabanete preto e pão para o jantar, acariciando minha testa com um pano úmido, ainda que seus suspiros me dissessem que ela estava agitada e, algumas vezes, ressentida.

No terceiro dia, Salvador trouxe meu chá de camomila de flores prensadas e coadas, e me senti melhor. É tão estranho que coisas pequenas às vezes possam realizar uma grande reversão. A cura, enfim, é invisível.

— Pedi muito de você nessa viagem, Olmina. — Comecei com voz rouca. — E Lorenzo. Ele nunca teria morrido se...

Olmina começou a chorar suavemente e deu tapinhas em meu cabelo.

— Ele a amava muito, *Signorina*, como se ama a uma filha. — Ela depositou uma pequena caixa na palma da minha mão. Pude ver o envelhecimento de Olmina em suas mãos manchadas e enrugadas. — Isso é seu, sua mãe ia jogá-los fora! — A caixa continha os dentes perdidos durante minha infância. Pareciam pequenas conchas. — Mas ele sempre os levava no bolso da camisa, para dar sorte, ele dizia, porque um dia pertenceram à nossa pequena doutora.

Minha mão se fechou sobre a caixa e eu pressionei minha cabeça contra a de Olmina, chorando. Lorenzo carregava meus dentes como pérolas enquanto assistia à minha transformação em mulher. E eu quis viajar para as terras mais distantes, agora o Marrocos, pelo pai que me abandonara.

CAPÍTULO 21

A Fronteira entre Continentes

Na noite antes da partida para a cidade portuária espanhola de Algeciras, puxei a carta de meu pai, marcada de Taradante, do fundo do pacote de cartas. Eu a lera apenas uma vez, diferentemente das outras, que eram companheiras frequentes de meus pensamentos noturnos. Agora, consegui perceber o porquê, pois esquecera ou me recusara a ver a maior parte do que dizia.

Cara Gabriella,

Estou cada vez mais cansado. Ao observar a Lua cheia se elevando sobre as areias trançadas do leito do rio, sinto que estou em sua superfície branca. Alguns dizem que ela é totalmente macia. Outros, que é formada por oceanos. Aristóteles achava que ela marcava o início das imortais estrelas do éter e o fim dos astros mutáveis: água, terra, fogo e ar. Sou mutável demais aqui no deserto, meu cérebro aquoso é levado pela atração da Lua como aqueles crustáceos que se multiplicam exuberantemente em sua luz. Mas também estou em uma fronteira. Esta vida é meu elemento mutável, a areia adiante, minha mente imortal. Sou pequeno demais para mim mesmo. A vida toda tenho lutado contra o acréscimo, o decréscimo, a gravidade da fúria e da tristeza, a quase ausência de peso do esquecimento. Curas, panaceias, paliativos. Agora acredito que a Lua seja areia, o disco da parte de cima de uma ampulheta drenando para dentro do éter e longe de nós. Todo mês a Lua escoa e depois é colocada de volta por uma mão estável. Talvez a sua própria. Ela gira a si mesma. Você deve voltar a si mesma, filha. Não podemos vê-la, mas podemos senti-la. Meu corpo me restringe. Quero viver para sempre. Ainda assim, sou grande o suficiente para descansar minha cabeça sobre seu peito arenoso. Deixar-me levar. Não sou nada além de um grão de areia. A Lua é a esposa que nunca beijei! Ela espera por mim, ela me abandona. Ela está em tudo o que é molhado, o mar e seus afluentes, o coração e seus vasos, o cérebro e seus pensamentos nebulosos, o rim e seu fluxo, o útero e seus desejos aquosos, o passado e suas ondulações de abalo. Eu vago, sou levado pela corrente, Gabriella, perdoe-me. Estou cada vez mais cansado e devo descansar no deserto. Os sonhos também compartilham da Lua. Demoram-se no portão. Se eu conseguir dormir, vou lhe contar meu sonho. Não terei mais sede. Se conseguir enganar a morte seca mais uma vez. Há tão pouca água aqui e tão poucos poços para atrair a Lua, mas as águas ainda marulham às margens do continente. Volte, volte, você me diz, e eu lhe pergunto: voltar para onde? Devo reconstituir mentalmente minha jornada para encontrar minha casa?

1589
Seu Pai

Viajamos durante vários dias de Santa Engrácia na direção de Andaluzia, depois por suas montanhas até o sudoeste da Espanha e chegamos à antiga cidade portuária de Algeciras. O ar era carregado com o odor de peixe e moluscos.

— Há alguma hospedaria aqui por perto? — perguntei, depois de cumprimentarmos o homem curtido pelo Sol sentado de pernas cruzadas, consertando uma rede.

— Continue na direção oeste até chegar a um muro caído. Fica logo depois do entulho. — Ele acenou com a mão enrugada e dedos curtos e grossos, segurando uma agulha e um fio espesso, na direção dos longínquos limites da terra, voltando então aos seus hábeis nós.

Assim que começamos a seguir a trilha para o oeste, ele gritou:

— Se a senhora tiver interesse em vender uma mula ou duas, por favor, me avise.

Virei-me sobre a sela.

— Venha à estalagem amanhã e conversaremos.

— E terei a sorte de procurar por...

— Dra. Mondini.

— Ah, amanhã então. — Ele sorriu para nós, ou melhor dizendo, para as mulas, que ele parecia estar avaliando a bom preço.

Nós nos acomodamos em quartos simples, com paredes brancas pintadas de cal, na modesta estalagem. De nossa janela, nas fronteiras de Andaluzia, olhamos pelo mar poeirento para a Ilha de Gibraltar, elevando-se como um leão branco vigilante. Também conseguíamos distinguir a linha tênue das montanhas roxas do Rif no Marrocos.

Virei-me para Olmina para retomar uma conversa que começamos com diversas interrupções durante todo o caminho e que ainda agora eu desejaria adiar. Mas, por fim, perguntei calmamente:

— Você pode imaginar Veneza sem Lorenzo?

— Ela jamais estará sem ele. Veneza era a nossa casa — disse Olmina. Ela fez uma pausa. — Gabrielletta, será que não consigo convencê-la a ir comigo?

Eu devolvi a pergunta:

— Você não vem comigo para o Marrocos?

— Minha doutora teimosa. — Ela riu com voz rouca e seu corpo sacudiu ao lado do meu no espesso peitoril da janela. — Você terá de seguir com isso até o fim, mas como saberá onde é o fim?

— Eu saberei, de alguma forma saberei — respondi. — Cuidarei dos preparativos, então — disse, deixando-a observar a imensidão do mar.

Señor Romanesco, o dono da nossa estalagem, ofereceu-se para fazer a reserva das passagens para nós. Tivemos a sorte de ter de esperar somente dois dias para a chegada de nossos navios. Olmina iria a bordo do navio mercador *Hyperion*, para Veneza, bem cedo. Eu partiria logo depois dela no *Charon*, para Tânger.

— Mas por que está viajando sozinha, *Señora*? — ele perguntou. Sua boca, cercada por uma barba preta bem aparada, expressava sua desaprovação. Ele me chamava de *Señora*, achando que eu fosse viúva, suponho.

— Pretendo procurar por meu pai. Uma de suas cartas mencionava uma cidade chamada Taradante. O senhor poderia me dizer se há outros viajantes respeitáveis por aqui que estão indo para Tânger? Preciso de companheiros de viajem confiáveis.

Ele se inclinou para frente, colocando as duas mãos sobre os mosaicos geométricos do balcão entre nós, avisando:

— A senhora estará fazendo um convite a ladrões e vigaristas se continuar vestida como está. O deserto a engolirá!

Baixei minha voz e disse:

— Irei vestida como homem.

— Aaaaah... Mas como irá suportar o deserto da Barbária?

— Conhece o deserto, então? O senhor é mouro?

— Ah, a senhora é curiosa — ele disse estreitando os olhos. — Mas permita-me alertá-la de que está na fronteira entre continentes e, como em qualquer outra fronteira, descobrirá que ninguém é exatamente o que parece. O mouro é um espanhol fiel. Os judeus agora estão convertidos. Até a doutora pode ser penalizada, se é que me entende. Mas um dono de estalagem honesto é sempre honesto. — Ele esfregou uma mão contra a outra e continuou: — A senhora se acostumará com o calor e os ventos da Barbária. Aprenda onde estão os poços fundos, *Señora*. Até o *dar* mais humilde tem seu jardim, até a alma mais humilde.

— E o que é um *dar*?

— O *dar*, no Marrocos, é uma habitação, uma casa com seus quartos ao redor de um pátio, como temos aqui. — Ele acenou para o pequeno pátio do lado de dentro com sua fonte octogonal ladrilhada em azul e verde, que lançava uma luz fria e instável nas paredes pálidas.

— Agradeço imensamente sua ajuda — disse e me voltei para o pátio submerso em sombras, subitamente preenchido pela preocupação da viagem solitária que teria pela frente.

Naquela noite, o *Señor* Romanesco bateu à nossa porta e anunciou:

— O pescador veio ver seus animais. Eu a acompanharei até o estábulo.

Assenti com a cabeça. Olmina se juntou a nós.

Decidi manter Fedele e Fiametta, portanto, apenas as outras duas estavam à venda. Isso seria suficiente para comprar nossas passagens de navio e ainda ficaria com uma boa reserva de ducados.

Quando dei meu preço, o homem hesitou.

— Então só posso comprar uma das duas.

— Então, está feito — concluí.

— Só um momento. Deixe-me dar uma espiada nelas. — Ele andou em volta de cada uma, sentiu cada perna e deu tapinhas em seus cascos, enquanto elas o olhavam levemente desconfiadas, o branco de seus olhos ficando maiores.

Nós regateamos, em ambas as direções. Eu calmamente determinei uma negociação firme, enquanto Olmina ficou por perto, com as mãos na cintura, pregando um olhar duro nele, o que teria me irritado em um instante. Éramos mais duronas do que o velho pensara, e o *Señor* Romanesco ficou em um canto observando a transação em silêncio, sem expressão.

Acariciei a cara cinza das mulas, suas orelhas macias, cujo formato parecia a vela de um barco, movimentando-se para um lado e depois para o outro, independentemente uma das outras. Por longas distâncias elas transportaram nossos suprimentos com esforço e determinação! Estava triste por deixá-las, mas pelo menos elas não teriam de viajar em outro navio novamente.

Por fim, o pescador comprou as duas, pagando-nos com prata. Assim que ele saiu, ouvi-o falar com as mulas sobre a pesca do dia, enquanto dava tapinhas em suas costas, satisfeito.

Antes de voltarmos para nosso quarto, o *Señor* Romanesco me chamou de lado no pátio escuro e disse:

— Vejo que a senhora sabe como lidar com um freguês, *Señora*. É mais firme do que parece. — Ele sorriu para mim, com os olhos pretos cintilando. — Gostaria de poder lhe recomendar companheiros de viagem adequados, mas não há ninguém. Entretanto, meu irmão que mora em Tânger e vende especiarias na feira árabe ao ar livre é um homem astuto e que entenderia seu pedido.

— Como poderei encontrá-lo?

— Pergunte pelo nome e o ramo dele pela manhã, e logo o encontrará. Nunca saia tarde durante o dia. E leve um criado com você, existem muitos de aluguel no desembarque do porto. Escolha um homem mais velho, eles entendem que o verdadeiro lucro está na fidelidade.

— Obrigada por sua gentileza. Apesar de que sempre me disseram para nunca confiar em ninguém em um porto e, aliás, nunca confiar no dono de uma estalagem também.

Ele sorriu.

— Lembre-se de que nada é o que se espera na fronteira entre continentes. — Ele me entregou uma folha de papel fina dobrada e a selou com uma cera amarela escrita em árabe. — Aqui está uma carta de recomendação.

Na noite antes da partida, pedi a Olmina um favor especial.

— Você pode cortar meu cabelo novamente?

— É claro, *Signorina*. — Ela retirou a faca e o pente de sua bolsa. — Não haverá ninguém em quem confiar, não é?

— Ninguém. — Apertei sua mão onde ela a havia pousado em meu ombro. Então, ela segurou meu cabelo bem apertado perto da minha nuca, levantou-o e cortou-o rapidamente. Terminou com uma pequena tesoura de costura, aparando aqui e ali, dando passos em volta de mim para checar o resultado de sua habilidade manual.

O dia chegou. O navio de Olmina sairia logo após o amanhecer. As casinhas brancas de Algeciras ainda estavam banhadas do azul da noite atrás de nós quando deixamos a estalagem. Olmina parecia uma sombra com as roupas pretas de viúva enquanto eu usava um gibão marrom e calças, as roupas de Lorenzo recentemente reajustadas para as minhas formas por um alfaiate competente. Olmina insistira que eu ficasse com elas.

Caminhamos em silêncio até a beira-mar, onde outro passageiro, um homem de meia-idade vestido com roupas finas de veludo de um mercador, estava de pé no fim de uma estreita plataforma de embarque. Ali aguardávamos a chegada de um barco pequeno que os levaria até o navio.

Enquanto esperávamos juntas, sussurrei suavemente:

— Então finalmente está voltando para casa, querida Nana. — E pus meus braços em volta dela.

Olmina colocou suas mãos em meu rosto queimado pelo Sol como uma mãe carinhosa seguraria o rosto de uma filha querida. Suas mãos com calosidades me arranharam e eu adorei aquilo. Suas veias eram de um azul pálido que iria guardar na memória.

Nós nos abraçamos. Estávamos unidas pela mesma presença e ausência, como se o mundo fosse sustentado por duas mulheres na passagem entre o Mar e o Oceano, a Europa e a África, o Lar e o Desconhecido. Dei para Olmina duas bolsinhas de couro com pesetas de ouro.

— Só uma, doutora, assim está justo. Você precisará da outra. — Ela devolveu uma das bolsas para o bolso do meu colete, segurou meu ombro com firmeza e disse com a voz embargada:

— Você não vem comigo para casa, então?

Balancei a cabeça, fixando o olhar nas tábuas de madeira da plataforma.

Ela pegou sua bolsa e foi na direção do barquinho e de dois remadores que tinham acabado de amarrar as cordas. O mar violeta batia nas estacas.

— Adeus, Olmina, *Buona Fortuna*! — gritei. Mas ela não olhou para trás. Ela se afastou com seu jeito rebuscado e desceu pela prancha, auxiliada pelo gentil mercador.

— Deve ser difícil partir com seu filho lá. — Pude ouvi-lo dizer.

Virei-me e senti a terra sacudir debaixo de meus pés como se eu estivesse caindo há muito tempo e só agora atingisse a terra. Alguma coisa se quebrou dentro de mim, mas ainda andei de volta até nosso quarto na estalagem, onde me inclinei na janela e chorei. Assisti ao indiferente navio lentamente recolher o vento, estalando sua velas e dando a volta pelo Estreito de Gibraltar ao leste, em direção à serena cidade que luzia suavemente em minha mente como um lugar que não mais existia.

CAPÍTULO 22
A Guardiã de Meu Pai

— Um homem está procurando pela senhora — disse o Señor Romanesco. Eu o segui pelas escadas e encontrei Hamish e seu servo. Ele me encontrou!

Ele estava todo vestido de preto à moda espanhola. Sua voz ressoava fluida e profunda, como se estivesse chamando do fundo de um poço.

— Não pode continuar sozinha. Você vai morrer!

Eu o encarei, atônita. Finalmente as palavras "Estou com saudades" escaparam. Ele veio de tão longe. Pressionou minhas mãos em seu peito. Lembro-me do seu corpo, de onde os ossos se elevam sob a pele, da amplitude branca das costelas, da clavícula.

— Tenho de ir a Taradante. Meu coração e minha mente estão determinados a isso.

— Sua mente está distorcida. Nenhum pai imporia tal destino a uma filha!

— Não é imposição. Sou a guardiã de meu pai.

Hamish abriu a boca para responder, quando o dono da estalagem bateu à porta e eu acordei com um sobressalto.

Sentei-me, olhando ao redor, em desespero. Acreditei por um momento que Hamish ainda estaria ali.

Parti no *Charon* no meio da tarde, sozinha, debaixo de um Sol incandescente. A brisa soprava de maneira constante, varrendo o mar e agitando as ondas. As mulas ficavam confusas e zurravam debaixo do convés, pobres animais. Sentei-me com o baú de medicamentos atrás de mim, na proa do navio, sem me importar em me molhar. Agradecia o vento ensurdecedor do braço de mar, o rangido dos mastros e o som seco e enfadonho do mar contra a proa. A tripulação me deixou ficar ali. O sal escorria por meu rosto.

Meus olhos ainda estavam fixos no Marrocos, como estavam desde o momento em que partimos, para evitar ter enjoo, quando ouvi o grito de um dos marinheiros:

— Olhem a estibordo! — ele gritou. — Aí vêm as damas de Villaderota!

Outro marinheiro perto de mim pulava e gritava como uma criança. Foi aí que os vi chegando do norte, centenas deles saltando acima da superfície do mar, fazendo brilhar arcos de luz, alguns em pares, outros sozinhos, espalhando um véu de água atrás deles. Nunca vira uma multidão de golfinhos antes na minha vida. Despertada do entorpecimento, fiquei de pé ao lado do gurupés, segurando em um dos cabos e gritei de surpresa enquanto eles nadavam na direção do navio, dividindo-se ao nosso redor.

— Vou entrar na água! — gritou o jovem marinheiro que os apelidara de damas, enquanto tirava a camisa.

— Não vai, não! — declararam dois da tripulação agarrando o braço dele. — Não vamos pular para pegar um marinheiro maluco apaixonado por golfinhos!

— Talvez o bondoso médico lá em cima tenha algo para curá-lo — bradou o capitão, brincando.

Mal ouvi suas palavras, pois naquele momento vi um golfinho bem abaixo de mim rolar para o lado, cortando uma onda rente à proa e olhando para cima, seus olhos singulares eram como lentes pretas me prendendo, para depois me deixarem ir. Nada se colocou entre nós até ele se virar de frente. Eu o vi rapidamente prendendo e expulsando a respiração por um buraco na parte de cima do seu corpo, enquanto virava para a direita e se juntava aos seus companheiros reluzindo como um estanho recém-polido, saltando, entrando e saindo do mar, costurando o céu na água. Alguns minutos depois, eles desapareceram ao sul e o oceano se fechou atrás deles.

Há tantos anos não sentia esse tipo de encantamento! Meu corpo estremeceu enquanto eu me sentava novamente no deque, puxando minha capa sobre mim como alguém que recebeu um tremendo golpe na cabeça. Os marinheiros ainda caçoavam uns dos outros quando o capitão deu a ordem para zarpar. Demos a volta pelo Cabo Malabata e, depois de uma viagem de três ou quatro horas, a baía estava diante de nós, com Tânger totalmente à vista, parecendo o punho fechado de um rei encrustado com safiras escuras.

Assim que desembarcamos, um carregador de barbas brancas curtas, usando turbante, vestido com uma túnica azul e calças compridas, imediatamente se postou ao meu lado. Embora eu tenha negociado com mais dois ou três, ele finalmente venceu. Seu nome era Yousef, e apesar de falar pouco o italiano, nos entendíamos em um espanhol entrecortado. Gostei do seu sorriso com um dente marrom (ele não tinha vários dentes) e do modo como imediatamente falou com as mulas e as acalmou. Também me lembrei da recomendação do *Señor* Romanesco, "Escolha um homem mais velho...".

Puxando um cobertor listrado sobre si, Yousef me levou a um *funduq*, um hotel dentro da medina, onde os animais foram acomodados em belos estábulos abobadados no piso térreo, e os visitantes, a maioria mercadores estrangeiros, ficavam hospedados no primeiro e segundo pisos.

Estava tão exausta que não quis deixar o quarto, não queria encontrar nada estranho ou exótico. Que viajante estranha eu me tornara, uma asceta solitária destituída de minha curiosidade natural! E se Hamish realmente tivesse vindo? Não podia pensar nele. Meu coração era como um cofre cheio de fantasmas.

Yousef me trouxe um prato pequeno com queijo de cabra, figos, amêndoas, doces de massa folhada com mel no formato de pequenos chifres e uma garrafa de vinho tinto. Quando fui pagá-lo, ele balançou a cabeça e me deu a entender que voltaria no dia seguinte e que eu poderia pagá-lo depois de dormir.

O quarto tinha dois tapetes pequenos e no nicho da cama em arco havia um colchão feito de uma lã áspera. A janela era protegida por uma grade de madeira surpreendentemente intrincada, com entalhe de videiras e folhas. Fechei rapidamente as janelas e me deitei na cama, trazendo comigo, para perto da parede e do meu corpo, a bolsa de couro que continha as folhas soltas de *O Livro das Doenças* e meus mapas, assim como o baú de medicamentos. Durante algum tempo, os odores conflitantes de mel e de urina de animal dos estábulos me mantiveram acordada, até que enrolei minha cabeça com uma parte do cobertor.

Na manhã seguinte, com a ajuda de Yousef, procurei Sidi Abdullah Romanesco, o irmão do dono da estalagem em Algeciras. Yousef fez sinal para que eu seguisse na frente e me seguiu de perto, tocando meu cotovelo esquerdo para que eu virasse à esquerda, e o direito para virarmos à direita. Íamos navegando assim pelo caminho até o quarteirão dos temperos. Estava agradecida. Se tivesse ido atrás dele, poderia ter sido alvo de pessoas com má intenção. Quando disse qual era meu destino, ele sacudiu a cabeça e fez um gesto rápido de alguém batendo uma carteira.

Enquanto seguíamos pelas vinhas secas e as passagens cobertas pelo canavial da medina, apenas algumas mulheres berberes sem véu, equilibrando jarras de água na cabeça, me encararam ostensivamente. A maioria do povo, que agora se encontrava sob o domínio da Espanha, já estava acostumada aos europeus e lhes dava pouca atenção. Talvez as mulheres percebessem que eu era mulher, mesmo com minhas roupas de homem. Talvez até mesmo Yousef suspeitava que eu não fosse o homem que parecia ser, mas prosseguia sem fazer perguntas.

Por fim, chegamos à reduzida feira de temperos de Sidi Romanesco, ao lado de um pequeno pátio onde uma grande figueira havia tombado e continuava a crescer em uma direção diferente, tomando quase todo o espaço. Os transeuntes simplesmente se abaixavam para evitar certos galhos ou, talvez por respeito, davam a volta pela árvore. Sidi, um homem grande e careca vestindo uma túnica árabe cor de canela e sapatos de couro gastos, estava ocupado com um cliente, um homem de idade com um papo aumentado. O mercador fez uma pausa momentânea quando nos viu, levando-me até um canto da loja na direção de uma banqueta vermelha. Seus abundantes temperos moídos estavam dispostos em montinhos no formato de cone sobre cestas planas, nos tons de carmesim, laranja, ocre, marrom-avermelhado, verde e preto, com vários agrupamentos de ervas dispostos impecavelmente em cestas a um canto.

Reconheci henna, absinto, canela, pimenta e blocos de âmbar, mas muitos eram desconhecidos para mim. Seus aromas doces, picantes e quentes envolviam o ar, provocando uma coceira agradável em minhas narinas. Alguns desses temperos deveriam ser de uso medicinal, concluí, pois o homem de idade apontou muitas vezes para o inchaço em sua garganta e balançava a cabeça enquanto Sidi Romanesco oferecia várias ervas. Depois de algum tempo, chegaram a um acordo com relação à planta correta. O mercador de especiarias embrulhou um maço de folhas (mirra doce?) em um pequeno pedaço de folha de palmeira e acompanhou o homem até a saída.

— O que deseja, *Signore*? — ele me perguntou em italiano, avaliando corretamente minha vestimenta veneziana, embora o tipo de vestimenta não fosse tão diferente do estilo dos homens em Andaluzia.

Eu lhe entreguei a carta de apresentação do dono da estalagem.

Depois de ler a carta, ele me olhou com cautela e perguntou:

— Mas por que um médico italiano está vestido como um plebeu?

— Achei que me propiciaria uma passagem mais segura — respondi.

Ele me encarou, desconfiado.

— Temos de lhe comprar umas roupas marroquinas agora, principalmente se vai para o sul, onde pode haver muito perigo.

Depois ele ficou em silêncio, examinando a carta, como se estivesse pesando a informação ali. Por fim, ele gritou para o fundo da loja surpreendentemente profunda. Um garoto ágil apareceu.

— Traga-nos um pouco de chá, Hassan, e depressa, temos convidados!

O garoto saiu correndo para trás de uma cortina azul bem fina.

— E então — abordei o mercador de especiarias —, poderia lhe perguntar o que deu para o homem com o inchaço no pescoço?

— Ah, mirra doce para ser usada como compressa — ele respondeu timidamente, sentando-se em uma banqueta atrás dos temperos, esfregando sua grande pança com uma mão. Ele dobrou a carta, a enfiou em um bolso na sua túnica e, então, disse: — Há dois matemáticos, acredito, ou especialistas em geometria, que são de Barcelona e estão hospedados no hotel de um amigo. Eles vão viajar até a corte de Ahmad al-Mansour, no Marrocos. Seriam companheiros apropriados.

Hassan trouxe uma bandeja com chá de menta aromatizado com mel, acomodou-a em uma mesa pequena e me serviu um copo pequeno do bule de bronze amassado. Ele sorriu para mim como se estivéssemos compartilhando uma piada, e a transparência de seu bom humor me surpreendeu. Pensei, "As coisas podem começar a mudar para melhor", uma possibilidade que não tinha entrado em meu coração já havia algum tempo. Ele serviu Sidi Romanesco e também serviu um copo para Yousef e para si, os dois se acomodando de pernas cruzadas sobre a beirada do tapete de palha entrelaçado para tomarem seu chá. Nós o tomamos lentamente e em silêncio, o que pareceu ser cortesia, e não o desconforto entre estranhos. Não tive de me explicar mais para o mercador de especiarias. Essa pequena demonstração de respeito brilhou como uma moeda no meu dia. Clientes que se aproximavam entendiam que deveriam aguardar pacientemente. Sidi Romanesco estava tomando seu chá.

Antes de ir embora, pedi um pouco da canela do mercador, um item caro, mas quando retirei minha bolsa para pagá-lo ele não aceitou meu dinheiro, agitando as mãos como se estivesse espantando moscas. Então chamou Yousef de lado e falou com ele sobre nosso acordo.

Naquela mesma tarde, ele mandou o garoto trazer um recado dizendo que deveria me mudar para um *funduq* mais confortável, onde estavam os matemáticos. Assim, transferimos minha pouca bagagem para um quarto que possuía uma sacada com arcos em formato de buraco de fechadura, de frente para o mar.

No dia seguinte, o garoto de Sidi Romanesco me entregou uma bela túnica árabe azul, a cafetã, um turbante, um manto com capuz na cor areia e sapatos de couro vermelhos, pelos quais fiquei muito grata. Essas roupas eram as mais confortáveis que já usara. Com uma generosidade consistente, o mercador de especiarias novamente se recusou a aceitar meu reembolso (apesar de ter despachado um pequena bolsa de prata junto com Yousef para a feira). Mais tarde, mandei uma nota de agradecimento (traduzida por um dos escribas que ficavam nas passagens), não desejando pressionar o pagamento e ofendê-lo.

Passaria os próximos dois dias à sombra fresca do meu quarto, lendo e escrevendo, enquanto esperava pela partida da caravana. Yousef explicou que os comerciantes já haviam chegado à periferia de Tânger, mas os camelos precisavam descansar antes de iniciar a viagem mais uma vez para Taradante, e depois para Segelmesse, seguindo a rota do sal.

Naquela primeira noite, conheci meus companheiros catalões, dois cavalheiros de meia-idade. Antonio Montcada era um homem magro, de pele clara como um holandês, com grandes olhos azuis e cabelos da cor de palha. Martin Requesene era moreno, com olhos cor de âmbar e cabelos pretos encaracolados, salpicados de grisalho. Eles me convidaram para jantar cuscuz e frango no pátio, o que aceitei com certa relutância, desconfortável com meu disfarce como homem.

Eu não precisaria ter me preocupado, pois o *Señor* Montcada (com a língua solta pelo vinho) começou a falar sem parar, divertindo-nos com a descrição de sua viagem anterior a Al-Badi, o palácio do sultão Al-Mansour, assim como o que vem acontecendo no mundo de forma geral. Ele prestou pouca atenção à minha pessoa, a não ser como um ouvinte de suas histórias.

— Você deve ter ouvido falar que o sultão não gosta dos espanhóis por conta da pirataria e do tratamento dos marroquinos dentro das fronteiras espanholas, e está buscando alianças com os ingleses. É claro que ele ignora os próprios sequestros contra os espanhóis e os portugueses!

— Ah! — exclamou *Señor* Requesene, arremessando a mão para o ar. — E ao mesmo tempo ele está juntando somas extraordinárias de dinheiro com os resgates.

— Você deve estar se perguntando por que ele nos recebeu em sua corte. Um de seus poetas, Al-Fishtali, disse-me que seu senhor gosta de receber notícias de terras distantes e de ser bem informado, tanto por aliados como por inimigos. Ele é um homem de grande curiosidade intelectual. Sua corte possui matemáticos que são poetas, diplomatas que são generais, físicos que são astrônomos, acadêmicos que são...

— Médicos? Eu sou médico, coleto anotações sobre doenças e curas enquanto viajo — interrompi, imediatamente me arrependendo por ter dito isso.

— Ah — ele fez uma pausa e me examinou minuciosamente por um breve momento, e depois comentou —, um médico na corte me alertou sobre a doença mais extraordinária que aflige os estrangeiros!

Ele continuou descrevendo um miasma misterioso que aflige os nativos dessa terra e os viajantes também, embora os últimos de forma mais grave. Logo após esse comentário intrigante, pedi licença para me retirar em meu quarto, para que pudesse escrevê-la por completo.

O *Señor* Requesene, entretanto, pediu que eu esperasse um momento e disse:

— Tenho algo que poderá interessá-lo, doutor.

Quando retornou, caminhando a passos largos como um cavaleiro apressado que temesse que eu tivesse ido embora (talvez ele já tivera convidados ansiosos para escapar de sua tagarelice), ele me presenteou com um mapa estelar com constelações diferentes, um mapa desenhado por uma mulher idosa que morava em Alcácer e que havia contraído a febre.

— Não me lembro de todos os nomes de desertos antigos dados às constelações — ele explicou. — Mas as principais são o Olho do Camelo. — E nesse momento ele soprou todas as velas de nossa mesa externa, com exceção de uma, apontou para o mapa e depois para o céu, procurando cada desenho acima de nós. — O Gênio Amarelo... Pegadas da Lua.

Por alguns momentos, até o *Señor* Montcada ficou em silêncio enquanto observávamos as estrelas cintilantes espalhadas pelo céu noturno, muito mais numerosas do que eu jamais vira antes.

— Isso é maravilhoso! — exclamei. — Como posso pagá-lo?

— Humm, preciso de algo para minha artrite. Talvez você pudesse...

— É claro. Onde dói?

Ele mostrou as mãos inchadas nas articulações dos dedos.

— Espere, por favor, voltarei logo.

Fui até o meu quarto, encontrei o que era preciso no meu baú de medicamentos e retornei com faixas de tecido envolvidas por uma bolsa de tecido com semente de mostarda em pó.

— Amanhã — orientei o Sr. Requesene —, faça uma pasta com o pó e espalhe no tecido, depois o aperte contra as costas de sua mão, amarrando-o. O calor que será causado com isso aliviará a dor. Apenas tenha cuidado, não deixe tempo demais ou terá bolhas. Lave as mãos depois para tirar a pasta. Faça isso todos os dias durante uma semana e suas mãos deverão melhorar. Repita esse tratamento todos os meses.

— Obrigado — agradeceu o *Señor* Requesene, curvando-se levemente.

— Se tiver algo mais de que precise, por favor, me fale. Esse é um pequeno pagamento pelo mapa.

— Ah, não é preciso! Na verdade, esse mapa me foi dado e é um prazer dá-lo ao senhor.

Assenti com a cabeça e me retirei, contente, para o meu quarto.

Miasma do Saara

Uma febre arcaica trazida pela evaporação do deserto

A vítima contrai a febre que se origina no deserto do Saara a partir da respiração invisível das areias que circundam o oásis na temporada do *khamseen*, vento do sudeste que sopra no inverno. Os habitantes dizem que se alguém coloca a mão perto da superfície do deserto, durante o pôr do sol, é possível sentir a exalação dos ancestrais. Se a pessoa contrai febre, então os ancestrais estão habitando nele. Tendo em vista que a água deve ser diariamente extraída do deserto, os habitantes da vila estão constantemente expostos durante o inverno, embora pouquíssimos cheguem à morte. Os estrangeiros são muito mais suscetíveis ao contágio. Involuntariamente, levam as vozes para suas casas. A febre já apareceu em Lisboa, Valência e Tucca, e é transmitida não apenas pelos doentes, mas também pela areia transportada em grandes jarras para essas cidades, para construção. Por isso, a febre é também chamada de miasma dos pedreiros.

Uma curandeira idosa no Marrocos, de nome Fatma, que sofreu a febre três vezes em seus 60 anos de vida, chama a atenção para o fato de que, tendo em vista que os estrangeiros não cuidam bem de seus ancestrais, ficam possuídos por outros espíritos. Jarros vazios chamam o rio.

Deve-se conhecer a linguagem das estrelas para apaziguá-los, pois os nomes por si só são amuletos.

Um dia antes da partida, enquanto explorava a cidade com Yousef como meu vigilante companheiro, deparei-me com a Igreja de Santa Bárbara, patrona dos mecanismos das armas e dos artilheiros, a santa que governa as explosões de todo tipo, cujo nome é evocado contra as tempestades com trovão.

Yousef esperou do lado de fora enquanto eu entrava para rezar, algo que não fazia há muito tempo. Quando entrei, meus olhos momentaneamente foram ofuscados por uma escuridão fria, mas gradualmente fui discernindo uma fila estranha de aparições. Patriarcas espanhóis nobres, patronos de igrejas (presumi por tê-los visto uma vez na Sicília), foram pendurados depois de mortos ao longo das paredes, abaixo dos arcos dos dois lados da nave ou, para ser mais precisa, eles foram mumificados e vestidos com suas melhores roupas, meias, sapatos, calças justas com fenda na lateral, camisas e coletes, sobrecapa e chapéus largos. Eles pendiam das paredes brancas da igreja, para que cada suplicante tivesse de passar por uma gama de caretas de mortos e roupas espalhafatosas. Não consegui definir se arrogância ou ironia eram os maiores pecados ali. Alguns dos patriarcas foram pendurados por ganchos em seus colarinhos rendados, outros por cordas em volta do pescoço, que lhes davam a aparência de estarem eternamente estrangulados. Outros estavam seguros por braços esculpidos grosseiramente e que surgiam das paredes por trás deles.

Uma freira jovem e graciosa se aproximou, vindo da galeria transversal com os olhos fixos no chão, mas ainda assim eu a cumprimentei e lhe perguntei:

— O que significam esses braços segurando os mortos?

Ela respondeu tão baixo que mal pude ouvi-la.

— As filhas, netas e bisnetas concedem os braços para seus amados parentes.

— E isso não seria orgulho em excesso? — arrisquei.

A freira desviou o olhar com ansiedade na direção do altar, como se estivesse esperando um padre, e sussurrou:

— E deixar os pais caírem?

— Não — declarei —, mas por que não usar túmulos?

— Ah — ela assentiu com a cabeça —, mas há uma lição aqui, meu bom senhor, para todos aqueles que por aqui passam. Reverência e devoção filial. — Novamente ela olhou para o chão e somente então me lembrei de minha aparência. Uma freira certamente não deveria falar com um homem a sós. Ainda assim ela continuou: — Devemos ter pena daqueles que não têm braços para apoiá-los. Esses pobres diabos não têm filhas e, com o tempo, se esfacelarão no chão. O senhor não tem uma filha?

— Não, não tenho — eu disse, mal conseguindo reprimir um riso seco.

— Que o senhor tenha a felicidade de gerar uma no futuro, então. — Ela saiu apressada, sua túnica farfalhando.

— Ah, sim, que eu tenha essa felicidade.

Mais tarde, em meu quarto iluminado pelo mar, certas palavras me ocorreram. Perdoar os pais. As filhas. Temo por meu pai. Ajude-me, Santa Bárbara, a encontrá-lo. Ou me ajude a desistir dessa busca.

CAPÍTULO 23

Somos Abrigados pelo Passado

A caravana partiu ao amanhecer, antes que o Sol quente subisse no horizonte. Seriam cinco dias até Taradante. Yousef adaptou Fedele como animal de carga e montou a outra mula enquanto eu contratava um camelo para a viagem. Fomos no final da caravana, pois camelos não toleram mulas à frente deles (eles não toleram humanos em cima deles também, para ser honesta). Um condutor de camelos atencioso ia atrás de nós.

Os dois cavalheiros catalães estavam à nossa frente, tendo contratado três camelos para carregar os volumes de sua biblioteca. Havia também comerciantes berberes e uma mulher árabe de véu azul e detentora de algum título, protegida por dois homens com cimitarras, espadas de lâminas curvas.

Prosseguimos com bastante perturbação no princípio, os camelos bufando, arrotando e gemendo, como velhos com problemas gástricos, enquanto os três condutores gritavam comandos rápidos, subindo e descendo a fila. As cordas dos camelos, que serviam de rédeas e arreio, balançavam as franjas azul-escuras, como se ainda carregassem pedaços da noite e do sono com eles, deixando-os irritadiços na transição. Mas assim que a cidade desapareceu atrás de nós, os animais, e os humanos igualmente, estabeleceram um ritmo ondulante.

Sentada no alto da corcova do camelo, em uma sela que nada mais era do que alguns cobertores dobrados com uma cabeça de madeira bifurcada, eu dava solavancos, descia, dava solavancos. Não havia estribo. Nunca tinha montado nada tão desconfortável na minha vida, mas esperava, com paciência, aprender a cair com o movimento. Pelo menos a náusea, que foi e voltou durante semanas, depois de ter deixado as terras ao norte, havia passado.

Enquanto nos afastávamos das fronteiras de Tânger, passamos pelos curtidores, com suas peles de cabra mergulhadas em tanques de pedra com cascas de árvore esmagadas, exalando um fedor ácido. Perto dali, algumas das peles amaciadas descansavam em cochonila, um corante vermelho, pareciam a pele esfolada de mártires sem nome. A partir desses banhos de sangue vermelhos, surgiam as belas capas marroquinas de muitos dos nossos livros em casa. Não havia pensado nisso antes, mas jamais tocaria em um livro desses novamente sem o conhecimento do que está por trás da arte de suas encadernações.

Enquanto atravessávamos o deserto absolutamente plano com as Montanhas Atlas à frente, recordei as palavras de minha prima Lavínia em uma carta de muito tempo, na qual ela descrevia sua pintura de São Paulo, o ermitão. "Comecei com terra de siena queimada e branco chumbo, evitando o branco puro como base. É chocante demais e implacável. Nem mesmo o deserto pode ser tão absoluto em sua ausência de cor." Mas ela nunca vira a Mauritânia: seu brilho ofuscante e inexpressivo desnudava quem estivesse à vista. Eu mal conseguia olhar através do tecido transparente do meu turbante azul-escuro, uma rede de tecido, como as linhas de contorno da tela de pintura que representam a paisagem, as perspectivas, o ponto de fuga.

No meio da manhã, as curvas sutis da ravina que serpenteava as montanhas flamejavam com o calor, mal podendo ser reconhecidas. Bem atrás de nós, observei indistintamente outra caravana, com todos os viajantes usando túnicas azuis-claras. O suor atormentava meus olhos. O calor inevitável me consumia. Não havia perspectiva na paisagem, tudo era igual: primeiro plano, o fundo, a fila de camelos, mulas, homens e mulheres igualados pelo Sol imparcial, um demônio amaldiçoador...

Era como o diabo na parede da capela beneditina em Subiaco, que visitei quando criança.

Meu pai e eu conhecemos um padre encurvado com cabelo loiro e grisalho como um cordame, pendendo ao redor de seu rosto.

— Há duas paredes aqui — ele nos advertiu e apontou seu dedo indicador na direção de um pequeno buraco esfarelado na parede à esquerda da nave. — Eu dei um passo atrás, assustada, enquanto ele sussurrava.

Meu pai fez uma pergunta ao padre sobre a pintura do corvo na parede oposta. Enquanto os dois se afastavam, deram as costas para mim. Eu escalei até o buraco e espiei. O buraco era escuro, mas gradualmente pude distinguir um perfil retorcido. E, então, mãos como a do esporão de um galo me agarraram por trás e eu dei um pulo.

— Veja, veja — sibilou o padre enquanto soltava meus ombros. — O diabo vive entre as paredes. Está aprisionado ali para sempre. Mas não se preocupe, ele não lhe fará mal, contanto que você não o deixe sair.

O velho monge sorriu e meu pai deu uma risada seca, como uma tosse. A pintura do diabo que vi entre as paredes, entre a igreja antiga e simples e a nova, toda embelezada, era um demônio com o olhar perverso, de unhas afiadas e olhos apavorantes. Estava comprimido entre uma história esquecida e reinventada. A capela toda abrigava a gruta reduzida em sua forma antiga, à maneira que somos abrigados pelo passado quando pensamos que estamos criando algo novo.

Paramos em um pequeno lameiro para descansarmos até que o calor intenso do meio-dia abrandasse. Como meu camelo lentamente dobrou suas pernas dianteiras para se sentar no chão, certamente não haveria problema em me precipitar para frente e descer. Ao meu redor, havia apenas sons de animais sofregamente bebendo água, viajantes se expressando em línguas ressequidas e folhagens de palmeira rachando ao vento, achatadas com um baque seco. Yousef me incentivou a beber água e eu o fiz.

Enquanto descansava encostada em um tronco de palmeira, em uma faixa estreita de sombra, os condutores de camelos repentinamente começaram a agitar os braços, gritando e puxando os animais para perto uns dos outros. Yousef puxou as mulas e rapidamente amarrou seus focinhos com tiras de um xale torcido, o que não era uma tarefa fácil, pois elas sacudiam as cabeças tentando livrar-se dele. O *Señor* Montcada gritou:

— O *sharqi* vermelho está chegando. Cubram-se!

— O que é o *sharqi* vermelho?

— É um vento quente do sudeste que polirá sua pele.

— E quanto tempo isso dura?

Mas ele não me ouviu, pois já tinha se virado e corrido de volta para onde estava seu companheiro, ambos ajoelhando-se contra um dos camelos que carregava seus livros. Um nevoeiro fino e vermelho começou a passar pelas folhagens das palmeiras e, mais adiante, eu a vi, uma parede de areia rolando, rompendo o deserto, tumultuando e bramando sobre nós.

Retesada pelo medo, apertei meus olhos e me curvei sobre o camelo almiscarado, cujo odor quase recebi com prazer, pois o mundo voltou a ter três dimensões através do cheiro. Enquanto a areia era jogada sobre nós e eu lutava para respirar através do xale escuro no corpo do deserto em movimento, algo se mexeu dentro de mim.

Senti-o pular... Ah! Como um peixinho dentro da minha barriga.

Pulou de novo! Meu corpo vinha me dando sinais há meses. O enjoo, o cessar dos ciclos que li como tristeza, o peso que culpava por minha indulgência nos doces, tudo isso era algo mais. Uma criança estava nadando em meu ventre.

Os matemáticos nos deixaram no quarto dia para prosseguirem com seus cálculos no Marrocos. No quinto dia, subimos cadeias montanhosas robustas através de árvores de zimbro e florestas de pinheiro escassas. Ao anoitecer, nós nos aproximamos de uma vila murada, com todos os seus quadrados, retângulos e arcos pontudos construídos na base de montanhas vermelhas da cor de tijolo. A noite fria me devolveu o que o calor do dia drenou. A geometria agradável das residências humanas, contrapondo-se à desordem do deserto, fez com que eu me sentisse segura, mais uma vez, no mundo.

Finalmente chegamos em Taradante.

Depois que Yousef fez algumas perguntas aos guardas do portão, encontramos hospedagem com a única pessoa que oferecia cama aos estrangeiros, uma mulher de meia-idade e pele escura chamada Malina. Alta, magra, vestida com túnica de cores vibrantes e um meio véu azul (cobrindo apenas a parte inferior do rosto), ela nos conduziu até seu pátio frio. O véu, bordado com pequenos triângulos vermelhos e minúsculas moedas de prata penduradas, chacoalhava levemente e cintilava quando ela se movimentava, chamando atenção para o brilho de seu olho bom. O outro olho lembrava um figo seco incrustado em um mármore opaco. Ela me ofereceu um quarto simples do outro lado do pátio, separado do quarto dela por uma cerca fina com varetas para manter as cabras dentro. Era um dos diversos quartos no pátio quadrado, que tinha um aglomerado de quartos vermelhos da cor de barro e a torre de um celeiro que completava a residência.

Malina deu a Yousef um quarto menor em uma lateral do pátio, debaixo de uma grande tamareira que fazia sombra no estábulo dos animais. Três cabras estavam deitadas na palha, observando-nos, pensativas, enquanto mascavam vagarosamente. Ela apontou para um estábulo ligeiramente maior onde podíamos guardar nossas mulas. Por sorte, Malina falava um pouco de italiano. Quis saber, mas não perguntei, sobre seus parentes que devem ter ocupado esses quartos, se morreram por conta de alguma peste ou guerra, ou se foram se perdendo um por um. Era estranho que uma mulher vivesse sozinha em um complexo daqueles. Não havia outros hóspedes.

Na manhã seguinte, chamei Malina de lado e expliquei:

— Preciso de trajes de mulher, pois sou apenas homem nas roupas que vesti para viajar em segurança. — Não mencionei que aquelas roupas estavam ficando cada vez mais desconfortáveis ao redor de minha barriga, dia após dia.

— Humm — ela murmurou e me encarou. — Notei que seu rosto não tinha barba e era muito macio, mas nunca sei ao certo como julgar os estrangeiros. — Ela sorriu e acariciou minha bochecha.

— Não se preocupe. Tenho várias roupas para você.

Coloquei de lado minhas vestimentas de homem e adotei as túnicas soltas de tecido e lã das mulheres da cidade de Susa, na Pérsia. Malina gentilmente me ofereceu essas roupas de segunda mão entre as suas, aceitando satisfeita o pagamento.

Yousef não ficou alarmado.

— Eu sabia, doutora, eu sabia — ele me informou com voz baixa, assentindo com a cabeça e baixando o olhar para seus pés ásperos. Ele estava agachado no pátio, limpando uma rédea naquela primeira manhã em que saí para o poço como mulher. — Pelo seu cheiro salgado e doce. Nenhum homem, nem mesmo os jovens, tem o cheiro das mulheres.

— Mas você agiu com muita gentileza para me proteger. Não ficou preocupado com os problemas que eu poderia lhe causar?

— A senhora me paga bem, doutora. Não haverá problema algum enquanto estiver a seu serviço — ele falou em tom sincero e continuou a esfregar a sela.

— Obrigada, então. — Sentei-me na beira do poço, uma parede redonda de barro cercando um tanque coberto por uma tampa de argila para evitar a evaporação. Nas proximidades, havia um balde comum, amarrado a uma corda enrolada em uma bobina, que podia ser usado para retirar água.

— Deus tem muitos mistérios, por que não podemos ser um deles? — acrescentou Yousef, ainda considerando minha aparência modificada.

Malina, que provavelmente havia escutado nossa conversa, espiava da janela. Ela entrou no pátio e me entregou uma pequena lâmina em um estojo.

— Guarde isso no seu bolso para o futuro — ela me instruiu. — Embora Yousef a respeite, outros podem não fazê-lo. E você deve ficar no quarto ao lado do meu. — Ela orientou Yousef a mudar minhas coisas.

Meu novo quarto, que dava para o pátio, era maior e tinha uma janela estreita com um estrado de madeira rudimentar e uma pilha de cobertores de lã hendira, que as mulheres marroquinas teciam em vermelho romã, amarelo açafrão e azul-escuro, e podiam ser usados como vestimentas ou para dormir.

Um tapete cor de vinho desbotado, desenhado com pássaros triangulares de lã, foi colocado sobre o chão de terra batida. No canto mais escuro do quarto, havia uma jarra grande de água, azul-cobalto e esmaltada, com uma tampa de cerâmica, pousada ali como uma criança pequena atenta. Quando enchi meu copo de bronze e bebi daquela água, senti o gosto de minerais antigos como se ela tivesse passado pelas veias das montanhas, como as águas tão renomadas da Úmbria que ainda me lembrava de viagens anteriores com meu pai.

Mais tarde falei com Malina no pátio enquanto ela se abanava debaixo de uma palmeira:

— Malina, tenho de lhe perguntar algo... Tenho de lhe contar por que estou aqui — disse isso segurando a manga de sua túnica.

Ela me observou com cautela.

— Não é necessário. Você pode esperar o tempo que for preciso.

— Viajei durante muito tempo para chegar aqui.

Seu olhar se suavizou.

— Vamos entrar, filha, vou preparar para nós uma xícara de chá e algo para comer.

Ela me levou até um quarto ao lado do seu quarto de dormir e se ajoelhou para colocar madeira na lareira de barro arredondada que lembrava um caldeirão alto com as bordas grossas e uma ranhura larga de um lado para alimentar o fogo. Depois de aceso, colocou uma chaleira na parte de cima. Muitas ervas foram dependuradas para secar, pendentes das vigas de madeira do teto. Vários jarros estavam alinhados na base de três paredes, e me ocorreu que havia mais deles do que era preciso para cozinhar. Sentamos sobre um tapete grande de lã vermelho, ocre e azul-escuro, com uma grande árvore geométrica e todos os tipos de animais espalhados aqui e ali entre seus galhos. Estava mais opaco em lugares desgastados onde as pessoas haviam sentado, ano após ano. Quando a água ferveu, ela jogou um punhado de folhas de menta frescas na pequena chaleira, depois pegou um pedaço de pão sírio de uma cesta coberta, espalhou o mel frio que estava em uma jarra e o passou para mim. Um raio de luz entrava lentamente junto à parede enquanto o Sol afundava.

— Estou procurando por meu pai, um médico italiano. Seu nome, como o meu, é Dr. Mondini.

— Humm... — Ela serviu nosso chá em xícaras de cerâmica.

— Ele mencionou esse lugar, Taradante, em uma de suas cartas.

— Ouvi falar de um italiano...

— Sim?

— Quem mais se vestiria com um manto azul, meias e chapéu emplumado no calor escaldante do meio-dia?

Sacudi a cabeça e franzi a sobrancelha.

— Ouvi falar de um trapaceiro veneziano de pele queimada. Ele estava perdido no meio de uma tempestade de areia, mas alguns dizem que ele se juntou ao povo azul, os nômades berberes que vivem no deserto, na rota do sal. Ele deve dinheiro ao meu primo. — Ela estreitou os olhos para mim.

— Esse não é meu pai — disse, indignada. — Ele é médico!

— *Il Dottore*, sim — ela murmurou, finalmente. — Sei de um homem que se tornou recluso. — Malina colocou suas mãos nas minhas. — Filha — ela suspirou como se relutasse em falar —, ele morou aqui por um tempo. Trabalhou com o bezoar, os verdes e as estrelas de antimônio. Sou uma curandeira, ele era curandeiro. Quando seus medicamentos acabaram, ensinei-o a fumaça, os provérbios, as curas da areia. Ele partiu há quase um ano. — Ela suspirou. — Algumas vezes o deserto nos chama para outro sonho.

Não, isso não era verdade!

— Fique um pouco — ela tentou me dissuadir, vendo a expressão no meu rosto. — Você também é médica. Eu lhe ensinarei as curas que vêm das coisas que crescem, as curas silenciosas e os espíritos do bem. Falarei dos modos como adoecemos e de como nos recuperamos.

Eu mal podia absorver suas palavras.

— Não posso acreditar que meu pai esteve aqui e eu o perdi! — Comecei a chorar e a soluçar, trazendo as mãos para o rosto. Malina deixou que eu desabafasse.

Ao anoitecer, cansada e debilitada pela tristeza, levei para Malina o mapa estelar que o *Señor* Requesene me dera, desenrolando-o sobre o tapete.

— Reconheço essas estrelas — ela disse, erguendo a lamparina a óleo. — Meu avô falava nelas quando foi acometido pela febre.

— Ah, você pode me dar seus nomes para que eu possa identificar no mapa? — Queria me empenhar, continuar com o trabalho.

— Sim, mais tarde, quando o céu estiver completamente escuro.

— Conte-me sobre outra — eu disse.

— Outra o quê?

— Outra doença. Estou escrevendo sobre doenças.

— Ah, filha, posso ver? — Malina adquiriu o hábito estranho de me chamar de filha, apesar de termos praticamente a mesma idade. Eu aceitei, e até gostava. Ela continuou: — Seu pai mencionou um livro e isso lhe causava muita angústia. Algumas vezes, ele gritava, chamando pelo livro, "meu livro, minhas enfermidades, minhas curas!".

Então o livro estava realmente perdido...

— Mas você não tem seus próprios papéis, filha?

Eu trouxe a bolsa de couro com meu volume de páginas de anotações. Enquanto esticava as páginas para mostrá-las para Malina, senti um impulso inesperado de vê-las encadernadas. Elas haviam crescido para algo bastante sólido em peso e tamanho. Malina percorreu seus dedos escuros sobre as muitas páginas com admiração. Foi então que começou a me contar sobre os vermes azuis. Algumas vezes eu a interrompia e fazia perguntas, mas a maior parte do tempo eu apenas fiquei sentada diante da lareira que ela alimentava de vez em quando com pedaços de madeira de zimbro enquanto a noite avançava lentamente.

Vermes Azuis

Parasitas do deserto que se alimentam da fala de humanos

Eles vivem nas dunas e nas salinas da Mauritânia, onde hibernam por longos períodos em uma profundidade de três a sete braços de comprimento abaixo do solo. Os adultos passam a vida toda na escuridão subterrânea. Podem se passar trinta anos (e na vila de Melilla, na Barbária, dizem que transcorre um século) antes de os vermes aparecerem. Por razões desconhecidas, os vermes jovens emergem todos de uma só vez na superfície do deserto ou da praia, como vermes de um azul-celeste brilhante, do comprimento do dedo mindinho de uma criança. Em Mozema, onde seu brilho é idêntico ao brilho das telhas das torres da mesquita, são chamados de pequenos dedos de Deus. Eles saem da areia nas noites de Lua nova, mas apenas para procurar um tipo diferente de escuridão, na umidade quente do ouvido de uma mulher. Nenhuma outra fenda servirá. Os vermes azuis entram durante o sono e residem nos pequenos labirintos da ressonância, alimentando-se dos sons que fluem para dentro do ouvido. Algumas pessoas mais velhas dizem que eles consomem apenas a fala humana e uivos, mas são consideravelmente afetados por certas línguas que podem reduzir ou aumentar sua atividade. Palavras da língua berbere ou beduína os acalmam, enquanto o português e o árabe otomano os fazem se retorcer, causando grande agonia para a vítima. Instrumentos como o *oud*, que lembra o bandolim, e o santur geram um zunido baixo entre os vermes, um efeito enlouquecedor ou tranquilizador para a pessoa na qual estão hospedados. Os sintomas incluem audição confusa, visões auditivas ocasionadas por sons dissonantes, som do farfalhar e som de baques, e a mudez voluntária na pessoa que deseja evitar excitá-los.

Houve anos em que praticamente todas as mulheres da vila de Alganziza, na costa que fica abaixo da vila de Messa, foram vítimas do verme azul. A população flutua consideravelmente entre uma estação do ano e outra devido ao movimento dos povos nômades que passam por lá. Entretanto, quando os vermes começam a emergir, as pessoas pintam os muros de pedra, as casas e os telhados de azul para alertar os viajantes. A vila fica silenciosa. Não são permitidos cachorros ou outros animais, com exceção das cobras, que são altamente apreciadas por serem companheiras silenciosas e comerem os ratos. Os pássaros são expulsos com vassouras de cabo longo e manguás, embora eles raramente apareçam na cidade, preferindo o Rio Sus ao norte e as tamareiras ao longo das margens dos rios. Os habitantes se comunicam através de sinais ou da escrita, quando se comunicam, pois os homens respeitam o silêncio das mulheres. Se houver segredos, esse é o momento de serem esquecidos.

Os vermes azuis consomem mais à noite, banqueteando-se, dizem os habitantes dessa vila, nas conversas e em sonhos, debaixo das arcadas ou em volta do tapete estendido sobre o chão no jantar. A família come tudo com os dedos e em seu contentamento às vezes se esquece da necessidade do silêncio. Então, os vermes captam as palavras antes que as mulheres possam ouvi-las. Os habitantes da vila também sofrem de insônia, existente em mundo apático durante meses, suportando as muitas aflições que surgem de um humor frio e úmido.

Por fim, o verme completa seu ciclo e sai do ouvido que o hospedou bem alimentado e procurando por seu hospedeiro original. Ele volta a se esconder no deserto para terminar sua vida oculta ali. Malina me contou que existe inclusive uma constelação chamada "O Verme Azul" no quadrante sudoeste do céu, talvez a mesma constelação que chamamos de Serpente.

Não tinha certeza se continuaria procurando meu pai. Estava cansada. Mesmo com todo o cuidado para rastrear sua jornada, visitar seus colegas, não consegui encontrá-lo. Queria permanecer em apenas um lugar por algum tempo. Mas e o homem que havia desaparecido na tempestade de areia? Malina parecia saber muito mais que revelava. Talvez quisesse aguardar e me conhecer, como sugeriu que eu fizesse antes de revelar o propósito de minha viagem para ela. Mesmo que eu estivesse prestes a desistir, encontrei outro tipo de paciência, como uma moeda costurada em minha bainha. Além do mais, eu sabia esperar. E agora éramos dois.

Observava Malina ir e voltar do poço para dar leite ou comida às cabras, ir e voltar do celeiro uma ou duas vezes ao dia com sua cesta, trazendo grãos para fazer pão sírio. Deixei que ela pintasse meus olhos com o delineador à moda oriental, para afastar as moscas, e cortar fios do meu cabelo para dar às mulheres da vila, pois elas achavam a cor dos meus cabelos maravilhosa.

Via mulheres e crianças entrando e saindo da cozinha de Malina enquanto se consultavam com ela sobre suas dores, deixando pequenos presentes, como tâmaras, ovos ou até mesmo lenha. Algumas vezes via um pequeno cacho do meu cabelo entrelaçado com o cabelo de uma criança como adorno.

Satisfazia minha fome, cada vez maior, com ovos, queijo de cabra, pão sírio, frutas secas e mel durante o dia, e com cuscuz, pão sírio, às vezes carne de cabra, nozes, azeitonas e laranjas do porto de Messa à noite, quando fazia uma refeição com Malina e Yousef. Não sabia se voltaria a Veneza. Essa terra do deserto e das montanhas me convinha agora.

Malina me instruía à maneira dos *djnoun*.

— Esses pequenos espíritos — ela disse uma tarde enquanto nos sentávamos em frente ao fogão — habitam todas as coisas, das mais minúsculas até as maiores montanhas.

— Mas os pequenos, de que importam para nós?

— Eles vivem conosco. Nós vivemos com eles. É um costume. Nós lhes devemos respeito.

— Existe um *djinn* do fogo, um *djinn* do fogão à lenha?

— Sim, mas eles gostam muito mais da água. É por isso que se deve cantar ao tirar a água do poço ou o *djinn* que mora ali pode contaminar nossa água! — Ela me ensinou um canto simples para tirar a água do poço. Murmurava as estranhas palavras antes de jogar o balde, com o rosto abaixado para dentro do poço antes de desenrolar a corda dos tijolos.

Os monges e freiras de Veneza cantavam suas preces bem cedo pela manhã. O som sempre me fazia ficar parada, em qualquer idade, para qualquer lugar onde estivesse indo. Parava sobre as pedras úmidas e respirava o canto, provando as harmonias simples de minha língua materna. Mas a música de Taradante não vinha de dentro das paredes altas do claustro; não vinha das igrejas dedicadas a curar as pragas. Vinha de todos os lugares, pátios pequenos feitos de barro vermelho, fluindo por detrás de janelas estreitas, ecoando dos poços, celeiros, estábulos, campos, oásis e riachos, onde os pastores pastoreavam os animais. Crianças cantavam para acalmar os *djnoun* nas pequenas pedras, na água, nas árvores. As mulheres cantavam, os homens também. Aqueles que acreditam que o deserto não tem som e movimentos estão enganados. Malina me disse que o próprio deserto sussurra. Nada fica parado. Nem mesmo a tristeza.

Às vezes andava sozinha (sentindo-me segura como a estrangeira que todos na vila conheciam) até o oásis perto do centro da cidade, onde as exalações eram particularmente fortes ao amanhecer e ao anoitecer. Sabia que Yousef me seguia, observando-me como se eu fosse me desgarrar. Então, na verdade, não estava sozinha. Ouvia as palavras indecifráveis que surgiam e sumiam das fronteiras de pedra e areia que se moviam lentamente, debaixo do canto estridente dos passarinhos para os seus semelhantes. Talvez eu quisesse ouvir as vozes das quais os mais velhos falavam, mas queria realmente ouvir meus próprios ancestrais, venezianos, cipriotas que não habitaram esse lugar.

Entretanto, eu ouvia apenas o deslizar do tempo, a infiltração da água e o sussurro das conversas dentro e ao redor das tendas dos viajantes, erguidas do lado mais distante do oásis. Algumas vezes era o suficiente. Certa vez, vi Yousef conversando com um estrangeiro alto que estava com as costas voltadas para mim, do lado de fora da tenda, movimentando as mãos pálidas de um lado para o outro enquanto falava, um movimento vagamente familiar que fez meu coração pular. Perguntei a Yousef sobre isso.

— Aquele homem? Estava apenas pedindo orientação para ir à feira — ele respondeu.

— O homem tinha cabelos ruivos? — perguntei pois eu não tinha visto, sua cabeça estava coberta com um capuz.

— Não sei.

Eu me virei. Não queria que ele visse a expectativa em meu rosto, pois ainda mantinha a secreta esperança de encontrar Hamish, como outra moeda de ouro tilintando contra a moeda da paciência em minha bainha.

CAPÍTULO 24

A Bacia dos Mortos

Um pouco antes do pôr do sol, em pleno verão, Malina veio ao meu quarto e começou a tapar todas as aberturas, incluindo as rachaduras no teto entre as vigas de madeira. Ela me alertou:

— Hoje à noite a Lua retrocede e cobre a si própria. É uma época perigosa. Ela venda o espelho, passando pela bacia dos mortos. Apague sua lamparina, filha, e reze para que sua alma possa passar com segurança pela escuridão. — *E meu bebê também*, pensei.

Depois que ela saiu, entendi que não poderia sair do quarto. Mas cheia de uma curiosidade insaciável, entrei silenciosamente no pequeno pátio, totalmente encoberta. As janelas estavam trancadas, os tapetes foram pendurados contra as portas e janelas de madeira entalhadas, não sei se era para proteger os de dentro de ver o outro mundo sem luz ou se para impedir que a desordem desse outro mundo entrasse na casa. Eu era uma sombra entre outras sombras.

Um homem gritou uma vez na medina, por medo ou satisfação, e logo depois a cidade ficou muda. Os pelos claros de meu braço levantaram de apreensão. Subi uma escada no lado norte do meu quarto e me sentei sobre o telhado plano da habitação. A Lua havia acabado de aparecer. A luz do luar lançada sobre o corpo indiferente do Vale do Sus e as montanhas que o cercam foi lentamente se desgastando, como uma roupa velha, enquanto uma sombra curva e escura caía sobre a face da Lua. Observei seu brilho sendo vagarosamente ceifado.

Uma hora se passou e não me mexi do lugar onde estava sentada, encostada à parede e com os joelhos encolhidos até o peito, tremendo, em vigília. O disco encoberto da Lua finalmente incandesceu como o sangue de um braço ou perna amputados que se coagula (eu já vira horrores como esse em homens voltando de uma guerra ou outra quando vinham ser tratados por meu pai) ou como a cabeça ensanguentada de um bebê surgindo de sua mãe. As estrelas pularam para a frente. Coloquei a mão na minha barriga. Eu, que nunca tinha dado à luz, pensei na criança que crescia ali, dentro de mim. *Como posso preparar o caminho?*

Pouco a pouco, a Lua deslizou para o esplendor frio mais uma vez. As estrelas recuaram. Uma pequena infiltração que subia de uma nascente no subsolo perto da alvenaria da parede externa reluziu de leve e sumiu na areia. Um inesperado broto de samambaia cresceu ali e subitamente tive vontade de pegar os ramos jovens. Mas enquanto descia a escada para pegá-los, alguém gemeu sem palavras, o som era como o de um animal. Um cheiro de madeira velha e úmida subiu da noite. Tentei ouvir passos. Alguma coisa teria descido das montanhas? Depois de um tempo, não ouvi mais nada, mas aquilo me assustara tanto que corri para dentro. Lembrando-me de que as samambaias serviam para curar febre, procurei pela anotação que escrevera há meses atrás n'*O Livro das Doenças*.

•

O Rancor dos Cartusianos

Um tipo de febre que faz a pessoa solitária entrar em uma fase de tremores e rancor

O nome da doença vem de uma ordem de monges contemplativos que destilam o elixir da vida, uma solução rara composta de mais de cem ervas e temperos preparada sob preces. Infelizmente, uma epidemia de tristeza entre as freiras em geral gentis e pacíficas levou o nome da ordem a ser relacionado com essa doença, e até mesmo seu elixir não conseguiu realizar a cura.

A febre age como um fogo rápido na vítima e depois queima todos os que estão à sua volta, pois a maldade do espírito exala certo odor chamuscado. Alguns dizem que o fedor é demoníaco, mas não creio que o mal seja tão previsível. Às vezes, o mal desprende certas fragrâncias.

Certa vez, na cidade italiana de Udine, uma mulher amável atingida pela febre despejou insultos em seus filhos. A mulher de um sapateiro em Mainz, na Alemanha, arremessava sapatos em todos os clientes que falavam as palavras "Eu preciso...". Uma jovem professora de História e Literatura Antiga, em Florência, conhecida pela paciência com suas alunas, começou a discursar sobre a necessidade da vara e da prisão. "Deixem que a punição instrua o corpo fraco, interrompendo o desejo. Deixem o sofrimento..." A febre, contudo, não afeta almas vingativas com o estado de espírito inverso, fato que levou meu pai a dizer, "Apesar de as doenças frequentemente chamarem seu oposto à mesa, o rancor faz a refeição sozinho".

O rancor cartusiano corteja a morte misturando amargor com ira. Entretanto, a febre se curva a uma samambaia. Eu nunca a tratei, mas meu pai recomendava um tipo gentil e sábio de samambaia, o asplênio ou ninho de passarinho. Essa samambaia cresce profusamente perto de inundações e reduz a febre rancorosa, os calafrios e edemas do órgão problemático. O asplênio age justamente onde há o incômodo e, então, a samambaia se desenrola, soltando a bílis de cem dias.

Na noite seguinte, ouvi uma voz abafada me chamando de vez em quando e sumindo depois. Quando questionei Malina, ela deu de ombros evasivamente e murmurou que talvez algum dos vizinhos estivesse passando por algum sofrimento particular.

Incapaz de suportar aquilo mais uma noite, acendi uma lâmpada e segui na direção da voz cruzando o pátio de terra vermelha até chegar ao celeiro. *Ali, veio de dentro do depósito!* A torre alta, com suas janelas estreitas na parte de cima, emanava o som para todas as direções, dificultando definir a fonte a menos que você estivesse na entrada. Pensei ter ouvido alguém chamar meu nome, *Gabi, Gabi*, mas então a voz transformou-se em algo ininteligível. Destranquei e abri a porta vergada. A voz cessou e o quarto escuro pareceu vazio, exceto por um amontoado de cevada inclinando-se da parede para a minha direita.

Pedaços pequenos de grãos e palha crepitaram debaixo dos meus pés quando entrei. Ergui a lamparina. Meu estômago se contorceu quando vi alguém encolhido no canto mais distante. Um cheiro forte de cavalariça subiu para meu nariz e eu dei um passo à frente.

Um homem com uma túnica grosseira, de costas para mim, estava agachado ali com um tecido azul de turbante amarrado à boca e os braços arremessados para frente em uma pilha de feno. Ele parecia um mendigo ou um prisioneiro. Suas mãos estavam atadas nos pulsos e as sombras o envolviam. Ele virou seu rosto um pouco e pude ver sua barba grisalha emaranhada, os pequenos *fragmentos de luz que reluziam de seus dentes amarelos, o sangue empastado em sua testa onde ele inclinara a cabeça até os pulsos esfolados, os braços tinham filetes vermelhos e secos como um bordado rude em sua carne.*

Minha pele se arrepiou.

— *Papà*? — sussurrei impetuosamente.

Seus olhos, quase reconhecíveis na meia-luz, percorreram o ambiente sombrio e passaram sobre mim como se eu fosse mais uma parede de barro. Ele virou o rosto para o outro lado e resmungou uma sequência de palavras em latim enquanto um gotejamento de urina escorria sobre suas coxas. Ele apertava e soltava as mãos. Lutava contra a longa corda marrom que o prendia a uma argola de metal na parede, uma argola feita para amarrar animais.

— *Papà, Papà*! — gritei, e ele começou a bramir através de sua mordaça enquanto golpeava a cabeça no feno. Aterrorizada, deixei a lamparina cair, derramando óleo que pegou fogo na bainha da minha saia e provocou ainda mais seus gritos enquanto eu me debatia com as chamas que lambiam minhas saias.

Malina veio correndo e jogou um cobertor em mim, abafando o fogo. Então, o ar ficou escuro, a não ser pelos quadrados cinzentos do luar que entravam pela parte de cima do celeiro. Esforcei-me para respirar. Meu pai, ou o homem que parecia meu pai, movimentava-se de um lado para o outro em seu escasso pedaço de terra.

Malina me puxou para o pátio.

— Você não pode entrar aí!

— Quem é esse homem? Por que ele está amarrado como um animal?

Meu corpo estremeceu.

— Porque ele é um animal. Seu pai foi para o deserto e nunca mais voltou. Essa criatura está amarrada para que não se machuque.

— Por que você não me contou? Você achou que eu não descobriria? — gritei, apertando os braços dela.

Ela me afastou e ergueu a lamparina que havia deixado sobre o poço, puxando a manga de seu vestido para mostrar uma cicatriz em seu antebraço.

— Aqui foi onde seu pai enfiou os dentes. Eu não queria que você se machucasse! Esqueça-o. Lamente por ele, filha. Ele está assim há meses, um quase-morto. Como é nosso costume atender estrangeiros que não têm ninguém, fiquei com ele. Eu lhe dou banho uma vez por semana e o alimento de manhã e à noite. Ainda assim, ele me ameaça.

Não conseguia aceitar o que ela me dizia.

— Dê-me a lamparina.

Ela não ofereceu resistência, pois eu a tomei da sua mão e voltei para dentro do celeiro, em direção ao homem. Toquei seu ombro. Ele se arrastou para trás e grunhiu.

Malina me seguiu e disse:

— Ele já estava doente quando chegou. Tentei todas as minhas ervas, fumaças e pedras vermelhas que conseguem conter a mente irritada, mas ele deve ter carregado isso com ele a vida toda. Todos nós sofremos de uma doença oculta. As sementes ficam adormecidas até que a febre, o exílio ou...

— Deixe que eu fique com ele — interrompi. — Preciso de uma esponja, um balde e uma bacia. — Malina me observou friamente e não se moveu. — Tenho de fazer isso — disse. Se pudesse lavá-lo, o reconheceria. O estranho poderia realmente ser meu pai?

Ele me observava com o pressentimento astuto de um animal. Falava com ele em voz baixa, murmurando o que viesse na minha cabeça. Lucrécio, por exemplo, que meu pai às vezes lia para mim. "[...] essas imagens errantes ainda nutrem a semelhança das coisas das quais se desprenderam."

A ciência era um bálsamo insignificante, mas minhas palavras acalmavam nós dois.

Malina saiu e rapidamente voltou com o que pedi. Ela colocou tudo perto de mim com uma consideração solene. Comecei a lavá-lo. Ele me encarou com os olhos arregalados. Sentei-me na banqueta e suavemente limpei suas mãos imundas, estendidas e amarradas como estavam, embora ele se esquivasse. Lavei o sangue encrustado e o pus de seus braços brancos peludos, da forma que limparia o sangue coagulado depois do nascimento de um bebê. Como lavaria os carbúnculos de uma vítima de epidemia ou os ferimentos de alguém atingido em uma batalha. Inclinei-me para frente para lavar sua testa manchada, os olhos inchados que rolavam de medo do meu toque, o nariz imprudente que ele enfiou na minha mão para me cheirar, os lábios presos como lama seca ao redor da mordaça, as tristes ondulações do pescoço e o peito curvado coberto de pelos. Desamarrei a mordaça e ele uivou uma vez antes de se acalmar.

Levantei sua túnica, limpei suas costas amarradas com a corda, em estado lastimável, as tristes nádegas, a barriga murcha. Como o corpo pode se tornar lamentável! Os pés e as unhas pareciam cascos, de tão grossos. Ajoelhei-me na direção de seus pés e então tive certeza. Meus pés tinham o mesmo formato dos pés de meu pai, o segundo dedo era um pouco mais longo e os outros iam ficando menores, um dedo curvava-se na direção do seguinte, escondendo sua unha.

Esfreguei cada um deles, como se fossem os dedinhos de um pé de criança. Chorei, cheia de amargura, e depois enxaguei a esponja suja espremendo-a com as duas mãos sobre a bacia.

Tirei minha capa e sequei seu corpo e seus pés com uma ternura que vinha de um amor antigo. Quando terminei, olhei para seu rosto novamente, um rosto que lembrava e ao mesmo tempo não lembrava o de meu pai, os olhos incompreensíveis, a saliva no canto da boca, fazendo com que sentisse uma desolação sem-fim.

Malina ficou de pé encostada à parede oposta, observando-me em silêncio.

Se esse mundo estivesse unido ao mundo subterrâneo como uma cidade à sua imagem no mar, pensei, então poderíamos andar sobre os que perdemos como se fossem nossos. O que verdadeiramente havia acontecido com ele? Olhei para cima, na direção do telhado, e não via nada além de uma escuridão crescente. Desamarrei meu pai e ele se deitou na palha contra a parede, ajustando-se à curva para dormir. Coloquei um cobertor sobre ele e descansei minha mão sobre sua cabeça irregular. Talvez ele sonhasse que tinha uma filha em algum lugar desse mundo.

— Boa noite, *Papà*.

Malina pegou meu braço e me levou para o pátio. A Lua minguante, que dizem trazer sorte, irradiava seu brilho incrédulo sobre nós.

— O que você vai fazer agora? — Malina perguntou baixinho.

— Não sei — pronunciei as palavras com dificuldade, minha língua estava tão seca quanto uma lasca de barro duro. — Eu poderia levar meu pai de volta a Veneza e cuidar dele lá.

Assim que falei, contudo, soube que não poderia ir embora. Tinha mais do que apenas meu pai para levar em consideração. E ele jamais reconheceria a cidade esplêndida que considerava como sua casa.

CAPÍTULO 25

Acordo Secreto

Alimentava meu pai duas vezes ao dia no celeiro e o banhava uma vez ao dia. Nós o amarrávamos para prevenir danos. Ele se mordia, mesmo com a mordaça de tecido na boca. Ele se arremessava sobre nós, sacudindo seus cabelos grisalhos emaranhados como um leão ferido. Yousef ficava temeroso e não chegava perto dele.

— Esse homem não é pai de ninguém — ele dizia, passando a mão por sua barba branca. — Quando um homem se perde, mas permanece aqui, devemos levá-lo para o deserto. Deixe que os abutres-do-egito o levem até Deus.

— Não sei o que fazer — murmurava para ele e para mim, enquanto apoiava minha barriga redonda (em parte ainda escondida pelas túnicas soltas) com meus braços.

— Pergunte à mulher, ela a ajudará.

— Não, preciso decidir eu mesma, e, enquanto não puder, não haverá decisão.

Quando a Lua afinou até parecer uma unha, meu pai ficou mais calmo. Eu o levei para fora por alguns dias e prendi sua corda às argolas do poço onde Malina amarrava as cabras. Ele cobria a extensão do pátio como um animal na coleira e cheirava o ar como se captasse o cheiro de algo familiar naquele país estrangeiro. Às vezes eu lhe trazia uma pequena tigela com figos ou azeitonas, mas na maioria das vezes ele apenas os espalhava na terra, mastigando os figos sujos depois. Engolia as azeitonas inteiras com o caroço. Tinha de levá-lo de volta ao celeiro novamente quando a Lua ficava totalmente cheia.

Acho que ele me reconhecia por um tempo curto algumas vezes.

Em uma noite quente, logo após o Sol se pôr e o ar começar a esfriar, ele ficou calmo e tocou meu rosto com seus dedos, da mesma maneira como tocava seus livros, com um toque suave, alisando as páginas. Nós nos sentamos na borda arredondada do poço e a água abaixo de nós tremulava, em um acordo secreto com nossos movimentos e palavras.

— Leia-me, pai... O que você vê?

Ele movimentou os lábios como se procurando por alguma palavra.

— Não tem problema. Estou aqui. Gabi. Não vou deixá-lo.

Yousef nos observava de sua janela estreita, apreensivo. E, então, gritou:

— Cuidado, doutora, não abaixe a guarda!

Embora soubesse do perigo, mantive a apreensão sob controle, sentindo uma mudança em meu pai, como se a loucura tivesse momentaneamente o deixado. Enquanto levava minhas mãos até seu rosto desfigurado, ele se afastou um pouco, mas seus olhos inexpressivos brilharam e se sustentaram nos meus com uma surpresa estranha. Ele riu e riu consigo mesmo com uma alegria desconhecida. Ele deu tapinhas em minha bochecha. Nós rimos até que as lágrimas escorreram, e então o brilho em seus olhos se apagou. Certa vez ele me disse que minhas primeiras sílabas quando bebê não foram palavras, mas pequenos gemidos de alegria. Agora seus sons eram os mesmos. Ele, então, começou a mexer as mãos com nervosismo, virou-se, inspecionou as redondezas e pegou uma azeitona suja do chão, rapidamente jogando-a para dentro da boca. Sentei-me no poço, chorando em silêncio, enquanto meu pai escavava a terra de joelhos.

Agora concordava com Dr. Cardano: meu pai sofria dessa doença desde que eu era criança. Minha mãe deveria saber e carregou o fardo, confusa e envergonhada, com raiva e impaciência. Lembro-me de uma noite em que não conseguia dormir, fui para a janela e vi meu pai sob a Lua, rondando o pátio, triturando ruidosamente o cascalho debaixo de seus pés, andando de um lado para o outro no jardim. Não sabia o que ele estava fazendo ali, mas aquilo fez meu estômago se retorcer. Então, vi o rosto de minha mãe indistintamente na janela de seu quarto, também o observando. Depois, ela se retirou. Mais tarde, pensei que havia sonhado. Mas como meu pai piorou a esse ponto? Nunca saberia. A Lua o deixara oco.

Após nossa refeição naquele dia em que meu pai e eu rimos juntos, Malina me chamou em um canto, removeu seu véu e disse:

— Filha, notei que você não sangra com a Lua. — disse e esperou que eu respondesse. Sua boca, raramente à mostra, guardava uma expressão séria.

— Darei à luz em alguns meses — disse timidamente, encarando o tapete.

— Ah, foi o que pensei! — Ela abriu um largo sorriso e bateu palmas. — Bênçãos para essa casa!

Encorajada por sua reação, levantei os olhos.

— Você será minha parteira, então?

— Ficaria muito contente — declarou Malina. — Mas posso lhe perguntar quem é o pai?

— Acredito que ele esteja aqui em Taradante.

Ela franziu a testa, confusa.

— Quem é, então?

— Ele tem me seguido, mas ainda mantém distância. — Fiz uma pausa, tomada pela percepção da lealdade dele.

— E isso lhe traz sofrimento? — ela perguntou, interpretando mal minhas lágrimas.

— Não, sinto uma alegria que jamais pensei que sentiria.

— Ah... — Ela se inclinou para trás como se quisesse ter uma visão mais ampla.

— O nome dele é Hamish. Ele é do norte.

— Mas por que ele não vem até você?

— Porque ele pensa que eu não quero que ele se aproxime, ainda.

— Então ele é fiel.

— Ele é fiel.

— Você deve chamá-lo!

— Eu o farei. — E meu coração vibrou como um instrumento, como uma harpa grega tocada pelo vento, seu som viajando todo o caminho até o oásis e adentrando o deserto. — Mas ele ainda não sabe sobre a criança, quero eu mesma lhe contar. — Adverti, sabendo o quanto as mulheres da vila falavam. As palavras que falasse durante o pôr do sol chegariam à sua tenda logo após o cair da noite. Entretanto, as mesmas boas notícias nunca chegariam até meu pai que estava a alguns metros de distância.

CAPÍTULO 26
Que Sua Entrada Seja Digna

À luz indistinta da manhã, enquanto empurrava a porta do celeiro, encontrei meu pai imóvel, deitado de lado na palha, como uma criança encolhida durante o sono. Então, quando olhei mais atentamente, ele era um leão, com dentes à mostra, preso a meio caminho enquanto corria, as patas dianteiras (seus braços) recuadas para trás de encontro às patas traseiras, pronto para o próximo salto. *Oh, Papà*! *Você se foi para o outro mundo.*

Será que você estava apenas esperando por mim na vastidão da sua memória para finalmente poder partir? Ontem nós rimos juntos...

Agora podia tocá-lo sem medo.

Coloquei minha mão em seu corpo frio. Um frio impenetrável, denso como o ferro. Meu pai, morto nesse clima quente, está mais frio do que Lorenzo nas montanhas. Não chorei. Eu o lavei, entorpecida, coloquei os óculos que carregava desde Tubingen e seus sapatos finos que trouxe de Leiden (fiquei com seu paquímetro, que resgatei na cidade de Tremp, pois meu pai não era para mim a medida na minha vida?). Meu pai ficou estranhamente restabelecido com seus pertences na morte.

Eu deveria estar sentada ali há muito tempo, pois Malina entrou e perguntou:

— Onde você estava? Estou... — E então ela viu meu pai no canto, sua pele lívida estava da cor de uma vela derretida. — Oh!

— Ele se foi — eu disse.

— Ah, filha — ela murmurou, ajoelhando-se ao meu lado. — Ele não sofre mais.

Yousef parou na entrada, atraído pelo grito de Malina.

— O homem nos deixou, então?

— Sim.

— Oh, Alá, perdoe nossos mortos e nossos vivos — ele recitou em sua prece.

— Tenha misericórdia dele — Malina continuou enquanto eu me sentava com minha mão nas mãos de meu pai. — Mantenha-o são e salvo e o perdoe, honrando o lugar onde ele ficará e faça com que sua entrada em teu reino seja digna; lave-o com água, neve e granizo, enxaguando-o como a uma roupa branca cuja sujeira é lavada. Que seu túmulo seja grande e preenchido de luz. — Ela se levantou, fechou a porta e me deixou.

Não sei se uma hora ou três se passaram, pois o interior frio do celeiro escuro não registrava a passagem do tempo, mas Malina e Yousef voltaram com um rolo de faixas de tecido.

— Esse é o nosso costume. Você quer enfaixar o corpo dele? — Malina perguntou calmamente.

Parei por um momento, vendo meu pai como ele estaria em Veneza, no caixão em uma gôndola preta decorada com grinaldas pretas, enquanto dois homens remavam para a ilha cemitério. O som dos remos subia e descia como rajadas de vento ritmadas batendo nas folhas das palmeiras.

— Sim, vamos enfaixá-lo.

Porém não fiz nada, apenas assisti aos meus dois companheiros habilidosamente enfaixando meu pai. Malina se ajoelhou e segurou o tecido com seus braços dobrados dentro dele, como um carretel. Yousef, agora sem medo, desenrolou uma parte do tecido, dobrou-o com perfeição e depois o enrolou em volta de meu pai, envolvendo-o até a cabeça e depois voltando até os pés, e mais uma vez até a cabeça, cortando o tecido com perfeição com a faca que tirei do forro da minha cintura, amarrando-o.

No início da noite, nós o pusemos em uma carroça de cedro para levá-lo deserto adentro. Yousef amarrou uma das mulas, jogou duas pás perto do corpo e, junto com o coveiro da vila, seguimos pelas ruas estreitas na direção do portão principal. Habitantes da vila correram para dentro de suas habitações quando viram que nós nos aproximávamos, trancando suas janelas. Alguns murmuravam preces. As rodas de madeira assimétricas da carroça faziam um ruído alto e ninguém falava. Quando passamos pelos muros da cidade vermelha de Taradante, as areias gemiam com o vento cinza. Seguimos por uma subida isolada, acima dos dedos espalhados de um riacho seco.

— Antes de ele desaparecer, ele gostava daquele lugar — Malina explicou.

Eu também gostava, pois podíamos sentar ali e ver todo o vale do rio, as vilas vermelhas do barro, as montanhas e o mar ao longe.

Malina insistiu que enterrássemos meu pai logo ou sua alma se demoraria no celeiro e causaria problemas.

— Retornamos os mortos para sua mãe o mais rápido possível, para que possam encontrar paz.

— Não é como fazemos, mas esse não é o nosso lugar — disse.

Ela tocou meu ombro.

— Sinto muito, filha.

Quando chegamos ao topo, observei:

— Ele vai gostar desse céu.

A extensão violeta no alto encontrava-se com o borrão de areia sem cor. Montanhas vermelho-escuras assistiam.

O homem cavava.

Estávamos todos em silêncio, mas as pás atiravam areia e ressoavam alto contra as pedras. Não chorei. Vinha libertando meu pai, fio por fio, da densa trama do meu coração há muito tempo. Mas o corte final foi tão severo e tão pequeno que parecia impossível que ele pudesse escorregar de mim dessa maneira.

Um homem de cabelos ruivos vestido com um manto árabe estava sentado, observando-nos a alguma distância. A criança dentro de mim chutou forte. Senti meu pai ir embora; eu estava livre.

CAPÍTULO 27

Alinhavando o Céu à Montanha

Alguns dias depois, ele veio à porta. Malina me chamou em minha mesa simples onde estava arrumando as páginas soltas de *O Livro das Doenças*. Planejava costurar as seções em folhas dobradas para encadernar. Ela voltou para seu quarto para nos deixar a sós.

Ele ficou parado à porta como uma árvore iluminada pelo Sol da tarde.

— Yousef me trouxe seu bilhete, Gabriella.

— Hamish! — Experimentei o som de seu nome, doce e picante, tão precioso quanto um pedaço de canela. — Venha para o pátio, está mais fresco.

Estávamos tímidos, as palavras não pronunciadas eram como água enchendo até a borda entre nós dois.

Depois, a areia na língua, minerais insolúveis do amor.

A areia em que pisávamos rangia debaixo de nossos sapatos. Fomos até a tamareira e nos sentamos debaixo de seus longos leques em um tapete que acabara de ser varrido e onde os grãos caíam novamente.

Nós nos encostamos um no outro em silêncio por um longo tempo.

Por fim, Hamish disse:

— Sinto muito pela morte de seu pai.

— Ah! Mas você sabe, ele partiu há muito tempo.

— É.

Comecei a chorar e ele me abraçou. Depois de algum tempo, olhamos para os pássaros acima de nós enquanto eles pegavam a vida invisível do ar em seus bicos rápidos. Peguei sua mão, coloquei-a em minha barriga e disse:

— Terei um filho seu em dois meses.

— Oh! — ele gritou surpreendido, puxando sua mão por um tempo curto. Então, ele a colocou de volta, feliz, e disse: — Vou ser pai! — E começou a chorar.

O dia no deserto se dissolveu. Malina acendeu uma lanterna em seu quarto. O céu azul-escuro sem Lua zunia com estrelas que lançavam seu brilho através da palmeira indistinta sobre nossos ombros, o pátio e a vasta terra escura.

EPÍLOGO

Trançando as Marés

Veneza, 1600

Nossa Damiana nasceu no dia 21 de dezembro de 1591, nas profundezas da noite marroquina. Malina fez o parto com luz de lamparinas enquanto eu dava à luz, ao modo dos animais que têm seus filhotes na escuridão, quando uma graça como essa flerta com o mistério. E Damiana possuía graça, assim como uma vontade voluntariosa desde o início, abrindo seus olhos escuros e me agarrando com uma ferocidade ávida pela vida. Hamish estava eufórico por segurá-la em seus braços depois dos meses sentindo-a se mexer dentro de mim, invisível. A penugem de seus cabelos ruivos finos brilhava em sua cabeça e seus cabelos ainda brilhavam agora em Veneza, quase nove anos depois, mas um pouco mais escuros, muito mais grossos e longos.

Estavam trançados para trás por minha amada Olmina, cujas mãos tortas ainda ajeitavam os cabelos e a casa, embora ela estivesse livre de todas as tarefas. Ela passava a maior parte de seus dias trançando as marés, como ela chamava, querendo dizer que se sentava onde Lorenzo costumava se sentar nos dias quentes, do lado de fora da nossa porta, recordando o passado, remendando o presente, sonhando com o futuro enquanto alternadamente olhava o mar e cochilava em uma cadeira com a boca aberta. Algumas vezes,

Damiana, por travessura, fazia cócegas no céu de sua boca com uma palha provocando um espirro ou deixava cair um torrão de mel em sua boca, incitando-a a comer doces.

As ondas retrocediam e voltavam, contornando seus pés. E eu tinha meus fios nas mãos como médica, esposa e mãe. Mea, uma garota das montanhas, nos ajudava agora com os serviços domésticos e as ervas. Mea ensinou Damiana os costumes das mulheres das montanhas e minha filha provou seu talento com animais doentes, auxiliando Mea com sua cura.

O Livro das Doenças foi finalmente terminado e publicado este ano. Embora meu pai não pudesse segurá-lo em suas mãos, eu o fiz por ele, com toda a sabedoria que ele me transmitiu e o bom-senso que ganhei por mim mesma. Haveria também o prazer de passá-lo a Damiana.

Minha mãe foi viver em Pádua com um primo, pois a umidade de Veneza lhe trouxe muitas dores com a idade e ela dizia estar cansada de viver sobre as águas.

— A terra debaixo dos meus pés será instabilidade suficiente agora que começo a ficar cada vez mais próxima dela! — ela gostava de dizer.

Hamish dava aulas na universidade e, apesar de ser estrangeiro, prosperava em nossa serena cidade. Suas frases ficaram maravilhosamente completas. A Guilda, por fim, caiu em si com relação à minha aptidão para a Medicina e, com relutância, me aceitou. Sempre haveria algumas controvérsias, é claro, mas apimentavam nosso relacionamento. E essas coisas iam e voltavam.

Eu tinha um jarro de pedras curadoras que trouxe dos desertos da Barbária e algumas vezes levava um bezoar ou outro para curar um paciente. Malina me ensinara os benefícios distintos da pedra bezoar da cobra, da cabra e da árvore. Também comprei dela uma pedra bezoar cinza rara que ela recomendava para todos os destemperos da mente e do corpo, pois vinha da barriga de um golfinho encontrado na praia de Messa. Malina acreditava que todos os pensamentos tinham a água como sua fonte de origem, podendo ser purificados por essas solidificações. Certa vez, Damiana me ajudou nesse sentido, quando visitei, em uma tarde quente de setembro, uma jovem que tinha a fala desconexa. Não deixava minha filha vir comigo frequentemente, pois temia que ela pudesse contrair algum miasma que surge ocasionalmente em nossa cidade, que é passado imperceptivelmente de uma pessoa para outra. Entretanto, até o momento, ela tinha sido uma menina notavelmente vigorosa, com poucas enfermidades.

Mea me convencera de que minha menina estava imunizada depois de ter tratado de vários gatos, cãezinhos de estimação, galinhas e papagaios que haviam ficado doentes na cidade. Ela inclusive ganhara certa reputação. Um membro do Conselho dos Dez a chamara "A Pequena Doutora de Animais", pagando-a muito bem depois de ela ter tratado seu cãozinho (uma daquelas criaturas com orelhas grandes como as velas das caravelas) que parecia estar sofrendo paralisia em uma das pernas. A prescrição dela havia sido simples: "Ponha-o do lado de fora e não use a liteira também!". Ela falou com toda a franqueza da idade, pelo que não a censuramos. O resultado foi bom, pois o cachorrinho recobrou suas forças e, na verdade, levou o distinto conselheiro a correr atrás dele pela *piazza*, o que foi salutar para o homem.

Voltando à tarde quente de setembro e à primeira observação de minha filha sobre um paciente humano. As três, Mea, Damiana e eu, fizemos um longo percurso na gôndola que nos foi enviada até a Ilha de Torcello, onde morava a doente, Fiametta. Eu levava o baú de medicamentos e deixava que Damiana carregasse os bezoares em uma bolsa forte de cânhamo; a pedra da cobra era do tamanho de uma avelã preta, a pedra da cabra tinha o formato de uma noz de carvalho feita de calcário, a pedra da árvore era como uma pepita âmbar e a pedra do golfinho era um ovo azul acinzentado. Elas batiam umas contra as outras em tons de conversa que ela improvisava enquanto subíamos o pequeno cais na direção da pequena casa decadente à beira do brejo.

— Os bezoares estão dizendo que gostam daqui, *Mamma*, porque há mais almas no ar! A cabra disse que está com fome. O golfinho quer que eu o lave no mar... — E ela prosseguia dessa forma. As venezianas inclinadas de algumas janelas da casa chacoalhavam com a brisa e percebi que várias janelas não tinham veneziana. Também não havia vidraças.

Quando encontramos a jovem na casa, ela estava tão agitada que não conseguia se sentar quieta, tagarelando constantemente. Consegui pará-la por um momento e percebi que ela estava com uma febre baixa.

Pedi à criada da tia idosa da doente (pois a mãe da jovem morrera há vários anos) para preparar uma infusão com a parte interna branca da casca de salgueiro que retirei do baú. Então, Mea mostrou para Damiana como dobrar o tecido para colocar na testa da jovem, pois planejava administrar o chá benéfico para ela beber e para fazer compressa. Mas teríamos de fazê-la parar de andar primeiro.

Damiana disse-lhe:

— Você quer ver as pedras que pegamos da barriga de animais e de uma árvore?

Isso fez Fiametta parar.

— Mas você terá de se sentar em sua cadeira — acrescentei, pegando a deixa da minha filha perspicaz.

— Há muitos riachos na minha cabeça que correm sem parar, regatos que correm montanha abaixo, mas não, agora eles foram parados pela neve, os dentes incorrigíveis de gelo não os deixarão passar... Eles estrangulam...

— Sente-se aqui. — Levei-a até a janela. — Feche as venezianas — orientei a tia.

— Há muita corrente de ar nessa casa. A senhora deve consertar as janelas e colocar as vidraças. — Embora vidro fosse algo caro, sabia que a tia tinha dinheiro (o amigo que me recomendou a ela me disse), mas ela o guardava a sete chaves, como as mulheres sem homem sempre o faziam por cautela. Então, acenei com a cabeça para Damiana, que veio com sua bolsa e depositou todas as pedras no colo da jovem, embora as pernas de Fiametta sacudissem de nervoso. Mas novamente ela ficou parada.

— Segure cada pedra, depois pressione a que gosta mais contra sua testa — eu a instruí. Ela escolheu a pedra azul acinzentada e pressionou sua forma densa primeiro nos olhos, depois nas têmporas e testa.

— Faça você — ela me disse. E eu o fiz, também apalpando seus olhos, sua cabeça e seus ombros enquanto ela segurava o bezoar pesado em suas mãos.

— Agora, beba seu chá.

Mas ela não queria soltar o bezoar, então esperamos que ela o segurasse por algum tempo, Damiana sentada de um lado e eu do outro. Por fim, ela o passou para Damiana.

— Você voltará novamente?

— Sim, voltaremos — respondi, sorrindo para minha filha.

AGRADECIMENTOS

Eu queria agradecer com todo meu coração a meu marido, Bill O'Melveny, que tem apoiado minha escrita constante e me amado por muitos anos, e a minha filha, Adrienne O'Melveny Jaffe, que não me deixou em paz dizendo "Quero ler esta história!". Sou grata a meus mentores extraordinários: Jim Krusoe, por sua ampla generosidade e seu olho perceptivo, e Deena Metzger, por seu encorajamento excessivo desde o começo. Agradeço ao grupo de escrita onde muito dessa história foi escrita. As mulheres a seguir ofereceram críticas e camaradagem: Bronwyn Jones, Elinor Aurthur, Katya Williamson, Bairbre Dowling, Ruth Bochner e Doris Koening. Muitas pessoas têm dado apoio durante o trabalho e os agradeço: minha irmã Lisa O'Connor, Cathy Colman, Catherine Halcrow, assistente de Biociências do National Museum of Science and Industry em Londres, Rachel Careau, Michelle Latiolais, Carla e Bruce Burman, Joyce Waterman, Irene Rafael, Jill Bonart, Margit Bassler, Jurgen Ladenburger, Jane Alexander Stewart, Jeannette Rasker, Mary Ellen Dorin, Anne Spadone Jacobson, Loretta Sparks, Betty Calame, Alma Luz Villanueva, Brad Kessler, Kate Haake, Eloise Klein Healy, e a comunidade de escritores na Antioch University Los Angeles, assim como aos escritores excepcionais da aula noturna de escrita de Jim Krusoe no Santa Monica College, principalmente Dylan Landis, Monona Wali e Zen Chang.

Minha apreciação profunda vai para meu brilhante agente, Dan Lazar, e para meu dedicado primeiro-editor, Allison McCabe. Muito obrigada a Little, Brown and Company, em particular a minha editora maravilhosa, Judy Clain, e também a Michael Pietsch, Nathan Rostron, Amanda Tobier, Carolyn O'Keefe, Pamela Marshall, Morgan Moroney, Heather Fain, Amanda Brown, Nicole Dewey, Peggy Freudenthal e Keith Hayes.